Vladimir Sorokin

NORMA

Die deutsche Übersetzung des Gedichts von F. Tjutčev stammt von Rolf-Dietrich Keil und wird zitiert nach: Russische Lyrik. Gedichte aus drei Jahrhunderten. Piper Verlag, München 1981.

Die deutsche Übersetzung wurde erstellt nach einer vom Autor gekürzten und leicht überarbeiteten Fassung der russischen Originalausgabe (entstanden 1979–1984), die 1994 unter dem Titel HOPMA bei Obscuri Viri/Tri Kita, Moskau erschien.

Erste Auflage 1999

Ausstattung und Umschlag:
Groothuis+Malsy
Gesetzt aus der Haarlemmer
Gedruckt auf säurefreiem und
chlorfrei gebleichtem Papier
Satz: Greiner & Reichel, Köln
Druck und Verarbeitung:
Clausen & Bosse, Leck
Printed in Germany
ISBN 3-7701-4482-1

Vladimir Sorokin

NORMA

Aus dem Russischen von

Dorothea Trottenberg

Roman DuMont

Boris Gusev wurde am 15. März 1983 um 11.12 Uhr verhaftet, als er seine Wohnung verließ und hinunterging, um die Zeitung zu holen. Neben den Briefkästen warteten sie zu zweit auf ihn. Als er sie sah, blieb Boris stehen. Von der rechten Seite des Lifts her steuerten noch zwei auf ihn zu. Der eine von beiden, ein Hagerer mit einem lebhaften Gesicht, näherte sich Gusev und sagte hastig:

»Boris Vladimirovič Gusev. Sie sind verhaftet.«

Gusev starrte auf den Schal des Hageren. Er war grau-weiß kariert. Der Hagere nahm Gusev die Schlüssel aus der Hand und wies mit dem Kopf zur Treppe:

»Bitte.«

Gusev rührte sich nicht von der Stelle. Zwei griffen ihm unter die Arme.

»Den Haftbefehl«, stieß Gusev mit bleichen Lippen hervor.

»Haftbefehl und Durchsuchungsbeschluß werden Ihnen in Ihrer Wohnung vorgelegt.«

»Zeigen Sie ihn mir sofort«, brachte Gusev mit Mühe heraus.

»Boris Vladimirovič«, lächelte der Hagere, »kommen Sie schon, zögern Sie es doch nicht hinaus.«

Sie schoben Gusev zur Treppe. Er bewegte seine Beine kaum. Zwei gingen voraus, der Hagere und zwei andere folgten Gusev.

»Stinkt es bei Ihnen immer so nach Urin?« fragte der Hagere. »Gibt's hier Penner?«

Gusev ging weiter, ohne zu antworten. Er war blaß.

Sie stiegen in den zweiten Stock und betraten Gusevs Wohnung. Der Hagere nahm den Telefonhörer ab und wählte eine Nummer:

»Jurij Petrovič, es ist alles in Ordnung. Ja.«

Gusev stand in der Mitte seines einzigen Zimmers, das mit Büchern vollgestopft war. Die vier standen daneben.
»Setzen Sie sich, Boris Vladimirovič«, riet der Hagere.
»Zeigen Sie mir den Haftbefehl … und überhaupt … die Papiere.«
»Gedulden Sie sich eine Minute.« Der Hagere steckte sich eine Zigarette an.
Es klingelte an der Tür.
»Macht die Tür auf«, befahl der Hagere.
Die Tür wurde geöffnet. Ein Milizionär und ein dicklicher Mensch mit weizenblondem Schnurrbart kamen herein.
»Nikolaev, Untersuchungsrichter des KGB«, stellte er sich vor, ohne Gusev eines Blickes zu würdigen. Er holte zwei Blätter aus seiner Mappe und streckte sie Gusev hin:
»Lesen Sie das.«
»Setzen Sie sich, Gusev.« Der Hagere schob ihm einen wackligen Stuhl hin.
Gusev hielt die Papiere mit beiden Händen und betrachtete sie.
»Genosse Leutnant«, der Dickliche wandte sich an den Milizionär, »besorgen Sie uns Zeugen.«
Der Milizionär ging raus.
»Haben Sie es gelesen?« Nikolaev nahm Gusev die Papiere wieder weg. »Ich leite die Untersuchung in Ihrem Fall. Gleich kommen die Zeugen, und wir führen eine Hausdurchsuchung bei Ihnen durch. Parallel dazu beginnen wir unser Gespräch. Setzen Sie sich, Boris Vladimirovič, was stehen Sie denn da herum, als seien Sie zu Besuch.«
Gusev ließ sich auf den Stuhl sinken.
Bald darauf erschienen die Zeugen: eine ältere Frau in einer grünen Strickjacke und ein junger Mann mit einem dicken Hals.

»Genossen Zeugen.« Nikolaev zog den Mantel aus. »Wir sind Mitarbeiter des Komitees für Staatssicherheit. Der Bürger Gusev, wohnhaft in dieser Wohnung, wurde verhaftet. Wir bitten Sie, bei der Hausdurchsuchung anwesend zu sein. Bitte stellen Sie sich vor, und setzen Sie sich. Valera, mach ihnen Platz.«
Der Hagere warf die Bücher und Zeitschriften, die auf dem Sofa lagen, auf den Boden.
»Natalja Nikolaevna Komkova«, sagte die Frau laut.
»Nikolaj Iljič Fridman«, murmelte der junge Mann.
Sie ließen sich auf dem abgewetzten Sofa nieder. Der Hagere setzte sich daneben. Er zog ein Formular aus seinem Aktenkoffer, schob ein Heft der Zeitschrift ›Amerika‹ darunter, legte alles auf den Aktenkoffer und begann zu schreiben.
»Kann ich gehen?« fragte der Milizionär.
»Ja. Danke.« Nikolaev setzte sich an den Tisch, öffnete seine Mappe und nahm einen Füller mit Goldfeder heraus.
Der Milizionär ging hinaus. Während der Hagere halblaut die Zeugen vernahm, raschelte Nikolaev mit den Papieren.
»Also. Boris Vladimirovič Gusev. Geboren 1951. Wo sind Sie geboren?«
»Ich werde Ihre Fragen nicht beantworten«, sagte Gusev.
»Sie sind verpflichtet, meine Fragen zu beantworten. Das zum ersten. Und zum zweiten: Es ist in Ihrem eigenen Interesse.«
»Ich weigere mich, Ihre Fragen zu beantworten.«
Nikolaev legte den Füller aus der Hand.
»Ein Schädling ist er, aber antworten will er nicht«, sagte die Frau halblaut und schaute den Hageren an. Er notierte ihre Adresse.
»Ich schlage vor, Sie geben die antisowjetische Literatur freiwillig heraus.«
Gusev schwieg und betrachtete seine Hände. Nikolaev wartete

einen Augenblick und berührte die kleine Tyrannosaurus-Figur auf Gusevs Tisch. Dann stand er auf, ging zum Bett, hob die Matratze ein wenig an und zog eine dicke Mappe aus Karton darunter hervor.

»Gehört die Ihnen?«

Gusev schwieg. Nikolaev legte die Mappe auf den Tisch. Er löste die schmalen Bänder und öffnete die Mappe.

»Schreib auf, Valerij Petrovič. Punkt eins: Eine Mappe aus grauem Karton. Sie enthält – 372 maschinengeschriebene Seiten. Titel ›Norma‹. Der Autor ist nicht angegeben. Erster Satz: ›Sveklušin zwängte sich aus dem überfüllten Autobus, rückte seinen Schal zurecht und ging schnellen Schrittes über das Trottoir.‹ Letzter Satz: ›aaaaaaaaaa‹.«

»Wie bitte, Genosse Major?« fragte der Hagere nach.

Nikolaev wiederholte es.

»Punkt zwei.« Nikolaev ging zum Regal, zog zwei Bände einer Enzyklopädie aus dem untersten Brett, warf sie auf den Boden, griff in die Lücke und holte ein Taschenbuch hervor. »Aleksandr Solženicyn. ›Der Archipel GULAG‹, Band drei. Erschienen bei YMCA-Press. Und die ersten beiden Bände haben Sie vorgestern Fajnštejn gegeben. Stimmt's?«

Gusev schwieg. Nikolaev legte das Buch neben die Mappe. Das Telefon klingelte. Nikolaev nahm den Hörer ab:

»Ja. Ja, Vasilij Alekseič. Wir haben es gefunden. Warum? Nein, es hat alles gestimmt. Jetzt gleich?« Er fing an zu lachen. »Er kann es wohl nicht erwarten? Aha, ja klar. Bitte sehr, kein Problem. Bist du da? Machen wir.«

Er legte den Hörer auf und nahm die Mappe.

»Serjoža, du bringst das zu Noskov. Dann kommst du sofort wieder hierher.«

Ein Milizionär mit Brille nahm die Mappe, verließ die Wohnung und ging die Treppe hinunter. Neben dem Eingang standen zwei schwarze Wolga. In einem saß ein Chauffeur. Der Milizionär setzte sich ans Steuer des anderen Wagens, legte die Mappe auf den Beifahrersitz, ließ den Motor an, wendete rasant und fädelte sich in den Leninskij-Prospekt ein. Der Asphalt war feucht, eine dünne, schmutzige Schneeschicht lag an den Straßenrändern. Die blasse Sonne kam hinter den Wolken hervor und spiegelte sich in der Brille des Milizionärs. Dieser durchquerte das Stadtzentrum, bog auf den Dzeržinskij-Platz ein, fuhr um das KGB-Gebäude herum und hielt an. Er nahm die Mappe, stieg aus und ging zum Eingang. Er zeigte seinen Dienstausweis, fuhr mit dem Lift in den dritten Stock, ging über den Korridor und öffnete die Tür zum Büro Nr. 415. Hinter dem Schreibtisch saß ein Kahlkopf im dunkelblauen Anzug.

»Gestatten Sie, Genosse Oberst?«

»Mhm.« Der Oberst streckte die Hand aus. Der Milizionär trat ein und übergab ihm die Mappe.

»Und wie ist es gelaufen?« fragte der Kahlkopf und löste die schmalen Bänder der Mappe.

»Alles normal.«

»Hat er keinen Aufstand gemacht?«

»Bis jetzt noch nicht«, schmunzelte der Milizionär.

Der Oberst begann, das Manuskript durchzublättern.

»In Ordnung. Sie können gehen.«

Der Milizionär ging raus. Der Oberst nahm den Telefonhörer ab und wählte eine Nummer.

»Viktor Ivanyč, hier ist Noskov. Ich habe die Mappe … Gut.«

Er legte den Hörer auf, nahm die Mappe, verließ das Büro,

fuhr mit dem Lift in die fünfte Etage und betrat das Vorzimmer. Dort saßen zwei Sekretärinnen.

»Noskov«, sagte der Kahlkopf.

Eine Sekretärin nahm den Telefonhörer ab.

»Viktor Ivanyč, Noskov ist da. Gehen Sie rein«, nickte sie Noskov zu.

Er betrat das Büro. Am Tisch saß ein grauhaariger Mann in einem grauen Anzug und mit einem jugendlichen Gesicht. Noskov trat näher und hielt ihm die Mappe hin.

»Ist alles da drin?« fragte der Grauhaarige, als er sie entgegennahm.

»Jawohl, Viktor Ivanyč.«

»In Ordnung.«

Noskov ging raus. Der Grauhaarige wählte eine Nummer.

»Hallo«, sagte eine Frauenstimme.

»Kotelnikov hier. Ist Petr Sergeič da?«

»Moment.«

»Ja, hallo, Elagin hier«, sagte eine männliche Stimme.

»Guten Tag, Petr Sergeič. Hier spricht Kotelnikov.«

»Ich grüße Sie, Viktor.«

»Wir haben das Manuskript.«

»Ausgezeichnet.«

»Ich gebe es zum Kopieren, und in einer halben Stunde können Sie den Kurier schicken.«

»Viktor, er braucht das Original.«

»Das geht nicht. Das Manuskript wurde bei einer Hausdurchsuchung beschlagnahmt, das ist im Protokoll eingetragen. Es darf nicht aus dem Haus gegeben werden.«

»Ja, und was machen wir dann?«

»Soll er doch zu uns kommen.«

»Meinst du?«

»Das ist doch völlig egal!«

»Tja, wir können es probieren. Also machen wir es so: Ich schicke meinen Chauffeur, der bringt ihn euch.«

»Wann?«

»Na, jetzt gleich. Mit dem Auto sind es nur fünf Minuten.«

»In Ordnung. Wir holen ihn beim Pförtner ab.«

Er hängte auf und wählte eine andere Nummer.

»Mylnikov«, sagte eine männliche Stimme.

»Alles klar.«

»Kommt er?«

»Ja. Er muß in zehn Minuten abgeholt werden.«

»Geht in Ordnung.«

Kotelnikov legte den Hörer auf.

Nach zwanzig Minuten betrat ein etwa dreizehnjähriger Junge in dunkelblauer Schuluniform sein Büro.

»Das ging aber schnell!« Kotelnikov lachte und stand auf.

Der Junge blieb mitten im Zimmer stehen und schaute Kotelnikov an.

»Viktor Ivanyč.« Kotelnikov streckte ihm die Hand entgegen.

Der Junge blickte ihm schweigend in die Augen.

»Also ...« Kotelnikov räusperte sich, wandte den Blick ab und verschränkte die Hände hinter seinem Rücken. »So. Setz dich an meinen Tisch und lies. Und ich gehe zum Mittagessen.«

Er verließ das Büro.

Der Junge setzte sich an den Tisch, löste die schmalen Bänder der Mappe und schlug sie auf.

N O R M A

ERSTER TEIL

Sveklušin zwängte sich aus dem überfüllten Autobus, rückte seinen Schal zurecht und ging schnellen Schrittes über das Trottoir.
Auf dem feuchten Asphalt klebten abgefallene Blätter, der Wind blies ihm in den Rücken und bewegte die kahlen Äste der Pappeln. Sveklušin stellte den Kragen seiner Jacke hoch und bog in die Allee ein. Sie war nur kurz und endete vor einem Haus. Sveklušin überquerte die Straße und ging auf den Zeitungskiosk zu, als ihm plötzlich jemand auf die Schulter klopfte.
»Grüß dich, Alter!«
Er drehte sich um. Vor ihm stand Trofimenko.
»Das ist ja ein Ding!« Sveklušins Augenbrauen schnellten in die Höhe. »Serjoža?!«
»Höchstselbst!«Trofimenko reichte ihm strahlend die Hand.
»Ja, Mensch, was machst denn du hier, woher kommst du denn?« Sveklušin schüttelte ihm kräftig die Hand.
»Daher! Daher, Sašok!«
»Du bist mir einer … Ich faß es nicht … Wieso hast du denn nicht angerufen oder bist mal vorbeigekommen?«
»Aber ich bin doch eben erst angekommen. Ich komm gerade vom Bahnhof, meine Sachen sind noch bei der Gepäckaufbewahrung.«
»Moment mal, bist du hier auf Dienstreise oder einfach so?«
»Eigentlich einfach so, aber in Wirklichkeit geschäftlich. Verändern will ich mich.«
»Verdammt! Mensch, Alter! Dick bist du geworden, hast wohl zu viel gefressen?«
»Bei uns frißt man eben zu viel.«
»Ach hör auf, wieso denn das. Und was ist mit Nina?«

»Was soll mit ihr sein? Alles in Butter, wir leben, arbeiten, ziehen die Kinder auf. Saška ist zwei, Timka schon acht.«

»Timka? Schon acht? Meine Fresse! Acht! Ich hab ihn doch noch vor kurzem auf dem Arm getragen!«

»Das schaffst du jetzt nicht mehr. Pummelig ist er geworden, ein richtiger Fettkloß.«

»Hör mal, Serjoža, warte, erzähl doch mal, wie es euch so geht, wie geht es Pal Egoryč und Senka?«

»Ach, es ist alles in Ordnung. Pal Egoryč ist immer noch da. Schuftet sich ab.«

»Ist er jetzt Oberingenieur?«

»Mhm. Semjon hat angefangen zu trinken. Einen Verweis hat er bekommen. Hat sich beinahe von seiner Frau getrennt.«

»Ach du Scheiße! Wie kommt denn das?«

»Weiß ich auch nicht. Er hat früher nie besonders viel getrunken. So wie alle anderen auch ...«

»Na so was. So ein begabter Typ ... Mensch, komm, setzen wir uns doch, was stehen wir denn hier rum wie die Idioten, komm ...«

Sie überquerten die Straße und setzten sich auf eine Bank am Anfang der Allee.

Sveklušin schaute Trofimenko an und schüttelte den Kopf.

»Tja, so was, so trifft man sich wieder. Du bist mir vielleicht einer. Rufst nicht an, schreibst nicht.«

»Saša, ich kann doch auch nichts dafür. Ich bin doch das halbe Jahr über auf Dienstreise. Das ist die totale Hektik.«

»Trotzdem. Ein paar Zeilen hättest du schreiben können. Mir geht's gut, ich bin gesund, Grüße an die Eltern.«

»Aber ich hab doch geschrieben.«

»Wann denn?«

»Also was du immer hast, ich hab wirklich geschrieben.«
»Trotzdem bist du ein Arsch!« Sveklušin fing an zu lachen und klopfte Trofimenko auf die Schulter. »Geschrieben – daß ich nicht lache!«
Trofimenko zog seine Papirossy heraus:
»Rauchst du eine mit?«
»Nö, ich will nicht.«
»Und wie geht's dir so?«
Sveklušin seufzte.
»Alles beim alten. Verka studiert am Luftfahrt-Institut.«
»Fernstudium?«
»Mhm. Serjoža ist in die siebte Klasse gekommen.«
»Und wie macht er sich?«
»Es geht so. Er gibt sich einfach keine Mühe. Zupft bloß immer an seiner Gitarre herum und hört Musik.«
»Verstehe. Und wie geht's bei der Arbeit? Wie ist es mit Sidorov?«
»Beschissen.«
»Schikaniert er dich?«
»Mhm. Ich will da weg. Hab die Nase voll.«
»Und wohin?«
»Ans Technikum. Als Lehrer.«
»Für Technologie?«
»Mhm.«
»Na ja, auch interessant.« Trofimenko rauchte und hielt die Papirossa direkt am Mundstück.
»Vor allen Dingen ist es ganz in der Nähe, in Čerjomuški.«
»Das ist ja ein Wink des Himmels. Da mußt du natürlich gehen.«

Sveklušin legte die Aktentasche auf die Knie, lächelte und holte tief Luft.
»Ach ja, Serjoža, Serjoža. Falten hast du gekriegt. So was.«
»Na und, was ist denn daran so verwunderlich? Ist doch ganz normal.«
»Was ist denn daran normal? Du bist Judomeister, gerade mal fünfunddreißig Jahre.«
»Du hast übrigens auch reichlich Falten. Also mach dir meinetwegen mal keine Sorgen. Schon besser deine grauen Zellen.«
Sie brachen in Gelächter aus.
Sveklušin schlug Trofimenko aufs Knie.
»Ich sag dir was, Alter. Schwirr ab zum Bahnhof, hol dein Zeug und dann nichts wie zu uns. Aber dalli. Und ich ruf gleich Verka an, daß sie uns was kocht. Sie ist bestimmt schon zu Hause. Na los, mach schon.«
Er stand auf, aber plötzlich fiel ihm etwas ein.
»Aber warte mal. Ich esse jetzt meine Norma, dann muß ich sie nicht mit nach Hause schleppen. Gut, daß mir das noch eingefallen ist.«
Er setzte sich und öffnete die Aktentasche.
Trofimenko rauchte und schnipste die Asche auf den Boden.
»Wo ist sie denn … ach hier.«
Sveklušin holte die in Zellophan verpackte Norma hervor.
»Sieh mal an.« Trofimenko streckte die Hand nach der sauberen Packung aus. »Da kann man mal sehen, was ihr für welche habt. Bei uns ist sie einfach in so grobes Papier verpackt, und die Aufschrift ist schief und krumm, so dunkelblau. Aber schau dir nur mal diese an, so sauber und ordentlich. Und so eine schöne Schrift.«
»Wir sind hier in der Hauptstadt, was denkst du denn.«

Sveklušin riß die Packung auf, ließ die Norma in die Hand gleiten, brach ein Stück ab und steckte es in den Mund.
Trofimenko berührte die Norma.
»Und wie frisch die ist … toll, ganz weich. Bei uns ist sie ganz vertrocknet und bröckelig. Das sind vielleicht Organisatoren, verdammte Scheiße, die können nicht mal organisieren.«
»Hättet ihr euch mal bei der zuständigen Stelle beschwert.«
Sveklušin kaute und brach immer wieder ein Stückchen ab.
»Haben wir doch, verdammt!« Trofimenko warf die Papirossa fort und trat sie mit dem Fuß aus. »Was denkst du denn.«
»Hat's nicht geholfen?«
»Na und wie! Das ist denen doch scheißegal. Und dann sagen sie, die Peripherie arbeitet nicht genug! Lächerlich. Immer die gleiche Leier. Dann kommen wieder nur diese Pakete, mit dem vertrockneten, alten Zeug. Wenigstens ordentliche Norma könnten sie uns geben. Das soll mal einer begreifen …«
»Ja, es liegt noch viel im argen bei uns.« Sveklušin steckte das letzte Stückchen in den Mund, knüllte die knisternde Packung zusammen und wollte sie in den Mülleimer werfen, aber Trofimenko hielt ihn davon ab. »Gib her, nicht wegwerfen. Die zeig ich meiner Frau.«
Er strich die Packung glatt und steckte sie in die Jackentasche.
Sie standen auf.
Trofimenko rückte seine Mütze zurecht, Sveklušin seinen Schal. Eine Sekunde musterten sie gegenseitig ihre Kleidung.
Trofimenko zog die Nase hoch.
»Saša, sag mal, so eine Jacke, ist die schwierig zu beschaffen?«
»Na ja, es geht so. Es ist eine tschechische. Defizitware.«
»Ich würde natürlich mehr bezahlen, Geld hab ich. Na, was ist?«

»Man könnte es versuchen. Verka kennt eine Menge Verkäuferinnen.« Sveklušin nahm die Aktentasche in die linke Hand und seufzte. »Wir versuchen es. Und jetzt schwirr ab zum Bahnhof. Hol deine Sachen. Weißt du die Adresse noch?«

»Das wär ja noch schöner.«

»Na wunderbar. Lauf. Und in einer halben Stunde bist du bei uns. Kapiert?«

»Kapiert.« Trofimenko lächelte.

»Also los. Wir warten auf dich.« Sveklušin nickte, wandte sich um und schritt munter aus. Trofimenko schaute ihm lächelnd nach.

Raduškevič stellte die Flamme kleiner, der Schokoladenschaum des Kakaos stieg jetzt langsamer nach oben.

Sobald der Schaum bis zum Rand des Töpfchens gekrochen war, stellte er das Gas ab und rührte den Kakao mit einem Löffel um.

»Papa, schau mal, es kommt Zirkus im Fernsehen!« rief Sveta aus dem Wohnzimmer.

Ohne eine Antwort zu geben, nahm Raduškevič das Töpfchen vom Herd, goß den Kakao in eine Tasse und setzte sich.

»Akrobaten, Papa!«

Er öffnete die Norma, gab sie in eine glasierte Schale, holte ein Glas mit Auberginenmus aus dem Kühlschrank, schraubte es auf und löffelte das Mus über die vertrocknete Norma.

»Die fliegen durch die Luft, Papa!«

Raduškevič verrührte die Norma mit dem Mus und schnitt ein paar Scheiben Brot ab.

»Mensch, Papa! Gleich drei auf einmal!«

Er verstrich die Masse auf dem Brot.
»Die schlagen Purzelbäume in der Luft!«
Die Masse reichte für sieben Scheiben Brot.
Raduškevič rührte den Kakao um, schlürfte etwas davon ab, nahm die erste Scheibe Brot und biß hinein.
»Da ist eine Frau durch ihre eigenen Beine gekrochen, Papa!«
»Soll sie doch«, murmelte Raduškevič halblaut vor sich hin und schlürfte seinen Kakao.
Henri kam herein, mit seinen Krallen auf dem Boden klackernd, und stupste ihn mit seiner schwarzen Schnauze in die Knie.
Raduškevič gab ihm ein Stück Zucker.
Henri zermalmte es krachend und ließ dabei Krümel auf den Boden fallen. Er leckte sie auf, fuhr sich mit der Zunge um die Schnauze und schaute sein Herrchen an.

»Oh, der Umbruch ist gekommen.« Tumakov schaute Olja über die Schulter und nahm einen Schluck aus dem Glas. »Warum sagst du nichts, Nymphe?«
»Was ist los, hast du es eilig?« Ohne ihn anzusehen, sortierte Olja die Blätter des Umbruchs.
»Sieht ganz so aus.«
»Daraus wird nichts. Du mußt für Morozov die Korrekturen machen. Halt mal!« Sie streckte ihm einen Stapel Blätter hin.
»He, Moment mal, womit hab ich das denn verdient?« Tumakov stellte das Glas ab und nahm die Blätter. »Was soll das heißen, für Morozov? Wo ist er denn?«
»Der hat sich aus dem Staub gemacht.«
»Und Vasnecov?«
»Hat ihn gehen lassen. Sie sind doch schließlich befreundet.«

»Na wunderbar.« Tumakov nahm den Umbruch und setzte sich in den Sessel neben Oljas Tisch. »Das hat mir gerade noch gefehlt. Ich wollte um fünf die Kurve kratzen.«
»Jetzt bleibst du bis sechs – mindestens.«
»Tja. Eigentlich ist es eine Schweinerei, einfach abzuhauen, wenn wir den Umbruch fertigmachen.«
»Das kannst du ihm ja selbst sagen.«
»Ach was, das nützt doch sowieso nichts.«
Tumakov nahm einen Füller aus seiner Jacke, verstummte und begann zu lesen.
Olja schaute in den Korridor hinaus.
»Komar! Sergej Lvovič! Der Umbruch ist gekommen!«
»Ich kooom-me«, schallte es über den Korridor.
Eine Minute später kam Komarov hereingelaufen und streckte die Hand aus:
»*Give*!«
Olja feuchtete den Finger an und zählte ihm seinen Teil ab:
»Das sind deine Seiten, die Erzählung ist auch für dich.«
»Meins, meins, alles meins.«
Komarov nahm die Blätter, ging los und begann im Gehen zu lesen. Bronštejn, der gerade hereinkam, fuhr zurück:
»Ljošenka, paß doch auf, wo du hintrittst!«
»Entschuldigung, Sergej Lvovič.«
Olja legte drei Bogen zusammen und hielt sie ihm hin:
»Sergej Lvovič.«
»Aha.« Bronštejn hielt ein Blatt hoch und musterte es. »Oh je, was ist denn da passiert?«
»Was ist denn?«
»Na, ich dachte, da über dem Titel wäre noch Platz.«
»Da ist kein Platz mehr, es ist alles innerhalb der Norm.«

»Na gut.«
Bronštejn ging raus.
Šamkovič steckte den Kopf herein und klopfte mit gekrümmtem Finger an den Türpfosten.
»Ich hab gehört, der Umbruch ist da?«
»Stimmt. Was bekommst du denn?«
»Die Vodorezova, drei Seiten.«
»Wo war das nur …« Olja blätterte.
»Von Seite siebzehn an, glaub ich.«
»Hier ist es, nimm. Und ein bißchen plötzlich, wenn's geht.«
»Na dann tschüß …«
Šamkovič verschwand von der Bildfläche.
Olja legte die restlichen Blätter auf dem Tisch aus.
»Das ist für Kotkov, Schach. Und was ist das hier? Sind das etwa Baranovs Seiten? Wo ist denn Baranov? Ba-ra-nov! Wo bist du?«
»Der ist beim Mittagessen.« Tumakov hob den Kopf.
»Also legen wir das beiseite. So, und jetzt, fertig? Und wo ist der Umschlag? Nicht dabei? Wann sie den denn wohl fertig haben?«
Tumakov trank Tee und las den Umbruch.
Olja stand auf und streckte sich.
»Oooh, meine Güte, den ganzen Tag mit krummem Rücken.«
»Dann mach ihn gerade.«
Sie setzte sich wieder und zog eine Schublade an ihrem Schreibtisch heraus.
»Ich schaffe meine Norma einfach nicht.«
»Dann zwing dich halt.«
Olja zog die Packung hervor, auf der die Reste der Norma lagen, brach ein Stück ab und begann zu essen.

»Den ganzen Tag knabbere ich an der Norma, und trotzdem schaffe ich es nicht.«
»Dann knabber eben, bis sie alle ist.«
Tumakov trank seinen Tee aus und schob das Glas weg.

Jarcev kam zehn Minuten zu spät. Auf der runden Uhr an der silbrig schimmernden Säule war es schon nach sechs.
Slavka und Saška warteten an der Ecke beim Stand des Schuhmachers auf ihn.
»Hallo«, Jarcev streckte ihnen die Hand hin, »ich hab es einfach nicht eher geschafft.«
»Und wir dachten schon, du wolltest uns wieder hängenlassen.« Slavka schüttelte schlaff seine Hand.
»Mensch, Vitka«, Saška zeigte die Zähne und drückte Vitkas Hand, »du bist vielleicht ein Held. Was bist du so hektisch? Hast du was genommen?«
»Na klar, verdammt. Und ob.« Vitka holte Zigaretten heraus und bot sie an. Sie rauchten, Vitka stieß den Rauch aus und spuckte auf den Boden:
»Warum sagt ihr nichts? Soll ich etwa wieder gehen?«
Slavka und Saška fingen an zu lachen.
»He, Alter, verdammte Scheiße!«
»Hektisch ist er, qualmt wie ein Schlot.«
»Was ist jetzt, habt ihr was gekauft?«
Slavka schüttelte vorwurfsvoll den Kopf.
»Also wirklich, Viktor Kuzmič. Sie denken schlecht über uns. Sie unterschätzen uns.«
Er schlug den Mantel auf. In der Innentasche steckte eine Flasche Wodka.

»Super!« Vitka kicherte. »Schon gut, ich sag nichts mehr.«
»So, so. Sie haben auch gar nichts zu sagen, Viktor Kuzmič. Und rücken Sie erst mal die Kohle raus.«
Vitka zählte das Geld ab und steckte es Slavka zu.
»Und wo?«
»Egal. Von mir aus auch hier.«
»Gehen wir hinters Haus.«
»In den kleinen Park?«
»Mhm.«
»Gut, gehen wir.«
Sie bogen um die Ecke und gingen über den Kinderspielplatz. In dem kleinen Park tranken zwei Typen Rotwein, ein anderer lag auf einer Bank und schlief. Sie gingen daran vorbei. Saška schüttelte den Kopf.
»Die saufen sich doch zu Tode, verdammt noch mal. Besser ein halber Liter Wodka als dieses rote Gesöff.«
Sie setzten sich auf eine Bank.
Slavka öffnete die Flasche, Saška verteilte Schmelzkäse.
»Sooo …« Slavka drückte die Kippe an der Bank aus. »Also los, Saša.«
Saša nahm einen Schluck aus der Flasche und gab sie Vitka. Vitka wollte gerade die Flasche ansetzen, als ihm plötzlich etwas einfiel.
»Oh, Mist. Ich hab doch noch Norma. Trink, Slavka.«
Er gab Slavka die Flasche, zog die Norma aus der Jackentasche und riß die Packung auf.
»Was hast du denn?« Slavka schaute ihn erstaunt an und hielt die Flasche vor sich.
»Nichts.«
»Müßt ihr etwa auch …?«

»Na klar. Hundertfünfzig. Was ist, wußtest du das nicht?«

»Nö.« Slavka nahm einen Schluck aus der Flasche. »Pfui! Und wann hast du dir das überlegt?«

»Ich hab mir das lange überlegt.« Vitka brach die Norma in zwei Stücke und begann zu kauen, wobei er abwechselnd von der einen und dann von der anderen Hälfte abbiß. »Irgendwann wirst du dir das auch überlegen.«

»Einen Scheiß werd ich.« Slavka hielt ihm die Flasche hin. »Trink.«

Vitka aß die Norma auf und spülte mit Wodka nach.

Jeder aß noch ein Stück Käse.

Saša warf die Flasche in die Büsche.

»Jaaa, Vitek, schau mal.« Slavka schaute Vitka an.

»Eine Phantasmagorie.« Saška rülpste, stand auf, warf die zerknüllte Käsefolie in die Luft und versetzte ihr mit dem Fuß einen Tritt.

Der silbrige Ball beschrieb einen Bogen und fiel in einen Haufen abgefallener Blätter.

Der Kater beschnupperte die Wurst, hob den Kopf und miaute.

»Friß, Sinus, friß.« Aleksej Kirillovič stand neben ihm. Der Kater miaute wieder, schlug mit dem Schwanz, ging weg und schnupperte an dem lange nicht geputzten Parkettboden.

»Was ist denn los?« Aleksej Kirillovič setzte sich in die Hocke. »Was ist los? Willst du frech werden!? Frißt du die Wurst nicht?«

Die Katze rieb sich an seinem Bein und spazierte darunter her.

»Ganz schön dreist. Aber Fisch gibt es nicht. Auf gar keinen Fall. Brauchst du dir gar nicht einzubilden.«

Der Kater schlich in die Küche.

Ächzend hob Aleksej Kirillovič das Schälchen mit der Wurst hoch, stand auf und schlurfte hinter ihm her.

»So, Freundchen. Du bist wohl verrückt geworden. So was von dreist. Es reicht, jetzt gibt's keine Delikatessen mehr. Von jetzt an kriegst du das, was ich auch esse.«

In der Küche brodelte der Teekessel, und die Kartoffeln kochten.

Sinus ging zum Kühlschrank, schaute sich zu seinem Herrchen um und miaute.

»Nein. Es gibt nichts anderes als Wurst. Brauchst gar nicht drauf zu warten.«

Aleksej Kirillovič stellte das Schälchen in die Ecke und schaltete den Teekessel aus. Er gab drei Löffel Tee in die Kanne, goß kochendes Wasser dazu und deckte ein schmutziges, vierfach gefaltetes Handtuch darüber.

Der Kater schnupperte an der Wurst, kletterte auf den Stuhl und legte sich hin.

Aleksej Kirillovič stach mit einem Messer in die Kartoffeln.

»*Okay.*«

Er schaltete den Herd aus, goß das heiße Wasser ungeschickt ab und stellte den offenen Topf auf den Tisch.

Er wich dem Dampf aus, legte sich Kartoffeln auf den Teller und fischte eine Wurst heraus.

Sinus träumte und bewegte seine Barthaare.

Aleksej Kirillovič holte die Butter aus dem Kühlschrank, brach gut die Hälfte von dem Zweihundertgramm-Stück ab und warf es auf die Kartoffeln.

Er setzte sich, nahm eine Gabel und begann zu essen.

Der Kater öffnete die Augen einen Spalt, setzte sich auf und miaute.

»Nein, nichts da, Freundchen. Du hast da in der Ecke was. Im übrigen dasselbe wie ich. Aber Kartoffeln sind nichts für dich … Hmh …«
Sinus schaute ihn an und machte einen Buckel.
Aleksej Kirillovič tunkte die dampfenden Wurststückchen in die geschmolzene Butter und steckte sie in den Mund, unter seinen schütteren grauen Schnurrbart.
»Und wir zählten die Minuten … Ja, es waren Minuten. Hmh. Sinus – Kosinus. Tangens … hmh … Kotangens. Und alles vorbei. Ich erinnerte mich an euch … hmh … *and* alles vorbei. Vorbei. *Remember you and your wonderful eyes.* Weißt du … hmh … was das ist … Hmh … Es ist wohl verkocht … Du weißt ja nicht, was für *wonderful eyes* es gibt. Bei deinem verstorbenen Frauchen waren sie *light green.* Ein bißchen so wie deine … Hör mal, was starrst du mich so an? Du bist doch nicht etwa neidisch? Wegen der Kartoffeln?! Du liebe Güte, Sinus! Das schmeckt längst nicht so gut, wie es aussieht, besonders für Katzen. Na also, eins noch, und fertig.«
Er verschlang das letzte Stück, schob den Teller weg, klatschte und rieb sich die Hände.
»Tee, die Herrschaften! Wie wäre es damit!«
Der Kater gab einen klagenden Laut von sich.
»Tee ist auch nicht gerade etwas für dich.«
Aleksej Kirillovič stand auf, nahm das Handtuch von der Teekanne, goß Tee in eine ungespülte Tasse und warf ein Stück Zucker hinein.
Er setzte sich, rührte um, trank einen Schluck, strich sich den Schnurrbart glatt und trippelte dann mit kleinen Schritten ins Wohnzimmer, wobei er die Tasse vor sich hielt.
»So und so, und so, und so …«

Der Kater sprang vom Stuhl herunter und trottete hinter ihm her.

Im Wohnzimmer stellte Aleksej Kirillovič die Tasse auf den mit Papieren übersäten Tisch, setzte sich in den Sessel, legte einen Stoß maschinengeschriebener Seiten vor sich hin und blätterte ihn durch.

»Hmmh, das war ... Mhm ... Ja genau ... Mhm! Hier. Gegeben sei das Multiplikationsgesetz, das in der Tabelle drei definiert ist ... So ... Das neutrale Element bezüglich ... So ... Bezüglich ... So ... Aber, mein Lieber, das ist doch haargenau der Vortrag von Jurkovskij. Klar, wenn dieser Körper geordnet ist, dann kann die Menge von Vektoren in zwei Untermengen geteilt werden, da muß er nicht das Rad neu erfinden. So. Eine Matrix definiert die Abbildung von einem n-dimensionalen Vektorraum in einen anderen Vektorraum ... Na und? Das ist doch das Theorem über die entartete Matrix! Witzbold.«

Aleksej Kirillovič zog die Schublade heraus, nahm die auf einer Serviette liegende Norma heraus und begann, ohne seinen Blick von den Blättern loszureißen, kleine Stücke davon abzubrechen. Hin und wieder spülte er mit einem Schluck Tee nach.

»So ... so ... Aber das ist doch ... Die Multiplikation einer Matrix mit einem Skalar, distributiv bezüglich der Summe von Skalaren ... Na ... So ... Das ist auch bekannt ... Aber was quatscht er denn da über die Linearkombination ... Aha ... Das Kroneckersymbol ist gleich null, wenn die Menge der quadratischen Matrizen einen Raum bezüglich Summe und Multiplikation bildet ... Na und? Wo sind dann die beiden Raum-Tensoren? Die sind doch äquivalent.«

Normakrümel fielen ihm auf die Knie und auf den Boden.

Sinus lag auf dem Sofa und hatte den Kopf zwischen die Pfoten gesteckt.
»Und wie soll man die Klasse der Tensoren definieren? Das sind doch die Elemente der äußeren Reihe … Und … Wozu soll man auch noch die bilineare Struktur betrachten? Witzbold! Uns interessieren hier die Parameter des linken Tensors und nicht die Kurve einer Polynomialfunktion … Und was ist hier … Aha … Na, das ist doch klar … Aha … Hier macht er … So. So! Interessant! Und was nun? Das ist doch im Gegensatz zum Euklidischen Raum! Meine Güte! Ha-ha-ha-ha! Die Polarform einer fundamentalen Polynomialfunktion heißt skalare Dispersion! Ha-ha-ha! Das eine hat doch mit dem anderen überhaupt nichts zu tun …«
Der Tee war eher alle als die Norma.
Aleksej Kirillovič nahm das übriggebliebene Stück, steckte es in den Mund und begann zu kauen, wobei er die Blätter durchsah.
»Na, und wo sind hier die vielgerühmten Tricks mit den gemischten Tensoren … So … Na … Hm … Vektorzusammenha… oh!«
Er stockte, steckte die Finger der linken Hand in den Mund und holte einen kleinen Gegenstand hervor, der braun von Norma war. Nachdem er ihn an der Hand abgewischt hatte, erkannte Aleksej Kirillovič, daß es ein Knopf war.
»Du meine Güte.« Er legte die auseinanderfallenden Blätter beiseite und hielt den Knopf näher an die Augen.
»Du lieber Gott, ein Knopf! Aber wie … Du lieber Gott, das ist ja … Sinus! Schau mal, ein Knopf!«
Der Kater hob den Kopf und miaute faul.
Aleksej Kirillovič stand auf, schlurfte zum Fenster und hielt noch einmal den Knopf an die Augen.

»So was auch, da hat jemand einen Knopf verschluckt. Du meine Güte, wie das wohl passiert ist?«
Der Kater stand auf, spazierte über das Sofa, streckte sich und schlug gähnend die Krallen in den abgeschabten Plüsch.

»Wie, direkt in die Fresse?« Ženka schmiß die Kippe in die Pfütze.
»Mhm. Ich hab überhaupt nichts geschnallt, verdammte Scheiße, und dieses Arschloch, zack, ich hab nur noch Sterne gesehen, verdammt ...« Sergej blieb stehen und nahm das zerknitterte Taschentuch von der Nase.
»Blutet es noch?« Ženka betrachtete Sergejs geschwollene Nase mit dem geronnenen Blut in den Nasenlöchern.
»Na klar ...«
»Komm, leg den Kopf in den Nacken, wir bleiben hier ein bißchen stehen.«
»Wozu das denn, Ženka? Dann haut der uns doch einfach ab. Mit dem Bus nach Vnukovo, er und Peka und Chochol. Und Saška Gladilin.«
»Was hat der denn da zu suchen?«
»Weiß der Geier. Hat sich drangehängt wie eine Klette, verdammt. Der dreht sein Fähnchen doch sowieso immer nach dem Wind. Nicht mal in Schutz genommen hat er mich.«
»Habt ihr zusammen studiert?«
»Mhm, an der PTU. Ist aber lange her. Wir sind zusammen tanzen gegangen.«
Sergej beugte sich vor und schneuzte auf den Boden.
»Verfluchte Scheiße, mir brummt der Schädel. Er hat mir direkt auf die Nase geballert.«

»Wisch dir die Hand ab.«

Sergej wischte die blutverschmierte Hand ab, zog die Nase hoch und legte das Taschentuch wieder drauf.

»Hör mal, Ženka, vielleicht sollten wir noch Sanja holen?«

»Keine Bange, mit denen werden wir schon fertig.«

»Ausgerechnet heute hab ich meinen Gürtel mit den Bleistükken zu Hause gelassen. Sonst hätt ich den Schweinen damit eins übergezogen. Denen hätte ich Beine gemacht.«

»Sind sie besoffen?«

»Nicht so richtig. Ein bißchen halt, rote Fresse, grinsen blöde ...«

»Hat Peka angefangen?«

»Mhm. Syč hat ihm irgendwas zugeflüstert, und dann ging er auf mich los. Dabei hatte er selbst die Hosen voll. Er hat mich blöde angemacht, dann hab ich ihn angerempelt. Und dann hat Syč zugeschlagen.«

»Verstehe.«

Sie gingen an der Bushaltestelle vorbei, überholten eine Schlange für Tomaten und liefen auf der Straße weiter.

In den Laternen züngelten blaue Gasflämmchen auf, flackerten und wurden größer. Eine dicke Frau mit einer Einkaufstasche kam ihnen entgegen, starrte Sergej an und schüttelte den Kopf. Von hinten hupte ein Laster und zwang sie, auf das Trottoir zu gehen. Sergej ging mit eingezogenem Kopf.

»Und Chochol stand dabei und hat gewiehert wie ein Pferd, dieser Arsch ...«

»Hat Syč nur einmal zugeschlagen?«

»Mhm. Ich bin dann abgehauen ... bringt doch nichts – einer gegen drei ...«

»Du hättest ihm wenigstens auch eins in die Fresse geben können.«

»Mensch, Ženka, die hätten doch Brei aus mir gemacht!«
»Na, übertreib mal nicht … so schlimm ist er auch nicht!«
»Was soll ich mich mit dem anlegen? Der ist doch einen Kopf größer als ich!«
»Also zwei größer als ich.«
»Ja, du bist auch ein Sportler.«
Sie wechselten auf die andere Straßenseite. Es wurde schnell dunkel. Der feuchte Wind zerrte an Sergejs Haarzotteln. Die Laternen brannten jetzt ganz hell.
Sie bogen ab, überquerten den Hof, gingen gebückt unter der Wäsche hindurch und wateten durch die Pfützen. Neben einem Hauseingang schlugen zwei Mädchen ein Seil, und ein anderes Mädchen stand daneben, bereit zum Springen. Zwei Mütter schoben ihre Kinderwagen.
»Sie sind jetzt bestimmt noch da. Haben es wahrscheinlich nicht geschafft. Chochol hat eine Flasche gekauft.«
Das Mädchen sprang ins Seil und begann zu hüpfen.
Sie gingen zum Geschäft.
Am Eingang lungerten ein paar Männer herum. Als sie Ženka und Sergej bemerkten, drehten sie sich zu ihnen um.
»He, Leute, habt ihr Syč und die anderen nicht gesehen?«, fragte Ženka beim Näherkommen.
»Die sind da hinten im Wäldchen, einen heben.« Ein unrasierter Mann mit Schirmmütze winkte mit der Hand. »Wieso, wollt ihr denen eins aufs Dach geben?«
»Wenn es sich ergibt.«
»Na, dann mal los, Ženka«, der Mann bleckte die Zähne. »Die kamen hier an und haben das Maul ganz schön voll genommen. Ich hab gesehen, was sie mit Serjoža gemacht haben.«
»Und wieso hast du ihm dann nicht geholfen?«

»Ach, ich bin kein großer Helfer, ich bin doch nicht gesund …«

Sie bogen um die Ecke und gingen in das Wäldchen.

Zwischen den kahlen Bäumen waren ein paar dunkle Figuren zu sehen.

»Da sind sie.« Sergej blieb stehen und schaute sich suchend um.

»Wir müßten uns einen Stock abbrechen.«

»Laß doch, brauchen wir nicht.«

»Wieso denn, die sind schließlich zu viert.«

»Anscheinend sind es nur drei. Komm schon, keine Bange. Ich nehm mir zwei vor, und du sei nicht so zaghaft. Hau einmal zu, dafür aber richtig.«

Sie gingen näher heran.

Die drei unterbrachen ihr Gespräch und drehten sich um.

»Aaa … er hat Verstärkung mitgebracht.« Syč kam ihnen entgegen.

»Hast du die Schnauze noch nicht voll?«

Nicht weit von den dreien knackten Zweige. Saška Gladilin knöpfte seinen Hosenschlitz zu.

»Was ist, du Arsch, bist du in Moskau zu Kräften gekommen?« Ženka zog die Fäuste aus der Tasche und ging auf Syč zu. »Wie kräftig bist du denn geworden?«

»Für euch Arschlöcher reicht's allemal.«

Ženka ging näher heran, Syč holte zum Schlag aus. Ženka wich geschickt aus und verpaßte Syč einen Schlag ins Gesicht, daß es nur so krachte.

Syč flog rückwärts, die lederne Schirmmütze rollte über den Boden.

Peka und Chochol warfen sich auf Ženka, Sergej auf den am Boden liegenden Syč.

Saška Gladilin stürzte sich ins Getümmel und versuchte, sie auseinanderzubringen.
»Was ist denn mit euch los, Leute, seid ihr verrückt geworden?!«
Ženka warf Chochol zu Boden, konnte aber Pekas Faust nicht ausweichen und flog rücklings hin.
Sergej traktierte Syč, der sich zusammenrollte, mit Fußtritten, Saška zerrte ihn an der Jacke weg. Peka versetzte Ženka einen Tritt in die Seite. Ženka bekam einen Schluckauf, er sprang hoch und versetzte Peka eins mit der Faust. Chochol saß am Boden und faßte sich an die Nase.
»Leute, was soll denn das, verdammte Scheiße!« Saška zerrte Sergej weg. »Ihr bringt euch ja um!«
»Verpiß dich, du Schmarotzer! Gleich zieh ich dir auch eins drüber!«
»Warum das denn?«
»Darum! Laß mich los! Idiot!«
Ženka stieß Peka zu Boden, der sprang auf und lief davon. Syč rappelte sich auf und lief hinterher.
Chochol saß auf dem Boden und rieb seine zerschlagene Nase. Ženka versetzte ihm einen Tritt.
»Na los, hau schon ab!«
Chochol stand schwerfällig auf und schleppte sich davon. Ženka hob Syčs Schirmmütze auf und warf sie ihm hinterher.
»Gib das deinem Boß, du Laufbursche!«
Chochol hob die Schirmmütze auf und trottete weiter.
»Und du, was stehst du hier noch herum?« Ženka ging zu Saška. »Na, hau schon ab!«
»Was hast du denn, Ženka?«
»Hau ab, hab ich gesagt.«

Saška spuckte aus und ging davon. Das Laub raschelte unter seinen Füßen.

»Na also, den Typen haben wir eins übergezogen.« Ženka berührte seine geschwollene Schläfe. »Tja, das gibt garantiert einen blauen Fleck. Produktionskosten, verdammt ...«

»Du kannst dich vielleicht prügeln, das muß ich schon sagen!« Sergej schlug ihm auf die Schulter. »Aber gründlich, he!«

»Du bist aber auch gut, stürzt dich auf den, der am Boden liegt, anstatt mir zu helfen.«

»Aber ich wollte ihn doch fertigmachen, damit er nicht mehr aufstehen kann, das Schwein!«

»Und inzwischen werde ich fertiggemacht ...«

»Halb so wild, Ženka, wir kippen uns jetzt eine Flasche hinter die Binde und kurieren das aus. Ich geb einen Fünfer. Ein Fünfer muß noch her. Hast du einen?«

Sie wühlten in den Taschen.

Ženka hielt plötzlich inne und sperrte den Mund auf.

»Verdammte Scheiße!«

Vorsichtig zog er seine gespreizte Hand aus der Jackentasche. Die Finger waren mit Norma verschmiert. Ženka schnalzte verärgert mit der Zunge.

»Ach du Scheiße ... ich konnte sie vorher nicht mehr rausnehmen ... und dieser Arsch hat mich getreten. Die Packung ist aufgeplatzt. Und sie war so flüssig, man hätte sie trinken können.«

Er streckte die Hand aus.

»Vielleicht ist nicht alles ausgelaufen!« fragte Sergej zaghaft.

»Ja, von wegen ...« Ženka beugte sich zur Seite und holte mit der anderen Hand die zerrissene Packung aus der Tasche. »Tatsächlich, es ist doch nicht alles ...«

»Na, dann ist doch alles in Ordnung. Halb so wild. Und die Jacke macht deine Ljudka sauber.«

»Na hoffentlich.« Ženka betrachtete die Packung und schüttelte den Kopf. »Na ja, da kann man nichts machen.«

Er hielt das Loch an den Mund und quetschte die Packung mit den Händen zusammen. Die flüssige Norma lief ihm in den Mund.

»Ženka! Vielleicht geh ich schon mal? Sonst machen sie zu.«

»Na los.«

»Was soll ich denn holen? Wodka oder den roten Fusel?«

»Wodka.«

Sergej wandte sich um und ging vergnügt zum Geschäft.

Ženka saugte die Norma aus der Packung, knüllte sie zusammen und legte sie an die geschwollene Braue. Wenn er die Augen zusammenkniff, tat es weh, die Schläfe war ganz taub, und die Seite schmerzte leicht.

»Das ist bei denen doch immer so.« Era schlug das siebte Ei in die Emailleschüssel. »Verdienen viel, aber normal leben, das können sie nicht. Am Monatsende kommen sie angerannt und wollen sich was leihen.«

»Genau.« Anja knackte die Nüsse, pulte sie aus der Schale und gab sie in ein Glas.

»Dann kommt Maška an, aufgetakelt bis zum Gehtnichtmehr. Era, leih mir was. Und sie weiß genau, zu wem sie gehen muß.«

»Na logisch.«

»Einmal ist sie zu Solovjovs gegangen, die haben ihr nichts gegeben. Aber ich – Anja, ich kann es ihr nicht abschlagen. Ich kann's einfach nicht.«

Era warf die Eierschalen in den Müll und begann, Eier und Zucker mit einem Schneebesen zu schlagen.

»Du bist ja wirklich die Mildtätigkeit in Person.«

»Ich hab mir selber oft genug gesagt, du dumme Kuh, was soll denn das, wirklich. Aber ich kann einfach nicht. Maška schnappt sich einen Hunderter, und auf Wiedersehen. Am nächsten Tag ist bei ihnen die Hölle los. Besuch. Wenn der Lohn kommt, gibt sie es mir zurück, aber am Ende des Monats steht sie wieder auf der Matte.«

»Kommt er denn nie vorbei?«

»Nein, wo denkst du hin? Das ist doch die Elite, meinst du, die lassen sich zu uns herab? Ihre Gäste sind genauso, lauter aufgeblasene Gockel. Alle in Samt und Seide.«

»Ist er Mitglied im Verband?«

»Schon lange. Maška sagt, demnächst erscheint ein dreibändiges Werk von ihm.«

»Hast du mal was von ihm gelesen?«

»Hab ich. Totaler Schund. Ein Produktionsroman. Er liebt sie, sie ist in der Gewerkschaftsleitung des Betriebs, er ist Brigadier. Die Brigade ist total überlastet und schafft das Pensum nicht. Es gibt keinen Zusammenhalt untereinander, die Leute wechseln häufig. Sie kritisiert ihn. Und er ist eifersüchtig auf den leitenden Ingenieur. Aber es geht alles gut aus. Der Plan wird übererfüllt, und sie heiraten. Ein bewährter Metallgießer spricht einen Toast. Die Jungen klatschen. Fertig.«

»Das ist ja ein Alptraum.«

»Allerdings, ich hab auch kaum bis zum Ende durchgehalten. Es gibt noch einen kleinen Band mit Erzählungen von ihm, Dorfprosa. Das ist zwar nicht schlecht, aber andererseits – irgendwann ist es genug. Es hängt einem zum Hals heraus …«

»Schlagen wir das Eiweiß jetzt oder nachher?«
»Nachher. Sonst fällt es zusammen. Gib mir mal das Mehl.«
Anja reichte ihr das Mehl.
Era maß zwei Glas ab, streute das Mehl in die Schüssel, fügte die weiche Butter hinzu und rührte alles mit einem Holzlöffel um.
»Die Nüsse jetzt oder nachher, obendrauf?«
»Nein, jetzt gleich. Du kannst sie schon mal mit der Norma verrühren.«
Anja nahm einen zugedeckten Teller vom Buffet. Unter dem Deckel lagen vier Stücke Norma. Drei waren schon etwas dunkler, eins war noch ganz frisch, orangebräunlich. Anja schüttete die Nüsse darüber und vermischte alles mit einem Löffel.
»Era, sag mal, wer liefert eigentlich die Norma für Koljas Ministerium?«
»Der Kindergarten.«
»Das sieht man. Sie ist so schön hell. Wir essen welche aus dem Internat. Die ist natürlich auch nicht schlecht, aber nicht so wie diese … Wie stark die riecht. Den Geruch kriegt man einfach nicht weg.«
»Das wird jetzt gebacken, dann kühlt es aus und riecht überhaupt nicht mehr.«
»Wirklich?«
»Mhm … Hast du alles verrührt? Gib her.«
Anja reichte ihr den Teller. Era gab die dickflüssige Masse in den Teig, schüttete Mehl darüber und krempelte sich die Ärmel hoch.

Der Lift kam sanft zum Stehen, die hellgrünen Türen glitten auseinander.

Nikolaj Ivanovič trat hinaus ins Vestibül.

Der Milizionär an der Pförtnerloge drehte sich um und salutierte. Nikolaj Ivanovič nickte, als er an ihm vorbeiging, und stieß die Glastür auf.

Am Eingang gingen zwei Milizionäre im Mantel auf und ab. Als sie Nikolaj Ivanovič bemerkten, blieben sie stehen und salutierten.

Nikolaj Ivanovič nickte ihnen zu.

Das Auto stand in der Nähe. Der Chauffeur stieg aus und öffnete die hintere Tür.

»Guten Abend, Nikolaj Ivanyč.«

»Guten Abend, Kolja.« Nikolaj Ivanovič warf seine Mappe auf den Sitz und stieg ein.

Der Chauffeur lief eilig um das mächtige schwarze Vorderteil herum, setzte sich hinter das Steuer, ließ den Motor an und setzte den Wagen sanft in Bewegung.

Sie fuhren durch die kurze Allee und hielten an dem silberschimmernden Tor, dessen Flügel langsam auseinanderglitten.

Hinter dem Tor stand ein schwarzer Wolga vom Sicherheitsdienst. Daneben gingen drei im Mantel auf und ab.

Als das Tor auf war, fuhr die Limousine an dem Wolga vorbei.

Die drei schlugen die Türen zu, der Wolga setzte sich in Bewegung und fuhr hinterher.

»Nach Hause, Nikolaj Ivanyč?«

»Mhm.«

Sie bogen in den Kutusov-Prospekt ein und brausten auf der Mittelspur dahin.

»Heute wird unser Spartak es dem ZSKA aber zeigen, Nikolaj Ivanovič. Todsicher.«
»Man soll den Tag nicht vor dem Abend loben …« Nikolaj Ivanovič kurbelte das Fenster ein wenig herunter.
»Sie werden schon sehen. Chimik haben sie es am Samstag auch gezeigt, was? Das war toll!«
»Chimik ist nicht ZSKA.«
»Natürlich nicht, aber sieben-null gewinnen, das muß man auch erst mal können. Das ist ein Ergebnis, mein lieber Mann.«
»Wir werden ja sehen.« Nikolaj Ivanovič gähnte, nahm den Hut ab und legte ihn auf die Mappe. »Irgendwie bezieht es sich. Es wird Regen geben.«
»Bestimmt, es ist auch schon ganz bewölkt. So ein feuchter Herbst. Letztes Jahr war es trocken. Kartoffeln haben wir ausgegraben, daß es ein Vergnügen war. Kein Dreck dran, nichts. Aber jetzt müßte man ja im Schlamm waten …«
»Habt ihr denn noch keine Kartoffeln geerntet?«
»Ja, wie denn? Bei dem Dreck.«
»Paß auf, daß sie nicht verfaulen.«
»Ja, jetzt am Samstag wollen wir es mal probieren …«
Sie bogen in eine Gasse ein und fuhren vor einem achtstöckigen Hochhaus vor. Der Wolga hielt an, die Leibwächter stiegen aus, blickten sich nach allen Seiten um und umringten die Limousine. Der Chauffeur öffnete die Tür, Nikolaj Ivanovič nahm seine Mappe und den Hut und stieg aus. Ein rothaariger Leibwächter öffnete die Eingangstür.
Nikolaj Ivanovič nickte ihm zu und trat in den mit grau-braunem Teppich ausgelegten Gang. Der breitschultrige Aufzugführer kam hinter seinem Tisch hervor.
»Guten Abend, Nikolaj Ivanovič.«

»Hallo.« Der Lift kam, die Tür ging auf.
Nikolaj Ivanovič trat ein, drückte auf den Knopf mit der 3 und betrachtete sich im Spiegel. In seiner Etage stieg er aus und läutete. Lida öffnete die Tür.
»Hallo.« Nikolaj Ivanovič küßte sie auf die Wange.
»Hallo.« Sie küßte ihn ebenfalls. »Wieso hast du keinen Hut auf? Du bist wohl zu eitel? Ich hab es vom Fenster aus gesehen. Du wirst noch krank.«
»Ich bin doch nur aus dem Auto …«
»Paß auf, du erkältest dich noch. Bist du müde?«
»Ein bißchen. Wo ist deine Mutter?«
»Bei Vera.«
»Aha …«
»Willst du jetzt was essen oder später?«
»Lieber jetzt. Um sieben kommt Eishockey …«
Lida nahm ihm den Mantel ab. Nikolaj Ivanovič holte die Norma aus dem Mantel.
»Bring das in die Küche.«
»Und, hat die Sitzung lange gedauert?«
»Seit drei Uhr.«
Sie ging in die Küche und rief von dort:
»Willst du Fischsuppe oder georgischen Eintopf?«
Nikolaj Ivanovič zog die Schlappen an.
»Eintopf.«
Lida klapperte mit den Tellern.
Nikolaj Ivanovič ging zur Toilette, wusch sich die Hände, krempelte die Hemdsärmel hoch und trat durch den Bambusvorhang in die Küche.
Lida sang leise vor sich hin und schnitt gedörrten Störrücken auf.

»Na, setz dich schon. Ich habe Anja nach Hause geschickt, ich mach dir jetzt das Essen.«

»Wieso denn das?«

»Ach, sie hat sich eine Erkältung eingefangen und die ganze Zeit nur geschnieft.«

»Ach so … Essen wir zusammen?«

»Nein, Papa, ich hab erst vor kurzem gegessen. Mit Mama. Und fürs Abendessen ist es mir noch zu früh. Setz dich.«

Auf dem Tisch dampfte der Eintopf, dazu gab es georgischen Wein, Pilze, Schinken und ein Schälchen Kaviar.

Die Norma hatte Lida auf eine Untertasse gelegt.

Nikolaj Ivanovič zog die Norma heran, nahm mit seinem Löffel etwas davon und kaute lustlos.

Lida verteilte den gedörrten Stör auf einem Tellerchen, wischte die Hände an einer Schürze ab, die an der Wand hing, und setzte sich ihm gegenüber.

Nikolaj Ivanovič kaute bedächtig an seiner Norma.

»Bist du bei Nikitič gewesen?« Lida stützte das Kinn in die Hand.

»War ich.«

»Na und? Hat er sich an seine neue Stelle gewöhnt?«

»Noch nicht richtig … er kommt irgendwie nicht zurecht. Das einzig Neue ist, daß er das Tor silbern angestrichen hat …«

»Er spielt sich eben gerne auf. Und wie geht es ihm selbst?«

»Auch nicht so gut. Aufgedunsen ist er. Ich glaube, er trinkt.«

»Natürlich trinkt er. Der Chauffeur von Sergej Petrovič hat doch erzählt, wie er ihn betrunken von der Datscha weggebracht hat.«

Nikolaj Ivanovič kratzte die braunen Reste von der Untertasse, leckte den Löffel ab und zog den Eintopf heran.

»Oh, der ist aber dick geraten …«
»Nimm vom Stör, und Pilze gibt es auch noch …«
»Das seh ich.« Er kostete einmal, dann noch mal, schenkte sich Wein ein, trank einen Schluck und nahm ein Stück Stör dazu.
»Ist deine Mutter schon lange weg?«
»Seit vier Uhr ungefähr. Ach, bald hätte ich es vergessen – Nikolaič hat angerufen.«
»Aber ich hab doch noch mit ihm gesprochen, bevor ich losgefahren bin.«
»Keine Ahnung, vielleicht ist ihm noch was eingefallen. Du weißt doch, wie das ist. Das Wichtigste fällt einem immer zu spät ein.«
»Stimmt auch wieder.«
Nikolaj Ivanovič löffelte seinen Eintopf.
Lida stand auf und ging zum Herd.
»Als Hauptgericht hat Anja Putenschnitzel gemacht.«
»Gib mir doch ein halbes.«
»So wenig?«
»Mehr will ich nicht.«
»Und Kartoffeln?«
»Auch nur ganz wenig.«
Er aß den Eintopf auf. Lida stellte ihm den Teller mit dem Hauptgericht hin.
Nikolaj Ivanovič spießte eine Kartoffel auf, kaute gründlich und legte die Gabel beiseite.
»Ach so … Er wollte wahrscheinlich wegen des sechsten … Ich werd ihn gleich mal …«
Er stand auf, ging durch den Korridor und das Wohnzimmer in sein Arbeitszimmer und nahm den Hörer des roten Telefons ab.

»Drei achtundsiebzig … Aleksej Nikolaič? Hier ist Nikolaj Ivanyč. Lidočka hat mir gerade gesagt, du hättest angerufen. Mhm. Aha … Verstehe … Ja, das hab ich mir gedacht … Mhm … Mhm … So … So … Ja und? Ach so? Na ja, es ist ja ihre Angelegenheit, sollen sie selbst entscheiden. Natürlich. Du brauchst dich deswegen nicht zu beunruhigen. Sie sollen sich selbst darum kümmern. Sie haben sich das selbst eingebrockt, sollen sie doch sehen, wie sie die Suppe wieder auslöffeln. Genau. Genau. Natürlich. Ja. Natürlich. Ja. Am siebten. Genau. In Archangelskoe ist das schiefgegangen, deshalb hat man hier entschieden … Ja … Das ist doch Jacke wie Hose. Fjodorov hat mir das gestern gesagt … Ja … Da haben sie soviel Geld in den Sand gesetzt, und die Natur soll schuld sein. Ja. Zuerst haben sie alles den Elektronikern in die Schuhe geschoben, jetzt dem Permafrost. Ja. Genau, und jetzt soll Rjabinkin schuld sein, er hätte keine Vorkehrungen getroffen. Da haben sie einen Sündenbock gefunden. Ja. Natürlich, er hat es doch deutlich gesagt, weißt du das nicht mehr? Ja, nichts, natürlich! Und mit denen rede ich morgen, die sollen Rjabinkin in Ruhe lassen. Ja. Sollen sie ihre eigenen Leute schikanieren. Ja. Gut. Gut. In Ordnung, Aleksej Nikolaič, auf Wiederhören.«

Er legte auf, schaute auf die Uhr und lief ins Wohnzimmer.

»Oje oje, ich hab's verpaßt!«

Er schaltete den Fernseher ein und setzte sich in den Sessel.

»Papa! Kompott oder Tee?« rief Lida aus der Küche.

»Tee!« Nikolaj Ivanovič schlug sich auf die Schenkel.

Das Bild war verschwommen, die Farben flimmerten.

Der Schiedsrichter zeigte Einwurf in die Zone des ZSKA. Krutov kletterte über die Bande. Šalimov saß auf der Strafbank und umwickelte seinen Schläger mit Isolierband.

Sie kauften unterwegs Cabernet und dreihundert Gramm Konfekt.
Serjoža schob die Flasche mit dem schief aufgeklebten Etikett in die Manteltasche und steckte auch seine Hand hinein. Die Tüte mit dem Konfekt verstaute Olja in ihrer Handtasche. Bei der Schaschlik-Bude gingen sie auf die andere Straßenseite. Serjoža nahm Oljas Arm, zupfte ein verwelktes Blatt von ihrem übermäßig langen Schal und hielt es ihr hin.
»Ein Andenken für dich.«
»Von wem?« Olja lächelte spöttisch.
»Vom Herbst, wahrscheinlich.«
»Danke.«
Sie nahm das Blatt und steckte den Stiel in den Mund. Serjoža balancierte auf der Betonkante des Trottoirs.
»Eigentlich ist so ein Schal doch furchtbar.«
»Wieso, magst du ihn nicht leiden?«
»Doch, er ist schön. Isadora hatte wahrscheinlich auch so einen.«
»Sonderbare Analogie.«
»Überhaupt nicht sonderbar. Furchtbar.«
»Serjoženka, heutzutage gibt's keine offenen Landauer mehr. Also reg dich nicht auf.«
»Dafür gibt's Autobusse und Trolleybusse. Du bist drin, und der Schal kommt unter die Räder.«
»Vielen Dank.«
Serjoža umarmte sie und zog sie an sich. Sie taumelte, ihre Absätze klapperten linkisch auf dem feuchten Boden.
»Ich falle hin.«
»Dann heben wir dich wieder auf.«
Er küßte sie auf die Mundwinkel.

»Führ dich anständig auf.«
»Ich führe ja. Mich und dich. Ganz anständig.«
Sie bogen in eine Gasse ein und passierten mehrere Häuser. Quer durch die Gasse verlief ein Graben.
»Du liebe Güte.« Serjoža spähte in den Graben und stieß mit dem Fuß einen Klumpen Erde hinein. »Hier kann man ja kaum gehen. Wie machst du das denn im Dunkeln?«
»Nach Gefühl.«
»Ein Alptraum.«
»Da ist mal ein Besoffener reingefallen.«
»Das war aber nicht zufällig dein Ex-Mann?«
»Benimm dich.«
Sie sprangen über den Graben und kamen auf den Hof.
»Welcher Eingang war das noch – du könntest mich totschlagen …« Serjoža kniff die Augen zusammen. »Der da, oder?«
»Erraten.«
»Nicht erraten, es ist mir wieder eingefallen.«
Sie betraten das Haus. Im Lift umarmte er sie und küßte sie auf den Mund. Olja öffnete die Tasche und holte die Schlüssel heraus.
Sie traten aus dem Lift.
Olja schloß die Tür auf und betrat die Wohnung, Serjoža kam hinterher.
In der Wohnung herrschte Halbdunkel. Olja warf die Handtasche unter den Kleiderständer, nahm die Strickmütze ab und schüttelte die Haare.
Serjoža hängte seine Schirmmütze an den hölzernen Haken und lehnte sich an die Wand.
»Tja. Und wann hast du dir die neue Tapete zugelegt?«

»Im Frühjahr schon. Nach der Scheidung. Die alte hat mir nie gefallen.«

»Mir auch nicht.«

»Leg ab.«

Sie zog den Mantel aus und warf die Stiefel in die Ecke. Serjoža zog die Flasche aus der Tasche und legte den Mantel ab. Olja hängte den Schal an den Haken, nahm die Flasche und wollte in die Küche gehen, aber Serjoža ergriff ihre Hand.

»Was ist?« fragte sie leise.

Er küßte sie auf den Mund, strich ihre Haare zur Seite und küßte sie auf die Schläfe. Sie stellte die Flasche auf den Boden und umarmte ihn.

Sie küßten sich lange im Halbdunkel. Olja stolperte und stieß dabei die Flasche um. Die Flasche rollte zur Tür.

Er zog Olja an der Hand ins Wohnzimmer.

»Hier ist eine fürchterliche Unordnung.« Olja war einen Moment abgelenkt, aber dann umarmte sie ihn wieder.

Serjoža glitt mit seinen Händen unter ihren beigefarbenen Pullover und fand ihre Brust. Olja stöhnte und zerzauste seine Haare. Er schob sie weiter und warf sie aufs Bett. Olja küßte seine Stirn und seine Augen, aber plötzlich stemmte sie die Hände gegen seine Schultern.

»Warte, ich glaub, ich hab die Tür nicht abgeschlossen.«

Sie ging lautlos in den Korridor. Das Schloß schnappte ein.

Sie kam zurück und zog die Vorhänge zu. Es wurde noch dunkler.

Sie zog den Pullover über den Kopf und knöpfte die Jeans auf.

»Nimm die Tagesdecke ab.«

Serjoža zog die grüne Tagesdecke vom Bett. Darunter lag eine dünne Bettdecke in einem alten zerknitterten Bezug und ein plattgelegenes Kopfkissen, unter dem ein rosafarbenes Nachthemd hervorlugte.

Olja stieg aus ihren Jeans und ging auf Serjoža zu. Er umarmte sie und küßte ihren Hals und ihre knochigen Schultern. Olja knöpfte sein Hemd auf, er zog es zusammen mit dem Unterhemd aus und streifte die Hose und die Unterhose herunter.

In enger Umarmung fielen sie aufs Bett.

Olja hakte ihren Büstenhalter auf, der Träger verhedderte sich mit ihrer Kette. Serjoža küßte ihre Brust und glitt mit der Hand in ihr Höschen. Olja spreizte die Beine und preßte sie dann wieder zusammen. Sie lag eng an ihn geschmiegt und fuhr mit den Lippen über seinen Hals. Er schob ihr Höschen weg, sie richtete sich leicht auf. Das Höschen rutschte hinunter. Serjoža legte sich auf sie und drückte die mageren Schultern zusammen. Die Kette zitterte. Ihre Beine öffneten sich hastig. Einen Moment lang tastete er fieberhaft, dann glitt Oljas Hand nach unten und führte ihn geschickt. Serjoža erstarrte, in ihren Haaren vergraben. Sie umfing sein Becken mit den Beinen. Er begann sich zu bewegen. Seine Hände fuhren unter das Kopfkissen. Olja küßte sein Gesicht, ihre Lippen öffneten sich, sie atmete laut. Serjoža verfing sich mit dem Mund in ihren Haaren. Sie atmete heftiger, ihre Zunge fuhr über die Lippen, und ihre Finger krallten sich in Serjožas Schultern.

»Schneller, Serjozeňka, … ja … ja … ja … ja … so … oh … oooh … so … so, Serjozeňka, ja … ja … so …«

Serjoža bewegte sich schneller.

Oljas Beine zitterten und rieben sich an ihm.

»Schneller … schneller … noch mehr … ja … ja …«

Eine Grimasse verzerrte ihr Gesicht.

»Schneller … ja … ja … ja … mehr … noch ein bißchen … mein Liebling … aaah!!!«

Olja schrie auf und grub ihre Nägel in Serjožas Schultern. Ihre Beine waren an den Knien zusammengepreßt. Serjoža zitterte und stöhnte in ihre Haare. Eine Minute lagen sie reglos da. Dann warf Serjoža sich auf den Rücken. Das Bett war schmal. Sie lagen eng aneinandergepreßt. Olja küßte ihn schmatzend auf die Wange, stützte sich auf, zog das Nachthemd unter dem Kissen hervor, wischte sich damit ab und schlurfte ins Bad.

Serjoža wischte sich ebenfalls mit ihrem Nachthemd ab, legte sich auf den Rücken und verschränkte die Arme hinter dem Kopf. Im Bad rauschte das Wasser.

Serjoža seufzte, knüllte das beschmierte Nachthemd zusammen und stopfte es unter die Decke. Das Wasser versiegte, der Abfluß vom Wasserkasten knackste.

Olja kam herein, legte sich auf ihn, drückte seine Wangen mit den Händen zusammen und küßte ihn auf den Mund.

»Deswegen gefällst du mir, weil du mir niemals ewige Liebe schwörst. Nicht wie die anderen.«

»Das kann ich auch.«

»Dann ist alles aus.«

Sie drückte mit den Händen seine Lippen zusammen, so daß sie aussahen wie ein Fischmaul.

»Was heißt das – aus?«

»Aus eben.«

Er umarmte sie, strich über ihren Rücken und legte die Hände auf ihre Pobacken, auf denen noch Wassertropfen perlten.

»Du bist entzückend.«

»Was redest du da!«

»Entzückend und reizend.«

»Wir glauben Ihnen nicht.«
»Du bist wunderbar.«
»Was redest du da!«
»Aphrodite.«
Er küßte ihr Kinn.
Olja fuhr mit dem Finger über seine Brauen.
»Sag mir besser, wann ich mit einer Fortsetzung rechnen kann.«
»Bald.«
»Wann ist das – bald? In einer Stunde?«
»Nein, bald.«
»Verstehe. Laß uns was essen, bevor du einschläfst.«
»Du bist unbarmherzig.«
»Du kennst mich eben noch nicht.«
Olja stand auf und holte den Bademantel aus dem Schrank.
»Also, laß uns was essen. Du lebst wohl immer noch von deiner Instituts-Ration?«
»Eigentlich habe ich heute nur gefrühstückt …«
»Das merkt man. Damit ihr in Schwung kommt, muß man euch zuerst ausreichend mit Fleisch füttern. Na los, komm schon … Fleisch ist allerdings bei mir nicht vorgesehen.«
Sie lief in die Küche.
Serjoža zog seine Unterhose an und folgte ihr.
»Hol die Flasche!« rief Olja. »Und nimm auch die Norma aus meiner Handtasche.«
»Ich hab auch noch welche … Pfui …« Serjoža hob die Flasche auf, holte seine Packung mit Norma aus seinem Mantel und dann aus Oljas Handtasche die ihre.
Olja stand am Herd, säbelte kleine Stückchen Butter aus der Dose und warf sie in eine Pfanne.

»Verbrenn dich nicht, paß auf.« Serjoža legte beide Packungen auf den Tisch und entkorkte die Flasche.
»Keine Bange.« Olja drehte sich um. »Hast du sie? Gut. Deine auch. Hör mal, laß uns jetzt aus diesen beiden Normas irgendwas Leckeres zaubern.«
»Also los.«
»Mach sie auf.«
Serjoža schnitt das Zellophan auf.
»Also, unter uns gesagt, ich würde sie knusprig braten.«
»Logisch. Übrigens, wann kommt denn deine Herzallerliebste zurück?«
»Am zwölften.«
»Das ist ja bald.«
»Die Packungen sind auf, Oljenka ...«
»Dann gib her.«
Olja ließ die Stücke in die zischende Butter fallen und begann, sie mit dem Messer zu zerteilen.
»Ts, die eine ist frisch, die andere vertrocknet.«
»Die frische ist deine. Ökonomen stehen höher im Kurs als Kybernetiker.«
»Natürlich.«
Olja holte aus dem Kühlschrank vier Eier, einen Becher Sahne und Mayonnaise. Sie schlug die Eier in eine Schüssel, goß die Sahne darüber, fügte Mayonnaise hinzu, verrührte alles schnell und gab die Masse in die Pfanne.
»So. In Frankreich gibt es ein Omelett mit frischen Erdbeeren. Bloß haben wir anstelle der Erdbeeren ...«
»Walderdbeeren.«
»Genau. Aber im Grunde«, sie putzte die Finger ab, »können doch nur unsere Idioten auf die Idee kommen, Norma im Roh-

zustand zu essen. Wozu denn? Mit was anderem zusammen ist sie doch viel besser. Man kann sie backen, zum Beispiel. Mit Teig. Oder Fleisch damit würzen. Aber nein, alle essen sie so. Wir sind doch wirklich zu blöd. Die Franzosen würden gleich eine neue Delikatesse daraus machen. Piroggen mit Norma. Gebäck mit Norma, Eis ... Aber wir essen sie so.«

Serjoža klopfte mit dem Finger auf den Tisch und stieß mit metallischer Stimme hervor:

»Der Große Bruder hört mit!«

Olja fing an zu lachen, nahm das fertige Omelett vom Feuer und stellte es auf einem Metalluntersatz vor Serjoža hin.

»Greif zu!«

Serjoža hielt ihr eine Tasse mit Wein hin:

»Auf dich.«

»Danke, meine Sonne ...«

Sie stießen an und tranken.

Olja setzte sich ihm gegenüber, biß ein Stück Brot ab, stieß mit der Gabel in das dampfende Omelett, blies darauf und probierte.

»Nicht schlecht ...«

»Die Speise der Götter.«

Serjoža füllte ihre Tassen.

»Und jetzt auf unsere Begegnung?«

»Na gut.«

Sie stießen an, Serjoža leerte die Tasse in zwei Schlucken und klopfte mit dem Boden auf den Tisch.

»Ambrosia ...«

Olja trank langsam, ihr nackter Ellbogen hob sich.

Schnell aßen sie das Omelett.

Olja spießte ein Stück Brot auf die Gabel und putzte damit die Pfanne aus.

»Köstlich.«
»Sag ich doch – Speise der Götter.« Er rieb sich den Mund mit dem Handrücken ab und schenkte den Rest Wein ein.
Olja stand auf und stellte die Pfanne auf den Herd.
Serjoža nahm die beiden Tassen, ging zu ihr und hielt sie ihr hin.
»Auf deine Augen, deine Haare, deine Schultern und so weiter.«
»Was – und so weiter?«
»Und so weiter ...«
Er küßte sie auf den Hals, fuhr mit der Hand über ihren Bauch und glitt unter ihren Bademantel. Sie trat zurück und nahm einen Schluck. Serjoža ebenfalls.
Sie standen da und schauten einander an.
Serjoža lächelte.
»Ich habe einen Vorschlag.«
»Einen konstruktiven?«
»Mhm. Werfen wir sie auf den Boden? Das bringt Glück.«
»Nichts da, Freundchen!« Olja nahm ihm die Tasse aus der Hand. »Ich hab bloß noch drei davon.«
Sie stellte die Tassen auf den Tisch.
»Und wieso so wenig?«
»Eine hab ich kaputt gemacht, und vier hat Vitka mitgenommen. Nach der Scheidung.«
Serjoža fing an zu lachen und hob sie auf die Arme.
Im Korridor schellte das Telefon. Serjoža trug Olja in den Korridor.
Ohne von seinen Armen herunterzuklettern, nahm sie den Hörer ab.
»Ja. Was? Nein, hier ist eine Privatwohnung.«

Serjoža küßte sie auf den Hals.
Olja warf den Hörer nach unten, traf aber die Gabel nicht. Der Hörer knallte gegen den Apparat, fiel hinunter und baumelte an der Schnur.

Nikolaj schnitt die Packung auf und schüttete die Norma auf einen Teller.
Er knüllte die Packung zusammen, schmiß sie in den Mülleimer, holte einen Löffel und das Glas Kirschkonfitüre aus dem Schrank, öffnete es und setzte sich an den Tisch.
Die Norma war alt, mit schwärzlichen, aufgesprungenen Rändern.
Nikolaj hielt das Glas über den Teller. Die Konfitüre floß über die Norma.
Sein Schwiegervater steckte schon zum dritten Mal den Kopf durch die Tür, kam herein, legte seine knochigen Hände auf den Rücken und schüttelte mit dem Kopf.
»Wir begießen sie also mit Konfitüre, ja?«
Nikolaj fuhr mit dem dickflüssigen Strahl über die letzte dunkelbraune Insel und stellte das Glas hin. Die Norma war jetzt vollständig mit Konfitüre bedeckt. Darum herum breitete sich eine Kirschpfütze aus, die runzligen Früchte krochen langsam zum Tellerrand.
»Eine Torte hast du daraus gemacht.« Das schmale Gesicht seines Schwiegervaters erbleichte, die Lippen waren zusammengepreßt. »Daß du dich nicht schämst, Kolja! Mir wird schlecht, wenn ich dich angucke!«
»Dann schauen Sie eben nicht hin.«
»Ich wäre ja froh, wenn ich von euch weg könnte! Die eine ist so

blöd wie der andere! Ich hab euch so satt! Du solltest dich mal ansehen!«

Nikolaj teilte mit dem Löffel eine Ecke ab und steckte sie in den Mund.

Die Konfitüre kroch in die Vertiefung.

Sein Schwiegervater stützte sich mit den Händen auf den Tisch.

»Sie ist einfach dumm, sie weiß nicht, was sie tut. Aber du bist doch ein kluger Mensch, Ingenieur, Produktionsleiter! Du kannst mir doch nicht weismachen, daß du nicht verstehst, was du tust? Warum sagst du nichts?«

»Weil es mir zum Hals heraushängt, jeden Monat dasselbe zu wiederholen.«

Nikolaj teilte ein größeres Stück ab.

»Daß ich kein Wilder bin und auch kein Tier. Sondern ein normaler Mensch.«

»Dann bin ich also ein Wilder? Ein Tier?«

Nikolaj steckte gelassen das nächste Stück in den Mund.

»Sergej Polikarpyč, Sie brauchen gar nicht so gereizt zu sein …«

»Was soll ich denn tun, he?! Das alles ruhig mit ansehen?«

»Aber wozu regen Sie sich denn so auf, das bringt doch nichts?«

»Was soll das heißen – wozu?! Was soll das heißen – wozu?!«

Nikolaj kaute seine Norma und lächelte.

»So beruhigen Sie sich doch, was ist denn eigentlich …«

Das Gesicht seines Schwiegervaters erbleichte, seine Lippen zitterten.

»Du, sei nicht so frech zu mir! Hörst du!! Ich könnte dein Vater sein! Rede gefälligst anständig mit mir!«

Nikolaj kaute langsam und schaute ihn finster an.

»Was soll denn das heißen?«

Bebend und mit dem Kopf wackelnd fuhr der Schwiegervater krampfhaft mit der Faust bis zum Tischrand und klopfte wütend darauf.

»Ich krieg dich schon, ich krieg dich! Ich geh zu deinem Vorgesetzten, zu Seleznjov! Du Flegel! Verspottest mich!«

Nikolaj schüttelte verärgert den Kopf.

»Hören Sie, entspannen Sie sich ... beruhigen Sie sich ...«

»Ich geb dir gleich, beruhigen! Ich werd's dir zeigen, von wegen beruhigen!!«

Sein Schwiegervater kam mit wild aufgerissenen Augen auf ihn zu.

Nikolaj schlug heftig mit der Hand auf den Tisch.

»Jetzt hau endlich ab! Hau ab!!!«

Sein Schwiegervater fuhr zusammen und wich erschrocken zurück.

»Hau ab! Verzieh dich!« Nikolaj richtete sich bedrohlich auf.

Sein Schwiegervater wich zurück und verschwand durch die Tür.

Die Tauben in der Pfütze stoben auf, als ein Lastwagen vorbeifuhr, und flogen über Kupermans Kopf hinweg.

Der Lastwagen bespritzte den am Straßenrand geparkten Zaporožec mit Wasser und bog um die Ecke.

Kuperman ging an den geschlossenen Jahrmarktsbuden vorbei. Es hatte gerade aufgehört zu regnen. Die grellbunt angemalten Wände waren feucht, von den Schieferdächern tropfte es. Bei der Bierbude lungerten ein paar Leute herum.

Eine der Tauben kreiste über der Bude und setzte sich aufs Dach. Kuperman bog ab, ging ungefähr hundert Meter weiter und befand sich jetzt auf der Uferstraße. Der feuchte Asphalt erstreckte sich zu beiden Seiten, ab und zu fuhr ein Auto vorbei. Es waren keine Passanten zu sehen. Kuperman ging zu der steinernen Brüstung, stützte sich mit den Ellbogen darauf und schaute in die Tiefe.

Das Wasser war bleigrau, man merkte, daß es bald dunkel wurde. Die Wasseroberfläche war leicht gekräuselt.

Kuperman schaute sich um. Keiner da.

Hastig zog er die in ein Taschentuch eingewickelte Norma aus seiner Jackentasche, beugte sich tiefer hinunter und ließ sie unauffällig aus dem Taschentuch gleiten.

Das braune Stück plumpste ins Wasser, verschwand und tauchte dann wieder auf.

Kuperman schaute sich erneut um, schneuzte in das Taschentuch und ging dann gemächlich die Uferstraße entlang.

Ein Milchwagen fuhr vorbei, dann zwei Personenwagen.

Kuperman bog in die Allee ein, hob ein verwelktes Ahornblatt auf und schlenderte weiter, wobei er mit seinen Schuhen das feuchte Laub aufwirbelte.

Auf der Uferstraße hielt ein Taxi, ein Mädchen und ein junger Mann stiegen aus.

Der junge Mann winkte dem Taxifahrer zu, der wendete schnell und fuhr weiter.

Das Mädchen kletterte auf die Brüstung und richtete sich auf. Ihr Begleiter faßte sie an der Hand.

»Was machst du denn da, du fällst da runter!«

»Keine Angst.«

Sie balancierte auf der Brüstung entlang.

»Wirklich, Lida, du bist ja die reinste Artistin …« Der junge Mann lächelte. »Salto mortale.«
»Zum ersten Mal in der Arena.« Das Mädchen nahm die Samtkappe vom Kopf und schwenkte sie. »Zuschauer mit schwachen Nerven werden gebeten, den Saal zu verlassen.«
»Die unübertroffene Seiltänzerin! Der Tanz der kleinen Schwäne unter der Zirkuskuppel! Auf dem Drahtseil!«
Das Mädchen prustete lauthals los, und der junge Mann packte sie an den Beinen.
»Komm runter, sonst fällst du ins Wasser.«
Sie schaute hinunter und kniff die Augen zusammen.
»Sieh mal, was da ist …«
Der junge Mann hob sie von der Brüstung und beugte sich darüber.
Die aufgequollene Norma trieb unten im Wasser und schlug gelegentlich an der granitenen Uferbefestigung an.
»Das ist ein Ziegelstein …«
»Hör mal, das ist doch ein Stück Norma.«
Der junge Mann machte ein ernstes Gesicht.
»Und wie kommt die hierhin?«
»Keine Ahnung. Vielleicht hat sie jemand verloren.«
»Das kann doch nicht sein.«
»Weiß der Teufel. Vielleicht hat irgendein Schuft sie weggeworfen.«
»Meinst du?«
»Na klar! Neulich stand so was in der Zeitung, da hat einer Norma in den Müll geschmissen. Einfach in Papier gewickelt und weg damit.«
»Nicht zu fassen. Sag mal, vielleicht ist da einer ertrunken, was meinst du?«

»Wie?«
»Na, ertrunken halt. Und die Norma ist wieder aufgetaucht!«
»Ach, so ein Blödsinn.«
Der junge Mann betrachtete die Norma.
»Weißt du, eigentlich müßte man das einem Milizionär melden.«
»Wo willst du den denn jetzt hernehmen?«
»Wir sind doch vorhin an einem vorbeigefahren, der stand da an der Kreuzung.«
»Ach ja, genau. Das ist ja nicht weit, komm, wir gehen dahin.«
»Wir müssen uns nur die Stelle merken.«
Sie faßten sich an den Händen und marschierten los.
Auf der anderen Seite der Brücke stolzierte ein Milizionär an der Kreuzung auf und ab. Er trug einen langen gewachsten Umhang, ein gestreifter Gummiknüppel ragte aus dem Ärmel hervor.
Sie gingen auf ihn zu. Der junge Mann fing an:
»Genosse Milizionär, da drüben haben wir etwas im Wasser gesehen, bei der Biegung, na da, wo die kleine Allee ist, da treibt ein Sück Norma im Wasser ...«
»Im Wasser?« fragte der Milizionär nach.
»Mhm.«
»Und das ist bestimmt ein Stück Norma? Haben Sie sich nicht getäuscht?«
»Ganz bestimmt!« Das Mädchen schüttelte den Kopf. »Wir sind da entlanggegangen und haben so ins Wasser geschaut, und da treibt sie.«
»Nah beim Ufer?«
»Direkt an der Uferbefestigung.«
»Und die treibt da einfach so im Wasser?«

»Genau!«
»Da kann man doch mal sehen ...«
Der Milizionär schlug seinen Umhang zurück und hielt ein Mikrofon an einer verdrehten Schnur vor den Mund.
»Nummer sechs, Nummer sechs ... Saša, hier ist Savelev von Nummer achtzehn ... hör zu, hier sind ein paar Leute, die haben Norma im Wasser gesehen. Da bei der Allee, wo die Biegung zum Jahrmarkt ist. Sie wurde ans Ufer gespült. Mhm. Sag doch auf der Wache Bescheid, die sollen den Kutter losschikken.«
Er steckte das Mikrofon weg.
»Vielen Dank, Leute.«
»Nichts zu danken.«
Der junge Mann und das Mädchen gingen weiter.
Ungefähr fünf Minuten später knatterte der Kutter auf dem Fluß, näherte sich dem Ufer und fuhr langsam daran entlang. Neben dem Kutterführer saß ein Milizonär.
In der anbrechenden Dunkelheit konnten sie die Norma kaum ausfindig machen. Sie war aufgequollen und schon teilweise zerfallen.
Der Kutterführer steuerte den Bug des Kutters vorsichtig an die Uferbefestigung, der Milizionär beugte sich mit einem kleinen Fangnetz hinunter, fischte die Norma aus dem Wasser und schüttelte sie aus.
»Schon der vierte Fall in zwei Tagen. Es ist nicht zu fassen!«
Der Kutterführer steckte sich eine Papirossa an, warf das Streichholz über Bord, wendete und legte ab.
»Ja und, habt ihr sie nicht gekriegt?«
»Die kriegen wir schon noch.« Der Milizionär nickte munter und füllte die Norma in eine dafür bereitgelegte Papiertüte.

»Die kriegen wir schon, die gehen uns nicht durch die Lappen …«

»Mami!« Vovka klapperte mit der Kette, öffnete die Tür und warf sich Julja an den Hals. »Mamilein!«
»Vovka! Ich falle ja um …« Julja beugte sich nieder und stellte mit ausgebreiteten Armen die Einkaufstaschen auf den Boden. Vovkas Beine berührten die Türschwelle.
»Laß los … Volodja, du erwürgst mich ja.«
Vovka ließ sie los und klammerte sich an eine Einkaufstasche.
»Hast du Eis gekauft?«
»Nein. Was Besseres. Törtchen.«
»Wirklich? Viele?«
»Für uns reicht es.«
Sie gingen in den Flur. Julja zog den Mantel aus, und Vovka schleppte mit krummem Rücken die Taschen in die Küche.
»Paß bloß auf, in der roten sind oben Eier.« Julja zog die Schuhe aus und steckte ihre müden Füße in die Pantoffeln. »Oh, das tut gut … Hat Papa nicht angerufen?«
»Nö.«
Vovka untersuchte die Einkaufstaschen.
»Ist denn Tante Sonja nicht vorbeigekommen?«
»Nö.«
Julja ging ins Schlafzimmer, zog das Kleid über den Kopf und hängte es in den Schrank. Sie zog einen Kittel an und rief: »Hast du was gegessen?«
»Ich hab Tee getrunken.«
»Und die Frikadellen mit Reis hast du nicht gegessen?«
»Nö.«

»Warum denn nicht? Die hab ich dir extra übriggelassen.«
Julja ging in die Küche.
»Ich hatte keine Lust, Mama.«
»Das ist nicht richtig. Geh, wasch dir die Hände.«
»Hab ich schon, Mama.«
»Stimmt gar nicht. Geh, lüg nicht.«
Vovka rannte ins Bad.
Julja schnitt frisches Brot auf und stellte die Frikadellen mit Reis und den Teekessel auf den Herd. Vovka kam zurück, zeigte seine Hände vor, setzte sich an den Tisch und baumelte mit den Beinen. Julja räumte die Eier und den Quark in den Kühlschrank, wusch die Äpfel im Spülbecken ab und verteilte die Törtchen auf einer braunen Kuchenplatte. Ganz zuunterst aus der Einkaufstasche holte sie die Norma, schnitt die Packung mit einer Schere auf und legte den vertrockneten Klumpen in ein Schälchen.
Das Schälchen stellte sie auf den Tisch.
»Ist die vertrocknet!« Vovka betastete die Norma mit dem Finger. Unter der dunkelbraunen Kruste spürte man das weiche Innere.
»Faß das nicht an.« Julja nahm die brutzelnde Pfanne mit den Frikadellen und dem Reis vom Feuer und stellte sie Vovka auf einem Untersatz hin: »Iß.«
Mit baumelnden Beinen spießte Vovka ein Stück Frikadelle auf eine Gabel und begann zu blasen.
»Setz dich normal hin, hampel nicht so rum.« Julja füllte ein Glas mit Wasser und aß ihre Norma mit einem Teelöffel. Dabei spülte sie häufig mit Wasser nach.
Vovka kaute seine Frikadelle.
»Mami, warum ißt du Kaka?«

»Das ist kein Kaka. Red keinen Unsinn. Wie oft hab ich dir das schon gesagt?«

»Ja, aber warum denn?«

»Darum.« Der Teelöffel wurde schnell mit der geschmeidigen Masse fertig.

»Na, sag schon, Mami! Das schmeckt doch nicht. Ich hab's doch probiert. Und es riecht wie Kaka.«

»Was hab ich dir gesagt? Wag es ja nicht!«

Julja klopfte mit dem Finger auf den Tischrand.

»Aber das ist doch kein Unsinn. Ich will einfach wissen, warum?«

»Darum.«

»Aber Mami, das schmeckt doch nicht!«

»Du nimmst auch nicht gerne Rizinusöl. Oder weißt du noch, das bittere Pulver damals im Sommer?«

»Ih, das war ekelig!«

»Und trotzdem hast du es eingenommen.«

»Stimmt.«

»Und warum, wo es dir doch nicht geschmeckt hat? Rutsch nicht auf den Knien herum, rück ein bißchen näher ran ...«

»Das mußte ich doch ... Mir hat der Bauch weh getan.«

»Siehst du. Und ich muß das auch.«

»Warum?«

»Das verstehst du jetzt noch nicht.«

»Aber Mami! Klar versteh ich das!«

»Nein, du verstehst das nicht.«

Julja aß die Norma auf, spülte mit Wasser nach und begann, aus derselben Pfanne wie Vovka zu essen.

»Vielleicht versteh ich es doch, Mami!«

»Nein.«

»Ist das auch, damit man gesund wird?«
»Nicht ganz. Das ist viel komplizierter. Wenn du dann in die zweite Klasse kommst, erzähl ich dir das.«
»Ach, ich weiß! Ist das zur Vorbeugung, so wie Impfungen? Das tut auch weh, aber alle machen es.«
»Aber nein … Obwohl vielleicht … Jetzt iß lieber, paß auf …«
»Wenn ich groß bin, muß ich dann auch Norma essen?«
»Ja, ja. Iß den Reis auf.«
»Ich will aber nicht, Mami.«
»Wenn du nicht mehr willst, laß es halt stehen.« Julja stellte die halbleere Pfanne auf den Ofen und goß Tee ein. »Nimm dir ein Törtchen.«
Vovka nahm eins, biß ein Stück ab, blies auf den Tee und trank vorsichtig einen Schluck davon.

Statt in einem zischenden aromatischen Nebel quoll das Eau de Cologne in kleinen Tröpfchen aus dem Zerstäuber.
»Ist wohl verstopft …« Prochorov drückte den birnenförmigen Gummiballon zusammen, aber es änderte sich nichts. Das Eau de Cologne tröpfelte auf den Boden.
Prochorov schraubte den Zerstäuber von der Flasche und pustete in die gekrümmte Düse. Die Luft ging kaum durch. Das Eau de Cologne lief ihm über die Hand. Prochorov fand in der Kommode eine Nadel, stocherte damit in der Düse herum und pustete wieder hinein.
»So ist es schon besser …«
Er schraubte den Zerstäuber wieder auf und drückte den Gummiballon mehrmals kräftig zusammen.
Zischend entwich der Düse ein kühler Strahl.
»Ordnung in der Panzereinheit.«

Prochorov zog die Vorhänge zu. Es wurde dämmrig im Zimmer. Er lehnte die Tür an, nahm von der Kommode eine grüne Dose mit Raumspray Marke ›Fichtennadel‹ und begann, damit über dem Tisch herumzusprühen.

Als der herbe Fichtennadel-Geruch das Zimmer erfüllte, holte Prochorov zwei Wattetupfer aus der Tasche, steckte sie in seine Nasenlöcher, schaltete den Fernseher ein und setzte sich an den Tisch. Darauf stand ein umgestülpter Topf.

Prochorov hob ihn hoch. Darunter stand eine Untertasse mit einer Packung Norma und einer Schere.

Der graue Bildschirm färbte sich bläulich, Unterhaltungsmusik erklang. Akrobaten in glitzernden Kostümen schaukelten am Trapez.

Prochorov schnitt die Packung auf, gab die Norma auf die Untertasse und bespritzte sie so lange mit dem Zerstäuber, bis das Eau de Cologne um sie herum zu einen gelblichen See zusammenfloß.

Die Akrobaten schwangen sich von einem Trapez zum anderen und vollführten dabei Salti in der Luft.

Prochorov legte den Zerstäuber beiseite, holte aus der Brusttasche eine Tüte mit gemahlenem Pfeffer und bestreute die Norma sorgfältig damit. Dann nahm er sie, wobei er sich bemühte, nicht hinzusehen, begann abzubeißen und ohne zu kauen hinunterzuschlucken.

Die Trapezkünstler kletterten flink nach unten, machten alle gleichzeitig einen Salto und verbeugten sich mit erhobener rechter Hand.

Prochorov ergriff den Zerstäuber, richtete ihn auf den mit Norma vollgestopften Mund und drückte auf den Gummiballon. Der zischende Strahl kühlte ihm die Zähne.

Ein Clown betrat die Arena und machte theatralisch eine Verbeugung. Aus seinem Hosenbein sprang ein winziges Hündchen und rannte bellend im Kreis herum. Der Clown stürzte dem Hündchen hinterher, stolperte und fiel zu Boden.
Prochorov schluckte, besprühte den Rest der Norma und stopfte sie in den Mund.
Das Hündchen lief zu dem Clown, sprang ihm auf den Kopf und machte Männchen.
Prochorov schluckte hastig den Rest hinunter, schraubte den Zerstäuber ab, legte den Kopf in den Nacken und trank aus dem Flakon.
Das Hündchen saß immer noch auf dem Clown und begann jetzt zu jaulen. Die Zuschauer fingen an zu lachen.
Prochorov stellte den Flakon auf den Tisch.
»Aaach … Fertig …«
Sein Mund brannte. Er wischte mit der Hand darüber, zog die Wattetupfer aus der Nase und legte sie auf die Untertasse.
Das Hündchen jaulte immer noch, die Zuschauer lachten. Der Clown hob seinen gestreiften Hintern an und kroch umständlich in die Kulissen.
»Sehr komisch …« brummte Prochorov und zerknüllte die Norma-Packung. »Ich könnt mich bepissen vor Lachen.«
Die Wattetupfer hatten sich unterdessen mit Eau de Cologne vollgesogen, und die in der Pfütze schwimmenden Pfefferkörner trieben langsam darauf zu.
Von einem Bein des Clowns sprang der Schuh ab. Der Clown lehnte sich aus den Kulissen hervor und streckte die Hand danach aus. Der Schuh stieg in die Höhe und verschwand unter der Zirkuskuppel.

»Und Česlenko?« Vinokurov schaltete in den nächsten Gang und gab Gas.
»Er sagt, die Arbeit ist nicht so toll.«
»Und was heißt das konkret?«
»Konkret heißt das, daß der experimentelle Teil zu kurz ist.«
»Idiot!«
Vinokurov drehte das Steuer herum, das Auto wendete. Sie fuhren auf die Iljinsker Chaussee. Bokšeev rauchte und blies den Rauch aus dem Fenster. Solovjov schaute auf die sich vor ihnen erstreckende Straße.
»Und was ist mit dem Alten?« fragte Vinokurov, ohne sich umzuwenden.
»Was soll mit ihm sein ... Der Alte hat gesagt: alles klar. Er hat die Arbeit verteidigt. Er drängt auf den Einsatz in der Produktion und auf die komplizierten Versuche. Eine große Einsparung, die mechanischen Eigenschaften sind hervorragend. Und Česlenko ist dann nach der Tabelle gegangen, wieso die Resistenz gegenüber der Interkristallit-Korrosion experimentell so wenig untersucht worden sei. Und überhaupt wären die schwarzen Punkte sehr verdächtig, ein unerklärliches Phänomen ...«
»Trottel ... Du meine Güte, so ein Trottel. Und hat Ženka irgendwas dazu gesagt?«
»Was denn wohl. Wie immer, du kennst doch Ženka. Dies und jenes. Weist ihn auf das Diagramm mit Nickel hin, das mit der Korrosion. Wir haben eine äußerst geringe Korrosionsgeschwindigkeit, sagt er. Sie hängt fast gar nicht von der Säurekonzentration ab. Überall steile Kurven.«
»Au weia, Ženja, Ženja ... Er hätte besser was über das stabilisierende Erhitzen gesagt. Chrom verteilt sich doch gleichmäßig, was macht er denn da ...«

Sie fuhren an einem Polizeiposten vorbei und bogen auf einen Feldweg ein.

Bokšeev warf die Kippe aus dem Fenster.

»Im Grunde genommen hat Česlenko recht, Leute. Warum zum Teufel hat Ženka auch die Versuche vermasselt. Er hat auf MKK untersucht, na gut, und Korrosionsgeschwindigkeit, Strukturdiagramme, aber er hat nicht mal einen isothermischen Schnitt, dabei wäre das unbedingt nötig …«

»Hör mal, mein Lieber, Phasenbildung ist Sache eines Lehrbuchs und nicht einer Dissertation.«

»Und wie können wir dann die Rekristallisation beurteilen? Wonach? Lediglich nach der Stabilität?«

»Natürlich? Wonach denn sonst?! Wir kennen doch die Zusammensetzung.«

»Pašenka, eine Dissertation ist vor allem eine gründliche Untersuchung aller Aspekte.«

»Aber Ženka hat doch genügend mechanische Charakteristiken. Serjoža! Das ist ein einzigartiger Stahl, wieso begreifst du das nicht?«

»Dann hätte er eine Erfindung anmelden und nicht eine Dissertation schreiben sollen.«

»Was ist das denn für ein Blödsinn?«

»Gut, Leute, es reicht jetzt mit der Streiterei. Immerhin ist es nur eine vorläufige Beurteilung. Das ist letzten Endes nicht so schlimm. Im Gegenteil. Das tut Ženka ganz gut, ich kenne ihn doch. Er wird das Rigorosum mit Glanz bestehen, ihr werdet schon sehen.«

»Na hoffentlich …«

Sie fuhren in den Wald. Vinokurov wich einer Pfütze aus, bog auf eine Lichtung ein und stellte den Motor aus.

Bokšeev und Solovjov stiegen aus.
Von den kahlen Bäumen fielen Regentropfen.
»Ist das nicht schön ...« Bokšeev streckte sich.
»Sag mal, Petja, waren wir nicht letzten Sommer auch hier?«
»Das war noch ein Stück weiter ...« Vinokurov kletterte aus dem Wagen und öffnete den Kofferraum. »Also los, machen wir es uns gemütlich.«
»Los, los ...«
Sie breiteten eine Plane auf dem feuchten Gras aus und stellten einen Kanister mit Bier und eine Tasche mit Proviant darauf. Bokšeev holte gesalzenen Trockenfisch aus seiner Aktentasche.
»Na also, und ihr wolltet in diese Spelunke gehen.« Vinokurov schenkte Bier ein. »Hier schmeckt das doch gleich ganz anders. Dort riecht es bloß nach Kirgisenpisse.«
»Na, Petruša, übertreib mal nicht.« Solovjov schnitt den Fisch auf. »Das hängt doch von der Bar ab ...«
»Von der Bar! Das ist westliche Terminologie, mein Lieber. In Moskau gibt es weder Bars noch Restaurants, merk dir das. Es gibt bloß Kaschemmen und Spelunken.«
»Ach, hör doch auf. Ist das ›National‹ deiner Meinung nach etwa eine Spelunke?«
»Na, was denn sonst! Gute Restaurants und vor allen Dingen Bars gibt es nur noch im Baltikum. Und wer weiß, wie lange noch. In zwanzig Jahren wird's da auch nur noch Kaschemmen und Spelunken geben.«
»In Leningrad gibt es gute Restaurants.«
»Auch nicht viel bessere als bei uns. Bedient euch.« Vinokurov reichte die Gläser herum.
»Wir haben auch noch Norma, habt ihr die etwa vergessen?«
»Ach du liebe Güte ...«

»Sollen wir die vielleicht …?«
»Ach komm, die essen wir jetzt gemeinsam …«
»Gute Idee …«
»Ich schlage einen Mittelweg vor: Eine essen wir, zwei schmeißen wir weg.«
»Ein guter Kompromiß. Für beide Seiten. Die Wölfe sind satt, die Schafe leben noch.«
»Was ist, seid ihr einverstanden?«
»Mach sie auf.«
Vinokurov öffnete seine Norma und legte sie auf eine Zeitung.
»Diese vielleicht?«
»Von mir aus. Meine ist schon ganz alt und rissig.«
Solovjov ließ seine Norma aus der Packung auf die Plane fallen.
Bokšeev kramte lange in seiner Aktentasche und holte schließlich seine Packung hervor.
»Meine ist auch vertrocknet.«
Vinokurov brach seine Norma in drei Stücke und verteilte sie.
»Laßt uns ein Bierchen dazu nehmen.«
Sie begannen zu kauen und spülten mit Bier nach.
Eine Krähe setzte sich auf eine Birke, krächzte, schwebte dann im Gleitflug hinunter und ließ sich nicht weit von der Plane nieder.
»Na, du Gottesvogel.« Vinokurov trank sein Bier aus und rieb sich die Hände ab. »Willst du Brot? Kannst du haben.«
Er wickelte die belegten Brote aus, brach ein Stück Weißbrot ab und schleuderte es der Krähe hin. Solovjov bückte sich, nahm die Norma von der Plane und warf sie hinterher.
»Vielleicht frißt er das, dann haben wir keine Unannehmlichkeiten …«

Die Krähe schielte erst auf das weiße, dann auf das dunkelbraune Stückchen, hüpfte flink herbei, schnappte sich das weiße und flog davon.

Ljocha hielt die Hand auf die Klingel.

»Wer ist da?« kam es argwöhnisch von der anderen Seite der Tür.

»Klava, mach auf.« Ljocha stützte sich gegen den Türpfosten, aber seine Hände rutschten ab, er prallte mit dem Kopf gegen die Tür, taumelte und verlor das Gleichgewicht.

»Du Dreckskerl hast dich wieder vollaufen lassen … Es ist schon nach zwölf … Ich mach nicht auf … Meine Güte …« Klavas Stimme entfernte sich.

»Was is, was is'n, Klava.« Ljocha packte den Türgriff. »Ich bin's doch … Ljoška … was is'n.«

Hinter der Tür war nichts zu hören.

Ljocha holte aus und schlug auf die Klingel.

»Klava! Es reicht. Was is. Klava. Was is … mach auf …«

Nichts passierte.

»Du sollst aufmachen, hab ich gesagt!« Ljocha schlug mit der Faust gegen die Tür. »Mach endlich auf, hörst du?«

»Hörst du? Klava!«

»Mach auf! Hörst du?«

»Hörst du! Klavka!«

»Mach auf! Klavka!«

»Hörst du! Klava!«

»Klava! Klava! Klava!«

Seine Stimme schallte durch das ganze Treppenhaus.

Klava gab keine Antwort.

Ljocha ließ es immer wieder lange klingeln.

Dann hämmerte er gegen die Tür.

»Mach auf, du Schlampe! Mach auf! Mach endlich auf, du dreckige Fotze!!«

»Ich sag's dir! Mach auf!«

»Mach auf! Klavka! Sei nicht so bockig!«

»Mach auf! Mach endlich auf, verdammte Scheiße!«

»Klavka! Mach auf! Hörst du!«

»Mach auf! Ich bring dich um, du Schlampe!!«

Er ging rückwärts und wollte Anlauf nehmen, prallte aber dabei gegen die Stufen. Seine Beine knickten unter ihm weg, und er plumpste hin.

»Ach, Scheiße …«

Die Tür zur Nachbarwohnung öffnete sich einen Spalt, ein Gesicht tauchte auf und verschwand gleich wieder.

Ljocha stand auf, schleppte sich taumelnd zur Tür und versetzte ihr einen Tritt.

»Mach auf, sag ich!«

»Mach auf, Klava!«

»Mach auf, sag ich!«

»Hörst du! Mach auf!«

Er trat auf die Tür ein und verlor beinahe das Gleichgewicht.

Dann setzte er sich auf den Fußabtreter.

»Mach auf … Hörst du … he, Klava …«

»Hörst du … Hörst du …«

»Klava … Mach auf …«

»Klava … Was ist denn …«

»Klava … Klavka …«

»Klava … Mach auf … Mach auf … Mach endlich auf, du Schlampe!!«

Er stand auf, wobei er sich die Hände an dem frisch geweißten Türpfosten beschmierte, nahm Anlauf und und warf sich gegen die Tür.

»Ich bring dich um, verdammte Scheiße! Ich bring dich um, du Schlampe! Mach endlich aaa-auf!!!«

Nach ungefähr anderthalb Stunden öffnete Klava. Ljocha hatte sich vor der Tür zusammengerollt und schlief. Klava zerrte ihn in den dunklen Flur, schloß die Tür, griff ihm unter die Arme und schleppte ihn ins Wohnzimmer.

»Du meine Güte ... Schon wieder voll bis obenhin ... Meine Güte, wie kann man nur ... Du meine Güte ... Scheißkerl ... Ich halt das nicht mehr aus ...«

Sie zog ihm die dreckigen Schuhe von den Füßen und brachte sie in den Flur. Sie ging zurück und wickelte Ljocha aus dem Mantel. Dabei fiel etwas Kleingeld heraus und klimperte leise. Klava durchwühlte den Mantel und förderte zerknülltes Papier zutage. In der Innentasche fühlte sie etwas Weiches, in knisterndes Zellophan verpackt.

»Ach du meine Güte, die Norma ... Du meine Güte ...«

Sie legte die Norma auf den Tisch. Das Geld legte sie in den Schrank unter einen Wäschestapel.

Ljocha brummelte etwas vor sich hin und bewegte sich unruhig. Klava zog ihm die schmutzstarrende Hose aus, ebenso das Jakkett und das Hemd. Sie zerrte ihn aufs Bett, drehte ihn auf den Rücken und deckte ihn zu. Sie ging zu Vovka, der auf der Liege schlief, und strich das verrutschte Laken glatt. Sie gähnte, zog den Bademantel aus und legte sich neben ihren Mann.

Ljocha erwachte nach fünf, stand auf und torkelte zur Toilette. Er pinkelte schlaftrunken, drehte dann den Wasserhahn auf und hielt seinen ausgetrockneten Mund unter den Strahl. Er trank gierig. Dann hielt er seinen Kopf unter das Wasser, schnaubte kräftig und ging tropfend ins Zimmer zurück. Er setzte sich aufs Bett und schüttelte den Kopf.

Klava stütze sich halb auf.

»Ljoša … du? Hör mal, da ist noch die Norma. Du hast sie gestern nicht gegessen.«

»Die Norma?«

»Mhm. Die war in deiner Tasche. Im Mantel. Drüben auf dem Tisch.«

»Heh?«

»Die Norma! Die Norma! Heh!« zischte seine Frau. »Du hast doch deine Norma nicht gegessen!«

»Wie, nicht gegessen?«

»Jawohl! Drüben auf dem Tisch liegt sie!«

Ljocha stand auf und befingerte die Packung auf dem Tisch.

»Verdammte Scheiße … Wie kommt das denn … Wieso hab ich die denn gestern nicht gegessen?«

»Du warst voll bis obenhin und hast sie nicht gegessen. Jetzt iß schon, na los, und dann leg dich wieder hin! Um sieben mußt du aufstehen.«

Stumpfsinnig drehte Ljocha die Packung in den Händen. Das Licht von der Straßenlaterne brach sich in den Falten des Zellophans.

Ljocha setzte sich auf das Bett, riß die Packung auf und begann, die Norma zu kauen.

»Mit wem hast du denn gesoffen?« fragte Klava. »Etwa mit Fedka? He?«

»Das geht dich gar nichts an …« Ljochas Kiefer bewegte sich träge.

»Natürlich nicht. Aber deine beschissene Hose saubermachen, deine Schuhe, und warten, ob nicht etwas passiert ist ...«
»Schon gut. Halt die Schnauze. Schlaf jetzt.«
»Halt selber die Schnauze. Säufer ...«
Klava drehte sich zur Wand.
Ljocha aß die Norma auf und betrachtete seine beschmierten Hände. Er stand auf und schlurfte in die Küche. Er trank ein wenig aus dem Ausguß der Teekanne und rieb die Hände an der Unterhose ab. Er ging zum Fenster und schaute auf die schlafenden Häuser. Er kratzte sich die Brust.
Im Haus gegenüber ging in einem Fenster in der fünften Etage das Licht an, in einem Zimmer daneben auch.
Ljocha wischte sich die Wassertropfen von der Stirn. Er roch an seinen Händen.
Er rieb sie noch einmal an der Unterhose ab und legte sich wieder schlafen.

»Die Hauptsache ist, du darfst nicht dran riechen. Du mußt kauen und dann schnell runterschlucken.« Fjodor Ivanovič hielt Kolja einen Löffel hin. Kolja nahm ihn, zog den Teller mit der Norma heran und warf Vera Sergeevna von der Seite einen schrägen Blick zu.
»Mami, mach du lieber was anderes, du brauchst mir gar nicht zuzugucken ...«
Vera Sergeevna stand auf und ging lächelnd ins Wohnzimmer.
Kolja beugte sich über die Norma.
Fjodor Ivanovič legte ihm die Hand auf die Schulter.
»Na los, mach schon, Kolja. Nur Mut, das ist das Wichtigste. Ich hab sie beim ersten Mal in zwei Bissen runtergeschlungen – eins, zwei. Und fertig. Dabei hatten wir damals nicht solche

wie heute! Das ist ja Butter im Vergleich zu der von früher. Na, mach schon!«

Kolja teilte mit dem Löffel ein Stückchen von der geschmeidigen Masse ab, führte ihn zum Mund, lehnte sich zurück und atmete zur Seite aus.

»Puh, wie das riecht …«

»Du mußt auch nicht daran riechen, du Dummerchen! Schluck sie schnell runter. Sie schmeckt sehr ungewöhnlich, du mußt sie einnehmen wie Medizin!«

Kolja betrachtete angewidert den vollen Löffel.

»Warum, zum Teufel, muß man das unbedingt essen?«

»Kolka! Was hast du denn?! Nun iß schon!«

Kolja kniff die Augen zusammen, sperrte den Mund auf und steckte den Löffel hastig hinein.

»Siehst du! Und jetzt runter damit!«

Kolja schluckte fieberhaft, wand sich und verzog den Mund.

»Das ist ja ekelhaft …«

»Kolka! Sei still! Na iß schon!«

Kolja schluckte die nächste Portion hinunter.

»Komischer Geschmack irgendwie …«

»Nicht komisch, sondern normal. Kau!«

Kolja teilte noch ein Stück ab, nahm es mit den Lippen vom Löffel und kaute.

»Seltsam … Wenn man ißt, riecht man gar nichts …«

»Das sag ich dir doch die ganze Zeit, du Schlaumeier!« Fjodor Ivanovič fing an zu lachen. »Wenn du dich erst dran gewöhnt hast, bemerkst du den Geruch überhaupt nicht mehr.«

Kolja hantierte nun schon mutiger mit seinem Löffel.

Vera Sergeevna kam lächelnd aus dem Wohnzimmer und blieb am Türpfosten stehen.

»Na, wie war's?«
Kolja lächelte sie an.
»Sieh mal, Mami, so viel hab ich schon gegessen.«
»Toll machst du das.«
Kolja aß die Norma auf, ließ den Löffel auf den Teller fallen und schlug mit der Hand auf den Tisch.
»Stimmt!«

»Die dritte Gruppe malt weiter, die zweite steht auf und geht aufs Töpfchen!« Ljudmila Lvovna ging zu den niedrigen Tischchen, an denen die Kinder saßen, und klatschte in die Hände. »Eins, zwei! Alle schön die Buntstifte hingelegt und aufgestanden! Eins, zwei!«
Die Kinder standen widerwillig auf.
»Na, wird's bald, schnell! Maša, was hab ich euch gesagt! Ihr könnt nachher weitermalen. Andrej! Was soll denn das? Aufgestanden und mir nach! Nicht rennen! Im Schrittempo.«
Neunzehn buntgekleidete Mädchen und Jungen folgten Ljudmila Lvovna.
Sie gingen in den Flur und dann die Treppe hinauf in den ersten Stock. Ljudmila Lvovna ging voran.
»Nicht überholen. Langsam gehen. Keinen Krach machen.«
Ihre Stimme schallte laut durch das Treppenhaus.
Mit ihren kleinen Beinchen trappelnd, stiegen die Kinder nach oben. Im ersten Stock gingen sie an einer von den Malern stehengelassenen Leiter vorbei über den frisch gestrichenen Flur. An einer Tür stand auf auf einer mit Farbe bekleckster Tafel: UNBEFUGTEN ZUTRITT VERBOTEN! Ljudmila Lvovna blieb daneben stehen.

»Zu zweit aufstellen. Ruhe! Postnikov! Wie oft soll ich das noch sagen! Laß sie in Ruhe!«

Die Tür ging auf, eine Kinderschwester kam heraus und wischte sich die Hände an einem Lappen ab.

»Und?« fragte Ljudmila Lvovna sie.

»Fertig«, lächelte die Kinderschwester.

»Ihr könnt reingehen, aber nicht drängeln. Und schön ordentlich aufs Töpfchen.«

Die Kinder betraten den Raum. Er war nicht besonders groß, an den beiden Fenstern waren die Vorhänge zugezogen. Entlang der Wand standen auf einem schmalen Holzpodest zwanzig weiße, numerierte Töpfe.

»Welche ist das, die zweite?« fragte die Kinderschwester, ließ die Kinder vorbei und strich ihnen mit ausgestreckter Hand über den Kopf.

»Ja, die zweite.« Ljudmila Lvovna ging ebenfalls rein und stellte sich gegenüber dem hölzernen Podest auf. »Schön ruhig sitzen und die anderen nicht stören. Andrej! Wie oft muß ich dich noch ermahnen?«

Die Kinder setzten sich mit heruntergezogenen Hosen auf die Töpfe.

»Wie, sind denn nicht alle da?« Die Kinderschwester zeigte mit dem Lappen auf den leeren Topf.

»Šackij ist nicht da.«

Ljudmila Lvovna lehnte sich an die Wand.

Die Kinderschwester wrang den Lappen über einem Eimer aus und legte ihn auf die Fensterbank.

»Die Hosen auf den Knien. Nicht weiter runter. Und nicht die Nachbarn schubsen! Sveta! Wer kein Kaka macht, darf auch nicht malen!«

»Ich will aber nicht.«
»Ich auch nicht, Ljudmila Lvovna.«
»Bleibt mal erst schön sitzen. Das kommt schon. Keine Drängelei, was hab ich euch gesagt! Wer Kaka gemacht hat, steht auf.«
Die Kinder verstummten. Einige begannen zu stöhnen.
Nach einigen Minuten standen drei von ihnen auf, zogen die Hosen hoch und stiegen vom Podest herunter. Danach stand ein Mädchen auf und hielt den Rock mit den Zähnen fest, während es die Unterhose hochzog.
»Wer Kaka gemacht hat, geht schön ruhig in den Saal hinunter. Keinen Lärm machen und nicht herumtrödeln, Rubcova!«
Das Mädchen verschwand durch die Tür.
Auch ein paar andere Kinder standen auf.
»So, Alekseev hat kein Kaka gemacht, er setzt sich noch mal hin.« Ljudmila Lvovna kam herbei und setzte den grinsenden Alekseev wieder auf den Topf. »Nataša Pašenko, willst du nicht noch ein bißchen sitzenbleiben? Was ist das denn für ein Krümel, wozu soll der denn gut sein?«
Pašenko schüttelte den Kopf und zog die Strümpfe hoch.
»Ich kann nicht mehr, Ljudmila Lvovna.«
»Na, schon gut, lauf. Alekseev, halt die Füße still!«
Die Kinderschwester trug den Eimer hinaus.
»Ljudmila Lvovna, ich hab nur Pipi gemacht.«
»Dann mach jetzt Kaka.«
»Aber ich kann nicht. Ich kann nicht Pipi und Kaka. Entweder Pipi oder Kaka.«
»Phantasier nicht herum. Setz dich hin.«
»Aber ich mach sowieso kein Kaka.«
»Streng dich wenigstens an.«

Vier andere standen auf.
»Was ist denn mit dir los, hast du Durchfall?« Ljudmila Lvovna schaute in den Topf von Fokin.
»Nö.«
»Was, nö? Hier – das ist doch Durchfall, ist ja alles ganz flüssig. Geh schon. Und wasch dir die Hände vor dem Essen.«
Fokin ordnete seine verdrehten Hosenträger.
»Du liebe Güte, die hast du aber auch verheddert!« Die Kinderschwester war wieder hereingekommen und half ihm. Jetzt saßen noch sechs auf dem Topf.
»Na, was ist, Alekseev?«
Alekseev schwieg und zupfte an seiner heruntergerutschten Hose.
Eines der Mädchen ächzte laut und starrte mit weit aufgerissenen Augen an die Decke.
Ein kahlrasierter Junge ließ laut einen fahren.
Ljudmila Lvovna lächelte.
»Na, Alekseev, nimm dir ein Beispiel an Kupčenko!«
Zwei Mädchen standen auf. Dann stand der Kahlrasierte auf, dann noch einer. Alekseevs Nachbar hatte die Arme verschränkt und mühte sich ab.
Ljudmila Lvovna holte eine Uhr aus der Kitteltasche.
»Die schnellste Gruppe. Die erste, die sitzt und sitzt … Geršković fängt an zu brüllen, wie immer … Ist der Behälter bereit?«
»Ja sicher.«
Die Kinderschwester öffnete den Schrank und holte daraus einen großen Aluminiumbehälter hervor mit der roten Aufschrift:

KINDERGARTEN NR. 146
NORMATIVER ROHSTOFF

Alekseevs Nachbar stand auf. Seine Hose schlotterte ihm um die Knie, und er stakste vom Podest.

»Ich bin fertig, Ljudmila Lvovna.«

»Na, dann geh.«

Mit ausgestrecktem Arm hantierte er am Verschluß seiner Sandalen herum.

»Na, ist er als einziger übriggeblieben?« lächelte die Kinderschwester und nahm den Deckel vom Aluminiumbehälter.

»Aber er sitzt doch immer bis zum Schluß.«

Ljudmila Lvovna gähnte und ging zum Fenster.

»Alekseev, arbeitet deine Mama in Vnukovo?«

»Sie ist Ingenieurin.«

»Aber in Vnukovo?«

»Weiß ich nicht. Sie kontrolliert die Tickets.«

»Also arbeitet sie doch in Vnukovo.«

»Weiß ich doch nicht.«

»Du weißt aber auch gar nichts.«

Die Kinderschwester nahm einen Eimer und einen Deckel aus dem Schrank.

»Na, was ist, hast du kein Kaka gemacht, Alekseev?«

»Aber ich kann doch nicht Pipi und Kaka zusammen.«

»Dann bleib noch sitzen.« Die Kinderschwester hielt den Inhalt der Töpfe mit dem Deckel zurück, goß den Urin in den Eimer und leerte den Kot in den Aluminiumbehälter.

»Jemand hat geschummelt.« Ljudmila Lvovna spähte in einen leeren Topf. »Wer hat denn hier gesessen … Pokrevskaja wahrscheinlich.«

»Auf alle kann man eben nicht aufpassen.«

»Genau. Alekseev! Merkst du nicht, daß du uns aufhältst? Wie lange sollen wir denn noch warten?«

»Ich will aber kein Kaka machen.«
»Dann darfst du heute nicht mehr malen.«
»Ich will doch auch gar nicht malen.«
Ljudmila Lvovna stellte sich vor ihn hin und seufzte.
»Steh auf.«
Alekseev hob mit Mühe sein Hinterteil vom Topf und stand auf.
Der Urin schimmerte gelblich in seinem Topf.
»Geh schon. Es ist nicht zum Aushalten mit dir. Und daß du mir ja keine Buntstifte anrührst! Du wirst die Blumen gießen.«
Alekseev zog die Hose hoch, sah die Kinderschwester an und knöpfte die Hose zu.
Die Kinderschwester goß den Urin aus seinem Topf in den Eimer.
»Aber auch gar nichts hat er sich abgepreßt, der Ärmste.«
Ljudmila Lvovna schaute in den Aluminiumbehälter.
»Dann bringe ich in zehn Minuten die erste Gruppe.«
»In Ordnung.«
Alekseev spähte von weitem in den Aluminiumbehälter und ging raus.

»Wunderbar.« Marina fuhr mit der Hand über Vikas Brust. »Er richtet sich tatsächlich auf. Es ist ein Wunder.«
Vika saß nackt auf der Liege, mit dem Rücken an die Wand gelehnt, und aß einen Apfel. Marina lag auf dem Rücken, mit dem Kopf auf Vikas Knien.
»Du bist wie eine Filmdiva.«
»Eine Filmfotze.«
Vika lachte schallend, ihr großer Busen zitterte.

»Im Ernst, sieh doch mal … zuerst ist der Nippel ganz weich, und dann fährt man einmal drüber, und dann … Wunderbar.« Marinas Hand glitt über Vikas Brust, berührte ihre Brustwarzen und kroch über die Falten am Bauch.

»Dein Nabel ist auch wunderbar. So schön akkurat … Nicht wie meiner.«

»Die sind doch alle gleich.«

»Stimmt gar nicht.«

»Was du immer hast! Na gut, das Gesicht, die Brust – das ist ja klar, aber der Nabel ist doch bei allen gleich! Gib mir mal was zu trinken.«

Marina richtete sich halb auf, nahm die Flasche vom Tisch und goß etwas in ein Glas.

Im Licht der blauen Nachttischlampe sah der Wein violett aus. Marina nahm einen Schluck und hielt Vika das Glas hin.

»Trink.«

Vika nahm das Glas in beide Hände, trank langsam und verzog das Gesicht.

»Es ist doch immer das gleiche mit diesem billigen Rotwein. Je mehr man davon trinkt, desto schlimmer wird es.«

»Schmeckt er dir nicht?«

»Nein. Ehrlich gesagt, das ist doch Fusel. Aber ich bin ja selbst schuld, ich hab auch noch extra billigen gesucht.«

Vika schnipste einen Apfelkern von ihrem Bauch. Marina schmiegte sich an sie und küßte sie auf den Mundwinkel. Vika drehte sich um. Sie umarmten sich und begannen sich zu küssen. Dann fielen sie aufs Bett.

Marina lag oben. Sie küßte Vikas Schultern, dann ihre Brust und glitt allmählich weiter nach unten, aber Vika richtete sich auf.

»Marinka, hör mal, laß uns später … Irgendwie bin ich nicht in Stimmung. Ich hab keine Lust …«
Marina stützte sich mit den Händen auf und küßte Vika auf den Bauch.
»Ihr Wunsch sei mir Befehl, Madame. Sollen wir vielleicht einen Kaffee trinken?«
»Gut.«
Sie standen auf und gingen in die Küche. Marina zog die Vorhänge zu und schaltete das Licht ein. Vika setzte sich an den Tisch und betrachtete gähnend die holzgetäfelte Decke.
»Eine hübsche Küche.«
»Gefällt sie dir?«
»Mhm.«
»Das war mein seliger Mann.«
»Ist er gestorben?«
»Autounfall.«
»Schon lange her?«
»Sechs Jahre.«
»Warst du glücklich mit ihm?«
»Je nachdem.«
»War er zärtlich?«
»Im Bett?«
»Mhm.«
»Ach wo, was denkst du denn. Männer können doch gar nicht zärtlich sein. Er war fröhlich. Sparsam. Aber zärtlich – nie …«
»Stimmt. Im Frühling hab ich es mit einem probiert, aber es ist doch immer das gleiche. Rein mit dem Schwanz und dann einpennen.«
Marina nickte verständnisvoll und begann Kaffee zu machen. Vika gab ihr einen Klaps auf den Hintern.

»Du hast wirklich einen schönen Po. So weiß und unbehaart …«
»Magst du keine haarigen Hintern?«
»Wer mag die schon? Ich hab mal mit einer Armenierin geschlafen, da hab ich hinterher Haare gespuckt. Aber du, so frisch und sauber …«
Vika spreizte Marinas Pobacken auseinander und küßte sie.
»So süß, wie Brötchen …«
Marina lächelte und stellte das türkische Kaffeekännchen auf den Herd.
»Sag mal, Vika, damals im Bus, hast du da genau gewußt, daß ich lesbisch bin?«
»Na ja, so genau kann man das nie wissen. Du hast ja schließlich kein Schild um den Hals …«
»Aber irgendwie merkt man das doch, stimmt's? An der Ausstrahlung …«
»Natürlich. Wie du mich da so schnell angeschaut hast, da hab ich's mir gedacht.«
»Ich hab ein Fluidum ausgestrahlt. Wellen der Liebe.«
»Und ich bin nähergerückt und hab mit der Brust deine Hand berührt, weißt du noch? Du hast dich an der Stange festgehalten. Ich hab mir gedacht, wenn sie die Hand wegnimmt, dann war's das.«
»Und ich hab am ganzen Körper gezittert! Ich war furchtbar aufgeregt. Bin ich rot geworden?«
»Ein bißchen. So leicht rosig, sehr sympathisch, mit deinem karierten Röckchen …«
»Du hast mir auch auf Anhieb gefallen. Groß und schlank …«
»Und dann waren immer weniger Leute im Bus. An der Endhaltestelle nur noch vier. Du und ich und zwei Idioten. Und du hast gefragt, ob ich zwei Kopeken hätte.«

»Es gibt doch einen Gott, stimmt's? Das ist doch kein Zufall!«
»Weiß der Teufel. Vielleicht doch.«
»Nein, das mußte alles so kommen. Liebende müssen zusammen sein.«
Der Kaffee kochte, Marina zog das Kännchen schnell vom Feuer und goß den Kaffee in die Tassen.
»Aber es ist doch toll mit einer neuen Geliebten, stimmt's?«
»Und wie. Es ist einfach was Neues. Köstlich. Ich hab noch eine andere, selten, aber sozusagen regelmäßig. Allmählich habe ich trotzdem die Nase voll von ihr. Wir streiten uns häufig. Vorher hatte ich noch eine andere. Lariska. Sieben Jahre älter als ich. Wir haben uns ordentlich gestritten. Sie wollte immer nur, daß man ihr eine Kerze reinsteckt und die Klitoris lutscht. Und zwar gleichzeitig. Ich sag zu ihr, warum zum Teufel brauchst du mich dann? Such dir einen Kerl, der steckt dir den Schwanz anstelle der Kerze rein. Da war sie beleidigt ... Ich werde heute deinen Po traktieren.«
»Und ich deine Brust. Trink, mein Liebling.«
Sie nahmen die Tassen.
Marina schob ihr das Glas mit Konfitüre hin:
»Nimm.«
»Nein, ich hab's lieber so.«
Sie beugten sich über die Tassen.
Vikas lange Haare fielen ihr über die Schultern. Sie strich sie zurück und trank einen Schluck. Marina nahm ebenfalls einen Schluck.
»O la la, arabischer. Ein Aroma hat der ...«
»Ist das eine bestimmte Sorte?«
»Mhm. Auf der Kirov-Straße gekauft.«
»Lose?«

»Mhm.«
»Köstlich. Riecht sehr stark.«
»In letzter Zeit gibt es den irgendwie nicht mehr.«
»Defizitware?«
»Mhm. Nimm eine Praline dazu.«
»Ich hab nicht so gern Süßes.«
»Na, wie du willst. Ich schon.«
Marina wickelte eine Praline aus.
Vika blies auf den Kaffee und hob den Kopf.
»Marinka, was ist das, was da über dem Waschbecken hängt?«
»Tjaaa«, Marina steckte lächelnd die Praline in den Mund, »rat mal.«
Vika stand auf und ging zum Waschbecken. Darüber hing eine Vorrichtung aus zwei kleinen, mit Mull umwickelten Kolben. Am Hals des unteren Kolbens glitzerte ein metallener Ring, von dem eine halbdurchsichtige Röhre herunterhing. Aus der Röhre tropfte eine trübbraune Flüssigkeit ins Waschbecken.
»Weiß der Teufel.« Vika warf die Haare zurück. »Irgendein Scheiß halt ...«
Marina stand auf, ging zu ihr hin und umarmte sie.
»Kindchen, diesen Apparat hat ein Wissenschaftler konstruiert. Mein Großvater. Dem können wir nicht das Wasser reichen. Es ist also kein Wunder, daß du nicht begreifst, was das ist.«
»Wozu brauchst du das denn?«
»Hast du nicht am Institut studiert?«
»Natürlich. Alles mögliche hab ich dort gesehen.«
»Und als was arbeitest du?«
»Ich verkaufe Saft.«
»Und ich unterrichte an der MGU.«

»Meine Fresse! Bist du etwa Professorin?«

»Nein. Dozentin und wissenschaftliche Mitarbeiterin.«

»Meine Fresse! Da bin ich ja schön reingefallen!«

»Also, das ist so ...« Marina fuhr mit ihren nach Kaffee riechenden Lippen über Vikas sonnengebräunte Schulter. »Das ist ein Apparat für die Aufbereitung von Norma.«

»Wirklich?«

»Ja.«

»Toll ...«

»Das hat mein Großvater erfunden. Er war Chemiker. Hast du überhaupt schon mal Norma probiert?«

»Einmal hab ich's riskiert. Ich hab bei Zinka Lebedeva ein Stückchen abgebrochen.«

»Ja eben, Kätzchen. Und ich eß sie regelmäßig. Seit zwölf Jahren. Aber dank meinem genialen Großvater riecht sie nach gar nichts mehr. Klar?«

»Klar. Ein toller Kerl, dein Opa. Muß sie lange da hängen?«

»Vierundzwanzig Stunden. Man weicht die Norma in einer starken Sodalösung ein, bis sie ein flüssiger Brei geworden ist. Dann füllt man sie in den Apparat. Etwas Kreide dazu, Salzsäure und ein wenig Natriumhydroxyd. So. Das Ganze kommt eine Stunde in heißes Wasser, und dann über das Waschbecken. Und nach vierundzwanzig Stunden ist sie abgehangen, ich nehme die Kolben auseinander, und darin ist eine gläserne Form, quadratisch, wie die Norma. Und dann – schwups ...« Marina fuhr mit der Hand über Vikas Bauch und streichelte ihren glattrasierten Venushügel. »Bitte sehr – wunderbare Norma!«

»Ist die denn nicht schädlich mit den ganzen Säuren?«

»Ach wo. Die neutralisieren doch das Ganze. Das riecht nach gar nichts mehr. Wie Lehm.«

»Aber vielleicht sollte man sie dann gleich aus irgend etwas anderem machen?«

»Nein, Kätzchen. Das ist nicht dasselbe.«

Marina schmiegte sich an sie und streichelte ihre Genitalien.

»Wieso nicht?«

»Na, weil das dann keine Norma wäre, sondern eine Fälschung. Und bei Fälschungen ... wunderbar, wie sich die kleine Muschel öffnet ... kennt man bei uns kein Pardon. Aber hier ist alles in der Norm. In der Norm ...«

Sie umarmten sich. Vika küßte Marina und zog sie an der Hand.

»Komm, komm schon.«

»Na, Kätzchen, bist du jetzt doch in Stimmung?« Marina lächelte geheimnisvoll. »Komm ...«

Sie gingen durch den dunklen Flur ins Wohnzimmer.

Vika legte sich auf die Liege und stopfte sich ein Kissen unter den Hintern, aber plötzlich hob sie den Kopf.

»Sag mal, Marinka, aber trotzdem ist das doch immer noch Scheiße, was aus dem Apparat kommt? Das stimmt doch? Oder ist das dann was anderes?«

Marina legte sich behutsam auf sie, ihr Becken hing über Vikas Kopf.

»Ach wo. Natürlich bleibt das Scheiße. Da kannst du soviel filtern, wie du willst, aus Scheiße kannst du keine Sahne machen ...«

»Das stimmt.«

Marina beugte sich über Vika, fuhr mit den Händen über die Oberschenkel der Geliebten und streichelte ihre Knie.

»Aber mach dir deswegen keine Gedanken, Kätzchen. Du mußt das ja sowieso nicht essen.«

Vika lächelte im Dunkeln, und ihre Lippen fanden in Marinas Genitalien über ihrem Gesicht die geschwollene, feuchte Klitoris.

Die Schlüssel hatten sich in dem zerknüllten Taschentuch verfangen.

Ljudmila Ivanovna zog sie an dem abgeschabten Lederriemen heraus und öffnete zuerst das untere Schloß, dann das obere.

Sie trat ein, legte die Handtasche auf das hohe Tischchen im Flur und betrachtete sich schräg von der Seite im Spiegel. Ihr gefärbter Pony war zerzaust, der bunte Schal lugte zu weit unter dem Mantelkragen hervor.

Sie zog den Mantel aus, warf die Schuhe in die Ecke und ging barfuß in die Küche.

Das Plastikradio war nicht ganz abgestellt, die Mückenstimme des Sprechers verkündete die neuesten Nachrichten.

Ljudmila Ivanovna drehte am Knopf. Die Stimme wurde lauter und schallte durch die Küche.

Die Suppe, die sie morgens gekocht hatte, stand auf dem Herd. Der Wasserhahn tropfte wie immer, das Wasser hatte eine rostige Spur in das emaillierte Spülbecken gezogen.

Ljudmila Ivanovna öffnete den Kühlschrank und holte Butter, ein Stück Wurst und ein Ei heraus.

Der Sprecher hatte die internationalen Ereignisse verlesen und wandte sich nun etwas gelassener den Sportnachrichten zu. Ljudmila Ivanovna machte zwei Platten an und stellte darauf die Suppe und eine leere Pfanne, in die sie ein Stück Butter gab. Hinter dem Fenster hörte man Flügelschlagen. Eine Taube setzte sich aufs Fensterbrett und schaute Ljudmila Ivanovna an. Sie lächelte der Taube zu und ging ins Wohnzimmer. Das Telefon stand auf dem Sofa. Die Nelken in der grünen Vase waren immer noch frisch. Ljudmila Ivanovna wählte eine Nummer und strich sich die Haare zurecht.

»Hallo … Wieso so schnell? Aha … Und hast du's geschafft? Gratuliere. Ja, gerade eben. Mhm. Ich bin bald zusammengebrochen. Wir hatten Versammlung. Na was schon, von der Gewerkschaft. So ist das. Wirklich? Du bist ein toller Kerl. Dir? Und du? Wirklich? Na, hör mal! Du bist einfach ein Genie! Superman! Ja. Mhm. Ja, nachher, natürlich … Ja … Ja … Deine Nelken sind immer noch frisch. Sie schauen mich an. Die stehen so nett da. Und so schön sind sie. Nun … Natürlich, natürlich … Du brauchst dich gar nicht zu loben. Die Georgier muß man loben, nicht dich. Wie, wofür? Dafür, daß sie sie züchten, abschneiden und hierher bringen. Und hier verkaufen. Ja, ja, genau. Du hast nicht gesät und nicht geerntet, aber essen tust du gerne. So ist das. Nö. Ich werd's mir überlegen. Was gibt's denn da zu sehen, Saša, mein Lieber. Liebe in der Produktion interessiert mich nicht. Davon hab ich auf der Arbeit genug. Mhm. Das kannst du auch so verstehen. Ja! Genau! Man muß das Eisen schmieden, solange es noch heiß ist. Ja, ohne von der Kasse wegzugehen. An der Kasse? Du bist ein Schuft … Na hör mal … hör auf … Saška! Du bist wirklich ein Schuft … An der Kasse! Oh Gott! Da sitzt bei uns vielleicht eine Sex-Bombe! Antonina Pavlovna Mikulina, der Traum aller Papuas. Sieben mal acht. Ja. Ja. Nö, ich komme nicht. Ich bin müde, Sašenka. Mhm. Aber ich jammere doch gar nicht. Was? Wo sind die denn? Ja? Und wann? Morgen? Wunderbar? Heute? Na gut, wenn du willst. Nun … wenn du dich gut benimmst. Vielleicht laß ich dich rein. Ja! Aber vielleicht schick ich dich auch wieder weg. Du hast dich in letzter Zeit so flegelhaft aufgeführt. Gebissen hast du mich. Ich hab übrigens bis heute einen blauen Fleck davon. Ja, ja. Aber ich trinke doch nicht, Saša. Davon. Mhm. Na, wenn du schön bittest. Ja. In Ordnung. Vielleicht mach ich dir auf. Nö. Ich bin total ausgelaugt ... Oje! Ich hab die Butter auf dem Herd stehen! Die brennt an! Saška! Tschüß! Na gut! Ich muß los!«

Ljudmila Ivanovna warf den Hörer auf die Gabel und rannte in die Küche.

Die Butter brutzelte heftig und schäumte schon an den Rändern der Pfanne hoch. Die Suppe kochte auch.

Ljudmila Ivanovna stellte die Suppe aus, schnitt die Wurst klein und schlug das Ei in die Pfanne.

Lev Leščenko sang jetzt.

»Jetzt hab ich das Wetter wieder verpaßt ...« Sie füllte Suppe auf einen Teller und trug ihn vorsichtig zum Tisch. Die Pfanne stellte sie auf einem Keramikuntersatz daneben. Sie holte Brot aus dem Schrank und schnitt ein Stück ab. Sie setzte sich, nahm von der Suppe und schüttelte den Kopf.

»Du liebe Güte, die Norma ... Au weia ...«

Sie lief in den Flur, holte die Norma aus der Handtasche, schnitt die Zellophanpackung in der Küche auf und ließ den hellbraunen Inhalt auf einen Teller gleiten. Daneben dampfte die Suppe. Das Rührei kühlte allmählich ab, die Butter brutzelte nicht mehr so heftig. Ljudmila Ivanovna teilte mit dem Löffel ein Stück Norma ab, steckte es in den Mund und aß sofort Suppe hinterher. Sie kaute ein Stück Brot dazu. Dann nahm sie ein größeres Stück Norma, legte es auf das Ei und verrührte alles miteinander.

»Salz hab ich vergessen, ich Schlafmütze. Wie immer ...«

Sie stand auf und holte das hölzerne Salztöpfchen. Sie streute Salz über das Rührei. Die Suppe war noch zu heiß. Ljudmila Ivanovna gab die übrige Norma hinein, schob den Teller weg und machte sich an das Rührei.
Die Wurst war gut durchgebraten und knusprig.
Leščenko sang fröhlich von Holzfällern. Die Taube saß immer noch auf dem Fensterbrett und schaute furchtsam herein.
Als sie das Rührei aufgegessen hatte, begann Ljudmila Ivanovna, die inzwischen etwas abgekühlte Suppe zu löffeln. Die hellbraune Norma war zu einer weichen Masse aufgequollen und zerfiel in kleine Bröckchen. Es war eine Pilzsuppe.

»Ivan Trofimyč!« Die Schüler schauten zum Eingang und drängelten sich um Samoteev. »Barvickij kommt!«
Ivan Trofimovič lachte erstaunt.
»Das kann nicht sein! Was denkt ihr denn? Er grüßt mich schon seit acht Jahren nicht.«
»Doch, er kommt! Ich hab ihn in der Garderobe gesehen.«
»Ich auch.«
»Mit seiner Frau?«
»Er ist allein, Ivan Trofimyč.«
»Irgendwie kann ich das gar nicht glauben ... Ihr macht euch wohl über mich lustig?«
»Aber nein! Da, sehen Sie!«
Barvickij trat ein und betrachtete von der Schwelle aus mit zusammengekniffenen Augen die Bilder an der Wand. Er nahm die Nelken in die linke Hand, holte seinen Ausweis hervor und zeigte ihn der grauhaarigen Kontrolleurin.
Ivan Trofimovič schüttelte den Kopf.

»Wie wunderbar sind deine Werke, o Herr ...«
Lächelnd betrachtete Barvickij die drei Bilder neben dem Eingang, ging an einer Gruppe von Leuten vorbei, die sich um ›Wege des Lebens‹ geschart hatten, blickte sich suchend um und kam dann auf Samoteev zu.
Ivan Trofimyč löste sich aus der Gruppe von Schülern und trat ihm entgegen.
Barvickij trug einen eleganten, grauen Anzug, sein spitzes, graues Bärtchen stützte sich auf einen beigefarbenen Rollkragen, seine Augen glänzten freudig.
Die schwatzenden Schüler verstummten und drehten sich um.
Barvickij ging auf Samoteev zu.
»Gratuliere, Vanja.«
»Danke, Feliks.«
»Das alles ist wirklich ergreifend. Du hast mir einfach die Augen geöffnet.«
»Ach, was redest du denn ... Das ist doch nichts Besonderes.«
»Nein, Vanja, so einfach ist das nicht. Es ist eine ergreifende Kunst ... Sie möge so unvergänglich, so lebendig und frisch bleiben, wie diese Blumen hier ...« Er hielt ihm die Nelken hin.
»Danke, Feliks, danke ...«
Heftig blinzelnd nahm Samoteev die Blumen entgegen, wurde ganz blaß und erstarrte – die Nelken waren aus Plastik.
Barvickij lächelte spöttisch.
»Kozma Prutkov hat gesagt, wenn du ein Genie sein willst, dann sei eins. Seien Sie ein Genie, Ivan Trofimovič. Man wird Ihre Bilder im Louvre ausstellen. In der Tate Gallery. Im Prado! So ein stattliches Mannsbild! Sehen Sie nur, wie bescheiden und erhaben er ist!«
Mit zitternden Fingern knetete Samoteev die Plastikstengel.

»Du Schuft ... Du Schwein ...«

Er machte einen Schritt auf Barvickij zu, aber der lief seitwärts zur Tür.

»Pinsel nur weiter, du Schönfärber! Hast du noch keine Frau mit Ruder gemalt? Oder einen Pionier mit Horn? Streng dich an!«

Samoteev ging auf ihn los.

»Du Schurke ...«

Barvickij schlängelte sich zwischen den stumm dastehenden Besuchern hindurch.

»Hast du noch keine Goldrahmen bestellt?«

Samoteev warf die Nelken nach ihm.

Mit einem leichten Knall fielen sie auf den Boden.

»Er war schon im Surikov-Institut neidisch auf mich«, sagte Ivan Trofimyč seufzend und schnitt die Norma der Länge nach durch. »Obwohl er viel begabter war. Besonders im Zeichnen. Im dritten Jahr fuhren wir nach Jalta zum Praktikum und malten das Meer. Da wurden drei meiner Studien als beispielhaft herausgestellt. Und vorher war er immer der Favorit. Damals hat es angefangen ...«

Samoteev bestreute die beiden Hälften mit Kräutern, klappte sie zusammen und begann zu essen.

Gorochov und Starostin saßen ihm gegenüber.

»Dann wurde ich eher in den Künstlerverband aufgenommen. Und ich hatte auch früher als er meine erste Einzelausstellung. Er kam dahin, nörgelte herum und verbreitete Gemeinheiten, so wie heute. Ein pathologisch mißgünstiger Mensch. Und meiner Meinung nach nicht mehr ganz normal. Das hat sich schnell auf sein Werk ausgewirkt. Er malt furchtbar. Er wollte auch Gorkij malen, so wie ich. Aber ihr habt wahrscheinlich gesehen, was daraus geworden ist.«

Gorochov nickte.

»Und jetzt diese Nelken.« Samoteev lächelte traurig. »Ich bin aber auch zu blöd, daß ich mich da aufrege und herumschreie. Ich hätte ihn einfach auslachen sollen. So aber hat er mich ausgelacht ...«

»Aber nein, Ivan Trofimyč, er hat sich doch selbst zum Gespött gemacht. Er hat sein wahres Gesicht gezeigt. Er hat doch gar keine Schüler mehr.«

»Das habe ich gehört.«

»Krylov ist weg, Drozdeckij auch, Raja Glikman ist gegangen ...«

Samoteev nickte.

»Das geschieht ihm ganz recht. Er ist selbst schuld.«

»Stimmt.«

»Ja, natürlich.«

Samoteev steckte das letzte Stückchen in den Mund und wischte seine beschmierten Hände an der Serviette ab.

»Tante Katja, und Sie?« Georgij hielt seine Gabel mit dem darauf aufgespießten Pilz vor dem Mund in der Luft.

»Iß nur, iß, ich esse später«, lächelte Ekaterina Borisovna.

»Was heißt hier später, soll ich hier etwa essen wie ein Flegel, und Sie schauen zu?«

»Iß, Žora, ich will nicht. Ich hab um vier erst zu Mittag gegessen.«

Georgij steckte den Pilz in den Mund und brach ein Stück Brot ab.

»Trotzdem ist das nicht recht. Bei uns setzt man sich nie allein zu Tisch. Ob in Astrachan oder hier, das ist egal. Da wird mit der ganzen Familie gegessen.«

»Ihr seid ja auch eine große Familie, acht Leute! Aber ich bin hier alleine auf der ganzen Etage.«

»Wie, auf der ganzen Etage?«

»Na, auf der ganzen Etage eben. Zvorykins sind im Ausland.«

»Ist das der Übersetzer?«

»Ja. Und die Mamontovs sind noch im Süden.«

»Ach so …«

Georgij goß sich noch ein Gläschen ein und trank.

Ekaterina Borisovna stellte eine Pfanne mit Bratkartoffeln vor ihn hin.

»Da, greif zu. Nach der Norma mußt du ordentlich etwas hinterherschieben. Damit es nicht so riecht … Mein seliger Vater hat mit Kvas nachgespült. Und danach Wodka und reichlich was zu essen dazu.«

Georgij machte sich über die Kartoffeln her.

Ekaterina Borisovna nahm die Norma-Packung vom Tisch, knüllte sie zusammen und warf sie in den Müllschlucker.

Der Kessel kochte, das Wasser lief schon über.

Ekaterina Borisovna stellte ihn ab.

»Tante Katja, hat Tante Nataša bis zum Schluß bei Ihnen gewohnt?« fragte Georgij, ohne den Kopf zu heben.

»Bis sie ins Krankenhaus kam. Drei Monate war sie im Krankenhaus, und dann war es vorbei. Es ist schnell gegangen bei ihr. Bei Krebs geht es schnell.«

Sie seufzte, wischte die Hände an der Schürze ab und setzte sich ihm gegenüber.

Georgij goß sich noch ein Gläschen ein.
»Eins kann ich nicht verstehen, wie sie als Scharfschützin an der Front ... Sie war doch so klein.«
»Ja. Und damals war sie wirklich winzig, ganz dünn. Zweiundvierzig haben wir sie verabschiedet, da sah sie aus wie ein kleines Mädchen. Zwei Zöpfe und der Mantel bis zum Boden. Ich hab damals geheult wie ein Schloßhund ...«
»Und sie hat zweiundneunzig Fritzen um die Ecke gebracht?«
»Ja, zweiundneunzig. Zwanzig Offiziere. Einer davon war entweder Major oder Oberstleutnant. Mit einem Eisernen Kreuz. Sie hat ihm eine Kugel in die Brust gejagt, und er lächelt und setzt sich hin, als wenn er betrunken wäre. Sitzt da und lächelt. Und dann fällt er um.«
»Und fünfundvierzig ist sie zurückgekehrt?«
»Ja.«
Georgij trank aus und aß Pilze dazu.
»Mir tut es heute noch leid, daß ich sie nie in ihrer Uniformjacke mit den Auszeichnungen gesehen habe. Hat sie die wenigstens zum Tag des Sieges angezogen?«
»Ja, das schon. Hast du sie wirklich nie darin gesehen?«
»Nicht ein einziges Mal!«
»Und die Auszeichnungen hast du auch nicht gesehen?«
»Nur bei der Beerdigung. Aber sonst nicht.«
Ekaterina Borisovna stand auf und ging ins Wohnzimmer.
»Komm, ich zeig sie dir.«
Georgij schluckte seinen Pilz hinunter und ging hinterher.
Ekaterina Borisovna öffnete den alten Kleiderschrank, schob die Bügel mit Kleidern und Mänteln beiseite und zog die in ein dünnes Tuch gehüllte Uniformjacke hervor.
»Halt mal.«

Georgij hielt den Bügel, und Ekaterina Borisovna nahm das Tuch weg.

Die Jacke war mit Medaillen behängt. Auf der rechten Seite waren zwei Orden befestigt. Georgij stieß einen Pfiff aus.

»Toll.«

Ekaterina Borisovna strich eine umgeknickte Borte gerade und trat einen Schritt zurück, die Hände über dem Bauch zusammengelegt.

»Siehst du, Žora. Das ist Natašas Uniformjacke.«

Georgij betrachtete die Medaillen. Die nach Naphtalin riechende Jacke schaukelte an seiner Hand hin und her.

»Für den Sieg … Für Berlin … Und die hier … für Warschau … Und die Orden … Du meine Güte … der Rote Stern und die Rote Flagge. Toll.«

Er berührte die Jacke.

»Ist sie als Hauptmann zurückgekehrt?«

»Ja, beinahe wäre sie sogar Major geworden.«

»Und als sie eingezogen wurde?«

»Da war sie Leutnant, glaub ich. Das war sofort nach der Militärakademie.«

Ekaterina Borisovna nahm ihm die Jacke ab und trug sie ans Fenster. Georgij strich mit der Hand über den ausgeblichenen Rücken und hielt plötzlich inne.

»Was ist das denn … Da ist was drin …«

»Ach …« Sie lächelte und griff mit der Hand in den Ausschnitt. »Das ist Serjožas Norma …«

Vorsichtig nahm sie eine Packung aus rauhem Papier aus der Innentasche der Uniformjacke und gab sie Georgij.

Auf der Packung stand in roter Schrift

NORMA

Die Packung war aufgerissen. Georgij schaute hinein.
»Norma … Nicht zu fassen …«
Ekaterina Borisovna seufzte.
»Ja, das war dreiundvierzig. In Stalingrad, als er fiel, das heißt, er ist nicht gefallen, er wurde schwer verletzt und ist dann im Lazarett gestorben. Sein Freund, Ivanjutin, hat Nataša die Pakkung gegeben. Sie hatten sich schließlich kurz vor dem Krieg standesamtlich trauen lassen. Und die Norma hat Ivanjutin dann Nataša übergeben. Außerdem sind noch Lebensmittelkarten da und Briefe. Und die Norma. So ist das …«
Sie legte die Uniformjacke auf das Sofa und schlug sie wieder in das Tuch ein.
»Kann ich mal die Norma anschauen, Tante Katja?« Georgij drehte die Tüte in den Händen.
»Meinetwegen.« Er ließ die Norma auf die Handfläche gleiten. Sie war schwarz und fest.
»Tja … Wie die aussieht …«
»Das ist was anderes als heutzutage, was?«
»Allerdings.«
»Heute gibt es auch so schöne Packungen, viel zu schade zum Wegwerfen, und die Norma ist so weich und frisch wie Butter.«
Georgij besah sich die Norma.
»Tante Katja, ich möchte mal wissen, woher sie damals die Norma bekamen, im Krieg?«
Ekaterina Borisovna hängte die Jacke wieder in den Schrank.
»Je nachdem, von evakuierten Kinderheimen oder Kindergärten. Manchmal auch einfach von Angehörigen der rückwärtigen Verbände.«
»Ach so.«
Georgij stand auf und zuckte dann mit den Schultern.

»Tante Katja, und wenn … Na ja … Dürfte ich nicht vielleicht mal ein bißchen probieren? Wäre doch interessant zu wissen, wie die damals war …«

Ekaterina Borisovna drehte sich um, überlegte und nickte dann.

»Meinetwegen, probier ruhig. Du kannst mit dem Messer ein bißchen abbröckeln und dann probieren … Aber warte mal, die ist doch ganz vertrocknet. Man muß sie zuerst mit Dampf oder im kochenden Wasser aufweichen.«

»Genau! Ich breche ein Stückchen ab und tu es in kochendes Wasser!«

Ungefähr vierzig Minuten später schöpfte Georgij mit einem Löffel behutsam das aufgequollene Stück Norma aus dem trübe gewordenen Wasser.

Ekaterina Borisovna spülte die Teller ab.

Georgij roch an der Norma und leckte daran.

»Riecht irgendwie nach gar nichts, Tante Katja …«

»Das wäre ja auch noch schöner, nach so langer Zeit …«

Georgij steckte den Löffel in den Mund, kaute die Norma und schluckte sie hinunter.

Ekaterina Borisovna trocknete die Pfanne ab und schaute ihn an.

»Na, wie ist es?«

Georgij zuckte die Achseln.

»Weiß nicht … Irgendwie merkwürdig. Völlig vertrocknet natürlich, ein komischer Geschmack …«

Ekaterina Borisovna lachte.

»Wieso komisch? Das ist eben Norma.«

»Nicht ganz, da ist so ein ganz anderer Beigeschmack …«

»Na ja, das ist doch auch kein Wunder, wir haben damals auch ganz anders gelebt … Ihr macht euch über unsere Mode lustig, aber sie kommt halt doch wieder. So ist das eben.«
»Ich habe mich nicht lustig gemacht. Da ist bloß ein komischer Beigeschmack.«
»Zum Kuckuck mit dem Beigeschmack. Hauptsache, es ist Norma.«

»Mach doch wenigstens das Fenster auf!« Denisov schaute seine Frau wütend an. »Das stinkt ja vielleicht …«
Svetlana Pavlovna zog die Tüllgardine zur Seite und öffnete das Fenster. Denisov beugte sich über die Norma und roch daran.
»Du meine Güte, das ist ja ekelhaft … Woher nehmen die bloß dieses stinkende Zeug …«
»Aus dem Pervomajskij-Internat, woher denn sonst?«
»Abscheulich … Diese schwarzen Klümpchen …«
»Halt dir die Nase zu und schluck's runter. Du ißt das doch nicht zum ersten Mal …«
Vom draußen her roch es verbrannt.
Svetlana Pavlovna setzte sich auf das Sofa und nahm ihr Strickzeug.
Denisov hielt sich die Nase zu, stopfte hastig die Norma in den Mund und begann krampfhaft zu kauen.
Er hatte zu viel auf einmal genommen, und die Norma quoll ihm aus dem Mund. Er stopfte sie mit der Hand wieder hinein, mußte dumpf aufstoßen, sprang hoch und beugte sich über den Tisch. Er erbrach die Norma und das eben verzehrte Mittagessen.

»Du lieber Himmel! Ženja!« Svetlana Pavlovna ließ die Stricknadeln sinken. »Was machst du denn da?« Denisov spuckte, atmete tief aus und ging von dem mit Erbrochenem bedeckten Tisch weg.

»Igittigitt … Das ist ja ekelhaft … Eine Schweinerei …«

»Geh und trink einen Schluck Wasser! Was mußt du auch so schnell essen?! Was soll denn das?«

»Ach, laß mich doch in Ruhe!«

»Du hättest sie in zwei Teile schneiden und dann essen sollen.«

»Laß mich.«

Er verschwand in der Küche.

Svetlana Pavlovna ging zum Tisch, nahm die Kante der Tischdecke, von der es auf den Boden tropfte, schlug sie um und legte sie in die Pfütze.

Der Teller, der Löffel, Denisovs Hornbrille und die Abendzeitung waren mit einer rosafarbenen, streng riechenden Brühe überschwemmt. Kleine Stückchen Norma schauten daraus hervor.

»So ein guter Boršč… Hühnerfleisch … Alles für die Katz …«

Vorsichtig nahm sie die Brille hoch und schüttelte sie ab.

Denisov kam aus der Küche und trocknete sich den Mund an einem Handtuch ab.

»Was machen wir denn jetzt?«, fragte seine Frau und ging die Brille waschen.

»Was sollen wir schon machen?«, knurrte Denisov und ließ sich schwerfällig auf das Sofa fallen.

Er stieß an das Wollknäuel, das über den Boden rollte.

Seine Frau kam zurück und legte die Brille auf das Schränkchen. Denisov schaute ihr mürrisch zu und wandte sich ab.

»Was ist, wir können das doch nicht wegschmeißen, Ženja?«

»Ach komm, schmeiß es weg.«
»Was bist du denn so sauer? Kann ich vielleicht was dafür?«
»Ja, ich etwa? Du hast mir schließlich das Essen hingestellt!«
»Aber du hast doch selbst gesagt, du willst was haben!«
»Von wegen, stimmt doch gar nicht. Du fütterst mich doch die ganze Zeit.«
»Du hast gesagt, du willst was haben, lüg doch nicht!«
»Schon gut, laß mich.«
»Was heißt hier laß mich? Was soll ich denn mit der Norma machen?«
»Mach doch, was du willst.«
Sie schwiegen.
Svetlana Pavlovna seufzte, ging einen sauberen Teller holen, legte die Norma-Stückchen darauf und trug sie in die Küche.
Denisov saß da und spielte mit dem zweiten Wollknäuel.
Svetlana Pavlovna spülte die bröckligen Stücke unter fließendem Wasser ab, legte sie auf den Teller zurück, ging ins Wohnzimmer und stellte den Teller neben Denisov auf das Sofa.
»Hier, mach damit, was du willst.«
Denisov betrachtete die Norma gleichgültig.
Svetlana Pavlovna holte eine Schüssel und einen Lappen und begann, das Erbrochene aufzuwischen.
»Den ganzen Tag hab ich gekocht, seit zwölf Uhr, ich hab mir solche Mühe gegeben … Für dich … Wieso hast du bloß so schnell gegessen?«
Denisov berührte die Norma auf dem Teller mit dem Finger und verzog angeekelt das Gesicht.
»Hör mal, bring das weg, verdammt.«
»Und wer soll das essen?«
»Weiß der Geier.«

»Ženja, jetzt reicht's aber.«
Nachdem sie das Erbrochene weggebracht hatte, hob sie das Wollknäuel auf, nahm Denisov das andere weg, setzte sich hin und fing an zu stricken.
Er stand auf und schaltete den Fernseher ein.
Der Nachrichtensprecher berichtete gerade über die libanesischen Separatisten.

Denisov drehte am Knopf. Im vierten Programm lief das Stück ›Der Wald‹. Karp brachte Nesčastlivcev ein Glas Wodka. Ilinskij, der den Nesčastlivcev spielte, stampfte mit den Beinen auf, tanzte ein bißchen und trank das Glas aus.
Denisov grinste und schaltete wieder auf die Nachrichten um.
Die Sprecherin berichtete, den ondulierten Kopf sanft geneigt, über den neuen indischen Premierminister.
Denisov setzte sich auf das Sofa.
Seine Frau strickte und schaute dann und wann zum Fernseher.
Die internationalen Ereignisse waren vorbei, und die beiden Sprecher erzählten jetzt mit einem leichten Lächeln von der neuen Theatersaison in Moskau.
»Wir sollten die Sotskova anrufen«, sagte Svetlana Pavlovna, ohne den Kopf zu heben.
»Wegen Theaterkarten?«
»Mhm. Wir waren ewig nicht im Theater.«
»Ruf sie doch an.«
Denisov wählte ein kleines Stückchen auf dem Teller aus und steckte es in den Mund.
Auf dem Bildschirm erschien jetzt Efremov.
Svetlana Pavlovna lächelte.

»Hör mal, er sieht Levka eben doch verdammt ähnlich.«
»Levka sieht eher ihm ähnlich«, erwiderte Denisov und suchte sich ein neues Stückchen aus.

Novickij brach in Gelächter aus, nahm den Deckel von der Teekanne und rührte den Inhalt mit dem Löffel um.
»Aber nein, Saša, das sind verschiedene Größen. Und sie haben vollkommen entgegengesetzte Ideen entwickelt.«
Akkuratov schob ihm sein Glas hin.
»Aber diese Ideen liegen sehr nah beieinander.«
»Überhaupt nicht. Picasso hat sein Leben lang behauptet, der Pinsel des Künstlers sei ein Zauberstab. Was auch immer er berühre – Leinwand, Eisen, Ton, Bronze – alles erhalte sofort den Status des Absoluten. Und Duchamp hat mit seinen *readymades* gezeigt, daß wir schon im Alltag von Kunstwerken umgeben sind. Eine Kloschüssel, ein Rad, Familienfotos – das alles ist ausstellungswürdig.«
Novickij goß Tee in das Glas und stellte die Kanne auf den Tisch.
Akkuratov nahm das Glas, blies auf den Tee und trank dann einen Schluck.
»Aber diese Ideen sind einander doch wirklich sehr ähnlich. Picasso brauchte nur den Pinsel und Duchamp die Auswahl. Künstlerischen Geschmack.«
»Das stimmt überhaupt nicht! Als Duchamp eine Kloschüssel oder Staub oder Familienfotos ausgestellt hat, hat er gezeigt, was Kunst im ganzen ist. Wo kann man denn da von künstlerischem Geschmack sprechen? Im Gegenteil, er hat in jeder Hinsicht bewiesen, daß künstlerischer Geschmack hier nichts

zu suchen hat. Ein Kunstwerk ist das, was man anschauen kann. Egal, von wem oder wann und zu welchem Zweck der Gegenstand gemacht wurde. Er wird in den Bereich des Ästhetischen überführt und wird zum Exponat. Eine geniale Formel, beinahe fünfzig Jahre vor dem Konzeptualismus. Aber Picasso hat eine andere Formel abgeleitet: Alles, was der Künstler berührt hat, ist ein Kunstwerk.«

»Aber gibt es Spuren dieser Berührung? Na? Eben nicht! Und genau darin liegt der Unterschied zwischen Duchamp und Picasso. Für Duchamp war das Prinzip der künstlerischen Auserwähltheit aufgehoben, und für Picasso ist es in Kraft geblieben.«

Novickij riß die Packung mit Norma auf, stocherte mit einem Teelöffel darin herum und begann zu essen.

Akkuratov trank Tee und aß Kringel dazu.

»Aber trotzdem, zuerst war Picasso da und dann Duchamp. Und der erstere hat den letzteren beeinflußt und nicht umgekehrt.«

»Das bestreite ich ja gar nicht. Picasso hat alle beeinflußt. Die gesamte russische Avantgarde ist ein Widerhall auf seine Arbeiten. Malevič gibt das selbst zu. Und die anderen auch. Das Erstaunlichste ist, daß er sich selbst für einen Klassiker im traditionellen Sinne gehalten hat. Das heißt, er hat angenommen, daß er im Prinzip das gleiche macht wie Leonardo oder Raffael. Aber sie haben selbst etwas erschaffen, sie haben sich nicht nur auf ihren Zauberstab verlassen.«

»Willst du damit sagen, daß Picasso nicht selbst etwas geschaffen hat, sondern daß seine Methode für ihn gearbeitet hat?«

»Zweifellos. Das ist der typische Fall, der deutlich macht, daß der Erfinder im Vergleich mit seiner Entdeckung nichts ist.«

»Moment, was redest du denn da? Picasso hat glänzend gezeichnet und ein verblüffendes Gefühl für die Harmonie von Farben gehabt. So kannst du von Duchamp reden, aber nicht von Picasso. Picasso hat bewiesen, daß er ein Genie war, daß er alles kann. Alles. Absolut. Es gab keine Technik, keine Richtung, die er nicht beherrscht hätte. Er war Dadaist und Fauvist, Surrealist und schließlich auch Kubist …«

»Und in keiner dieser Richtungen konnte er es mit ihren Begründern aufnehmen. Schau doch mal Braque und Picasso an. Wer hat denn gewissenhafter und sauberer gearbeitet? Braque! Matisse und Picasso? Matisse! Na, und Picasso als Surrealist, das ist überhaupt ein trauriges Kapitel! Picasso als Bildhauer ebenso! Picasso ist ein komplexer Künstler, seine Arbeiten muß man als Ganzes betrachten, als Gan-zes! Die Bilder, die Skulpturen, die Grafik, die Puppen, die Werkstücke – das alles müßte man in einem Museum gemeinsam ausstellen, um es als Gesamtwerk betrachten zu können. Nur dann kann er einen wirklich tief bewegen. Und nicht etwa durch die Kenntnis der Plastik oder der Farbenharmonie sondern durch die Me-tho-de. Die Methode ist bekannt, der Zauberspruch ebenso, es gibt keinerlei Schranken mehr. Heute Kubist, morgen Abstraktionist …«

»Aber das muß man erst mal können.«

»Nicht mehr, als das ein guter Künstler kann. Meinst du vielleicht, Matisse hätte schlechter gezeichnet als Picasso? Er war besser! Schau dir nur seine Arbeiten aus der Akademie an, seine Grafiken. Aber er ist wie ein Wurm immer in eine Richtung gekrochen und war in Wahrheit ein glänzender alter Meister.«

»Soll das heißen, Picasso war kein Meister?«

»Genau.«

»Blödsinn. Er war ein Meister, und was für einer.«

»Picasso hat bedeutend mehr gemacht als ein gewöhnlicher Meister. Er hat die Ästhetik des neunzehnten Jahrhunderts prinzipiell verändert, er hat die Künstler gelehrt, frei zu sein, wahrhaft frei. Etwas Vergleichbares hat wirklich niemand geschafft. Und das, mein Lieber, ist das wahre, das unvergleich … Igitt, was ist das denn, zum Teufel?«

Novickij nahm erschrocken den Löffel weg, fuhr sich mit der Hand über die Lippen, öffnete den Mund und zog ein langes Haar daraus hervor, an dem kleine Bröckchen Norma klebten.

Akkuratov trank seinen Tee aus, schüttelte die Tropfen aus seinem Bart und grinste.

»Eine Überraschung.«

»Ein Ariadnefaden. Und verdammt lang …«

Novickij zupfte mit zwei Fingern die Bröckchen Norma von dem Haar und steckte sie in den Mund. Dann rollte er das Haar zu einem schwarzen Knötchen zusammen und warf es weg. Das Knötchen fiel lautlos zu Boden.

»Vielleicht gehen wir dann zu mir nach Hause?« Vaska kramte eine Handvoll Kleingeld hervor und suchte ein Zweikopekenstück.

»Wieso, paßt es dir bei mir nicht?« grinste Milok. »Ich hab auch eine Zweizimmerwohnung.«

»Aber da ist doch noch dein Mitbewohner …«

»Wieso Mitbewohner? Du verwechselst mich wohl mit Griška. Ich hab schon lange eine Wohnung für mich allein.«

»Ach so, irgendwie hab ich da wohl wirklich … Hier sind zwei Kopeken … Ruf an … Oder soll ich vielleicht?«

»Laß mich anrufen. Ich kenn sie schließlich besser.«
»Da drüben ist gerade ein Telefon freigeworden.«
Sie gingen zur letzten Telefonzelle in der Reihe, von der ein hagerer Typ weglief.
»He, was ist, funktioniert das Ding nicht?« rief Milok ihm hinterher.
»Doch.«
Sie betraten die Telefonzelle, Vaska ließ die Tür einen Spalt offen.
Milok kramte sein Notizbuch hervor und klappte es auf.
»So. Le… Lena.«
Vaska warf die Münze ein und gab Milok den Hörer.
Milok wählte die Nummer und räusperte sich.
Das Geld fiel durch, und Milok bedeckte den Hörer halb mit der Hand.
»Hallo! Wer ist da? Lena? Lenočka, grüß dich! Hier ist Tolja. Wie geht's dir? Ja? Wie ärgerlich … Wieso hast du das am Donnerstag nicht gesagt? Ach so, du wußtest das noch nicht … Na, macht nichts. Dann eben morgen. Ja. Mhm. Wirklich? Verstehe. Sag mal, und wie heißt sie? Raja? Schöner Name. Na gut, in Ordnung. Also morgen um sieben? Um sieben. Ja, natürlich, was denkst du denn … In Ordnung … Einen Gruß von Vasilij. Mhm. Also, bis dann …«
Er hängte den Hörer ein.
Vaska hatte eine nicht angezündete Papirossa im Mundwinkel hängen und kaute daran.
»Versetzt?«
»Mhm. Ihre Freundin kann heute nicht.«
»Scheiße … hab ich mir doch gedacht. Und übermorgen muß ich um sieben zur Arbeit.«

»Da kann man nichts machen, sie sind uns ja schließlich nicht verpflichtet.«
Sie verließen die Telefonzelle und steckten sich eine Papirossa an.
Milok spuckte aus.
»Macht nichts. Um so besser wird das Vögeln. Die laufen uns nicht weg.«
»Das ist mir auch klar. Bloß hätte ich heute mehr Zeit gehabt. Morgen ist es nicht so gut …«
Sie verließen den Bahnsteig und gingen am Bahndamm entlang. Vaska holte zwei Portionen Norma aus seiner Einkaufstasche.
»Hier, nimm, die können wir unterwegs essen.«
Sie rissen die Packung auf und begannen, abwechselnd zu essen und zu rauchen.
Milok schmunzelte.
»Ich glaube, diese Rajka kenne ich.«
»Wie, du kennst sie?«
»Na, ich hab sie zwar noch nie gesehen, aber ich kenne sie. Lenka hat früher mal von ihr erzählt, das ist mir jetzt eingefallen. Sie haben mal zusammen in der Kantine gearbeitet. Rajka hat im GUM gearbeitet und Lippenstifte und Strümpfe schwarz verkauft. So. Und eines Tages haben die Bullen sie geschnappt. Ein Milizionär hat sie ins Taxi gesetzt, und ab aufs Revier. Es war schon dunkel. Sie saßen auf dem Rücksitz. Und wie sie so fahren, legt Rajka ihm die Hand aufs Knie. Nichts passiert. Sie macht also weiter. Er sitzt da, als ob nichts wäre. Sie zieht ihm den Hosenschlitz auf, beugt den Kopf runter und bläst ihm einen.«
»Das ist ja ein Ding!«
»Das Revier war ganz in der Nähe, aber er sagt dem Taxifahrer,

er soll über den Gartenring fahren. Und während sie da ihre Runden drehen, hat sie es ihm so richtig besorgt. Zweimal ist es ihm gekommen.«

»Eine Schwanzlutscherin, meine Fresse …«

»Mhm. Und dann hat er sich ihre Adresse besorgt und ist mit einem Kumpel im Dienstwagen bei ihr aufgekreuzt. Sie sind in der Gegend herumgefahren, haben sie ordentlich durchgefickt und sich sozusagen ganz gepflegt entspannt.«

»Ideen muß man haben, meine Fresse. Aber auch nicht ungefährlich.«

»Ach wo. Der eine fährt, und der andere vergnügt sich inzwischen mit ihr auf dem Rücksitz. Und ihr war das scheißegal. Die hatte sich ein Gläschen genehmigt und hat sowieso nichts mehr mitgekriegt.«

»Tolles Weib. Solche hab ich gerne. Mit denen braucht man wenigstens kein Süßholz zu raspeln … Und wie sieht sie aus?«

»Lenka sagt, ganz gut …«

Milok aß seine Norma auf und warf die Packung fort.

Vaska schmiß seine Reste in den Rinnstein.

»Die ist ja wie Sand, verdammt. Es knirscht so zwischen den Zähnen …«

»Meine war gar nicht so schlecht …«

»Das wäre ja auch noch schöner, du kriegst sie schließlich aus dem Internat …«

Sie gingen die Treppe hinunter, und Anja hakte sich bei Vasilij ein.

»Es soll ihre beste Inszenierung sein!«

»Wie, besser als ›Hamlet‹?«

»Natürlich besser als ›Hamlet‹. Saška sagt, bei dem Stück geben alle ihr Bestes.«
Vasilij hielt die Eingangstür auf, Anja ging voraus.
Er ging hinterher.
Anja blickte sich um und steckte die Hände in die Manteltaschen.
»Es ist schon dunkel …«
»Dauert die Aufführung lange?«
»Weiß ich nicht. Es sind drei Teile, glaub ich.«
»Also dauert es lange.«
»Saška hat gesagt, die Zeit vergeht wie im Fluge.«
»Spielt Vysockij auch mit?«
»Nein, ich glaub nicht. Aber Smechov, Slavina und die anderen alle.«
»Demidova auch nicht?«
»Weiß ich nicht.«
Sie überquerten die Straße.
Anja zeigte mit der Hand zum Park.
»Sollen wir da entlanggehen? Das ist doch kürzer.«
»Wozu die Eile? Wir haben noch eine Stunde Zeit.«
»Da ist es besser.«
»Also gut.«
Sie gingen am Eckhaus vorbei zum Park.
Neben der hell erleuchteten Bierbude standen einige Leute herum.
Anja hob einen Lindenzweig mit vier gelben Blättern auf, wedelte damit herum und ging Vasilij ein wenig voraus.
»Sie hatten Schwierigkeiten mit ›Der Meister und Margarita‹. Sie haben kein Geld bekommen und die ganzen Requisiten von verschiedenen anderen Inszenierungen genommen. Das

Pendel stammte aus ›Rush Hour‹, der Vorhang aus ›Hamlet‹ und das Auto aus ›Im Morgengrauen ist es noch still‹.«

Vasilij lächelte, zog Norma aus der Tasche und riß die Packung auf.

»Das gibt ja ein schönes Sammelsurium.«

»Vasja! Du hast doch das Stück noch gar nicht gesehen, aber kritisierst schon.«

»Ich kritisiere doch noch gar nicht … Und wer spielt die Margarita?«

»Die Šackaja. Sie sitzt da nackt auf dem Ball.«

Vasilij nahm ein Stück Norma aus der Tüte, biß davon ab und grinste spöttisch.

»Tja … allein deshalb lohnt es sich schon, hinzugehen.«

»Du bist ein Idiot.« Anja ließ den Zweig fallen. »Da probieren sie etwas Neues aus, und du machst dich lustig.«

»Dieses Neue, Anječka, gibt es schon fast fünfzig Jahre. Das Taganka-Theater scheint uns neu, weil wir nichts anderes kennen. Nur unsere vollkommene Ignoranz erlaubt uns, das als Avantgarde zu bezeichnen.«

»Was heißt da unsere?«

»Na, unsere eben. Das Taganka macht auf Avantgarde und ist doch im Grunde genommen nichts anderes als eine ganz gewöhnliche Bildungseinrichtung. Die ganzen formalen Kunstgriffe sind abgedroschen und nicht neu. Das, was Mejerchold vor fünfzig Jahren entwickelt hat, nehmen sie jetzt in ihre Trickkiste auf. Die heutige Avantgarde, meine Liebe, die Avantgarde im wahren Sinn dieses Wortes, das ist in erster Linie eine Frage des Inhalts. Und dieser neue Inhalt diktiert auch sogleich eine neue Form, das ist untrennbar miteinander verbunden. Aber bei ihnen ist der Inhalt sowjetisch.«

»Also, jetzt bist du wirklich zu ...«

»Meiner Meinung nach ist das Taganka von allen unseren Theatern dasjenige, das am meisten nach Schema F verfährt. Sie kochen ihren Einheitsbrei, und alle schreien Hurra.«

Anja hakte sich bei ihm unter.

»Also wirklich, Vasenka, du bist heute sehr boshaft und sehr gescheit.«

Vasilij grinste spöttisch und zerknüllte die Norma-Packung.

»Ich bin nur dann boshaft, wenn ich nicht rechtzeitig was zu essen bekomme ...«

»Und gescheit?«

»Wenn ich dich von hinten haben kann.«

»Flegel.«

»Ist es hier?« Der Taxifahrer drosselte die Geschwindigkeit.

»Mhm.« Zajac rauchte seine Zigarette hastig zu Ende, öffnete das dreieckige Seitenfenster einen Spalt und warf die Kippe raus. »Wir biegen hier ab, es ist nicht mehr weit. Ungefähr zwei Kilometer.«

»Und was ist da, eine Ortschaft?«

»Nein, eine Kleinstadt.«

Sie bogen von der Chaussee ab und fuhren jetzt langsamer.

Es regnete immer noch, die Scheibenwischer verschmierten monoton die Tropfen auf der Windschutzscheibe. Die schmale, schlecht asphaltierte Straße erstreckte sich vor den Scheinwerfern. Auf der rechten Seite huschten Sträucher vorbei, zwei kleine Heuschober tauchten aus der Dunkelheit auf.

»Was ist denn hier, sind das Felder?«

»Mhm. Eine Sowchose, sieht man doch.« Zajac öffnete den

Reißverschluß seiner Jacke und grinste. »Sie haben dieses Jahr kaum die Ernte eingebracht.«

»War der Regen schuld?«

»Ach, irgendwas ist doch immer schuld.«

»Stimmt. Immer wenn ich zu meiner Tante fahre, sind entweder die Kartoffeln verfroren oder die Kälber krepiert.«

»Wohnt deine Tante weit von hier?«

»In der Nähe von Kursk.«

»Ganz schön weit …«

»Mhm. Einmal ist der Hof abgebrannt. Zwei Besoffene haben ihn angezündet und sind selbst dabei draufgegangen … Hör mal, wo ist denn hier deine Kleinstadt?«

»Da vorne kommt gleich eine Abzweigung … Brems schon mal, damit wir nicht vorbeifahren …«

Der Chauffeur bremste. Zajac steckte seine Hand blitzschnell in den Ausschnitt seiner Jacke, drehte sich zu ihm um und schlug ihm mit dem Schlagring an die Schläfe. Der Kopf des Chauffeurs prallte gegen die Scheibe. Zajac schlug noch einmal zu. Der Chauffeur fiel mit dem Gesicht ins Steuer.

Zajac holte ungelenk aus, schlug ihm mit der Kante des Schlagrings auf den Hinterkopf und zog ihn zu sich herüber.

Der Kopf des Taxifahrers baumelte kraftlos hin und her. Zajac zog heftiger. Der erschlaffte Körper fiel ihm auf die Knie. Er streifte den Schlagring ab und wälzte den Taxifahrer herum. Dann kletterte er über ihn hinweg, setzte sich selbst ans Steuer, lenkte den von der Fahrbahn abgekommenen Wagen wieder auf die Straße und fuhr weiter.

Nach ungefähr dreihundert Metern wurde die Straße zu beiden Seiten von einem hohen, dunklen Tannenwald gesäumt, und eine Abzweigung tauchte auf.

Zajac bog ab, schaltete die Scheinwerfer aus und fuhr leise über den unbefestigten Weg.
Der Chauffeur lag regungslos neben ihm, die Beine und das Hinterteil auf dem Sitz, der Kopf auf dem Boden.
Zajac fuhr noch etwas weiter, bog dann auf eine Lichtung ein, manövrierte den Wagen zwischen zwei Tannen hindurch und brachte ihn hinter einem Gebüsch zum Stehen.
Er wartete eine Minute ab, stieg dann aus, sah sich nach allen Seiten um, ging um den Wolga herum und zerrte den Chauffeur heraus. Er holte eine Taschenlampe und leuchtete ihm damit ins Gesicht. Die glasigen Augen des Taxifahrers waren halb geöffnet, in seinen Haaren glänzte das Blut.
Zajac durchwühlte seine Taschen und nahm das Geld, ein Feuerzeug und die Schlüssel heraus. Das Geld steckte er ein, das Feuerzeug und die Schlüssel warf er in den Wald.
Dann packte er die Leiche unter den Armen und schleppte sie weg.
Es fiel immer noch ein feiner Sprühregen, und wenn er die Sträucher streifte, tropfte Wasser herunter.
Die Beine des Taxifahrers schleiften durch das hohe feuchte Gras.
Zajac stieß mit dem Hintern an den Stamm einer Tanne und fluchte; er zerrte den Taxifahrer unter einen dichten Busch und ließ ihn dort fallen. Seine Arme breiteten sich im Gras aus. Zajac richtete sich auf und versetzte seinem Kopf ein paar Fußtritte. Dann öffnete er seinen Hosenschlitz und pinkelte.
Ein Vogel flog von einer Tanne auf und schlug mit seinen schweren Flügeln. Zajac wich den Sträuchern aus, kehrte zum Auto zurück und schaltete die Innenbeleuchtung ein. Er holte

den Schlagring aus der Tasche, hielt ihn dicht vor die Augen und drehte ihn hin und her. Er war sauber.

Zajac öffnete das Handschuhfach, zog ein Päckchen Papiere hervor und hielt es nah vor die Augen.

»Monjukov … Viktor Ivanovič… So … Neunter Taxipark …«

Nachdem er die Papiere durchgeblättert hatte, steckte er sie ins Handschuhfach zurück, zog einen dreckigen Lappen daraus hervor, spuckte darauf, rieb das Blut vom Sitz und warf ihn aus dem Fenster.

Neben dem Schalthebel lag auf einer Plastikschachtel mit Kleingeld die zerdrückte Schirmmütze des Taxifahrers.

Zajac hob sie auf. Knisternd fiel eine angebrochene Packung Norma heraus. Zajac nahm die Packung in die Hand und roch daran.

»Die stinkt ja vielleicht, verdammt …«

Er legte die Packung wieder in die Mütze und schleuderte sie aus dem Fenster. Dann ließ er den Motor an, setzte den Wagen rückwärts auf den Feldweg und fuhr los. Er blickte sich um, bog in die Chaussee ein, schaltete die Scheinwerfer ein und gab Gas.

Es hatte aufgehört zu regnen.

An der Abzweigung zur Minsker Chaussee begegnete ihm ein Lastwagen. Er beugte sich über das Steuer, bog in die Minsker Chaussee ein und raste nach Moskau zurück.

In der Schachtel mit dem Kleingeld lag ein kleiner runder Taschenspiegel. Zajac hielt das Steuer mit einer Hand fest, griff mit der anderen nach dem Spiegel und betrachtete sich darin. Ein unrasiertes Gesicht mit breiten Backenknochen und einer nachlässig genähten Hasenscharte schaute ihm entgegen.

»Sollen wir vielleicht den zweiten Absatz streichen?« fragte Kulikov und nahm die Brille ab.

»Aber nein, Aleksej Michalyč. Ob man ihn streicht oder nicht, das ändert sowieso nichts«, sagte Bondarenko und verzog das Gesicht. »Ich sage doch, als er das Kapitel gelesen hat, hat er gefragt, ob das überhaupt nötig sei.«

»Aber davon kann doch keine Rede sein.«

»Nichtsdestotrotz …«

»Soll ich etwa alles umschreiben, die ganze Handlung ändern? Das ist undenkbar.«

»Denkbar oder nicht …« murmelte Bondarenko und schaute auf die Uhr. »Oje, oje … Wir haben uns schon viel zu lange damit aufgehalten.« Die Uhr zeigte zehn nach sechs.

»Ja, und was soll ich jetzt machen?«

»Weiß ich nicht. Ich an Ihrer Stelle würde das Kapitel noch mal überarbeiten. Und zwar vollständig.«

»Wozu? Das verändert doch schließlich den Inhalt des Romans. Soll ich etwa Borisov rausschmeißen und Eleckich vom einfachen Ingenieur zum stellvertretenden Leiter der Werkhalle machen?«

»Man muß es ja nicht auf die Spitze treiben. Es geht doch gar nicht darum, an welcher Stelle Eleckich arbeitet, sondern um sein Verhältnis zur Gewerkschaftsleitung und zum Parteikomitee des Betriebs.«

»Aber er kann doch gar nicht anders, Viktor Jurevič! Das ist einfach sein Charakter! Der Chef der Gießerei macht falsche Angaben über die Planerfüllung, und die Abteilung für Qualitätsprüfung übt Nachsicht mit ihm!«

»Das stimmt, aber wieso geht Eleckich nicht sofort zum Parteikomitee und erzählt das ganze lauthals?«

»Na, weil er ein edler Mensch ist! Ein junger Spezialist, erst seit knapp einem Jahr in der Fabrik! Er hat den Zehn-Jahres-Plan und STANKIN im Nacken! Außerdem ist er noch kein Parteimitglied. Im zweiten Teil tritt er in die Partei ein, aber jetzt geht er noch ganz anders mit Problemen in der Produktion um. Ich war selbst so einer, als ich in der Kirov-Fabrik anfing …«

»Aber er hat auch im Komsomol-Büro nichts gesagt. Hat sich nur sofort auf Eremin gestürzt. Ich sage ja gar nicht, daß er nicht das Recht hat, den Blender zu verprügeln, das hat er sicher, aber an Cowboys haben wir keinen Bedarf.«

»Viktor Jurič, aber doch nicht alles auf einmal, er geht zum Parteikomitee und zum …«

Die Tür quietschte, und die Graft kam herein. Lächelnd legte sie eine dicke Mappe auf Bondarenkos Tisch.

»Entschuldigen Sie. Hier, das ist von Baruzdin. Ich hab mich vielleicht damit abgeschleppt! Schaffst du das in einer Woche?«

»Das werden wir sehen«, antwortete Bondarenko lächelnd auf ukrainisch und wies auf ihren Schal. »Was ist, frierst du?«

»Bei uns frieren alle.«

»Aber es ist doch noch gar nicht kalt.«

»Trotzdem.«

Die Graft rückte ihren Schal zurecht und ging raus.

Kulikov trommelte auf den Tisch.

Bondarenko seufzte.

»Wissen Sie was, Aleksej Michalyč, wir machen das so: Sie brauchen nicht alles umzuschreiben, aber überarbeiten Sie die Stelle mit Eremin und die Unterhaltung in der Garderobe noch mal … Und Berkutov beschönigen Sie gefälligst ein bißchen, was soll denn das, ein Puff im Wohnheim, das muß ja nicht sein … Abgemacht?«

»Ich werd's versuchen.«
»Schaffen Sie das in etwa vier Tagen?«
»In einer Woche.«
»In Ordnung. So. Und danach machen wir dann einen zweiten Anlauf beim Chef …«
Bondarenko öffnete seine Schreibtischschublade, nahm die in Papier eingewickelte Norma heraus und begann zu essen. Seine Hängebacken bewegten sich rhythmisch auf und ab.
Kulikov packte das Manuskript in die Aktentasche und stand auf.
»Ich rufe Sie dann am Donnerstag an.«
»Sie können einfach gleich vorbeikommen, am Morgen. Ich werde hier sein.«
»In Ordnung.« Kulikov ging zur Tür und drehte sich um. »Wo Sie gerade Ihre Norma essen, fällt mir ein, wie Čegotaev und ich mal in die Redaktion von ›Novyj Mir‹ kamen, zu Tvardovskij. Er holte in unserer Gegenwart seine Norma raus, damals waren die Stücke noch kleiner, er holte also die Norma raus und dazu eine Flasche Kognak. Er hat uns ein Gläschen eingegossen, und selbst hat er einmal abgebissen und ein Gläschen runtergestürzt, wieder abgebissen und wieder ein Gläschen … Eine halbe Flasche hat er ausgetrunken.«
Bondarenko lächelte und nickte.
»Ja, ich weiß. Einige von uns haben das auch häufiger miterlebt. Er hat sie immer auf der Arbeit gegessen.«
»Hat er sie nicht nach Hause mitgenommen?«
»Niemals. Aber das ist noch gar nichts, Gamzatov zum Beispiel macht sie wie Schaschlik, der steckt sie an einen Spieß, abwechselnd mit Fleisch. Dann brät er sie und trinkt georgischen Wein dazu.«

»Ein Orientale eben.« Kulikov lachte und griff zur Türklinke.
»Also dann bis Donnerstag?«
»Bis Donnerstag. Alles Gute.«
»Auf Wiedersehen, Viktor Jurevič.«

»Um Gottes willen, du brauchst dich nicht zu rechtfertigen.« Leščinskij hob abwehrend die Hände und verzog das Gesicht.
»Aber ich rechtfertige mich ja gar nicht, Leonid Jakovlevič«, lächelte Kalmanovič müde. »Ich hab schließlich wirklich zum ersten Mal mit ihm …«
»Um Gottes willen, Saša. Du weißt doch, daß ich das nicht ertragen kann.«
»Schon gut, ich hör ja schon auf.«
»Was soll denn dieses Weibergewäsch? Immer dieses Wenn und Aber. Laß uns besser … Wie spät ist es überhaupt …«
»Keine Ahnung.«
Leščinskij lugte unter seine Manschette.
»Fünf vor acht. Mach schon, stell die Figuren auf.«
Kalmanovič ging zu seinem Bett und zog unter dem Kopfkissen eine kleine Schachtel mit Schachfiguren hervor.
Leščinskij zog das Jackett aus, warf es auf sein Bett, reckte und streckte sich und rieb sich die Stirn.
»Uaaah-aaah …«
Kalmanovič schüttete die Schachfiguren auf den Tisch und begann, sie aufzustellen.
Es klopfte an der Tür.
»Herzlich willkommen«, sagte Leščinskij halblaut.
Zak kam mit zwei Flaschen ›Bajkal‹ herein.

»Na, wie sieht es aus? Wie ist denn der Stand der Partie? Ich hab noch gar nicht richtig hingeschaut.«

»Die Bauern sind weg.«

»Im Ernst?«

»Na klar. Saša, wo sind denn die Gläser?«

»In meinem Nachttisch.«

Leščinskij holte zwei Gläser.

»Da sind nur zwei.«

»Trinkt ihr nur, ich trink dann später.« Zak zog den Stuhl zurück und setzte sich neben Kalmanovič. Der hatte die Figuren jetzt aufgestellt, kratzte sich an der Nase und betrachtete das Schachbrett. Leščinskij öffnete die Flasche, goß zwei Gläser ein und hielt eins davon Kalmanovič hin.

»Trink.«

Zak setzte die Brille auf.

Leščinskij nahm einen Schluck aus seinem Glas.

Sie schwiegen einen Moment und betrachteten das Schachbrett. Leščinskij winkte ab.

»So ist alles aus.«

Zak schüttelte den Kopf.

»Also, meiner Meinung nach gibt das ein Remis ... Der schwarze König ist zurückgeblieben.«

»Nein, es ist aus, da gibt es nichts.«

»Aus ist es nur dann, wenn man nach einem Schach nach e7 zieht und schlägt.«

»Soll ich etwa nicht schlagen?«

»Anders geht es doch überhaupt nicht. So tauscht er doch sofort die Läufer ab, und dann geht's los mit den Bauern.«

»Ja, und so? Den einen Springer hat er verloren, mit dem anderen zieht er nach g6, dann über e5 nach c6.«

»Na und? Und Saša geht nach e6.«
»Richtig.« Kalmanovič zog mit der Figur und schlug den weißen Springer. »So. Und dann gehe ich über d5 nach e4 und fertig!«
Leščinskij stellte sein Glas auf den Tisch.
»Hört mal, was macht ihr denn für Scherze? Wozu soll er auf c6 springen, das ist doch schön dumm! Den Springer isolieren und Zeit verlieren. Er läßt ihn auf e7 stehen! Und geht selbst mit dem Bauern vorwärts!«
Er klopfte heftig mit dem Bauern auf das Brett.
»Obwohl, warte mal … Aber dann ist es dein gutes Recht, mit dem Läufer zu schlagen.« Er zog den Läufer.
»Natürlich.« Zak zog den König. »Der ist weg, du ziehst den König nach e6, er wieder, du wieder, er wieder. So gibt es natürlich ein Remis. Aber er kann folgendes riskieren, Freunde«, Zak zog mit dem schwarzen König nach b7, »und wird so den Springer nicht angreifen.«
»Aber ich geh dann trotzdem nach e6 … nach e5 und zum Bauern.«
»Ja, der Bauer wird geschlagen.«
»Genau. Dann gibt es ein Remis.«
»Stimmt. Da kann man mal sehen, und ich hab schon gesagt, es ist alles aus.« Leščinskij nahm einen Schluck aus seinem Glas.
»Freu dich nicht zu früh. Mamont wird sich schon was einfallen lassen.«
»Irgendwie ist das ein wirres Spiel.« Kalmanovič stellte die Ausgangsposition wieder her.
»Wer hat denn dieses Durcheinander angerichtet? Ich vielleicht?« grinste Leščinskij. »Ich hab dir hundertmal gesagt – spiel nicht die Abtauschvariante mit ihm, er spielt das Endspiel besser, damit hat er es auch in die erste Liga gebracht!«

»Aber man muß doch an sich arbeiten, Leonid Jakovlevič...«
»Da hat er's dir aber gezeigt! Du erreichst mit deinen Weißen noch ganz knapp ein Remis.«
»Lenja, jetzt reicht es, du brauchst nicht so über ihn herzufallen.« Zak öffnete die zweite Flasche, goß ihm ein Glas ein und trank selbst aus der Flasche. »Agzamov ist ein erfahrener Meister. Ich habe viermal mit ihm bei Meisterschaften gespielt und nur einmal gewonnen. Alle anderen Spiele waren Remis. Wenn er ein bißchen gewagter spielen würde, wäre er schon längst Großmeister.«
Leščinskij winkte ab.
»Saša ist hundertmal begabter, das ist das Ärgerliche! All diese Agzamovs, Kremeneckis und Platonovs, die sind doch total mittelmäßig! Du mußt sie gnadenlos schlagen, du bist schließlich kurz davor, Großmeister zu werden. Und du bist in der Liga. Experimentier nicht mit der Eröffnung herum und hoff nicht auf das Endspiel, die sitzen doch seit dreißig Jahren am Schachbrett und haben mehr Erfahrung als du. Aber im Mittelspiel sind sie schwächer, da bist du einen Kopf größer als sie. Denk nur, wie du in Riga mit Tal und Beljavskij abgerechnet hast. Du hast eine scharfe Kombinationsgabe, und sie sind Taktiker. Weißt du noch, trotz seiner doppelten Bauern hat er schnell Figuren getauscht und aufs Endspiel gesetzt! Und mit gutem Grund. Aber du hast die ganze Partie nach ihm ausgerichtet, anstatt ihm dein Spiel aufzuzwingen.«
»Was soll ich dazu sagen, Lenja.« Zak kramte seine Zigaretten hervor und steckte sich eine an. »Natürlich ist es noch ein bißchen früh für ihn, die Abtauschvariante zu spielen. Da gibt es kein eigentliches Mittelspiel, nur die Eröffnung und dann das Endspiel. Dabei muß man die ganze Partie sofort überblicken.

Fischer hat die Abtauschvariante gerne gespielt, aber wie der auch alles sofort überblickt hat … Na los, machen wir noch einen Versuch.«

Kalmanovič stellte die Ausgangsstellung erneut auf.

Leščinskij setzte sich ihm gegenüber und knackte mit den Fingern.

»So. Also los, wie immer. Nicht den Springer schlagen, in keinem Fall. Das zum einen. Wenn er mit dem Springer auf g6 geht, dann ist es klar – der König e6 und über e5 nach e4 und Remis. Der Bauer geht nicht weg.«

»Stimmt.«

»Wenn er den Springer stehen läßt und mit dem Bauern vorwärts zieht, dann ist Schach, er ist weg, du mit dem König, er mit dem Bauern, mit dem Läufer zum Bauern. Dann ist alles in Butter.«

»Glaub ich auch.« Zak rieb sich das Kinn und seufzte. »In Ordnung, ich schlage folgendes vor. Wir legen jetzt mal eine Zigarettenpause ein und schauen uns das vor dem Schlafengehen noch mal an. Und morgen früh haben wir dann einen klaren Kopf.« Er nahm das Schachspiel, trug es vorsichtig vor sich her und stellte es auf den Schrank. Leščinskij zog eine Zigarette aus dem Päckchen auf dem Tisch und zündete sie an. Kalmanovič trank den Rest ›Bajkal‹ aus.

Zak öffnete das Fenster, knöpfte den Hemdkragen auf und nahm die Krawatte ab.

»Offen gestanden, habe ich heute überhaupt noch nichts gegessen. Ich habe nur gefrühstückt, das ist alles.«

»Ich auch«, sagte Leščinskij und stieß plötzlich einen Pfiff aus. »Hört mal, Leute, und die Norma?«

Zak drehte sich um, setzte sich und lachte bestürzt.

»Heilige Muttergottes! Die hab ich auch komplett vergessen!«

Leščinskij ging zum Schrank, öffnete ihn, zog seine Aktentasche heraus und ließ drei Packungen Norma auf den Tisch fallen, zwei ganze Portionen und eine kleine.

»Wir sind ja schön blöd …«

Zak setzte sich an den Tisch und verzog das Gesicht.

»Morgen werd ich wieder Sodbrennen haben … Dabei muß ich gegen Tukmakov spielen …«

»Schon gut, hör auf zu jammern.« Leščinskij öffnete die Packung mit der Norma.

Kalmanovič gähnte und tat es ihm nach.

»Ich hab's auch vergessen.«

»Bei dir ist das verzeihlich.«

Sie aßen die Norma direkt aus der Packung. Zak murmelte kauend:

»Die ist gar nicht übel.«

Leščinskij nickte zustimmend.

»Tja, für die erste Liga liefern sie beste Qualität … Letztes Jahr hat die Oberliga Norma aus dem Kindergarten vom Zentralen Gewerkschaftsverband bekommen, die war wie Gänseleberpastete.«

Kalmanovič biß ein Stückchen von seiner Norma ab und kaute hastig.

»Leonid Jakovlevič, stimmt es, daß Botvinnik sich selber Norma gemacht hat, als er in England beim Turnier war?«

»Das stimmt.«

»Und er hat die wirklich selbst fabriziert?«

»Ja.«

Kalmanovič brach in Gelächter aus.

»Toll!«

»So muß es sein!« sagte Zak ernsthaft und steckte mit zwei Fingern ein heruntergefallenes Stück Norma in den Mund.

Die Tür öffnete sich einen Spalt.

Osokin kam lächelnd herein und strich sich über den Schnurrbart.

»Gestatten Sie, Genossen?«

Die an einem langen Tisch sitzenden Genossen schauten sich um.

Konšin erhob sich erstaunt.

»Kolja? Du meine Güte, wo kommst du denn her?! Leute, das ist doch unser früherer Sekretär!«

Er lachte über das ganze Gesicht, kam hinter dem Tisch hervor und schüttelte Osokin kräftig die Hand.

»Grüß dich! Na so was! Du bist ja ewig nicht bei uns gewesen. Du hast uns wohl ganz vergessen.«

Die anderen schauten sie an.

»Alles neue Gesichter.« Osokin schaute über die Schulter. »Konšin, ich kenne hier überhaupt niemanden ...«

»Ja, was hast du denn gedacht? Die alte Generation stirbt aus, eine neue wächst heran!«

Die Leute am Tisch fingen an zu lachen.

Konšin drehte sich zu ihnen um.

»Genossen Komsomolzen, darf ich vorstellen: Das ist Genosse Osokin, der ehemalige Sekretär unseres Komsomol-Komitees, heute Sekretär des Parteikomitees der Versuchsfabrik für Spinn- und Webmaschinen.«

»Aber wir kennen uns doch, was bist du denn so förmlich!«

sagte die Chramcova lächelnd. »Grüß dich, Kolja, du hast mich wohl gar nicht gesehen?«

»Na so was, Anečka, grüß dich. Hab ich doch noch eine Bekannte gefunden ... Guten Tag, Genossen.«

Die Mitglieder grüßten einzeln.

»So, Genossen, haben wir dann für heute alles besprochen?« fragte Konšin, ohne Osokins Hand loszulassen. »Mit dem Redaktionskollegium geht alles klar, und was die Abendveranstaltung angeht, Saša, da mußt du deine Experten für kulturelle Massenarbeit mobilisieren.«

»Natürlich«, nickte Rudakov.

»Also, dann bis zum nächsten Mal«, lächelte Konšin. »Wir treffen uns am siebten.«

»Wieviel Uhr?«

»Wie immer, um sechs. Und Vera, du sagst es noch Tumanjan.«

»Na klar, auf jeden Fall.«

»Tja, das wär dann alles.«

Sie standen auf und rückten die Stühle.

Konšin nickte Osokin zu:

»Komm, wir gehen zu mir.«

Sie gingen um den Tisch herum und betraten ein kleines Büro mit einem breiten Tisch, einem grünen Safe und einem Lenin-Porträt an der Wand.

»Tja ... Sieht alles aus wie früher.« Osokin ließ sich in dem roten Sessel nieder. »Nur den Lenin hast du ausgetauscht.«

»Ja, der hier ist schöner, finde ich. Ich hab ihn in einer deutschen Zeitschrift gesehen. Das nennt sich Foto-Grafik.«

»Ich weiß. Mein Bruder macht auch solche Fotos ...«

Konšin setzte sich auf seinen Platz und schlug mit der Hand auf den Tisch.

»Na, erzähl mal!«

»Mit dem Direktor komm ich gut aus. Mit dem Gewerkschaftskomitee ebenfalls. Und die anderen schließen sich an.«

»Das ist ein Hammer!« Konšin lachte lauthals los. »Ein toller Spruch! Wie lange bist du jetzt da, das zweite Jahr?«

»Ja. Hier war ich vier Jahre. Und dann noch anderthalb Jahre auf der ›Iljič‹.«

»Ach ja, das hab ich ganz vergessen. Du hast da doch eine Stellvertretung gemacht, oder?«

»Ja, genau. Aber wieso reden wir immer nur über mich? Wie sieht es denn hier bei euch aus?«

»An der Alma mater? Unterschiedlich. Wir geben uns Mühe.«

»Ist Želdev noch da?«

»Ja. Wo soll er denn auch hin? Er ist am Lehrstuhl von Ryklin. Er hat bald Rigorosum.«

»Das ging aber schnell.«

»Er läßt eben nichts anbrennen.«

»Und die Barmina?«

»Ist in die Fabrik gegangen.«

»Als einfache Ingenieurin?«

»Sie ist da im Gewerkschaftskomitee.«

»Und Vitka?«

»Gnedyšev?«

»Ja.«

»Der ist auch noch hier.«

»Ein toller Kerl. Wie ist es denn mit seiner Umschulung gelaufen?«

»Sehr gut. Er lernt einfach schnell.«

»Und wann haust du hier ab?«

»Ich mach die Dissertation fertig, und dann gehe ich.«

»Bestimmt?«
»Bestimmt. Mir reicht's.«
»Also ungefähr in zwei Jahren?«
»Wahrscheinlich …« Konšin nahm sich eine Zigarette und bot Osokin auch eine an. Sie steckten sich beide eine an.
Osokin griff in die Jackentasche und holte ein gelbliches Päckchen Kaugummi und die Packung Norma heraus.
»Ich esse sie jetzt, ich komm heute erst spät nach Hause.«
Er warf Konšin ein Kaugummi hin.
»Danke. Sind das englische?«
»Amerikanische.«
Konšin riß das Kaugummi auf, Osokin die Packung mit Norma.
»Ich hab ewig kein Kaugummi mehr gehabt.«
»Na, dann probier mal.«
»Riecht wie Pfefferminz …«
Beide begannen zu kauen. Osokin biß herzhaft in seine Norma, und Konšin steckte das Kaugummi in den Mund.
Das Telefon klingelte.
Der Sekretär nahm den Hörer ab.
»Konšin … Unten? Gut. Ich sage das sofort Lebedinskij. Danke.«
Er legte den Hörer auf und erhob sich.
»Der Bus mit den Requisiten ist gekommen. Ich muß gleich drüben Bescheid geben …«
»Was sind denn das für Requisiten?«
»Roter Stoff, Farbe, Blendrahmen für die Parolen.«
»Ach so …«

»Schwester!« drang es aus der sperrangelweit geöffneten Tür des Krankenzimmers.

Zoja stand widerwillig auf.

Klava, die neben ihr saß, trank ihren Tee.

»Was schreit der denn so? Funktioniert der Klingelknopf nicht, oder was?«

»Das ist doch der ohne Hände …«

»Ach so …«

Zoja steckte die Hände in die Taschen ihren engen weißen Kittels, ging über den Flur und betrat das Krankenzimmer. Krajuchin lag im Halbdunkel, die verbundenen Armstümpfe auf der grauen Decke.

»Was ist los?« fragte Zoja leise.

»Schwester … Also … Diese …«

»Die Flasche, meinen Sie?«

»Mhm.«

Zoja beugte sich hinunter, zog unter seinem Bett die Bettpfanne aus Plastik hervor und steckte sie ihm unter die Decke.

Krajuchin bewegte sich unruhig hin und her.

»In fünf Minuten komme ich wieder.«

Zoja ging raus und lehnte die Tür des nächsten Zimmers an.

Klava hatte ihren Tee ausgetrunken, sie lag halb ausgestreckt auf der Couch und las.

Zoja gähnte und ließ sich auf einen Stuhl fallen.

»Klava, ich weiß gar nicht mehr, haben wir Sedych die Spritze gegeben?«

»Ja klar, was denkst du denn.«

»Ich bringe alles durcheinander …«

»Bist du müde?«

»Ein bißchen.«
»Na, leg dich hin und schlaf, ich bleib wach.«
Klava stand auf, und Zoja streckte sich auf der Couch aus.
»Oooh, du meine Güte … Wir dürfen den mit der Flasche nicht vergessen …«
»Den ohne Hände?«
»Ja.«
»Soll ich sofort hingehen?«
»Gleich, ich hab sie ihm doch eben erst angelegt.«
»Sag mal, Zoja, wie hat er das denn gemacht?«
»Die Hände?«
»Ja.«
»Er hat auf dem Bau gearbeitet, ich glaube, er ist Zimmermann. Da haben sie mit zwei Mann im vierten Stock Bretter geschleppt, einen ganzen Stapel. Und da hätten sie entweder einen Umweg machen müssen oder direkt auf der Mauer gehen können. Und sie sind auf der Mauer gegangen.«
»Hat er dir das selbst erzählt?«
»Nein, Glikman. Sie gehen also daher und … uaa-aah …«, Zoja gähnte »und dabei ist er gestolpert. Sie sind aus dem vierten Stock runtergeflogen. Sein Kumpel hat die Bretter fallengelassen und ist runtergeflogen. Tot. Aber er hat sich irgendwie instinktiv an den Brettern festgeklammert. Die haben sich wie ein Fächer ausgebreitet, und er hing daran wie an einem Fallschirm. Hat sich nur das Bein verstaucht.«
»Und die Hände?«
»Und die Hände. Als er unten aufschlug, sind die Bretter bei dem Aufprall zusammengeklappt, wie eine Schere. Seine Hände waren dazwischen. Sauber abgetrennt.«
»Tja. Nur gut, daß ihm sonst nichts passiert ist.«

»Und ob. Und dann liegt er jetzt noch alleine im Zimmer. Herrlich …«

»Und der Nachbar, haben sie den verlegt?«

»Der ist gestern entlassen worden. Hör mal, Klava, ich döse ein bißchen …«

»Mach das.«

Klava stand auf, ging zu Krajuchins Zimmer und steckte den Kopf durch die Tür.

»Na, wie ist es? Kann ich sie wegnehmen?«

»Ja«, erwiderte Krajuchin mit schwacher Stimme.

Klava steckte die Hand unter die Decke, tastete nach der leicht angewärmten Flasche und zog sie heraus. Sie enthielt ein wenig gelblichen Urin.

Klava ging zur Tür, aber Krajuchin hob den Kopf.

»Schwester … Mir ist da grad was eingefallen … Da …«

»Was?«

»In meiner Hose, in der Tasche, da war …«

»Was?«

»Norma. Wir haben sie damals bekommen. Sie liegt doch noch da …«

»Ja und?«

»Die muß man doch essen.«

»Jetzt?«

»Ja sicher, es ist doch sowieso schon zwei Tage her. Ich hab bloß grade erst dran gedacht …«

»Ja und, soll ich sie holen?«

»Ja.«

»Wie heißen Sie?«

»Krajuchin.«

Klava trug die Flasche vor sich her und ging raus.

Sie leerte die Flasche in die Toilette, ging zurück und verstaute sie wieder unter Krajuchins Bett. Dann ging sie über den Flur, beugte sich über die schlafende Zoja und nahm den Garderobenschlüssel vom Haken. Zoja seufzte tief und lächelte im Schlaf.

Klava ging hinunter ins Erdgeschoß, über den Flur an zwei schlafenden Schwestern vorbei, schloß die Garderobe auf und schaltete das Licht an.

Drei Mäuse sprangen vom Tisch und flitzten unter die Schränke.

Klava zog die Tischschublade heraus, holte das dicke Eingangsbuch hervor und setzte sich auf den wackligen Stuhl.

»Krajuchin … Vor zwei Tagen … So … Krajuchin … Wo ist er denn …« Sie blätterte die braunen Seiten durch. »Hier … Siebenundneunzig.«

Sie ging zum Schrank mit der Nummer Siebenundneunzig und öffnete ihn. An einem Haken hing eine zerlumpte wattierte Jacke, mit angetrocknetem Schmutz und Blut bedeckt. Daneben hing eine ebensolche wattierte Hose. Darunter standen lehmverschmierte Stiefel.

Klava fuhr mit der Hand in die Hosentasche und fand die knisternde Packung mit der Norma. Sie zog sie heraus. Die Norma war ganz plattgedrückt.

Klava räumte das Buch wieder in die Schublade, löschte das Licht, ging raus und verschloß die Tür. Eine der schlafenden Schwestern hob den Kopf.

»Klava, du?«

»Ja, ich. Schlaf weiter, laß dich nicht stören …«

»Ich dachte, es hat jemand geklingelt …« murmelte die Schwester.

Den Schlüssel und die Norma in der Hand schwenkend, stieg Klava die Treppe hinauf.
Zoja lag nicht mehr auf der Couch.
Klava ging zu dem Patienten ohne Hände.
Der lag immer noch auf dem Rücken. Klava schwenkte die Packung.
»Ich hab sie gefunden.«
»Na, ein Glück …«
»Soll ich sie Ihnen hierlassen?«
»Laß sie hier … Aber wie … Wie … Wie soll ich … Wie soll ich sie denn essen …« Seine Stimme zitterte.
»Ach, machen Sie sich keine Sorgen.« Klava ließ sich auf seiner Bettkante nieder. »Es gibt heute so gute Prothesen. Ganz wie richtige Hände. Sie sollten sich freuen, daß Sie noch am Leben sind. Ihr Kumpel ist gestorben, nicht?«
»Griša. Ja. Er ist tot. Und ich bin heil …«
»Sehen Sie. Ich helfe Ihnen jetzt, die Norma zu essen.«
Sie riß die Packung auf, brach ein Stückchen von der schon leicht vertrockneten Norma ab und hielt es Krajuchin hin. Er öffnete den Mund, nahm das Stückchen und begann, langsam zu kauen.
»Jetzt lassen Sie mal den Kopf nicht hängen. Ich finde, es ist besser, die Hände zu verlieren als die Beine. Prothesen an und fertig. Keine Krücken …«
Sie steckte ihm noch ein Stück in den Mund.
Krajuchin kaute schweigend.
Von hinten kam Zoja herein.
»Ach, hier bist du. Man hat mich geweckt, zum Teufel.«
»Wer?«
»Jakišin. Hat geschrien wie am Spieß.«

»Hab ich gar nicht gehört. Ich war in der Garderobe.«

»Sei froh, daß du das nicht gehört hast.«

»Hast du ihm eine Spritze gegeben?«

»Ja. Jetzt schläft er wie ein Murmeltier.«

ZWEITER TEIL

Normale Geburt
normaler Junge
normaler Schrei
normales Atmen
normale Nabelschnur
normales Gewicht
normale Ärmchen
normale Beinchen
normales Bäuchlein
normaler Schlaf
normales Saugen
normaler Urin
normaler Kot
normale Stoffwindel
normale Windel
normale Decke
normale Spitzen
normales Band
normales Fläschchen
normale Milch
normale Kolik
normaler Kinderwagen
normale Luft
normale Kiefern
normaler Himmel
normaler Wind
normaler Sand
normales Knirschen
normale Sonne
normale Wäsche

normale Wolken
normale Strampelhose
normaler Brei
normaler Schnuller
normaler Saft
normale Waage
normaler Balkon
normale Kinderklapper
normales Säuglingsjäckchen
normale Babyschuhe
normales Käppchen
normale Litze
normaler Apfel
normales Erkennungsband
normale Fingernägelchen
normaler Sabber
normales Erbrechen
normale Badewanne
normales Wasser
normale Seife
normaler Badeschwamm
normales Handtuch
normale Temperatur
normales Spielzeug
normales Kätzchen
normale Rassel
normaler Ball
normales Krabbeln
normale Knie
normaler Sturz

normaler Haltegurt
normale Schritte
normale Sandalen
normale Steinchen
normale Großmutter
normales Gras
normaler Käfer
normaler Wurm
normaler Löwenzahn
normaler Grashüpfer
normale Schramme
normale Tränen
normales Hütchen
normales Jäckchen
normaler Sandkasten
normales Förmchen
normales Eimerchen
normale Schaufel
normales Auto
normale Schaukel
normale Kirsche
normale Erdbeere
normale Wassermelone
normaler Dill
normale Suppe
normaler Löffel
normale Tasse
normale Milch
normaler Tee
normale Praline

normales Gebäck
normaler Papa
normales Flugzeug
normaler Regen
normaler Schirm
normaler Schnee
normaler Rauch
normaler Frost
normales Fenster
normaler Schlitten
normales Felljäckchen
normale Mütze
normale Fäustlinge
normale Gummischuhe
normaler Schal
normaler Hund
normale Schneebälle
normale Ski
normale Eiszapfen
normaler Hals
normaler Husten
normales Frösteln
normales Thermometer
normales Bett
normaler Doktor
normales Stethoskop
normales Löffelchen
normales Aspirin
normales Auto
normaler Tee

normales Kopfkissen
normale Träume
normale Angst
normales Töpfchen
normale Söckchen
normale Senfpflaster
normales Buch
normale Buntstifte
normales Papier
normales Häuschen
normaler Mensch
normaler Panzer
normale Schlacht
normaler Frühling
normale Bächlein
normaler Schmutz
normaler Kindergarten
normale Kindergärtnerin
normaler Speisesaal
normale Frikadellen
normales Kompott
normales Klappbett
normale Reifen
normaler Spaziergang
normale Spiele
normaler Feiertag
normale Fähnchen
normale Musik
normaler Lenin
normale Lieder

normaler Tanz
normales Gedicht
normale Geschenke
normale Eltern
normale Stiefel
normale Hose
normale Kopfnuß
normaler Herbst
normale Schuluniform
normale Schule
normaler Blumenstrauß
normaler Ranzen
normale Lehrerin
normale Klasse
normale Schulbank
normales Heft
normaler Füller
normale Kreide
normale Zöpfe
normale Pause
normaler Klassendienst
normales Beispiel
normale Aufgabe
normale Tinte
normaler Vova
normaler Serjoža
normaler Miša
normaler Vitja
normaler Petja
normaler Andrej

normale Vier
normale Drei
normale Zwei
normale Eins
normale Fünf
normale Sechs
normale Arithmetik
normales Schönschreiben
normaler Klecks
normales Löschpapier
normaler Radiergummi
normale Svetka
normale Fruchtbonbons
normaler Fladen
normale Brezel
normales Butterbrot
normaler Sport
normale Turnhalle
normaler Turnlehrer
normales Klassenbuch
normaler Ball
normale Staffel
normale Turnhose
normales Reck
normaler Sonntag
normaler Hof
normale Spielkameraden
normaler Fußball
normaler Paß
normales Täuschungsmanöver

normales Tor
normale Sportschuhe
normaler Schlag
normaler Eckball
normales Rechnen
normaler Sjoga
normaler Koljan
normaler Käfer
normale Ente
normaler Žeka
normale Schleuder
normale Laterne
normaler Nachbar
normaler Vater
normaler Gurt
normale Tränen
normale Ecke
normale Aufgaben
normaler Winkel
normaler Kreis
normaler Kreisumfang
normale Bisektrix
normale Kathete
normale Hypotenuse
normale Gleichung
normale Ähnlichkeit
normales X
normales Y
normales Z
normale Algebra

normale Physik
normale Chemie
normales Experiment
normaler Kolben
normaler Wasserstoff
normaler Sauerstoff
normales Wasser
normale Säure
normales Alkali
normales Natrium
normales Magnesium
normales Mangan
normaler Versuch
normale Explosion
normaler Rauch
normale Streichhölzer
normale Pistole
normaler Treffer
normales Eishockey
normale Schlittschuhe
normaler Hockeyschläger
normaler Puck
normales Eis
normaler »Spartak«
normaler Wurf
normales Tor
normale Knieschoner
normale Verrenkung
normales Krankenhaus
normaler Schmerz

normaler Gips
normale Krücke
normaler Fernseher
normaler Film
normaler Spion
normaler Agent
normale Bonbons
normales Bonbonpapier
normale Briefmarken
normales Album
normale Serie
normaler Block
normale Kolonien
normale Fauna
normale Flora
normaler Sport
normales Geschäft
normaler Tausch
normales Halbrubelstück
normaler Rubel
normales Eis
normales Sokolniki
normaler Rummelplatz
normales Karussell
normale Kameraden
normale Frau
normales Täschchen
normales Geld
normaler Pfiff
normales »Achtung!«

normales Abhauen
normale Zigaretten
normales Inhalieren
normale Übelkeit
normaler Fisch
normaler Taubenschlag
normaler Nebel
normale Kropftaube
normale Brieftaube
normaler Markt
normaler Kerl
normaler Typ
normaler Fünfrubelschein
normaler Bulle
normales Revier
normaler Polizist
normale Mutter
normale Ohrfeige
normale Schelte
normales Weglaufen
normaler Slavik
normales Tonband
normale Beatles
normale Stones
normale Platten
normale Lautsprecher
normale Stereoanlage
normaler Effekt
normale Lichtorgel
normale Jeans

normale Fete
normale Mädels
normale Svetka
normaler Tanz
normale Zigaretten
normaler Portwein
normales Lachen
normaler Twist
normale Lippen
normale Unterhaltung
normaler Solovjov
normale Prügelei
normales Blut
normales Taschentuch
normaler Tadel
normaler Schulleiter
normaler Klassenlehrer
normale Fette
normales Aufgabenheft
normales Vierteljahr
normales Halbjahr
normales Jahr
normales Zeugnis
normale Berufsschule
normaler Unterricht
normale Werkbank
normales Gewinde
normale Schrägkante
normales Ausbohren
normaler Meißel

normales Spundfutter
normaler Tanz
normales Orchester
normaler Schlagzeuger
normaler Wermut
normales Girl
normale Freundin
normaler Rudik
normales Haus
normale Wohnung
normale Löckchen
normaler Wein
normale Weingläser
normale Vorhänge
normaler Blues
normaler BH
normale Brust
normales Höschen
normale Hände
normale Tränen
normales Überreden
normaler Kuß
normales Bett
normale Beine
normales Stöhnen
normales Flüstern
normales Sperma
normales Laken
normale Augen
normale Müdigkeit

normaler Scheiß
normales Morgen
normale Fabrik
normaler Meister
normaler Einrichter
normaler Schichtarbeiter
normale Werkhalle
normale Norm
normale Einzelteile
normales Spritzleder
normale Hobelspäne
normaler Metallbart
normale Sanitätsstelle
normales Superoxid
normaler Verband
normale Arbeitshandschuhe
normale Pause
normale Kantine
normaler Boršč
normales Püree
normale Soße
normales Kompott
normaler Anton
normaler Vorschlag
normales Café
normale Leute
normale Ljuda
normaler Wein
normale Unterhaltung
normales Eis

normales Taxi
normales Wohnheim
normale Kontingentlerin
normaler Pförtner
normales Zimmer
normales Bett
normaler Zungenkuß
normales Bumsen
normaler Morgen
normales Blaumachen
normales Bier
normaler Typ
normales Telefon
normale Jeans
normale Markenklamotten
normale Größe
normale Jeansjacke
normale Frisur
normale Freunde
normale Gitarre
normales Lied
normaler Abend
normale Bank
normaler Fusel
normales Torkeln
normale Bande
normale Anmache
normale Prügelei
normale Bullen
normales Abhauen

normales Veilchen
normaler Papa
normales Anbrüllen
normale Worte
normale Angeberei
normale Selbständigkeit
normale Würde
normaler August
normaler Urlaub
normale Knete
normale Kumpel
normale Mädchen
normale Platzkarte
normale Krim
normales Meer
normales Wetter
normales Wasser
normale Schwimmflossen
normale Schwimmbrille
normale Sauerkirschen
normale Schaschliks
normale Teigtaschen
normaler Wein
normales Bier
normale Tonja
normaler Abend
normales Zelt
normale Nacht
normale Zikaden
normale Brüste

normale Achselhöhlen
normaler Orgasmus
normales Vergnügen
normale Berge
normaler Sonnenaufgang
normales Boot
normaler Motor
normale Wasserski
normales Fahren
normales Tauchen
normale Krabben
normale Karten
normaler Wodka
normale Tomaten
normale Zwiebel
normaler Suff
normale Stadt
normaler Strand
normale Weiber
normale Krevetten
normaler Sprit
normaler Rausch
normaler Suff
normales Kotzen
normaler Kollaps
normale Bewußtlosigkeit
normaler Zustand
normale Woche
normaler Monat
normaler Schnellzug

normales Abteil
normales Moskau
normaler Regen
normaler Bahnhof
normaler Herbst
normale Jacke
normaler Gestellungsbefehl
normaler Abschied
normaler Haarschnitt
normale Armee
normale Quarantäne
normaler Fahneneid
normale Uniform
normaler Fähnrich
normaler Unteroffizier
normale Kaserne
normale Stiefel
normale Fußlappen
normaler Geländemarsch
normale Schwielen
normaler Durst
normales Marschgepäck
normale Formation
normaler Stehkragen
normale Ohrenklappen
normaler Mantel
normales Wecken
normale Maschinenpistole
normaler Ladestock
normale Lumpen

normales Öl
normale Knöpfe
normale Haken
normale Falten
normale Stiefelwichse
normale Sporthalle
normales Reck
normales Pferd
normaler Barren
normales Seil
normale Muskeln
normaler Schweiß
normale Erschöpfung
normale Ehre
normales Schießen
normale Zielscheiben
normale Patronenhülsen
normales Visier
normale Wachsamkeit
normale Dankbarkeit
normale Grütze
normale Butter
normale Gabel
normaler Tee
normaler Zucker
normaler Politikunterricht
normale Pflicht
normale Treue
normaler Mut
normale Tapferkeit

normales Heldentum
normale Selbstverleugnung
normale Selbstaufgabe
normale Selbstdisziplin
normale Widerstandskraft
normale Standhaftigkeit
normale Verläßlichkeit
normaler Mutterwitz
normale Auffassungsgabe
normale Ehrlichkeit
normale Ergebenheit
normale Selbstlosigkeit
normale Überzeugtheit
normale Unnachgiebigkeit
normale Unduldsamkeit
normales Interesse
normaler Ausgang
normaler Zaun
normale Straße
normales Geschäft
normaler Wodka
normaler Keška
normaler Serjoga
normales Weißbrot
normaler Käse
normaler Hauseingang
normal gelaufen
normal gegessen
normal hinausgegangen
normal dahergegangen

normal getrunken
normal geraucht
normaler Appell
normaler Zapfenstreich
normales Kopfkissen
normales Rülpsen
normaler Traum
normaler Alarm
normales Aufwachen
normaler Kopf
normale Lider
normale Fußlappen
normale Finger
normale Knöpfe
normale Verspätung
normaler Dienst
normale Küche
normale Kessel
normale Köche
normale Schöpflöffel
normale Siebe
normale Kartoffeln
normale Schale
normaler Eimer
normales Wasser
normaler Rücken
normale Wirbelsäule
normales Kreuz
normaler Hocker
normaler Schrubber

normaler Boden
normale Platte
normale Sauberkeit
normale Schnelligkeit
normaler Schmutz
normaler Abfall
normale Schüsseln
normale Krüge
normale Löffel
normaler Strahl
normale Nacht
normales Gähnen
normale Kartoffeln
normaler Hocker
normaler Eimer
normales Wasser
normales Wecken
normaler Geländemarsch
normale Kontrolle
normaler Appell
normaler Stehkragen
normaler Unteroffizier
normale Formation
normale Küche
normale Kartoffeln
normaler Hocker
normaler Eimer
normales Kreuz
normaler Schrubber
normales Mittagessen

normale Schüsseln
normale Krüge
normale Löffel
normaler Strahl
normaler Dampf
normale Haut
normale Beine
normale Ellbogen
normale Knie
normaler Schweiß
normaler Zapfenstreich
normales Wecken
normaler Appell
normaler Frühsport
normaler Geländemarsch
normale Formation
normale Eintönigkeit
normaler Alltag
normale Schwierigkeiten
normaler Wille
normaler Charakter
normale Freundschaft
normaler Greis
normaler Offizier
normales Jahr
normale Junge
normaler Rekrut
normaler Landser
normaler Gefreiter
normales Verprügeln

normales Anbrüllen
normale Wolle
normaler Respekt
normaler Sport
normaler Bizeps
normaler Klimmzug
normale Rumpfbeuge
normale Riesenfelge
normales Rad
normaler Salto
normaler Spagat
normales Gewichtheben
normale Kategorie
normaler Muskel
normale Vorbereitungen
normales Lernen
normale Deutlichkeit
normaler Ablauf
normaler Wettstreit
normaler Wettkampf
normaler Widerstand
normaler Staub
normale Hitze
normale Feldflasche
normaler Militärmantel
normaler Spaten
normale Kalaschnikow
normale Hörner
normale Patronentasche
normale Gasmaske

normale Attacke
normales Hurra
normale Rast
normale Zigarettenpause
normaler Leutnant
normaler Scherz
normale Qualität
normale Kumpel
normale Formation
normaler Marsch
normaler Vorsänger
normales Lied
normales Abzeichen
normale Beförderung
normaler Urlaub
normales Städtchen
normales Kino
normales Eis
normales Museum
normale Patrouille
normaler Freigangschein
normales Lächeln
normale Rückkehr
normaler Vortrag
normaler Abend
normale Abteilung
normales Grün
normaler Unterricht
normale Strafe
normale Autorität

normale Gemächlichkeit
normale Andeutungen
normale Blicke
normaler Scherz
normales Gelächter
normales Geschwätz
normaler Drill
normaler Gehorsam
normales Prestige
normale Stiefel
normale Frist
normale Zeit
normale Demobilisierung
normales Vergnügen
normaler Koffer
normaler Zug
normales Buffet
normale Angeberei
normaler Kognak
normales Schnitzel
normaler Tee
normales Abteil
normale Nachbarn
normales Anbrüllen
normale Grünschnäbel
normales Bierchen
normale Erholung
normales Leben
normale Eltern
normaler Anzug

normales Moskau
normale Diskothek
normale Kumpel
normale Mädchen
normaler Park
normale Schaukel
normaler Knutschfleck
normale Aufnahmen
normale Gruppen
normale Drehtür
normaler Verstärker
normale Power
normale Lautstärke
normale Lautsprecher
normale Rockmusik
normaler Riff
normaler Leader
normaler Gesang
normale Orgel
normale Behaglichkeit
normale Bilder
normale Kurse
normaler Motor
normaler Kolben
normale Pleuelstange
normale Zündung
normales Gemisch
normaler Vergaser
normaler Filter
normaler Benzintank

normaler Fahrlehrer
normale Fahrstunde
normale Erfolge
normale Praxis
normaler Wagenpark
normaler Autobus
normaler Übungsbus
normale Arbeit
normaler Lohn
normale Route
normale Haltestellen
normale Überlastung
normale Sicht
normaler Tagesablauf
normale Erfahrung
normale Geschicklichkeit
normale Nachlässigkeit
normale Forschheit
normale Genauigkeit
normale Marina
normales Geschäft
normale Verwandte
normaler Wohlstand
normaler Antrag
normale Hochzeit
normales Restaurant
normaler Anzug
normaler Brautschleier
normale Freunde
normale Freundinnen

normale Weingläser
normaler Champagner
normale Trauzeugen
normaler Kuß
normale Väter
normale Mütter
normale Großmütter
normaler Großvater
normale Musiker
normale Stimme
normale Geschenke
normale Glückwünsche
normale Tänze
normales Besäufnis
normales Zimmer
normale Nacht
normales Mädchen
normale Brust
normale Figur
normal gebumst
normaler Schlaf
normaler Morgen
normaler Kaffee
normaler Samstag
normales Leben
normale Bedingungen
normale Mittel
normales Sparbuch
normale Umstände
normale Anrichte

normaler Schrank
normale Nachbarn
normale Küche
normale Liebe
normale Familie
normale Ehefrau
normales Mittagessen
normales Abendessen
normales Frühstück
normaler Anreiz
normale Prämie
normaler Plan
normaler Dreizehnter
normales Dienstalter
normale Kilometerleistung
normale Gehaltserhöhung
normale Reparaturen
normaler Betriebshof
normale Vorgesetzte
normale Leute
normale Einsatzleiterin
normale Fahrten
normale Endhaltestelle
normales Kartenspiel
normaler Tisch
normaler Vasja
normale Schnapsflasche
normale Abfüllung
normale Stimmung
normales Nachfüllen

normales Überstundenabfeiern
normaler Dienst
normaler Subbotnik
normale Sonntagsschicht
normaler Kühlschrank
normaler Charakter
normaler Bursche
normale Schwangerschaft
normales Gesicht
normaler Ausgang
normaler Pullover
normale Gäste
normale Tülle
normale Beziehung
normale Datscha
normale Transmission
normaler Oralverkehr
normale Jagd
normaler Tolpatsch
normale Reise
normale Steckdose
normale Haare
normales Schwatzmaul
normale Nägel
normale Ritočka
normaler Wagenheber
normale Toilette
normale Kilometerleistung
normale Ersatzteile
normales Brot

normaler Scheiß
normale Feiertage
normale Morgenröte
normaler Hintern
normales Söhnchen
normaler Stift
normales Lüftchen
normaler Sumpf
normaler Kran
normale Beziehungen
normale Musik
normale Fransen
normale Lektüre
normales Flittchen
normaler Seefahrer
normaler Rajkin
normale Tatsache
normales Hauptgericht
normale Beleidigung
normaler Hase
normaler Viktor
normaler Diensthabender
normale Kurbelwelle
normaler Minister
normales Video
normales Kabel
normaler Arsch
normale Abteilung
normales Geschäft
normaler Stanislav

normaler Sturm
normale Schufterei
normaler Kreis
normale Niederlage
normale Affen
normale Axt
normale Schwäche
normales Handwerk
normaler Bleistift
normaler Prostakov
normales Theater
normale Kanadier
normaler Lehrling
normaler Vorschlaghammer
normale Holzschraube
normale Verteilung
normale Mißgeburten
normales Neuland
normale Abendzeitung
normales Bezirkskomitee
normale Greise
normale Rückenlehne
normale Luftspiegelung
normale Mehrheit
normale Sülze
normaler Zopf
normale Kinderchen
normales Saratov
normaler Liebhaber
normales Riedgras

normales Klischee
normales Stalingrad
normale Hände
normale Technik
normales Gepolter
normale Vasnickaja
normale Rauchfahne
normaler Fremdling
normales Eisen
normales Aufknöpfen
normaler Notizzettel
normaler Bleistiftspitzer
normale Juden
normaler Panzer
normaler Laubwald
normales Amerika
normales Vorkommnis
normaler Wurf
normaler Čechov
normale Schachtel
normale Schwäche
normale Sporen
normales Koffergrammophon
normaler Griša
normaler Nachhall
normaler Mister
normales Kräuseln
normales Paar
normaler Stamm
normale Gipfel

normale Beköstigung
normale Hebamme
normaler Tabak
normale Fresse
normale Unsichtbarkeit
normaler Befehl
normale Treppe
normale Erschütterung
normaler Schluck
normaler Gerškovič
normale Naheliegende
normale Berechnung
normales Steinchen
normaler Joker
normale Grausamkeit
normale Ausgaben
normale Schlampe
normaler Kotlov
normales Klirren
normaler Petro
normales Öl
normale Flanke
normale Berührung
normaler Blütenstaub
normales Zusammentreffen
normale Drohgebärde
normales Königsberg
normale Einheit
normaler Effekt
normales Gedächtnis

normale Minderheit
normale Wolga
normaler Ruck
normaler Schneesturm
normaler Kaktus
normale Armlehne
normale Aspiration
normaler Teer
normaler Offizier
normaler Komet
normaler Tyrannosaurus
normaler Schwanz
normale Existenz
normales Präsent
normale Tanečka
normale Isolierzange
normaler Unsinn
normale Hämorrhoiden
normale Erholung
normale Analysen
normale Enkel
normale Pension
normale Myokarditis
normale Schwindelanfälle
normale Pantoffeln
normale Prothese
normale Plomben
normaler Ausfluß
normale Untersuchung
normaler Urologe

normaler Proktologe
normale Palpation
normales Rezept
normale Apotheke
normales Validol
normales Amidopirin
normales Lebermittel
normale Schlaflosigkeit
normales Valium
normaler Husten
normaler Morgen
normale Nässe
normales Geschwätz
normale Erinnerungen
normales Kratzen
normale Lida
normaler Quarkkuchen
normale Sorge
normale Socken
normaler Flicken
normale Milch
normale Wärme
normale Wärmflasche
normale Kurzatmigkeit
normales Stockwerk
normales Valocordin
normales Käseküchlein
normale Katja
normale Veteranen
normaler Petrovič

normaler Semjonyč
normaler Rüstiger
normaler Rücken
normaler Regen
normales Kissen
normaler Vovka
normale Pflaster
normale Diät
normale Schlingel
normale Küche
normales Püree
normale Gereiztheit
normaler Schrei
normales Gekreische
normale Tränen
normaler Schuft
normales Luder
normaler Parasit
normale Erniedrigung
normale Beschimpfung
normale Schimpfworte
normale Peiniger
normale Mißachtung
normale Geringschätzung
normale Gleichgültigkeit
normale Wanze
normales Insektenspray
normaler Gestank
normaler Spaziergang
normaler Hof

normales Bänkchen
normale Filzstiefel
normale Greisinnen
normale Akimovna
normaler Fedot
normaler Kontrolleur
normale Quetschung
normale Margarine
normales Herzmittel
normales Päckchen
normale Kondensmilch
normales Damespiel
normale Damefigur
normales Schlagdamespiel
normale Ärztekommission
normale Diagnose
normaler Therapeut
normaler Otolaryngologe
normaler Nachbar
normale Maška
normale Quarkknödel
normaler Sauerrahm
normaler Quark
normales Löffelchen
normales Tüchlein
normaler Kot
normale Verwandte
normaler Sirup
normale Watte
normal gepinkelt

normale Geschenke
normale Gicht
normales Minovasin
normales Laken
normale Händchen
normaler Schuft
normales Städtchen
normale Leute
normaler Fernseher
normaler Bandit
normales Härchen
normaler Käse
normale Molke
normale Kichererbse
normaler Verband
normales Schräubchen
normaler Hase
normale Kakerlaken
normale Olenka
normales Törtchen
normale Füllung
normales Eichen
normales Bonbonpapier
normale Medaillen
normaler Orden
normale Zirrhose
normale Familienfotos
normaler Schwitzender
normaler Zwieback
normaler Idiot

normale Fersen
normales Schloß
normaler Vasjatka
normale Bruchstellen
normale Ninočka
normales Katerchen
normaler Anzug
normales Naphtalin
normale Schuppen
normales Jubiläum
normale Verdienste
normale Gratulation
normaler Tisch
normale Kollegen
normaler Vitka
normale Gläser
normaler Wodka
normaler Salat
normale Serviette
normale Erholung
normaler Furz
normales Sofa
normaler Hahnenfuß
normaler Zucker
normale Schmerzen
normale Schreie
normale Ärztin
normale Sanitäter
normale Tragbahre
normaler Krankenwagen

normale Krankenschwestern
normales Krankenzimmer
normale Spritze
normales Aufwachen
normale Verkalkung
normaler Chirurg
normale Sonde
normales Bluten
normale Grütze
normales Aufstoßen
normale Injektion
normales Abwaschen
normaler Oberarzt
normale Schwester
normale Bettflasche
normales Wachstuch
normaler Besuch
normaler Ratschlag
normale Antibiotika
normale Sulfonamide
normale Hydropsie
normale Punktion
normales Salmiak
normaler Professor
normales Harnmittel
normales Ärztekonsilium
normale Entscheidung
normale Frist
normale Verantwortung
normaler Operationssaal

normaler Spezialist
normale Narkose
normale Operation
normaler Zustand
normaler Blutdruck
normaler Puls
normale Atmung
normales Fibrillieren
normales Adrenalin
normales Koma
normale Entladung
normale Herzmassage
normaler Tod

DRITTER TEIL

»Oh Rus, meine Frau!«
Aleksandr Blok

Rette, o Herr, Dein Volk und segne Deine Habe, gib Siege über den Gegner und verteidige Deine Wohnstatt mit Deinem Kreuz.
(*Schutzgebet an das Kreuz und Gebet für das Vaterland*)

Das unansehnliche, scheckige Pferdchen zog mit einem schmatzenden Geräusch seine grobknochigen Beine aus dem Morast und schleppte den knarrenden Leiterwagen auf die Landstraße, als der unrasierte Fuhrmann die Zügel anzog und sich zu Anton umwandte.
»Da wären wir. Hier übers Feld, da ist es dann. Ein Katzensprung.«
Anton waren die Beine in den niedrigen Gummistiefeln eingeschlafen. Er setzte seine Füße auf den Boden, nahm sein Köfferchen vom Leiterwagen, ließ seine Hand zerstreut in die kühle Tasche des Regenmantels gleiten und holte eine Handvoll Kleingeld heraus.
»Danke. Ich danke dir …«
»Nichts zu danken. Das war doch eine Kleinigkeit.« Der Bauer schmunzelte, stieß einen Seufzer aus und streckte ihm seine braune Hand mit den knotigen Fingern entgegen. Klimpernd verschwanden die Münzen darin, das Pferd zerrte den Wagen widerwillig zur Seite, fletschte seine gelben Zähne und schüttelte die Mähne. Anton wich dem schmutzstarrenden Rad aus und rückte den verrutschten Schal zurecht.
»Da drüben, ein Katzensprung!« schrie der Bauer, schnalzte

mit der Zunge und wies mit dem Finger in den dichten Nebel, der sich über alles gelegt hatte.

»Ich weiß«, murmelte Anton leise vor sich hin, überquerte die Landstraße und betrat das Stoppelfeld. Es war naß und bräunlich, die Stoppeln knackten leicht unter seinen Stiefeln.

»Halten Sie sich da drüben weiter rechts! Weiter rechts!« schrie der Bauer hinter ihm her, trieb sein Pferd an und verschwand im Nebel.

Anton lächelte, schob seinen feuchten Hut in den Nacken und schritt ohne Eile aus, wobei er sein Köfferchen hin- und herschwenkte.

Das Feld erstreckte sich vor ihm in die Ferne und verlor sich in dem milchdichten Nebel, der über dem Feld hing und mit dem trüb-grauen Himmel verschmolz. Es roch nach Feuchtigkeit, nach verfaultem Heu und nach Herbst, nach ebendiesem Herbst, schmerzlich vertraut und unwiderruflich, dessen Kälte die Schläfen und Finger durchdrang, der mit leichtem Frösteln in die weiten Ärmel des Regenmantels kroch und in den verzagten Stimmen der unsichtbaren Vögel ertönte.

Das Köfferchen schaukelte rhythmisch in seiner Hand und knarrte hin und wieder kaum vernehmlich. Die Stoppeln auf dem Feld rieben den Straßendreck von seinen Stiefeln. Anton schaute sich um, ging weiter nach rechts und erblickte die Schlucht, die jetzt durch den Nebel deutlich hervortrat.

Sie lag da wie früher, breit, mit ihrer flachen, überwucherten Böschung. Sie war über und über mit dichtem Gebüsch bewachsen, wie früher ragte der verdorrte Baum empor, die drei Baumstümpfe hoben sich dunkel ab, und ein Stückchen weiter weg, da war er, der Fels – riesig und tief in die Erde eingesunken.

Anton trat an den Rand.

Die Schlucht erstreckte sich vor ihm.
»Du lieber Gott, wie verwildert sie ist …« murmelte Anton lächelnd vor sich hin, kramte in der Tasche nach Papirossy und trat vorsichtig auf den Felsen.
Dieser schien kleiner geworden zu sein, noch mehr in die Erde gesunken. Seine graue, unebene Oberfläche war stark mit Moos bewachsen, und von seinem Rand reckte sich eine kleine knorrige Birke, nicht dicker als ein Arm, in die Höhe. Ihre verwelkten Blätter waren noch nicht abgefallen und standen, glitzernd vor Feuchtigkeit, unbeweglich in der Luft.
Anton steckte sich eine Papirossa an und sog den bitteren Rauch, der den Kopf klar machte, gierig ein.
Die Schlucht … Sie war noch breiter geworden, aber wie verwildert sie war! Woher kamen diese dichten Sträucher, die sich mit ihren dicken Zweigen ineinander verklammerten? Damals waren sie noch nicht da, dort unten wuchs hohes Gras, ein schmales Bächlein wand sich murmelnd auf dem Grund der Schlucht, hier und da wogte Schilf im Wind …
»Wie verwildert sie ist …« sagte Anton von neuem, sprang vom Felsen hinunter und ging am Rand der Schlucht entlang.
Die Papirossa knisterte leise, der Rauch zog hinter Antons leicht gebeugten Rücken und legte sich um die Krempe seines Hutes.
Die Schlucht wurde breiter und flacher, die Sträucher traten deutlich zum Vorschein und umringten ihn bald, kamen von rechts und von links auf ihn zu, und unter seinen Füßen knackte das Gras, dicht, hoch, verwelkt, und durchnäßte unbarmherzig seine graue wollene Hose. Anton warf die Kippe ins Gebüsch, blickte nach rechts, und plötzlich schlug sein Herz schneller: der Pfad. Ganz überwuchert, in dem dichten,

sonnenverbrannten und regennassen Gras kaum zu erkennen, führte er in den Nebel, schlängelte sich in aus Kindertagen vertrauten Windungen, rief ihn zu sich, zog ihn an, lockte ihn.
Er schritt schneller aus und verspürte die Erschöpfung der zweitägigen Reise, die feuchten Knie und die frierenden Hände nicht mehr.
Die Vergangenheit, verhängnisvoll-lieblich und bitter, wurde mit jedem Schritt lebendiger, sie erwuchs aus dem Nebel, erhob sich von links mit dem dunklen Tannenwald, von rechts mit den drei dichten Linden, und in der Mitte, in der Mitte …
Anton verlangsamte seine Schritte.
Das Haus.
Immer noch dasselbe.
Ihr Haus. Sein Haus. Das Haus seiner Kindheit. Das Haus seiner Jugend.
Das Dach, mit langen Schindeln gedeckt, die beiden Schornsteine, einer kürzer als der andere, die dunklen Fenster. Der verwilderte Garten. Und der Wald. Und die Linden …
Er blieb stehen, knöpfte langsam seinen Regenmantel auf und zog den Schal vom Hals.
»Mein Gott …«
Eine Elster flog von einer Linde auf, segelte tiefer und krächzte, die weiße Unterseite ihrer Flügel hob sich vor dem dunklen Wald ab.
Anton hielt einen Augenblick inne und schritt dann langsam weiter. Das niedrige, baufällige Backsteinhaus schwebte ihm entgegen, der windschiefe Vorbau und die schwarzen Augen der Fenster gingen ihm zu Herzen.
Der überwucherte Pfad war zu Ende, und unter Antons Füßen erwachten die verfaulten Bretter der morschen Vortreppe zum

Leben. Verwelkte Brennesseln zwängten sich hindurch. Anton unterdrückte das Zittern seiner kalten Hände und stieß die Tür auf. Quietschend wich sie zurück in die Dunkelheit und schlug gegen die Wand. Der dunkle Raum roch wie ein verlassener Keller nach Feuchtigkeit und Fäulnis.

Anton trat ein und erschauderte: Das vertraute ruckartige Knarren der dicken Dielenbretter fehlte. Sie waren weich und halb verfault und bogen sich lautlos unter seinem Tritt.

In der Dunkelheit tastete er nach der kalten kupfernen Türklinke und zog daran.

Von oben rieselte etwas auf seinen Hut, die Tür gab nach. Er schritt über die mit winzigen Pilzen bewachsene Schwelle und befand sich in der guten Stube.

Trübes Licht floß durch die zerbrochenen Scheiben und fiel auf den Ofen, von dem die Farbe abgeblättert war, auf den verfallenen Boden und einen Haufen morschen Gerümpels in der Ecke, auf das rostige Bettgestell und das verrostete Geschirr.

Diese furchtbaren Spuren der Zeit erschütterten Anton zutiefst. Er stockte, hatte nicht die Kraft, sich zu bewegen, und stand lange da, bis er endlich die Lippen auseinanderbekam und flüsterte:

»Guten Tag, Haus …«

Hier roch es nach Fäulnis, nach Gras und abgebröckeltem Verputz.

Anton stellte sein Köfferchen hin, nahm den Hut ab und ging ins nächste Zimmer. Es hatte eine massive Eichentür mit schönem Relief.

Er stieß sie auf.

Sie quietschte, aber nicht mehr so wie früher, sondern langgezogener, dumpfer, schwächer.

Das Zimmer. Sein Zimmer.
Schmutzig-trübe Wasserränder an den rissigen Wänden. Das Fenster war eingeschlagen. Dafür war die Decke heil, die schöne grüne Decke. Der Tisch war auch heil. Nicht einmal feucht war er, trotz der braunen Pfütze mitten auf dem Boden. Und die Hufeisen an der rechten Wand waren heil. Und der Schlüssel mit dem komplizierten Bart …
Die Tür zum Arbeitszimmer des Vaters.
Die gleiche Eichentür, mit einem Relief und einer kupfernen Türklinke in Form eines Löwenkopfes. Anton drückte die Türklinke herunter.
Die verzogene Tür gab nicht nach. Er zog stärker und zerrte dann daran.
Sie sprang weit auf.
Halbdunkel. Feuchtigkeit. Gleichmäßiges Tropfen von der Decke.
Der breite Schreibtisch mit den beiden Unterschränken. Die Bücherregale, bedrückend anzusehen in ihrer ungewohnten Leere. Die zerschlagene Wanduhr mit dem heraushängenden Pendel. Der umgekippte Wiener Stuhl.
Anton hob ihn auf, stellte ihn auf den feuchten Boden, wischte die Tropfen von der Sitzfläche und setzte sich hin. Es war still im Haus, nur von der Decke tropfte es gleichmäßig: plop, plop, plop …
Auch hier wuchsen die kleinen Pilze mit den gelblichen Hüten. Er schaute nach rechts, und sein Blick fiel auf die Novgoroder Erlöser-Ikone in der Ecke. Das strenge Gesicht war dunkel, die Falten des Mantels und die erhobene Hand mit den zwei ausgestreckten Fingern waren kaum zu erkennen, aber die Augen blickten noch ebenso durchdringend wie damals, die Brauen

waren leicht gebogen, und die schmalen strengen Lippen waren vielsagend zusammengepreßt.
»Er spricht mit den Augen.« Anton erinnerte sich an diesen Satz seines Vaters. »Er wurde Ende des siebzehnten Jahrhunderts gemalt, und seit jener Zeit schweigt Sein Mund. Er schweigt, wie damals, vor Pilatus.«
Der Vater hatte seine Hand auf die Schulter des zwölfjährigen Anton gelegt, sein spärliches Bärtchen gerieben und leise hinzugefügt:
»Frag Ihn, was die Wahrheit ist.«
Anton blickte dem Erlöser in die Augen und sprach flüsternd:
»Was ist die Wahrheit?«
Und die dunklen Augen unter den ruhigen Bögen der Brauen erwiderten deutlich:
»Ich bin die Wahrheit.«
Damals wurde Anton bis in die Tiefen seiner Seele erschüttert und verspürte erstmals die wundertätigen Keime des Glaubens in sich.
Anton stand auf, ging zur Ikone, hob die Hand und berührte vorsichtig den abgeblätterten, dunkelkirschroten Mantel. Die Finger spürten die kühle, rauhe Oberfläche.
Er ging näher und küßte die Ikone …
Der Erlöser. Der Vater hatte einen Wattebausch aus einem Fläschchen getränkt und die Ikone abgerieben. Der Wattebausch verströmte einen beißend-süßlichen Geruch.
Das Fläschchen hatte immer dort drüben gestanden, auf dem niedrigen Regal, und sich grün-glänzend vor den dunkelbraunen Buchrücken der theologischen Abhandlungen des Moskauer Patriarchats abgehoben.
Anton ging zum Regal und legte die Hand auf das von der

Feuchtigkeit aufgequollene Holz. Hier rechts hatten einstmals goldene Buchrücken geglänzt: die Bibel, die Apostelgeschichte und die Episteln des Neuen Testaments, die Katechismen, die Kirchengesänge zu Ehren Christi, der Jungfrau Maria und der Heiligen. Darunter standen die Bände von Karamzins ›Geschichte des russischen Staates‹, die Werke von Solovjov, Leontev, Chomjakov, Aksakov, Puškin, Gogol, Lermontov, Turgenev, Tolstoj, Dostoevskij, Belinskij, Nekrasov, Pisemskij, Ostrovskij. Es waren schwere Bücher mit wunderschönen, geprägten Einbänden und »mit den alten Lettern«, wie sein seliger Vater, in seinen gezwirbelten Schnurrbart hineinlächelnd, stets gesagt hatte.

Ja, sein Vater hatte sie geliebt, diese abgegriffenen, wuchtigen Bände mit den vergilbten, aber festen Seiten.

Im Sommer las er sie im Garten, wo er es sich auf der geräumigen chinesischen Chaiselongue mit den honiggelben Drachen auf der festen, stoffbezogenen Rückenlehne bequem machte. Der Wind spielte mit dem Laub des ausladenden Apfelbaums, ein bläulich-schimmernder Schatten kroch über die Nanking-Schulter des Vaters und brach sich zitternd auf der breiten Krempe seines Strohhutes.

Der sechzehnjährige Antoša hatte sich auf dem üppigen, glänzenden Gras daneben eingerichtet, er bastelte an einem kranichähnlichen Segelflugzeug und bespannte die Flügel mit laut knisterndem Pauspapier.

Plötzlich hob der Vater den Kopf, stieß einen Seufzer aus und sagte: »Antoša, einen Augenblick. Hör dir das mal an …«

Anton wandte sich zu ihm um, der Vater hielt die Seite mit einem Elfenbeinmesserchen fest und las mit gleichmäßiger, gedämpfter Stimme:

»Das Geschehen auf dem Schnepfenfelde im Herbst 1380 wurde zum lebendigen Symbol des russischen Volkes und seiner Geschichte. ›Sie fliehen nicht vor dem Krieg, sondern kämpfen bis zum letzten Atemzug, um ein strahlendes Ende herbeizuführen‹ – lehrt der vom ganzen rechtgläubigen Volk anerkannte Einsiedlermönch Amvrosij und drückt mit diesen Worten das kirchliche Bewußtsein im Antlitz des physischen Krieges und der geistigen Schlacht aus, die ihrem Wesen nach miteinander verbunden sind. Wenn die Kirche bei diesem Geschehen abseits steht, so heißt das auch, das geistige Schlachtfeld zu verlassen. Eben darum gab Christus der Erlöser auf die Bemerkung Seiner Schüler: ›Hier sind zwei Schwerter‹ zur Antwort: ›So sei es.‹ Die russischen Gläubigen haben diese historische Lehre des Evangeliums tief empfunden und übergeben den folgenden Generationen die Erfahrung der Schlacht unserer Vorfahren, insbesondere der geistigen Schlacht. Niemals in der Geschichte der Menschheit ist das Blut rechtgläubiger Christen umsonst vergossen worden, besonders nicht zu Zeiten solcher historischer Schlüsselereignisse, wie es die Schlacht auf dem Schnepfenfelde für die Freiheit der Völker war. Auf dem Schnepfenfelde trafen nicht einfach die russischen Streitkräfte auf diejenigen der Goldenen Horde. Es gab vielmehr ein Zusammentreffen der segenspendenden geistigen Kraft, von Gottes Wohlwollen begleitet, mit einem Pack und Gesindel, das in seiner Zerstörung und Versklavung das unheilschwangere Antlitz des Satans verkörperte. Dieses wurde damals niedergeworfen, dank der geistigen Tatkraft des russischen Volkes, das sich im Namen künftiger Generationen von Rechtgläubigen auf dem Altar des Guten und des Lichts geopfert hatte.« Er verstummte, lächelte verhalten, richtete sich soweit auf, wie es die leise quietschende Chaiselongue erlaubte und nahm mit der ihm eigenen flinken Bewegung sein goldenes Pincenez von der Nase.

»Bemerkenswert, nicht wahr?«

»Das stimmt.« Anton nickte und verstummte.

»Tatsächlich, es war nicht einfach eine Schlacht. Es war … Es war …« Der Vater hielt inne, spielte mit dem Pincenez und fuhr leise fort: »Es war das Kreuzesopfer des russischen Volkes …«

In der Ecke fing etwas an zu rascheln.

Eine graue Maus, die wie ein kleiner Lumpen aussah, spazierte seelenruhig die Fußleiste entlang und huschte in ein Loch.

Anton ging zum Schreibtisch des Vaters, rückte den Stuhl ab, setzte sich und legte die Arme auf die rauhe, stellenweise aufgequollene Tischplatte.

Früher hatte hier das massive Schreibzeug gestanden, dessen kristallene, würfelförmige Tintenfässer einen Sonnenstrahl so schön in leuchtende Regenbogen zerlegen konnten; ein bißchen weiter links lag der Kalender, daneben standen die kleine Porzellanvase mit den Bleistiften und der hohe Kandelaber mit den drei Kerzen. An den taukühlen Augustabenden, wenn das Licht ausgeschaltet wurde, zündete der Vater den Kandelaber an. Er steckte die Papirossa an der Kerze an, beugte seinen schönen, frühzeitig ergrauten Kopf ein wenig zur Seite, hielt die Papirossa zwischen Zeigefinger und Daumen und stieß mit vorgeschobener Unterlippe den Rauch aus …

Anton blickte nach oben. Ein grauer Belag hatte die dottergelbe Tannenholzdecke überzogen. In den Ecken hingen dichte Spinnweben. Er streckte die Hand aus und hielt sie unter eine tropfende Stelle. Die kalten, dicken Tropfen zerplatzten auf seinen Fingern und bespritzten sein Gesicht mit Wasserstaub.

»Hier haben Menschen gelebt«, dachte Anton. »Sie haben an diesem Tisch gesessen. Sich unterhalten. Gelacht. Tee getrunken aus den bauchigen Porzellantassen mit den blauen Rosen auf der Seite. Und einer dieser Menschen war ich …«

»Ich«, sagte er und hielt seine feuchte Hand vor die Augen.

»Dieselben Finger, dieselbe Lebenslinie, die Herzlinie, die Kopflinie. Dieselben Haare, der Mund, die Augen …«

Er stand auf, wobei er seine müden Beine kaum strecken konnte, ging in die gute Stube, nahm seinen Reisesack und stieß die Tür auf.

Der Nebel hatte sich merklich gelichtet, und die Nachmittagssonne lugte aus den fahlweißen Wolken hervor. Ein schwacher Wind wehte ihm mit herbstlich-feuchter Kühle ins Gesicht.

Anton ging um das Haus herum in den Garten.

Wie verwildert er war!

Wo früher die vom Vater gepflanzten Apfelbäume einzelne Äste in die Luft gestreckt hatten, standen jetzt dicke Bäume mit weit ausladenden Kronen und knorrigen Stämmen. Der Kirschbaum, Rosenbüsche, Stachelbeer- und Johannisbeersträucher, Jasmin, Flieder, alles war miteinander verwachsen, ineinander verwoben, verzweigt, mit Brennesseln, Disteln, Kletten und Melde überwuchert.

Er schaute den Garten an, ohne etwas wiederzuerkennen, und wollte seinen Augen nicht trauen.

Im Garten, der die Bauern aus der Gegend durch seine Gepflegtheit und die zu Besuch weilenden Intellektuellen durch seine Erlesenheit beeindruckt hatte, herrschte das Chaos. Er war zu einem Stück Wald, jungem Wald, geworden.

Anton schüttelte den Kopf und blickte sich um. So wie ein Herr von seltsamen, widersprüchlichen Gefühlen ergriffen wird, wenn er nach vielen Jahren seinem früheren Haustier im Dickicht des Waldes begegnet und in dessen Wildheit erstaunt Spuren jener Züge wahrnimmt, die es ihm einmal lieb und teuer sein ließen.

»Unglaublich …« murmelte er und schüttelte den Kopf.

Anstelle der Beete mit Spargel und Erdbeeren wucherte undurchdringliches Unkraut, in dem sich der Pfad, der zur Imkerei führte, verlor. Anton bahnte sich mit Mühe einen Weg durch die nassen Zweige und ging in Richtung der Bienenhäuschen, deren Dächer aus dem hohen, welken Gras hervorlugten und die aus der Ferne so solide und fest aussahen wie damals. Doch je näher er kam, desto schneller und unwiderruflicher zerstob die Illusion: Die Bienenstöcke waren durch und durch verfault.

Anton trat näher, verblüfft über die Stabilität der morschen Wände; doch kaum berührte er eines der Häuschen mit der Hand, brach es zusammen, es zerfiel ganz sachte, das Dach stürzte ein und entblößte das von Insekten zerfressene Innere. Anton beugte sich über diesen kläglichen Rest und berührte die verfaulten Bohlen, von denen plötzlich ein Geruch ausging. Es war der unwahrscheinliche Geruch eines Bienenstandes.

Anton erstarrte. In diesem Geruch – warm, lebendig und vertraut – stiegen lang vergessene Bilder seiner Jugend auf, sie erwachten zum Leben und standen in ihrer ganzen Fülle vor ihm. Die leicht bitteren Rauchschwaden aus dem rußgeschwärzten Kopf der Imkerpfeife zogen an ihm vorbei, die Schöße des weißen, mit Bienenharz befleckten Kittels hüllten ihn ein, die Hände seines Vaters nahmen vorsichtig das Dach vom Bienenstock, schoben die gewellte Leinwand zurück, die Imkerpfeife schmauchte, der Rahmen sprang krachend aus dem Bügel, und die darüber krabbelnden Bienen ließen sich nur widerstrebend abnehmen.

»Halt mal.« Der Vater übergab Anton den schweren Rahmen. Die Sonne glitzerte auf den halbvollen Waben und ließ Hunderte bernsteinfarbener Fünkchen aufsprühen.

Und später das Auffangen des Honigs, sein dickflüssiges Leuchten, wenn er die Blechwände hinunterkroch, die darin ertrunkenen Bienen, der betäubende Geruch und der aus dem Finger gezogene Stachel, noch zitternd in seiner blinden Gier …

»Schau, Anton«, sagte der Vater dann und hielt ihm den leeren Rahmen vor die Augen, »schau, welche Vollkommenheit, welche Apotheose der Vernunft, der Harmonie und der Schönheit. Und dieses Wunder der Architektur ist erbaut von Insekten, die der Sprache nicht mächtig sind, von winzigen Bienchen. Und erst die Bienenstöcke! Alle utopischen Ideen von Campanella, Fourier und Morus sind in diesen äußerlich so unansehnlichen Häuschen verwirklicht. Darin herrscht eine ideale Ordnung, die vielfältige Arbeit kommt keine Minute zum Stillstand, jede Biene verrichtet ihre Arbeit, und wie!«

Er verstummte, betrachtete den Rahmen und fügte dann mit ruhiger Stimme im Brustton der Überzeugung hinzu:

»Mir scheint, Antoša, daß die Natur als reines Phänomen uns Menschen gegeben wurde, damit wir unseren Sündenfall erkennen. Sie wurde uns gegeben als Beispiel vollkommener Unschuld, und das heißt auch der Vollkommenheit. Mit all ihren Blättern, Blumen, Vögeln und Insekten sagt sie uns gleichsam: Seht her, ihr Menschen, wie gut es sich ohne Schuld lebt, seht, wie ihr wart vor dem Sündenfall, wie ihr wart, bevor ihr euch von Gott abgewandt habt …«

Er schwieg erneut und stellte den Rahmen an seinen Platz zurück.

»Solange die Natur lebt, wird auch das menschliche Gewissen leben …«

Anton aß den Honig gerne »taufrisch«, wie Oma Nastja sagte, die für sie kochte und sich um den Haushalt kümmerte.

Die tönerne Schale mit Honig stand auf dem Tisch, die Milch floß in ein hohes geschliffenes Glas, das frischgebackene Roggenbrot mit seiner warmen, knusprigen Kruste ließ sich nur widerstrebend schneiden.

»Eßt, meine Lieben, langt kräftig zu«, sagte Oma Nastja in ihrer gedehnten Aussprache, während sie mit ihrer faltigen Hand die Milchtropfen von dem schmalen Hals des irdenen Krugs wischte und mit ihrem vertrockneten, runzligen Mund lächelte.

Anton nahm das Glas, tunkte das von der Hitze des russischen Ofens dampfende Brot in den Honig und steckte es in den Mund. Der Mund zog sich sogleich erwartungsvoll zusammen, er verlangte nach Milch, und sie kam, gewärmt von ebender unvergleichlichen, dampfenden Hitze, vermischte sich mit dem Honig und dem Brot, sie machte ihn trunken, stieg ihm zu Kopf und überzog seinen jugendlichen Schnurrbart mit einer zarten weißen Schicht …

Er blickte sich suchend um und lächelte freudig: Es war heil! Das Imkertischchen mit den zwei kurzen Bänkchen war heil, nur war es von allen Seiten mit Gebüsch und Brennesseln überwuchert, daher hatte er es nicht sofort gesehen.

Anton ging hin, fegte die abgefallenen Blätter vom Tisch,

stellte seinen Reisesack hin und setzte sich. Das Bänkchen knarrte heftig, hielt aber stand. Er berührte ein am Tisch klebendes Blatt vom Kirschbaum und lächelte erneut.

An diesem robusten Tischchen hatten sie die Rahmen beschnitten, das Wachs abgekratzt und in eine tiefe Schale gegeben, Weiselzellen für die Bienenkönigin gebastelt und ungereinigtes Wachs gerollt. Hierhin hatte der Vater den Bienenkorb aus Leinwand gestellt, der von dumpf summenden Bienen nur so wimmelte.

Anton seufzte leise auf und ließ den Kopf auf die verschränkten Hände sinken …

Einmal hatte der Schrei eines barfüßigen Dorfjungen: »Ein Bienenschwarm fliegt weg!« sie veranlaßt, vom gedeckten Mittagstisch aufzuspringen. Der Vater wischte mit der Serviette hastig seinen Schnurrbart ab und lief zur Imkerei, Antoša und Oma Nastja stürzten ihm nach.

Der Bienenschwarm saß auf einem alten Apfelbaum, ungünstigerweise ganz oben, und umschwärmte mit seiner wimmelnden Masse einen weit ausladenden Ast.

»Die Leiter, Antoša, schnell!« schrie der Vater aufgebracht und stürzte in den Schuppen, um den Bienenkorb und die Imkerpfeife zu holen.

Anton trampelte über die Erdbeeren und holte die am anderen Apfelbaum lehnende Leiter, der Vater kam mit dem Bienenkorb gelaufen, ließ ihn unter dem Apfelbaum fallen, riß ein Steichholz an, beugte sich über die Imkerpfeife und stopfte in aller Eile Birkenrinde und Holzspäne hinein.

»Die Bienenschleier, die Bienenschleier, o Gott!« Oma Nastja streckte ihnen über einen Tuberose-Busch die Bienenschleier mit den bunten Kappen entgegen.

Anton zog seinen an, aber der Vater winkte gereizt ab, stieß mit seiner Imkerpfeife Rauch aus und kletterte in seiner glänzenden Seidenweste hinauf zu dem Bienenschwarm, der bereits kurz vor dem Auffliegen war, bereit, sich im hohen Maihimmel aufzulösen.

»Den Bienenkorb!« befahl der Vater, und Antoša faßte den Korb am Rand und hielt ihn unter den Schwarm.

»Weiter rechts, Antoša, weiter rechts!« brummelte der Vater, jetzt schon nicht mehr ganz so streng, räucherte die Bienen ein und fragte leise: »Kannst du ihn halten?«

»Ja.«

»Gib acht auf deine Hände.« Der Vater verzog das Gesicht, als ihn eine Biene in die Wange stach.

Anton schützte seine Hände mit der überhängenden Leinwand. Die Imkerpfeife flog herunter, der Vater klammerte sich an den Ästen fest und schüttelte mit aller Kraft. Wie ein brauner Regen rieselten die Bienen hinunter in den von Anton bereitgehaltenen Bienenkorb. Er spürte ihr Gewicht, Dutzende von Insekten krochen über die Ärmel seines Hemdes.

Der Vater schüttelte noch einmal. Es fielen noch ein paar Bienen hinunter, und Anton verspürte ein Brennen an Schulter und Hals.

»Hach …« Er zuckte zusammen, schüttelte die Bienen vom Ärmel in den Korb und schlug die Leinwand darüber. Eine der Bienen stach ihn in die Hand. Er zerdrückte sie, verzog das Gesicht und zog die Luft mit einem Zischen durch die Zähne ein.

»Zum Teufel …«

»Hat sie dich erwischt?« erkundigte sich der Vater und kletterte gelassen die schwankende Leiter hinunter.

»Mhm.« Anton band den Bienenkorb zu und unterzog seine Ärmel einer sorgfältigen Untersuchung.
»Mich haben sie auch gestochen.« Der Vater hob die Imkerpfeife auf, lächelte müde und betastete seine Wange. »Morgen ist sie dick.«
»Warum haben Sie auch den Bienenschleier nicht übergestülpt!« Oma Nastja schüttelte den Kopf und rückte ihr weißes Kopftuch zurecht, das in der Eile verrutscht war.
Der Vater winkte ab.
»Ich sehe damit so schlecht. Und das Pincenez rutscht herunter … Hast du ihn zugebunden?«
Er beugte sich über den Bienenkorb. Auf seiner schillernden Weste krabbelten zwei Bienen. Anton streifte sie ab und warf sie ins Gras.
»Dank sei dir, o Herr, daß wir sie einfangen konnten.« Oma Nastja bekreuzigte sich.
»Ja, Gott sei Dank, daß sie nicht weggeflogen sind«, fügte der Vater hinzu und nahm den Bienenkorb. »Sie waren so ungünstig weit oben, da kann man sie nicht holen, und schütteln ist riskant.«
»Die heilige Wahrheit«, nickte Oma Nastja. »Und wie geschickt Antoša den Korb gehalten hat. Sonst wäre es schiefgegangen.«
»Ja, Antoša, das hast du gut gemacht«, lächelte der Vater.
Anton schaute ihm flüchtig ins Gesicht, wo die Wange allmählich anschwoll, und erwiderte sein Lächeln.
Später dann, als der rosafarbene Dunst im Westen schwächer geworden war und dem dunklen Abendhimmel Platz gemacht hatte, breitete Oma Nastja auf dem Boden in der guten Stube ein Laken aus. Der Vater band den Bienenkorb auf und schüttete die sich kaum bewegenden Bienen auf das Laken. Anton

leuchtete mit einem Lämpchen. Allmählich füllte die dunkle Masse das Laken. Im Licht des Lämpchens glitzerten die Bienen, als wären sie mit Öl eingerieben, und sahen aus wie Käfer. Der Vater rückte sein Pincenez zurecht und beugte sich über die Bienen.

Er fand die Königin immer sofort, diese unverhältnismäßig lange Biene, die einer vieltausendköpfigen Menge Leben gegeben hatte.

Damals schaute Anton den Vater an und überlegte plötzlich, daß dieses vertraute, aufmerksame Gesicht mit dem gekräuselten sandfarbenen Schnurrbart, dem spärlichen Bart und dem Pincenez auf der schmalen Nase nicht immer so bleiben könnte. Es wird älter werden, dachte Anton, es wird sich unwiderruflich verändern und niemals mehr genau diese Züge haben. Sie werden sich nur dem Gedächtnis einprägen, nur in dessen unvergänglichem Speicher wird diese Lebensfreude, diese Wunderlichkeit des russischen Intellektuellen erhalten bleiben …

Unversehens kam eine Windböe und wehte den Geruch fauligen Heus heran.

Das verwelkte Laub an den Apfelbäumen raschelte, einige Blätter fielen auf den Tisch.

Anton stellte den Kragen des Regenmantels hoch und öffnete seinen Reisesack.

Darin lagen eine Flasche Wodka und eine Pionierschaufel mit kurzem Stiel.

Er nahm die Schaufel heraus und ging in die hinterste Ecke des Gartens.

Das Gras und die Brennesseln wuchsen hier noch dichter und höher, und über den darin versinkenden Johannisbeer- und

Stachelbeersträuchern breitete der alte Apfelbaum seine mächtigen Zweige aus.

Anton trat näher und bemerkte mit Erstaunen, daß er den alten Baum fast unverändert fand. Heute wie damals, vor zwanzig Jahren, war der Apfelbaum weit ausladend, er hatte einen dicken Stamm und eine Vielzahl starker Äste, die eine mächtige Krone bildeten.

Das Laub war stellenweise verwelkt, dicke Äpfel lugten da und dort hervor.

Unter diesem Apfelbaum, im weichen Gras, war damals eine rosafarbene chinesische Decke ausgebreitet; darauf lag Anton, und neben ihm saß seine Mutter, eine zarte, anmutige Frau mit großen, grünen Augen, einer Wolke schwarzer Locken und schönen, schmalen Händen, welche die Schirme weißer Pilze geschickt an einer Schnur auffädelten.

Sie war gestorben, sinnlos gestorben, als Anton fünfzehn Jahre alt wurde.

Eine schwarze, behaarte Spinne mit roten Punkten auf dem Rücken setzte dem Leben der jungen, blühenden Frau, die mit einer seismologischen Expedition in die turkmenische Wüste gereist war, ein jähes Ende.

Es hieß, sie habe den Biß nicht einmal bemerkt.

Sie saßen unter einer Plane aus Segeltuch, einige junge, sonnenverbrannte Leute, sie aßen Honigmelonen und die kleinen turkmenischen Weintrauben, sie lachten und beugten sich zurück, so daß ihnen die breitkrempigen, weichen Baumwollhüte vom Kopf flogen. Als ein bebrillter, kahlrasierter Geophysiker einen Scherz machte, beugte die Mutter sich vor Lachen so weit nach hinten, daß sie rücklings niederfiel. Eine Minute später war sie tot. Die anderen hatten unterdessen die zweite Melone mit einem Klappmesser aufgeschnitten und hielten Olenka ein vor Saft triefendes Stück hin. Olenka aber lag regungslos da, mit offenen Augen und einem starren Lächeln auf den vom Wind ausgetrockneten, rauhen Lippen …

Anton trat unter die Krone und streichelte den Stamm des Apfelbaumes.

Die Rinde war hart und rauh und von tiefen Rissen durchzogen, in denen die junge Haut des uralten Baumes schimmerte. Wie fest er in der Erde stand! Wie breit und üppig die Äste wuchsen! So viel Freiheit, Sicherheit und Kraft lag in ihrer Spannweite! Welche Ruhe sie ausstrahlten, ach, verdammte Scheiße, ich kann nicht mehr, wie sanft die Wolken darüber hinwegsegelten!

»Du lieber, lieber Apfelbaum«, dachte Anton, hob den Kopf und versuchte, mit den Augen die ganze Krone auf einmal zu erfassen. »Erinnerst du dich an mich? Erinnerst du dich an die Berührung meiner Kinderfinger, als ich zum ersten Mal auf diese Astgabel geklettert bin, unseren Garten mit all seinen Beeten, Rabatten und Büschen gesehen und freudig rufend der Mutter davon erzählt habe? Weißt du noch, wie ich mich auf meinen dünnen Kinderbeinchen mit der braunen Kruste auf den Schrammen emporgereckt und die reifen Äpfel abgerissen habe? Oder wie ich hier, an deinen Stamm gelehnt, gesessen und gelesen habe? Und wie ich in der flirrenden rosa Julihitze Schatten gesucht und ihn hier gefunden habe, unter deiner Krone? Du hast mich mit deinem Schatten beschenkt, sanft, bläulich und zart glitt er über meine sonnenverbrannten Arme …«

Er seufzte, pflückte einen großen roten Apfel ab, strich damit zerstreut über seine Wange und steckte ihn in die Tasche.

Dann stellte er sich mit dem Rücken an den Apfelbaum, so, daß sein Kopf in einer Astgabel lag.
Der Baumstumpf einer Linde, mit Gebüsch überwuchert, war ungefähr zehn Schritte weit entfernt. Anton stieß sich mit der linken Ferse vom Apfelbaum ab, ging auf den Baumstumpf zu und zählte flüsternd die Schritte:
»Eins, zwei, drei, vier, fünf …«
Der Baumstumpf kam näher.
»Sechs, sieben, acht, neun …«
Anton kletterte darüber hinweg und ging weiter:
»Zehn, elf, zwölf, dreizehn.«
Er stand jetzt bis zur Hüfte in Unkraut und Gras und rammte die Schaufel vor seiner Stiefelspitze in den Boden.
»So.«
Einen Augenblick später umarmte der modische Regenmantel mit hilflos ausgebreiteten, beigefarbenen Ärmeln den Baumstumpf, und sein hagerer Besitzer stand im grauen Pullover da und grub zielstrebig, die kurze Schaufel fest in der Hand. Die Erde war noch wie damals, weich und nachgiebig. Anton warf die Erdklumpen zur Seite, und sie fielen in die Brennesseln.
Mittlerweile waren kaum noch Wolken zu sehen. Die Sonne beschien gleichmäßig den herbstlichen Garten und spiegelte sich in den mit Laub gefüllten Pfützen.
Anton hatte kaum eine halbmetertiefe Grube ausgehoben, als die Schaufel klirrend gegen etwas stieß. Er grub den Gegenstand vorsichtig aus, kniete nieder und nahm ihn aus der Erde. Es war eine kleine eiserne Truhe. Lächelnd und kopfschüttelnd strich Anton über den rostigen Deckel, stand auf, ergriff die Schaufel und ging zum Tisch.
Er stellte die Truhe auf den Tisch und preßte das Blatt der

Schaufel in den Spalt zwischen Deckel und Unterteil. Das morsche Schloß gab sofort nach, es barst, und der Deckel sprang auf.

In der verrosteten Truhe lag ein in dünnes Gummi eingewikkelter Gegenstand.

Anton fuhr sich mit der Zunge über seine trockenen Lippen, nahm den schweren Gegenstand heraus und begann, ihn auszuwickeln. Unter dem Gummi kam kräftiges, handgewebtes Leinen zum Vorschein. Antons zitternde Finger entfernten das Leinen, und vor seinen Augen erglänzte die arabische Schatulle seines Vaters mit den Perlmutt-Intarsien.

Vor Überraschung stand ihm der Mund offen, das Blut schoß ihm ins Gesicht.

Er erhob sich langsam und hielt die Schatulle vor sich. Sie war doppelt so groß wie seine Handfläche, schwarz und ebenmäßig geformt. Auf dem Deckel und an den Seiten entfaltete sich ein kompliziertes arabisches Mosaik – in goldene Kreise eingelassene, elfenbeinerne sechs- und siebenzackige Sterne, umrahmt von Perlmutt-Dreiecken, die in ein verschnörkeltes Ornament übergingen.

Es war wie ein Traum, ein leuchtender, bunter Traum aus seiner lange vergessenen Kindheit.

Als ob er fürchtete, diesen Traum zu zerstören, schaute Anton die Schatulle lange an und konnte sich nicht entschließen, sie zu öffnen.

Sie hatte immer im Arbeitszimmer des Vaters in Moskau gestanden, ganz oben im Bücherschrank, hinter Glas, an ihrem besonderen Platz zwischen den Büchern. Einige Male hatte der Vater sie heruntergeholt und Anton gezeigt, aber niemals war sie vor seinen Kinderaugen geöffnet worden. Immer, wenn

seine inständigen Bitten fruchtlos blieben und er begann, nach des Vaters Händen zu schnappen, hatte der Vater die Schatulle lächelnd über Antošas Kopf gehoben und vorwurfsvoll gesagt:
»Oje, oje, Anton Nikolaevič. Welch ungestümes Verhalten für Ihr Alter.«
Und dann hatte er mit der ihm in solchen Momenten eigenen Milde hinzugefügt:
»Ich habe dir doch gesagt, Antoša, daß der Inhalt der Schatulle für dich erst dann interessant ist, wenn du groß bist. Jetzt ist es noch zu früh. Du findest weder Zinnsoldaten noch Pinocchio darin.«
Und die geheimnisvolle Schatulle wanderte gesittet an ihren Platz zurück.
Ein trockenes Blatt vom Apfelbaum wirbelte durch die Luft und fiel auf die Schulter von Anton, der mit der Schatulle in den Händen wie erstarrt dastand.
Er faßte mit der rechten Hand an den Deckel und klappte ihn vorsichtig hoch.
In der Schatulle lagen ein Bündel vergilbter Papiere, ein massiv goldener Fingerring, ein Georgskreuz und ein silberner Kelch.
Anton setzte sich auf die Bank und stellte die Schatulle vor sich hin.
Das trockene Blatt fiel von seiner Schulter und sank ins Gras.
Anton nahm den Ring in die Hand. Er war sehr schwer, aus Gold, mit einem rötlichen Schimmer. Auf dem Ring war das Monogramm FT eingraviert.
»F T …«, flüsterte Anton und steckte den Ring an den Ringfinger der rechten Hand; eine seltsame Erregung bemächtigte sich seiner.
»F T …«

Nachdenklich berührte er den Ring und betrachtete ihn genau. Eine feine, geschmackvolle Arbeit, aus dem letzten Jahrhundert …

Er nahm den stark angelaufenen Becher aus der Schatulle. Auf der Seite stand das gleiche Monogramm.

Er stellte ihn auf den Tisch und nahm das Georgskreuz in die Hand.

Die Sonne spielte darauf und ließ Funken an seinen Rändern aufleuchten; dabei blitzte in Antons Gedächtnis etwas lang Vergessenes, in der Kindheit Gehörtes auf: Sein Großvater war Träger des Georgskreuzes gewesen und hatte in der Armee Samsonovs gekämpft. Er wurde von einem deutschen Schrapnell am Kopf verwundet, demobilisiert und starb vier Jahre später im verschneiten, kalten Petrograd. Er hatte dem damals zwanzigjährigen Vater drei metallene Kisten mit einzigartigen chirurgischen Instrumenten, seine Sammlung tropischer Käfer und seine riesige Bibliothek hinterlassen.

»Großvater …«, murmelte Anton, »Andrej Fjodorovič, Andrej Fjodorov Denisev … Aber wieso FT?«

Anton legte das Kreuz neben den Becher, nahm das mit Seidenband umwickelte Bündel aus der Schatulle, löste das Band und entfaltete die Papiere.

Eines davon war ein vergilbter Brief mit abgegriffenen Rändern. Anton begann zu lesen und konnte die nervöse Handschrift kaum entziffern:

»Mein Freund, Aleksandr Ivanyč, Sie wissen, wie sehr ich diese scheinbar poetischen Entweihungen des innersten Gefühls immer verabscheut habe, diese schmachvolle Zurschaustellung von Herzenswunden …

Mein Gott, mein Gott, was haben denn Gedichte, Prosa, Literatur, die ganze äußere Welt gemeinsam mit diesem … Furchtbaren, unsäglich Unerträglichen, das in dieser Minute in meiner Seele vorgeht, mit diesem Leben, das ich schon den fünften Monat lebe und über das ich so wenig wußte wie über unsere Existenz nach dem Tode. Und sie – erinnern Sie sich, erinnern Sie sich daran –, sie, mein Leben, mit der es so gut zu leben war, so leicht und so freudig, hat mich zu diesen unerträglichen Höllenqualen verdammt.

Aber darum geht es nicht. Wissen Sie, trotz ihrer so poetischen Natur, oder besser gesagt, dank dieser Natur, hat sie keinen Pfifferling um Gedichte gegeben, selbst um meine nicht, ihr gefielen nur diejenigen, in denen meine Liebe zu ihr zum Ausdruck kam, und zwar laut und vernehmlich. Darauf hielt sie große Stücke: Die ganze Welt sollte wissen, was sie für mich war, darin lag wenn nicht ihr höchstes Entzücken, so doch ihre höchste geistige Forderung, die Lebensbedingung ihrer Seele …

Ich weiß noch, einmal gingen wir in Baden-Baden spazieren; sie sprach von ihrem Wunsch, ich möge mich nun ernsthaft um eine zweite Ausgabe meiner Gedichte kümmern, und sie bekannte so reizend, mit so viel Liebe, daß es für sie eine große Freude wäre, wenn im Titel dieser Ausgabe ihr Name stünde (nicht der Name, den sie nicht mochte, sondern ihr eigener). Und anstelle von Dankbarkeit – können Sie das glauben? –, anstelle von Liebe und Verehrung brachte ich ihr gegenüber, ich weiß nicht, warum, zum Ausdruck, daß ich damit nicht einverstanden, daß ich abgeneigt sei; es schien mir, daß eine solche Forderung von ihrer Seite nicht gerade großherzig sei, daß sie im Wissen darum, wie sehr ich ganz der ihre bin (›du bist mein eigen‹, wie sie zu sagen pflegte), kein Recht und keinen Grund habe, etwas zu wünschen, erst recht nicht gedruckte Mitteilungen, durch die andere Personen gekränkt oder beleidigt werden können. Daraufhin folgte eine dieser Ihnen sattsam bekannten Szenen, die ihr Leben mehr und mehr untergruben, sie auf den Friedhof brachten und mich in einen Zustand, für den ich in keiner Sprache einen Namen weiß … Oh, wie recht sie hatte in ihren äußersten Forderungen, wie richtig sie vorausgeahnt hat, was unabänderlich geschehen müßte bei meinem tumben Unverständnis dafür, was für sie eine Lebensbedingung war! Wie oft hat sie mir gesagt, daß für mich die Zeit der furchtbaren, unerbittlichen, unnachgiebig-verzweifelten Reue kommen, daß es dann aber zu spät sein werde. Ich habe es gehört und nicht verstanden. Ich habe wahrscheinlich angenommen, ihre Lebenskraft sei ebenso unerschöpflich, wie ihre Liebe grenzenlos war. Und auf all ihr Jammern und Flehen wußte ich nur so gemein, so niederträchtig mit dem törichten Satz zu anworten: »Du verlangst Unmögliches.«

Nun verstehen Sie, warum ich Ihnen diese nichtswürdigen Verse mit meinem vollen Namen darunter schicke, und ich schicke sie Ihnen, mein Freund, Aleksandr Ivanyč, damit sie wenigstens im ›Russkij Vestnik‹ erscheinen.

Ganz der Ihre F. Tjutčev

Nizza, den 13. Dezember

Anton zuckte zusammen, als er die Unterschrift sah, er traute seinen Augen nicht, las sie noch einmal und bewegte dazu seine trockenen Lippen:

»Ganz der Ihre … F. Tjutčev … F. Tjutčev, F. T …«

Anton richtete seinen Blick auf den Fingerring. Ein Schwarm von Gedanken schoß ihm durch den Kopf, gleichzeitig kam ein heftiger Windstoß, raschelte mit dem Briefpapier und brachte die Äste des Apfelbaums zum Schwanken.

»Es heißt also – Tjutčev«, überlegte Anton. »Unglaublich. Fjodor Ivanovič Tjutčev. Der große Dichter. Der Lieblingsdichter des Vaters, mein Lieblingsdichter, dessen Werk mich seit der Kindheit begleitet hat. Das sich so leicht und natürlich wie der Wald, der Fluß und die Liebe in mein Leben gefügt hat. Aber an wen ist dieser Brief gerichtet? Wahrscheinlich an einen engen Freund. Und Tjutčev hatte viele Freunde: Vjazemskij, Žukovskij, Aksakov … Aber ich möchte doch gerne wissen, von wem da wohl die Rede ist? Von Tjutčevs letzter Liebe vielleicht? Lieber Gott, wie hieß die Frau denn noch …«

Anton preßte die Hand mit dem Brief an die Stirn, schloß die Augen und versuchte, sich zu erinnern:

»Anisova … Demisova … Es war ein einfacher russischer Name … Mein Gott … Das muß mir doch einfallen …«

»Deniseva!«

Sobald ihm dieser Name entschlüpft war, zuckte Anton zusammen wie vom Donner gerührt.

»Deniseva?! Aber der Name meines Großvaters war Denisev!«

Andrej Fjodorovič Denisev … Fjodorovič! Andrej Fjodorovič!

Anton schaute instinktiv auf das vergilbte, von der nervösen, unleserlichen Handschrift bedeckte Papier.

»Das bedeutet also, mein Großvater war ein Sohn von Tjutčev?! Eines der drei Kinder der Deniseva? Aber wieso ist mir denn früher, als ich die zahllosen Biographien des Dichters las, die Übereinstimmung der Familiennamen nicht aufgefallen? Warum hat mir niemand etwas davon gesagt? Weder der

Vater noch die Mutter oder die Stiefmutter? Seltsam. Wie seltsam das alles ist ...«

Er fuhr sich mit der Hand über das Gesicht, als wolle er fühlen, ob er träume.

»Ich bin ein Nachkomme von Tjutčev. Sein Großenkel. Unfaßbar!«

Er lachte nervös auf, faltete den Brief wieder zusammen, legte ihn in die Schatulle zurück und schloß sie wieder. Dann nahm er das andere Papier, ebenso vergilbt und brüchig, faltete es auseinander und erzitterte.

In der Mitte des Blattes standen vier Zeilen, mit derselben Handschrift geschrieben:

> Verstand wird Rußland nie verstehn,
> Kein Maßstock sein Geheimnis rauben;
> So wie es ist, so laßt es gehn –
> An Rußland kann man nichts als glauben.
> *F. Tjutčev*

In Antons Seele ging etwas Merkwürdiges vor sich. Es war, als ob ein gleißendes Licht für einen Augenblick die Schicksale seines Vaters, seines Großvaters und seines Urgroßvaters erhellte, sie zusammenfließen und in Antons Herz erklingen ließ. Er verspürte ganz deutlich die Bande zwischen den Generationen, den Zeiten, die Bande zwischen lebendigen Menschen, mit all ihren Gewohnheiten, ihren Leidenschaften und Besonderheiten, mit ihren Schwächen, Qualitäten und Mängeln.

Schweiß bedeckte sein blasses Gesicht, sein Herz schlug heftig. Die seit der Kindheit vertrauten Zeilen standen ihm vor Augen, erklangen vor dem Hintergrund des herbstlichen, von mildem Sonnenlicht übergossenen Gartens:

Verstand wird Rußland nie verstehn,
Kein Maßstock sein Geheimnis rauben;
So wie es ist, so laßt es gehn –
An Rußland kann man nichts als glauben.

Wie einfach und klar das geschrieben war!

Wie unendlich tief empfunden und unfaßbar war diese Weisheit, wie ergreifend und faszinierend war dieses Geheimnis!

Anton schaute die Apfelbäume an, die Brennesseln, das Unkraut und den verfaulten, baufälligen Zaun, und ein lange vergessener Satz, den der Vater vor mehr als zwanzig Jahren fallengelassen hatte, erklang in seinem Gedächtnis.

»Du, Antoša, bist ein russischer Mensch. Wenn du das begreifst und spürst, dann wird dir nicht nur leicht zumute, sondern außerordentlich gut. Gut im wahrsten Sinne des Wortes.«

Damals, in seiner frühen Jugend, hatte er diesen Worten keine große Bedeutung beigemessen, doch jetzt empfand er sie in ihrer ganzen Tiefe.

»Ich bin Russe«, flüsterte er vor sich hin; seine Augen füllten sich mit Tränen, welche die Apfelbäume, den Zaun und die Brennesseln verschwimmen ließen.

»Ich bin Russe. Ich bin ebender, Fleisch vom Fleische, Blut vom Blute. Ich bin hier geboren in diesem unermeßlich großen, leidgeprüften Land, dessen Rätsel für den nüchternen ausländischen Verstand schon seit Jahrhunderten ungelöst bleibt. Doch Verstand wird Rußland nie verstehn. Nur Herz und Seele sind in der Lage, das Rätsel zu lösen … Und ich … ich bin ein Teil dieses Landes, dieses Rätsels, dieses Volkes. Für mich brennen die Wälder bei Moskau purpurrot, für mich knirscht der harsche Januarschnee unter den Füßen, für mich raschelt die zarte Birke im warmen Maiwind mit ihren Blättern, summen die goldenen Käfer, für mich neigen sich die Feldblumen unter den schweren Tropfen, rauscht die jahrhundertealte Eiche am Waldrand. Für mich läutet die Glocke von Valdaj, glitzert der ungestüme, blaue Bajkal, für mich rieselt der Schnee von den gewaltigen Zedern der Taiga, für mich rufen die in den Himmel auffliegenden Kraniche ...«

Er wischte sich die Tränen ab, nahm die Flasche und öffnete sie mit Hilfe der Anstecknadel des Georgskreuzes.

Der Wodka füllte den silbernen Becher, und Anton führte ihn vorsichtig zum Mund.

»Tjutčev hat daraus getrunken«, dachte Anton und leerte den Kelch in einem Zug. Der Wodka brannte in der Kehle, Anton wischte sich den Mund mit dem Handrücken ab, zog den Apfel aus der Tasche und biß hinein.

Er war saftig, knackig und kalt und schmeckte wie Champagner.

Die Sonne neigte sich mittlerweile dem Horizont zu und bemühte sich, den nicht allzu langen Herbsttag zu vollenden.

»Wie schnell es geht ...« dachte er und blickte auf die gelbe Scheibe, die in den blau-rosafarbenen Wolken versank. »Wieso waren früher die Tage so endlos, so lang und vollkommen? Heute fliegen sie vorbei wie Ping-Pong-Bälle, und sie sind einer wie der andere, gleichförmig, glatt und rund ...«

Er fröstelte und bedauerte, daß er den Regenmantel auf dem Baumstumpf gelassen hatte; er goß sich noch Wodka ein, trank aus und biß gierig in den knackigen Apfel.

Zwei Enten flogen hoch über dem Garten dahin und schlugen peitschend mit ihren spitz zulaufenden Flügeln. Anton begleitete sie mit einem langen Blick, und plötzlich ließ ihn eine Fontäne leuchtend-heller Erinnerungen die Augen zusammenkneifen. Er schwankte und stützte den Kopf in die Hand.

Da war doch auch noch die Jagd. Diese uralte, hitzige Leidenschaft, die das Geschlecht der Denisevs begleitete. Der Vater jagte niemals allein, daher fiel jede Jagd mit dem Besuch von Freunden aus Moskau zusammen. Meistens kam Viktor Terentjevič Pastuchov, der überaus berühmte Neurochirurg, Possenreißer, Gourmet, Jäger, Kollege des Vaters und Mitverfasser des umfangreichen zweibändigen, in blaues Kaliko gebundenen Werkes mit dem furchterregenden Titel ›Chirurgie des menschlichen Gehirns‹. Er brachte immer Neuigkeiten aus der Hauptstadt mit, außerdem einen Packen Zeitungen, armenischen Kognak in einer silbernen Taschenflasche, sein belgisches, reich graviertes Gewehr mit dem stark gekrümmten Schaft und dazu die treue Malva, seinen schlanken, drahthaarigen Vorstehhund, dessen langer Hals von einem schönen, geschuppten Halsband umschlossen wurde.

Die Sonne war noch nicht über dem rosarot gefärbten Saum des Waldes aufgegangen, wenn Oma Nastja die Pfanne mit dem Omelett vom prasselnden Feuer nahm und sie gewichtig zum Tisch trug. Dort saßen Viktor Terentič, der Vater und Antoša bei einem hastigen Frühstück.

In dieser geschäftigen Eile, in der Nachlässigkeit, mit der Gurken, Schinken und Eier auf einer Platte nebeneinander lagen, in der Geschicklichkeit, mit der Pastuchov dem heißen Omelett zu Leibe rückte, in all dem lag der Moment der gespannten Erwartung der Jagd, der das Herz pochend in der Schläfe schlagen ließ und im ganzen Körper eine wachsende Bereitschaft zu dem erregenden Ereignis ausbreitete.

Ohne daß es richtig begonnen hätte, war das Frühstück schon beendet.
»Danke, Nastjuša«, sprach dann Viktor Terentič, erhob sich vom Tisch und fuhr mit einem gestreiften Tuch über seinen Schnurrbart, der im Unterschied zu dem buschigen Schnurrbart des Vaters nur einen schmalen schwarzen Streifen über Pastuchovs vollen Lippen bildete.
Alle drei gingen, bereits dem Anlaß entsprechend angezogen, mit lautem Getöse auf die überdachte Vortreppe hinaus, wo neben den bereitgelegten Gewehren, Patronengürteln, Jagdtaschen und dem Rucksack mit Proviant auch die zwei Hunde warteten, die schwarz-weiße Malva und Dik, der Hund der Denisevs, ein hellgrauer Pointer mit braunen Einsprengseln.
Während der Vater und Anton sich die nach Leder riechenden Patronengürtel umschnallten, stieg Viktor Terentič heftig stampfend in seine hüfthohen Stiefel, zog die Uhr heraus und klappte den goldenen Deckel auf.
»Ts, ts … schon zwanzig nach vier. Eile ist geboten, Freunde …«
Er trug eine an den Ellbogen ganz abgewetzte Wildlederjacke, graue, in die Stiefel gestopfte Hosen, einen leichten Pullover und einen stutzerhaft in den Nacken geschobenen Tirolerhut. Der Vater war ganz einfach angezogen: ein dünner, mausgrauer Pullover, ein altes Jackett aus Schantungseide, Boxcalf-Stiefel und eine beigefarbene Schirmmütze.
Nach wenigen Minuten marschierten alle drei über das taubenetzte Gras.
Eine halbe Stunde später stöberten Malva und Dik in den weiten, ungemähten, hier und da mit Büschen bestandenen Wiesen das erste Birkhuhn-Gelege auf. Die Jagd begann.

Es war ein wunderbares, blendendes Ereignis, das Antons junge Seele aufwühlte.
Er goß sich noch einen Wodka ein, trank einen Schluck und schloß die Augen; den sich bereits bräunlich verfärbenden Apfelrest rührte er nicht mehr an.
In trunkener Müdigkeit flossen die Jahre ineinander, und vor seinem inneren Auge erstand diese von der aufgehenden Sonne übergossene, kühle grüne Welt: Die Hunde arbeiten hitzig, sie wedeln mit den nassen Schwänzen, schnaufen kurz und verlieren sich im dichten Gras, der Vater eilt ihnen hinterher, mit großen Schritten und gefälltem Gewehr.
Viktor Terentič umrundet ein Gebüsch, blickt sich nach Anton um und gibt ihm mit dem Finger heftige Zeichen. Seine Brauen schnellen in die Höhe, seine vollen Lippen zischen wütend: »Geh weiter rechts herum!« Seine Stiefel knarzten, ein junges Birkhuhn baumelt mit ausgebreiteten Flügeln an seiner Hüfte. Anton geht weiter rechts herum, läßt den feuchtglänzenden Rücken der Hunde nicht aus den Augen. Er ist ebenfalls bis zu den Knien durchnäßt, mit beiden Händen drückt er das Gewehr, dessen Riemen rhythmisch hin- und herschaukelt, fest an sich.
Plötzlich bleiben beide Hunde mit gebleckten Zähnen wie versteinert vor einem breiten Wacholderstrauch stehen. Malva hebt die rechte Vorderpfote, und der junge Dik steht einfach kerzengerade da und winselt.
»Platz!« Viktor Terentič formt das Wort nur mit den Lippen. Er nähert sich den Hunden vorsichtig, bleibt nach einem Augenblick stehen und gibt dann das Kommando:
»Vorwärts!«
Dik und Malva stürzen sich in den Busch, der von Flügelschlä-

gen erzittert. Ein dickes stutzschwänziges Birkhuhn steigt pfeilgerade auf, die Jungen fliegen hinterher, wie ein Fächer auseinanderstiebend.

Anton erhascht eines der Jungen im Visier, ganz deutlich sieht er die blendendweiße Unterseite des Flügels und drückt ab.

Drei Schüsse dröhnen, miteinander verschmelzend, und nach einer Sekunde noch mal drei.

Das Birkhuhn überschlägt sich in der Luft und trudelt mit einem abgeschossenen Flügel und einem Schwall von Federn in den Busch, das junge Birkhuhn fällt nach Antons Dublette ins Gras, und der vom Vater angeschossene schwarze Birkhahn segelt im Gleitflug kraftlos zum Birkengehölz.

Es klingt in den Ohren, über der Lichtung steigt Rauch auf.

Anton klappt das Gewehr auf und zieht die Hülsen heraus. Qualmend fallen sie vor seine Füße.

»Na also, wer sagt's denn.« Viktor Terentič lädt schnell nach und klappt laut das Gewehrschloß zu.

Der Vater lächelt, blinzelt durch sein Pincenez und zieht mit dem Messer eine feststeckende Patronenhülse heraus.

Plötzlich stöbern die Hunde weiter vorn, nah beim Birkengehölz, den Birkhahn auf.

Blauschwarz in der Sonne glänzend, gleitet er in niedrigem Flug dahin und schlägt mit seinen schweren Flügeln.

Anton legt das Gewehr an, er sieht nichts mehr außer diesen riesigen Flügeln und schießt.

Seine Dublette donnert, von links unterstützt ihn Pastuchovs Jagdgewehr, aber der Birkhahn fliegt unversehrt weiter und verschwindet in den jungen Birken.

Der Vater lacht und stopft die Patronen in die Patronentasche.

Viktor Terentič schüttelt den Kopf.

»Tja, das war kein Ruhmesblatt.«
Dann brüllt er Malva an:
»Kannst du denn nicht anständig vorstehen, zum Teufel auch! Dir werd ich's zeigen!«
Malva läßt beleidigt den Schwanz hängen.
»Vitjuša, das hat Dik verpatzt.« Der Vater rückt sein Pincenez zurecht und macht sich auf die Suche nach dem angeschossenen Birkhahn.
»So ein Prachtexemplar haben wir uns da entgehen lassen«, jammert Pastuchov, steigt mit lautem Knacken in den Busch und beugt sich über das Birkhuhn.
Anton läuft zu seinem jungen Birkhuhn. Dik steht hechelnd daneben und beschnuppert es ganz aufgeregt.
»Aus!«, schnauzt Anton ihn heftig an, und Dik läßt seine rosa Zunge aus dem Maul hängen und läuft weg.
Anton hebt seine Trophäe hoch. Der Vogel erscheint ihm klein im Vergleich dazu, wie er in der Luft aussah. Der kleine warme Körper zuckt noch leicht, ein gebrochener Fuß ist grotesk abgespreizt, am Schnabel und am Kopf tritt Blut aus.
Anton legt das junge Birkhuhn in die Jagdtasche, lädt sein Gewehr nach und geht zum Vater, um den schwarzen Birkhahn anzusehen. Der lebt noch und schlägt in Vaters Händen matt mit den Flügeln.
Der Vater tötet ihn durch einen Stich mit dem Waidmesser in den Schnabel, hängt ihn mit dem Kopf nach unten und trägt ihn an den Füßen vor sich her. Er schreitet weit aus und hält mit der anderen Hand den Riemen des an der Schulter hängenden Gewehrs fest.
Pastuchov steht mitten im Gebüsch und schüttelt unterdessen das Birkhuhn.

»Trotzdem, ein fettes Exemplar … Sieh mal, Nikolaj!«
»Eine Alte«, nickt der Vater und schaut Anton fragend an. »Na, wie ist es, hast du es erwischt?«
»Aber sicher doch«, erwidert Anton lässig, dreht sich zur Seite und zeigt die Jagdtasche.
»Gut gemacht.« Der Vater nickt beifällig, seine Augen blicken warm und fröhlich. »Bei dem Schwarzen hattest du es wohl ein bißchen eilig, was?«
»Aber nein, ich habe zu niedrig gezielt«, redet Anton sich heraus und schultert das Gewehr, das ihm jetzt leichter vorkommt als ein Spazierstock.
Ja. Das alles war einmal …
Die Sonne hatte sich schon längst hinter den Wolken am Horizont verkrochen, der kühle Wind hatte sich gelegt und zauste nicht mehr an Antons Haaren.
Ein gleichmäßig mildes Abendlicht breitete sich im Garten aus. Es schien, als würde es von diesem endlosen Himmel herabfließen, der so frei und leicht über den welkenden Pflanzen und dem unbeweglich dasitzenden Menschen hing.
Anton füllte den Kelch, hob ihn hoch und setzte den kalten, dunklen Rand an die Lippen.
Der Wodka floß gleichmäßig und leicht in die Kehle, und bald darauf breitete sich eine wohlige Wärme in seinem Körper aus. Anton schaute auf den dunklen Grund des Kelches, wo ein wenig Wodka übriggeblieben war, schüttete den Rest in die Hand und leckte ihn auf.
Wodka. Bitter und begehrt, brennend und belebend, stark und tröstend. Russischer Wodka. Wieviel Geliebtes, Bekanntes und Vertrautes verband sich auf immer mit diesem Geschmack!
Darin lag das eisige Pfeifen des Schneesturms, darin lagen wir-

belnde goldene Blätter, das monotone Klackern der Wagenräder, der laute Trubel einer Hochzeit und das sich unaufhaltsam der Brust entringende Lied, darin lagen die Klänge der Ziehharmonika, der schweigsame Leichenschmaus, heiße Umarmungen, Absonderlichkeiten und Ausschweifungen, Ohnmacht, verworrene Liebeserklärungen und lange Abschiedsküsse ... Anton stieß einen tiefen Seufzer aus, er spürte, mit welcher Leichtigkeit der Rausch seinen müden Körper erfaßte.

Der Vater hatte nichts anderes als Wodka getrunken. An gewöhnlichen Tagen nahm er ein Gläschen zum Mittagessen und ein paar Gläschen zum Abendessen. Zu Besuch oder während eines Festessens trank er mehr, doch war er nie betrunken im eigentlichen Sinne dieses Wortes. Seine Wangen röteten sich, in den Augen blitzte ein warmes Licht auf, der hagere Körper entspannte sich, wurde beweglicher, seine Hände machten flinkere Bewegungen, und er sprach schneller. Der Vater begann dann, in langen umständlichen Sätzen zu reden, in denen sein scharfer Verstand und die klare Zielrichtung seiner Gedanken noch deutlicher zum Ausdruck kamen.

Nach der Jagd nahmen sie das Mittagessen spät ein, ungefähr um vier Uhr. Der Tisch wurde, wie üblich, wenn Gäste da waren, hinaus in den Garten getragen und unter den alten Apfelbaum gestellt.

Die Sonne brannte, ihre sengenden Strahlen drangen durch das Laub des Apfelbaums.

Der Vater saß in seinem weiten blauen Hemd am Tisch und füllte drei schmale Kristallgläser. Einen Augenblick später stießen sie an, und die Gläser klangen, wie sie nur in der freien Natur klingen, kurz und hell.

Anton nippte ein wenig, der Vater und Viktor Terentič tranken in einem Zug aus und fuhren so fort bis zur Vorspeise.
Der Tisch war eine Augenweide: Auf der grauen Leinendecke stand in der Mitte eine blaue Vase mit den von Pastuchov gesammelten Kornblumen. Daneben standen eine Karaffe mit Wein, ein Korb mit selbstgebackenem Brot und Teller mit Gurken, Tomaten, Pilzen in Salzlake, Schinken und Radieschen. Am Rand thronte auf einem Brettchen aus Lindenholz die voluminöse hölzerne Suppenterrine, unter deren bemaltem Dekkel der würzige Geruch von hausgemachter Nudelsuppe mit Gänseinnereien hervorströmte.
Es wehte kein Lüftchen, auch nicht der kleinste Luftzug, die Obstbäume, die Sträucher und das Gras standen unbeweglich, von den heißen Sonnenstrahlen übergossen.
Der Vater und Pastuchov führten eines ihrer bedächtigen Alltagsgespräche. Sie unterhielten sich über die Christianisierung der russischen Städte.
»Aber dennoch, Nikolaj, meiner Meinung nach wurde Novgorod ein Jahr später getauft. Neunundachtzig«, sagte Viktor Terentič im Brustton der Überzeugung und fuchtelte bekräftigend mit Messer und Gabel herum.
Der Vater schüttelte verneinend den Kopf.
»Nein, das war im selben Jahr. Zusammen mit Kiev. Achtundachtzig.«
»Aber nein, ich weiß es genau. Gleich nach der Taufe wurde der Grundstein für die Kathedrale gelegt, die mit den dreißig Türmen.«
Der Vater schüttelte erneut den Kopf.
»Nein, Vitjuša. Aus welchem Grund hätte Novgorod später getauft werden sollen? Es gehörte doch auch zum Zuständig-

keitsbereich von Vladimir. Sie wurden beide im selben Jahr von Ioakim Korsunjanin getauft. Daraufhin wurde er der erste Bischof von Novgorod. Nach seinem Tode wurde er heiliggesprochen. Und er wurde von Kiev aus geschickt, sofort nachdem Kiev das Christentum angenommen hatte. Im übrigen hat er in Kiev die erste theologische Lehranstalt der Rus begründet.«

»Aber ich kann mich genau erinnern, daß der Grundstein zur Kathedrale neunundachtzig schon gelegt war«, unterbrach ihn Viktor Terentič.

»Das stimmt.« Der Vater wischte sich den Schnurrbart mit dem auf seinen Knien liegenden Tuch ab. »Du meinst die Sophien-Kathedrale. Der Grundstein wurde neunundachtzig gelegt, aber die Taufe war ein Jahr früher.«

»Sicher?« Pastuchov schaute zweifelnd drein.

»Sicher«, nickte der Vater, nahm den Deckel von der Terrine und begann, die bernsteingelbe Suppe mit dem Holzlöffel umzurühren.

»Ich meine mich zu erinnern, daß es eine hölzerne Kathedrale war.«

»Ganz richtig. Die Kathedrale war aus Holz, und die Ioakim-und-Anna-Kirche aus Stein. Die erste steinerne Kirche in Novgorod ...«

Der Vater rückte sein Pincenez zurecht und füllte geschickt die drei Teller. Er rührte seine Suppe um, nahm einen Löffel davon, blies darauf, probierte und sagte:

»Köstlich ...«

Viktor Terentič, der seinen Mund schon zu voll hatte, gab heftig nickend seine Zustimmung.

Anton schlang die heiße, fettige Suppe herunter und bemühte

sich, den Hunger, der nach dem Gläschen Wodka in ihm aufgestiegen war, nicht allzu deutlich zu zeigen. Die Nudelsuppe war wirklich köstlich: In der klaren Bouillon schwammen feine Nudelstreifen inmitten schillernder Fettaugen, und auf dem Boden des Tellers waren neben kleinen Möhrendreiecken bräunliche Stücke von Leber und Herz zu erkennen.
Der Vater füllte die Gläser und schaute blinzelnd in die Äste des Apfelbaums.
»So, Freunde. Trinken wir auf die russische Natur. Auf diesen lebensspendenden Brunnen.«
»Das ist wahr.« Viktor Terentič hob sein Glas. »Auf daß das Wasser des Lebens darin nicht versiege.«
Und wieder stießen die Gläser mit dem kurzen Ton aneinander, der in der warmen Luft so schnell verklingt …
Am Abend dann zischte und fauchte unter eben diesem Apfelbaum, auf eben diesem Tischtuch der dickbäuchige Samowar mit dem kleinen Hahn in Form eines Hahnenkopfes und den in die kupferne Seite eingelöteten Silberrubeln.
Viktor Terentič, mit einem gestreiften Frottee-Pyjama bekleidet, füllte sich dickflüssige Erdbeermarmelade in ein kleines Schälchen, Anton schlürfte den wohlriechenden, würzigen Pfefferminztee, und der Vater redete. Er redete, kaute hin und wieder an seinem Mundstück aus Elfenbein, stützte die Ellbogen müde auf den Tisch und betrachtete den von der Abendröte übergossenen Wald.
»Es gibt auf der Welt nichts, was der russischen Ikone vergleichbar wäre, ihrer Einzigartigkeit, ihrer geistigen Klarheit und ihrer Ausdruckskraft. Und welch ein himmelweiter Unterschied zur byzantinischen Ikone! Auch wenn die russischen Ikonenmaler fortwährend einer schülerhaften Imitation

byzantinischer Ikonen beschuldigt werden. Das ist nicht wahr. Die russischen Menschen haben einen ganz anderen Zugang zum Verständnis der göttlichen Hypostase. Im russischen Bild fehlt die den byzantinischen Bildern eigene psychologische Intensität, ihre Dramaturgie. Ich würde sagen, ihm ist diese byzantinische Kompliziertheit der Auslegung der Hypostase fremd. Was ist denn charakteristisch für unsere Weltanschauung? Die jugendliche Einfachheit der Seele. Der Weg der russischen Seele ist ein kurzer, ungetrübter. Byzanz hingegen neigte immer zu schweren, feierlichen Tönen. Die Rus hat ein ganz anderes Verhältnis zur Farbgebung. Sie liebt reine, klangvolle Töne. Mit Andrej Rubljov hat sie die höchste Entwicklungsstufe einer Harmonisierung der Tonalität erreicht. Unsere Ikonenmalerei neigt zur Zweidimensionalität und vermeidet das Helldunkel. Wie wahr das ist. Mein Gott, wie wahr das erkannt ist!«

Er hielt kurz inne und fuhr dann fort:

»Das Helldunkel birgt viele Probleme. Nicht nur die Malerei betreffend, sondern auch, was die Erfaßbarkeit des göttlichen Bildes angeht. Es vermischt das Emotionale und das Geistige, das Irdische und das Himmlische und zwingt den Ikonenmaler, jedes Mal das eine vom anderen zu trennen. Das ist quälend, manchmal erfolglos. Dies haben Raffael, Leonardo und der ganze Pantheon der größten westlichen Künstler nicht bewältigt, allesamt wahre Virtuosen mit dem Pinsel. Der rechtgläubige Mönch Rubljov hingegen hat das geschafft. Er hat es geschafft, weil der göttliche Segen mit ihm war. Glaube, Hoffnung, Liebe …«

Des Vaters Schnurrbart zitterte, in seinen zusammengekniffenen Augen glitzerten Tränen.

Er erhob sich langsam und bekreuzigte sich …

Anton schnipste den Apfelrest vom Tisch und goß den Rest des Wodkas in den Kelch.

Glaube, Hoffnung, Liebe … Die Liebe …

Er setzte den Kelch an die Lippen und war wie benommen von der in die gute Stube strömenden Maiwärme, hereingelassen von einer zarten, gebräunten Hand. Mit der anderen Hand preßte sie einen Milchkrug an die junge Brust. Sie trat mit bloßen Füßen lautlos über die Schwelle und stand da, den Krug festhaltend, wie ein Kind.

Der achtzehnjährige Anton saß in der Ecke, ein altes Gewehr zwischen die Knie geklemmt, und versuchte vergeblich, den verklemmten Abzug zu lösen.

»Guten Tag«, sagte sie leise, tief und heftig atmend, wodurch ihre mageren Schultern kaum merklich bebten.

»Guten Tag.« Anton stellte das schwere Gewehr zur Seite.

Sie trug ein leichtes, ärmelloses Kattunkleid, und was Anton damals zuerst verblüffte, war ihre goldene Sonnenbräune.

»Wie kann man nur im Mai schon so braun sein«, überlegte er und stand auf.

»Ist Oma Nastja da?« fragte sie.

Ihr Gesicht, ihre Augen, Haare, Lippen und Schultern, ihr leichter Gang, ihre zarten Hände und die kleinen Hügel ihrer Brüste unter dem bunten Kattun, das alles war gleichermaßen bezaubernd, jung, frisch und harmonisch, in einer Art von Harmonie, die wir als nationale Schönheit bezeichnen. In diesem Falle handelte es sich um eine russische Schönheit in ihrer ganzen Fülle und Anziehungskraft.

Anton hatte dieses Mädchen früher noch nie im Ort gesehen. Und doch konnte sie unmöglich eine Städterin sein, ihre gedehnte Aussprache und ihre ganze Erscheinung verrieten ihre dörfliche Herkunft.

Doch welch eine Schönheit! Erstaunlich, zart und voller Leben verblüffte sie Anton so, daß er einfach nur dastand, ohne zu antworten, sie anstarrte und reinweg alles vergessen hatte.

»Ist Oma Nastja denn da?« Ihre Lippen öffneten sich zu einem scheuen Lächeln.

»Nein ... Nein«, murmelte Anton, schüttelte seine Erstarrung ab, verbarg seine mit Gewehrfett befleckten Finger hinter dem Rücken und fügte hinzu: »Sie ist gerade nicht da, sie ist kurz weggegangen. Aber kommen Sie doch bitte herein.«

Das Mädchen zuckte mit den Schultern, immer noch lächelnd.

»Ach wo. Ich hab hier die Milch gebracht, wie Oma Nastja gesagt hat. Sie war gestern bei uns wegen der Milch.«

»Bei Ihnen?« fragte Anton und spürte, wie er hoffnungslos errötete.

»Mhm«, nickte das Mädchen und stellte die Milch auf den Tisch. »Wegen der Milch. Jetzt bring ich sie oder Keška.«

»Und das ... das ...« Anton schaute auf den Krug.

»Das ist die von heute morgen. Tanta Marja hat sie gemolken, dann hat sie im Keller gestanden.«

Sie strich sich mit der freien Hand rasch über die Stirn und warf den Kopf zurück. Ihr dicker, dunkelblonder Zopf fiel über die Schulter und schaukelte auf dem Rücken hin und her.

»Und wie ist es«, sagte er, nun schon viel ruhiger, »hat Oma Nastja schon bezahlt?«

»Mhm, gestern schon«, lächelte das Mädchen, »für einen Monat im voraus.«

»Das ist gut. Sie wohnen also bei Tante Marja?«

»Mhm.«

»Ich habe Sie im Dorf noch nie gesehen.«
Sie lächelte breiter und zeigte gleichmäßige, kräftige Zähne.
»Natürlich. Ich bin doch von Rakitino.«
»Aus Rakitino?«
»Mhm. Papa und der Bruder sind in der Stadt arbeiten, eine Banja bauen, Mama ist zu Olenka nach Toržok, und Keška und ich sind bei Tanta Marja.«
»Sie sind also mit ihr verwandt?«
»Na und ob. Ihre Nichten sind wir.«
»Das ist gut«, murmelte Anton und verstummte, weil er nicht wußte, wie er das Gespräch weiterführen sollte.
Das Mädchen griff nach der Klinke, stieß die Tür auf, drehte sich um und sagte:
»Na, ich geh dann mal. Wiedersehen.«
»Aber ...« sagte er gedehnt, in seiner Verwirrung konnte er seine Augen nicht von ihr losreißen. »Aber wie heißen Sie denn?«
»Tanja«, erwiderte sie und strich sich erneut mit der Hand eine dunkelblonde Haarsträhne aus der Stirn.
»Und ich heiße Anton«, sagte er und stockte, als er sah, daß sie mit gesenkten Augen schwieg und lächelte.
»Also, ich geh dann.« Sie wandte sich um und ging zur Tür.
Und so trat Tanja in Antošas Leben. Tanja. Tanečka. Tanjuša.
Sie trafen sich im Birkenwäldchen, liefen Hand in Hand zum See, wo im Schilfrohr Vaters blaues Boot hervorlugte.
Anton zog das Boot an der Leine zum Ufer, setzte Tanja hinein, sprang dann selbst hinterher und stieß es mit dem Ruder vom schlammigen Ufer ab.
Sie trieben dahin.
Aus dem See floß ein schmaler Wasserlauf ab, Anton ruderte,

wie es sich immer mit der Strömung rudert, leicht und frei. Tanja saß ihm gegenüber, hielt sich an der Bordwand fest und blickte ihn mit ihren braunen Augen an.

Bald verbreiterte sich der Fluß, an den Ufern wuchsen Weiden und Schilf, die Strömung ließ nach. Anton ließ die Ruder sinken, legte die Hände in den Schoß und betrachtete Tanja schweigend.

Sie war wunderbar, dieses schlanke, sonnengebräunte Mädchen, das ihn liebte, das er liebte.

Und wie wunderbar war ihre Liebe, ein Mirakel, das wie ein schöner, lebendiger Garten in den zwei jungen Herzen erblüht war!

Wie wunderbar waren die Abende, die Nebelschwaden am Ufer, die Stille am Fluß, der klare Abendhimmel und das Bellen der Dorfhunde in der Ferne.

Anton vertäute das Boot an einem Stein, sie kletterten ans Ufer, und unter den weit ausladenden Weiden, deren biegsame Zweige die abendliche Kühle so zuverlässig bewahrten, küßte er Tanja auf ihre weichen, nachgiebigen Lippen.

Ringsum war alles still, der vom Nebel verhüllte Fluß strömte lautlos zur Wolga und plätscherte wie ein vertrauensseliges Fischlein.

Die Lippen der Geliebten waren warm, sanft und begehrlich, ihre Hände zitterten, an ihrem Hals pochte ein winziges Äderchen.

Anton küßte sie inbrünstig, begierig, sie hatte die Hände bereitwillig auf seine Schultern gelegt und zuckte zusammen. Dann ergriff er sie und trug sie über das Feld, über die Stoppeln, die dunkelblond und goldglänzend waren wie ihr Zopf. Sie schmiegte sich schweigend an ihn und wagte kaum zu atmen.

Inmitten des Feldes stand ein riesiger Heuschober, der wie ein mächtiges Schiff auf sie zukam. Er wurde zum Schrein ihrer Liebe, der sie forttrug von allem Irdischen, der sie emporhob zum rosafarbenen Abendhimmel, zum Funkeln der ersten Sterne.

Hier, im duftenden Heu, liebten sie einander, jung, leidenschaftlich und aufrichtig in ihrem ersten Gefühl ...

Was gibt es Wunderbareres als die erste Liebe? Über welches andere Gefühl kann man so viel und so ausführlich schreiben und doch gleichzeitig nichts sagen? Es unterwirft sich nicht Feder und Papier, nicht dem berechnenden Verstand des Schriftstellers, es hält sich nicht in gleichmäßigen Druckzeilen, es überlebt nicht in dicken, verstaubten Bänden.

Wo ist es also?

Es ist in den Augen und Gesichtern, die einander anblicken, in den Händen, die ineinander verflochten sind und einander nicht loslassen können, in den Herzen, die im gleichen Rhythmus schlagen.

Wie sie sich liebten!

Anton erhob sich mühsam von dem schiefen Bänkchen und stützte sich mit den Händen auf den Tisch.

Damals hatten sie nebeneinander gelegen, in den endlosen Nachthimmel geschaut, ihre Hand war weich und ruhig, ihre Wange heiß, die Augen glitzerten feucht in der Dunkelheit.

»Antoša, was ist das für ein kleiner Stern?«

Sie sprach leise, von ihren Lippen wehte ihr heißer Atem.

»Wo?«

»Na, der da drüben, beim Kleinen Wagen, der allerhellste.«

»Das ist der Polarstern.«

»Der Polarstern?«

»Ja.«
Sie seufzte.
»Ach ja …«
»Was ist?«
»Wie bei Gott so alles seinen Platz hat …«
Anton umarmte sie, drückte seine Lippen an ihre Wange und schmeckte plötzlich den salzigen Geschmack von Tränen.
»Was hast du denn, Tanjuša?«
»Ach nichts …« lächelte sie, umfaßte mit einer unbeholfenen Geste seinen Hals und zog ihn an sich. »Das ist nur so, vor Freude.«
Mit einem heißen Flüstern fügte sie hinzu:
»Ich liebe dich, mein Falke, mehr als das Leben …«
Anton nahm ihr Gesicht in seine Hände und bedeckte es mit Küssen.
»Tanja, geliebte, gute Tanja …«
Er schüttelte den Kopf, wie um mit dem Rausch auch diese lebendigen, quälend vertrauten Bilder aus der Jugend abzuschütteln.
Als sie damals im duftenden Heu lagen, wußten sie nicht, was eine Woche später passieren würde. Zwei verliebte junge Wesen. Das Schicksal trennte sie unbarmherzig und tötete Tanja durch einen Blitzschlag.
Das ganze Dorf kam zu ihrer Beerdigung.
In der überfüllten Dorfkirche roch es nach Weihrauch, Kerzen und der dörflichen Menschenmenge. Der kleine, graubärtige Vater Nikodim schwenkte bedächtig das Weihrauchfaß, und das Geräusch der klappernden Kette mischte sich eigentümlich mit dem Gesang des kleinen Chores.
Anton stand hinter den Verwandten der Verstorbenen und

konnte seinen Blick nicht von dem vertrauten, in seiner verklärten Ruhe erschreckenden Gesicht losreißen. Sie lag in einem geräumigen, mit schwarzem Kaliko ausgeschlagenen Sarg, in einem unschönen, dunkelblauen Kleid mit einer weißen, bemalten Krone auf der Stirn. Vier dünne Kerzen brannten in den Ecken des Sarges, der Chor sang ›Ewiges Gedenken‹…

Ihre linke Hand war blaugrünlich verfärbt. Der Blitz hatte in die Schulter eingeschlagen …

Anton warf die leere Flasche in die Büsche, räumte den Kelch, das Kreuz und den Brief wieder in die Schatulle, nahm sie mit und ging mit unsicheren Schritten zu dem baufälligen Zaun.

»Wie seltsam, mein Gott«, dachte er. »Mit diesem Mädchen ist meine Jugend gestorben. Hier ging sie zu Ende, dieses Waldparadies hatte ein Ende, der goldene Faden riß jäh ab. Aber warum? Warum kennt das Schicksal kein Erbarmen? Warum treffen wir nur auf Trümmer, wenn wir in die Vergangenheit zurückkehren? Warum fließen nur Tränen, kalte Tränen, über die Wangen und umfloren den Blick? Warum regen sich nur Bitterkeit und Schmerz im Herzen?« Er stieg über den Zaun und ging unter den Linden her.

Es war bereits dunkel.

Graue Wolken überzogen den Himmel.

»Da drüben sind die Linden, daneben die Kiefern. Und dort? Was ist das? Sind etwa die kleinen Ebereschensträucher zu einem solchen Baum herangewachsen? Mein Gott, wie sich alles verändert hat … Wo ist denn die Eiche? Sie ist nicht mehr da …«

Er ging an den Platz, wo die mächtige, dicke Eiche gestanden hatte.

Anstelle des Baumes ragte ein niedriger Baumstumpf aus der Erde.
»Das ist alles, was von dir geblieben ist, meine geliebte Eiche ...«
Antons Lippen zitterten, Tränen liefen ihm über die Wangen.
Er ging weiter durch Büsche und Fallholz, zwischen dunklen, vor Feuchtigkeit dampfenden Bäumen. Bald traten die Bäume zurück, und er befand sich am Ufer des Sees.
»Grüß dich, See. Du bist immer noch der gleiche, groß, weit. Nur die Weiden sind dichter geworden und die Ufer schmaler. Und an dem Ufer dort drüben ... Mein Gott ...« Anton erstarrte. In der Dunkelheit zeichneten sich die Konturen ihrer Kirche ab, tot, halb zerstört, die geschwärzte Kuppel ragte über dem Waldrand empor. Er schaute sie an und traute seinen Augen nicht.
»O Gott, wie furchtbar, wie unbarmherzig ist die Zeit. Was kann sich ihr widersetzen? Nichts! Staub zu Staub, Asche zu Asche. Alles vergeht spurlos in der Vergangenheit. Die Liebe, leuchtende Hoffnungen, die Freude an der gerade erst entdeckten Welt, die Träume der Jugend ...«
Die Kirche. Wieviel Freudiges, Vertrautes und Geheimnisvolles war mit ihr verbunden, mit dem Glockenturm, der Vorhalle, dem Friedhof und dem Brunnen. Dort hatte Anton, inmitten der bunten, zu Ostern festlich gekleideten Menge aus dem Dorf, zum ersten Mal in seinem Leben das Kreuzzeichen gemacht. Er war mit erhobener Hand benommen stehengeblieben, erschüttert von dem neuen, wunderbaren Erwachen seiner Seele. Ihm war, als hätte eine große, sanfte und gütige Hand eine bis dahin verschlossene Tür aufgestoßen und ein Bündel heller Strahlen hereingelassen, die Anton mit dem Licht der Wahrheit und der Gnade überfluteten ... Die Kirche.

Seine Kirche. Damals war sie schön anzusehen, weiß, mit einer goldenen Kuppel, in den blühenden Apfelbäumen versinkend ... Ein weißer Schwan ...

Anton wischte die Tränen ab, seufzte und hob die Schatulle hoch.

»Sie hat mir von der Vergangenheit erzählt. Sie hat mir erzählt, daß ich Russe, ein Sohn Rußlands bin. Du meine Liebe ... zwanzig Jahre hast du in der Erde gelegen, um mir jetzt schweigend über mich zu erzählen. Ich danke dir ...«

Er beugte sich über die Schatulle und küßte den kalten Deckel.

»Verstand wird Rußland nie verstehn ... Ja. Nur das Herz. Mit dem Herzen habe ich dich begriffen, meine geliebte Heimat. Du wirst auf ewig in meinem Herzen sein.«

»Du wirst auf ewig in meinem Herzen sein ...« flüsterte er und fügte hinzu: »Nimm auch von mir. Nimm das, was nicht nur meines, sondern auch unseres ist. Das Russische ...«

Er holte weit aus und warf die Schatulle in den See.

Mit einem kurzen Platschen verschwand sie unter der dunklen Oberfläche.

Unwillkürlich begann er, sich die Kleidung vom Leib zu reißen.

»Nimm auch mich, auch mich nimm hin ...« ging es ihm in seiner heftigen Erregung durch den Kopf.

Als er ganz ausgezogen war, stürzte er sich ins Wasser.

Es brannte, teilte sich schwer und zog ihn in die schwarze Tiefe.

»Ich bin bei dir, Tanja ...« flüsterte Anton und tauchte unter.

Dunkelheit kam auf ihn zu, umgab ihn von allen Seiten. Er schwebte dahin und spürte die drückenden Wassermassen über sich.

Und als er nur noch hätte ausatmen müssen, um niemals wieder die dort oben zurückgebliebene Welt zu erblicken, erstrahlte plötzlich ein helles goldenes Licht, in dessen Schein ganz klar und deutlich das Gesicht der Nonne erschien, die vor zwanzig Jahren zu ihnen gekommen war.

Sie war eine einfache russische Frau von ungefähr fünfzig Jahren, die ihr ganzes Leben im Kloster verbracht hatte. Sie saß in der guten Stube, aß Wabenhonig, trank Quellwasser und unterhielt sich in aller Ruhe mit dem jungen Anton über den Glauben. Gegen Ende des Gesprächs sagte sie dann die Worte, die jetzt mit feurigen Buchstaben in der undurchdringlichen, kalten Finsternis aufleuchteten.

»Mein Lieber, wir haben unser Leben gelebt, aber von euch hängt das Schicksal Rußlands ab. Rußland hofft auf euch, auf die Jungen.«

Und als wenn jemand Anton seine große, gütige Hand entgegenstrecken würde, blieb das Dunkel zurück, er tauchte auf und saugte gierig die Nachtluft ein, trunken von ihrer Würze und Wärme.

In den Sekunden, in denen er unter Wasser war, hatte sich die Welt wunderbar gewandelt: Ein heller Vollmond strahlte am Himmel und tauchte alles ringsum in sein milchiges Licht, die Bäume waren zum Leben erwacht und raschelten mit ihrem Laub, die Sträucher wogten hin und her, ein warmer Wind blies über den See. Und am anderen Ufer – Anton wollte es gar nicht glauben – erstrahlte die vom Mondlicht übergossene Kirche in märchenhafter Schönheit.

Nein, nein, sie war nicht tot! Die Kuppel glänzte wie ehedem, das ganze Gebäude schimmerte leuchtend, und das Kreuz schwebte über dem Wald.

Anton winkte und schwamm zu ihr hin.

Und mit jedem Zug regte sich in ihm etwas Unaussprechliches, vielleicht nur mit dem Herzen Spürbares.

Das Ufer kam näher.

Anton kletterte ans Ufer. Feucht und lehmig erstreckte es sich vor der Kirche. Das war die Russische Erde.

Anton kniete nieder und berührte sie mit der Hand. Sie war warm, feucht, zutraulich und segenspendend. Sie erwartete ihn, erwartete ihn wie eine Frau, wie eine Mutter, wie eine Schwester, wie eine Geliebte.

Er sank auf sie nieder, umarmte sie, spürte die selige Wonne ihrer Wärme. Auch sie umarmte ihn, umarmte ihn zärtlich und leidenschaftlich, inbrünstig und scheu, sanft und gebieterisch. Es gab nichts Wundervolleres als diese Liebe, diese Nähe! Unendlich dauerte sie an, und in dem Augenblick, als Antons heißer Samen in die Russische Erde eindrang, erklang über ihm die Glocke der verlassenen Kirche. So.

»Was soll das heißen – so?«

»Na, fertig, sozusagen ...«

»Wie, ist die Erzählung zu Ende?«

»Mhm.«

»Verstehe ... Na ja, nicht schlecht, eine ganz normale Erzählung.«

»Normal?«

»Mhm. Sie gefällt mir.«

»Na, da bin ich froh.«

»Bloß, da ist was, was ich nicht verstehe ...«

»Was denn?«

»Na, da in der Mitte, da kommt so ein Fluch vor ...«

»Ach, das ...«

»Da steht so was wie: ›verdammte Scheiße, ich kann nicht mehr‹. Ich weiß nicht, was das soll.«

»Ach, das ist mir zufällig so rausgerutscht.«

»Wie?«

»Na ja, einfach so. Weißt du, ich hatte Sorgen, kein Geld, meine Frau, die Kinder …«

»Ach so …«

»Ich streich das wahrscheinlich einfach weg.«

»Mir ist das egal.«

»Na, trotzdem …«

»Bloß, da ist noch etwas … Verstehst du, es ist schon alles ganz normal, aber ein bißchen langweilig. Mit Tjutčev und so weiter. Irgendwie ist das langweilig. Wenn er da was anderes gefunden hätte, dann wär das eine tolle Erzählung.«

»Na ja, kann schon sein …«

»Bestimmt. Aber versteh mich bloß richtig. Weißt du, da muß was hin, was einen packt, verstehst du?«

»Verstehe … Wer weiß, vielleicht hast du ja recht.«

»Laß dir das gesagt sein. Irgendwas Interessantes muß da rein …«

»Tatsächlich …«

»Du kannst dir ja in Zukunft mal überlegen …«

»Was heißt in Zukunft, das machen wir jetzt sofort. Du hast mich da auf eine gute Idee gebracht.«

»Wirklich?«

»Ja. Also wir machen das so:«

Einen Augenblick später umarmte der modische Regenmantel mit hilflos ausgebreiteten, beigefarbenen Ärmeln den Baumstumpf, und sein hagerer Besitzer stand im grauen Pullover da

und grub zielstrebig, die kurze Schaufel fest in der Hand. Die Erde war noch wie damals, weich und nachgiebig. Anton warf die Erdklumpen zur Seite, und sie fielen in die Brennesseln.
Mittlerweile waren kaum noch Wolken zu sehen. Die Sonne beschien gleichmäßig den herbstlichen Garten und spiegelte sich in den mit Laub gefüllten Pfützen.
Anton hatte kaum eine halbmetertiefe Grube ausgehoben, als die Schaufel klirrend gegen etwas stieß. Er grub den Gegenstand vorsichtig aus, kniete nieder und nahm ihn aus der Erde.
Es war eine kleine eiserne Truhe. Lächelnd und kopfschüttelnd strich Anton über den rostigen Deckel, stand auf, ergriff die Schaufel und ging zum Tisch.
Er stellte die Truhe auf den Tisch und preßte das Blatt der Schaufel in den Spalt zwischen Deckel und Unterteil. Das morsche Schloß gab sofort nach, es barst, und der Deckel sprang auf.
In der verrosteten Truhe lag ein in dünnes Gummi eingewickelter Gegenstand.
Anton fuhr sich mit der Zunge über seine trockenen Lippen und wickelte ihn aus. Darunter befand sich eine Hülle aus wasserundurchlässigem Material. Er entfernte sie vorsichtig und hielt ein zusammengerolltes Manuskript mit vergilbten Rändern in den Händen.
Anton strich die nach Schimmel riechenden Blätter glatt und begann zu lesen.

DIE VIEHSEUCHE

Jemand rüttelte heftig und mit Nachdruck an der Tür.
Tiščenko saß am Tisch und schrieb einen Auftrag für Tischlerarbeiten, daher rief er, ohne den Kopf zu heben:

»Komm rein!«

Wieder wurde an der Tür gerüttelt, diesmal noch heftiger als vorhin.

»So komm doch rein, es ist offen!« rief Tiščenko noch lauter und dachte:

»Wahrscheinlich hat Vitka sich wieder vollaufen lassen, und jetzt macht er Theater.«

Die Tür öffnete sich lautlos, zwei schmutzige Stiefelpaare traten gemächlich über die Schwelle und marschierten auf den Tisch zu.

»Er kommt bestimmt mit Paška. Sie haben zusammen gesoffen. Und ich kann den Auftrag für ihn schreiben.«

Die Stiefel machten halt, und über Tiščenko erklang eine leise Stimme:

»Was bist du denn für einer, Vorsitzender.«

Tiščenko hob den Kopf.

Vor ihm standen zwei Unbekannte. Der eine, ein Großer mit einem blassen, hageren Gesicht, trug eine graue Kappe und einen grauen Mantel. Der andere, ein Untersetzter mit roten Haaren, trug eine kurze Lederjacke, eine lederne Schirmmütze und eine stark abgenähte Reithose. Ihre Stiefel waren über und über mit Dreck bespritzt.

»Na, uns hast du wohl nicht erwartet?« Der Große lächelte sparsam, zog bedächtig die Hand aus der Tasche – eine breite, braune, sehnige Hand – und reichte sie dem Vorsitzenden.

»Dann wollen wir uns mal bekanntmachen, Alter.«

Tiščenko – füllig, kurzbeinig, kahlköpfig – erhob sich und schüttelte dem Großen die Hand.

»Timofej Petrovič Tiščenko.«

Der Große quetschte ihm die Finger zusammen, zog seine Hand weg und sagte prononciert:
»Mich kannst du einfach Genosse Kedrin nennen.«
»Kedrin?«
»Mhm.«
Der Vorsitzende runzelte die Stirn.
»Wie, noch nie gehört?«
»Ich kann mich im Moment nicht erinnern …«
Der Untersetzte hatte mit seinen kleinen Luchsaugen den Raum inzwischen einer eingehenden Musterung unterzogen und sagte mit heiserer, stockender Stimme:
»Kein Wunder, daß er sich nicht erinnern kann. Er schickt ja auch seinen Stellvertreter zur Versammlung. Selber kommt er nicht hin.«
Er schüttelte seinen Quadratschädel und drehte sich, ohne Tiščenko anzusehen, zu dem Großen um.
»Das ist ja zum Totlachen, verdammt! So weit sind wir jetzt schon. Wir kennen den Sekretär des Bezirkskomitees nicht.«
Der Große seufzte und nickte traurig.
»Was soll man da machen, Petja. Die Welt ist voller Klugscheißer.«
Tiščenko stand einen Augenblick da und sperrte den Mund auf. Dann sprang er linkisch hinter seinem Tisch hervor und streckte dem Großen die Hand entgegen.
»Also, also dann sind Sie Genosse Kedrin? Kedrin? Also, wieso, warum haben Sie denn nicht vorher Bescheid gesagt? Wieso haben Sie nicht angerufen …«
»Nicht angerufen, verdammt!« unterbrach ihn der Rotkopf höhnisch. »Ein Idiot bekreuzigt sich erst, wenn's donnert. Wir haben nicht angerufen, weil wir nicht angerufen haben.«

Er schaute Tiščenko zum ersten Mal ins Gesicht, und der Vorsitzende bemerkte, daß er ein breites, fahlweißes, mit Sommersprossen übersätes Gesicht hatte.
»Also, wir hätten Sie doch gebührend empfangen, sozusagen alles vorbereitet und … Ich war damals bloß krank, ich weiß schon, daß Sie gewählt wurden, das heißt nominiert wurden, das heißt … Na, jedenfalls bin ich sehr erfreut.«
Der Große brach in Lachen aus, und auch der Rotkopf grunzte ein paarmal.
Tiščenko schluckte, fuhr sich mit der Hand über die Glatze, auf der sich Schweißtropfen sammelten, und stürzte aus irgendeinem Grund zum Tisch.
»Also, wir haben Sie erwartet, wir sind darauf vorbereitet …«
»Vorbereitet?«
»Also natürlich, wir haben uns Mühe gegeben und freuen uns, Sie kennenzulernen. Legen Sie doch ab … Also, und wo ist Ihr Wagen?«
»Der Wagen?« Kedrin knöpfte langsam seinen Mantel auf und schlug ihn zurück; darunter kam eine khakifarbene Uniformjacke mit einem Orden zum Vorschein.
»Den Wagen haben wir in deinem Gemüsegarten stehengelassen. Er ist steckengeblieben.«
»Steckengeblieben? Also, hätten Sie doch was gesagt, dann hätten wir …«
»Folgendes«, unterbrach ihn Kedrin. »Wir sind nicht gekommen, um lange Reden zu schwingen. Der da«, er wies mit dem Kopf in Richtung des Rotkopfes, der zu dem verzogenen Schrank gegangen war und die wenigen Bücher betrachtete, »ist Genosse Mokin, mein enger Freund und Weggefährte bei der Arbeit, der neue Leiter der Bezirksabteilung des Staats-

sicherheitsdienstes. Und der Anlaß unseres Besuches ist kein besonders erfreulicher, Vorsitzender.«

Er zog ein zerdrücktes Päckchen ›Belomor‹ aus der Tasche, steckte eine Papirossa in den Mundwinkel und drückte das Mundstück mit seinen sehnigen Fingern fest zusammen.

»Es heißt, bei dir gibt es eine Viehseuche?«

Tiščenko preßte die Hände an die Brust und fuhr sich mit der Zunge über die blassen Lippen.

»Ob es eine Viehseuche gibt, hab ich gefragt!« Kedrin klopfte seinen Mantel ab, aber Mokins weiße, sommersprossige Hand hielt ihm unverhofft ein brennendes Streichholz unter die Nase. Der Sekretär fuhr erschrocken zurück und zündete vorsichtig die Papirossa an.

»Warum sagst du nichts?«

»Er hat das Wort wahrscheinlich noch nie gehört.« Mokin setzte ein schiefes Grinsen auf.

Kedrin drehte sich abrupt auf dem Absatz um und ging zum Schrank.

»Was hast du denn alles in deinen Schrank gestopft? Alles Makulatur? He? Und was ist das da?« Er zeigte mit der Papirossa auf ein Stoffdreieck aus roter Seide, das an der Wand hing. Auf der verblichenen, mit der Zeit steif gewordenen Seide stand mit gelben Buchstaben: FÜR VORBILDLICHE WIRTSCHAFTSFÜHRUNG.

»Das ist ein Wimpel«, stieß Tiščenko gepreßt hervor.

»Ein Wimpel? Für vorbildliche Wirtschaftsführung? Das heißt, du bist ein vorbildlicher Kolchosvorsitzender?«

»Ein Arschloch ist er, kein Kolchosvorsitzender.« Mokin ging zu dem mit Papieren übersäten Tisch. »Sieh mal einer an, was hat er denn da für einen Scheiß fabriziert.«

Er nahm ein schräg beschriebenes Blatt:
»›Ich bitte für meine Brigade um die Genehmigung, den Flügel des Klubgebäudes gegen Barzahlung reparieren zu lassen. Viktor Bočarov, Brigadier der Zimmerleute.‹… Sieh mal einer an … Oder das hier: ›In Ermangelung staatlicher Werkzeuge bitten wir um Anweisung von Geld für den Kauf von Äxten (96 Stück), Handhobeln (128 Stück), Fügehobeln (403 Stück), 10-cm-Nägeln (7,8 Tonnen). Viktor Bočarov, Pavel Čalyj, Zimmerleute.‹ Und hier ist noch was, oho, jede Menge sogar.« Mokin raschelte mit dem Papier. »›Ich ordne an, daß die staatlichen Holzstämme in für bargeldlose Zahlung geeignete Stücke gespalten werden. Vorsitzender Tiščenko.‹ … ›Ich ordne die Abdichtung der Fugen im Gerätelager durch ein ordentlich gedrehtes Seil an. Vorsitzender Tiščenko.‹ … ›Ich ordne die Entfernung des Rasens vom Fußballfeld und die Umpflügung desselben in 16 Minuten an. Vorsitzender Tiščenko.‹ … ›Ich ordne den Einsatz des Keilers von Anastasija Alekseevna Gučkova als Spaltinstrument beim Bau des Staudamms an. Vorsitzender Tiščenko.‹ … ›Ich ordne an, daß Marija Grigorevna Sidelnikova ihre privat gekochte Sülze in den Fonds der Gemeinschaftsverpflegung zu spenden hat. Vorsitzender Tiščenko.‹ … ›Ich ordne die Verwendung beider Fußballtore zur Reparatur des Viehstalls an. Vorsitzender Tiščenko‹… Sieh mal, Michalyč.« Mokin wedelte mit den losen Blättern herum.
»Ja, ich sehe es, Efimyč, ich sehe es.« Kedrin hatte die Hände auf dem Rücken verschränkt und musterte die Plakate, die schludrig an den Wänden angebracht waren.
»Genosse Kedrin«, sagte Tiščenko hastig und ging auf den Sekretär zu. »Ich verstehe nicht, schließlich …«

»Das brauchst du auch gar nicht zu verstehen. Halt besser die Klappe«, unterbrach Mokin ihn und setzte sich an den Tisch. Er zog eine Schublade heraus, saß einen Augenblick perplex davor und rief dann freudig aus:

»Nicht zu fassen … Hier liegt der Hund begraben! Michalyč! Komm mal her!«

Kedrin ging zu ihm hin. Sie beugten sich über die Schublade, die nichts anderes enthielt als ein minuziöses Modell der ganzen Kolchose. Auf festgeklopftem, gefärbtem Sägemehl klebten ordentliche, kunstvoll gefertigte kleine Häuschen: der lange Viehstall, das Gerätelager, der Getreidespeicher, die Maschinenwerkstatt, die Scheune, der Löschturm, der Klub, das Gebäude der Kolchosverwaltung und die Garage.

In der linken oberen Ecke, wo das Relief sanft zu einer langen, breiten Schlucht abfiel, waren ungefähr zwei Dutzend kleiner bunter Hütten mit winzigen Vorgärten, Holzstapeln, Brunnen und Banjas versammelt. Hier und da ragten zwischen Telegrafenmasten vereinzelt Bäume mit mikroskopisch kleinem Blattwerk und glänzenden Stämmen empor. Auf dem Grund der mit Sand bestreuten Schlucht wand sich ein gläsernes Flüßchen, auf dessen geschliffener Oberfläche mit dünnen Buchstaben SOŠ eingraviert war.

»So, so.« Kedrin richtete sich auf, blies den Rauch aus und schüttelte verwundert den Kopf. »Was ist denn das?«

»Das ist ein Plan, Genosse Kedrin, damit befasse ich mich einfach so, für mich selbst und der Ordnung halber«, beeilte Tiščenko sich zu antworten.

»Wo es nicht nötig ist, hat er Ordnung.« Mit gesenktem Kopf betrachtete Mokin verärgert die Schublade. »Hast du da etwa auch die Holzstämme neben dem Klub nachgebaut?«

»Ja, natürlich.«
»Und woraus hast du die gemacht?«
»Also, aus Papirossy. Ich hab die Enden zugestopft und dann mit so gelblicher Farbe ...« Tiščenko kam gar nicht dazu, den Schweiß abzuwischen, der ihm jetzt in Strömen über das Gesicht und die Glatze lief.
»Die Holzstämme neben dem Klub sind verfault«, verkündete Kedrin düster und schielte auf das graue Ende seiner Papirossa. Dann fragte er. »Und die Büsche, woraus sind die?«
»Aus Pferdehaaren.«
»Und der Zaun?«
»Aus Streichhölzern.«
»Und warum haben die Hütten unterschiedliche Farben?«
»Also, Genosse Kedrin, das hab ich der Ordnung halber gemacht, das ist eben deshalb, damit man weiß, wer darin wohnt. In den gelben wohnen die, die in die Stadt ziehen wollten.«
»Innere Emigranten?«
»Mhm. Also hab ich sie so angemalt. Und die blauen, da wohnen die, die sonntags ohne zu singen gearbeitet haben.«
»Defätisten?«
»Ja, genau.«
»Und die schwarzen?«
»Die schwarzen, das sind die, die den Plan nicht übererfüllen.«
»Bremser?«
Der Vorsitzende nickte.
»Da sieh mal an, Bastarde hat er gezüchtet!« Wütend schlug Mokin mit der Faust auf den Tisch. »Michalyč! Was soll denn das, he?! In unserem Bezirk sind alle Kolchosen vorbildlich! Lauter Bestarbeiter! Rekorde stellen wir auf! Was soll denn das, Michalyč!«

Kedrin rauchte schweigend, seine breiten Kiefer machten mahlende Bewegungen.

Tiščenko nutzte die Pause und sagte mit zitternder, sich überschlagender Stimme: »Genossen. Sie haben mich nicht verstanden. Bei uns wird der Plan übererfüllt, zwar insgesamt nur um 60 Prozent, aber immerhin, außerdem geht es den Leuten hier gut, mit dem Vieh ist alles innerhalb der Norm, und die Viehseuche, also das kann überall passieren, das hängt nicht von uns ab, das ist ein Zufall, das ist nicht meine Schuld, das ist einfach so passiert und fertig, bei uns herrscht Ordnung, und auch die Saatkampagne ist in der Norm ...«

»Das Fußballfeld hat er eingesät!« unterbrach ihn Mokin, zog die Schublade heraus und stellte sie auf den Tisch.

»Also, ich hab es eingesät, damit es einen Ertrag bringt!«

»Die Fugen hat er mit einem Seil abgedichtet!«

»Also, das ist auch wegen des Ertrags, der Ordnung halber ...«

»Das reicht jetzt. Genug geredet.« Kedrin ging zum Tisch, zielte und drückte seine Kippe auf dem weißen Gebäude der Kolchosverwaltung aus. Das Häuschen barst auseinander und stürzte ein. Die Kippe zischte.

»Gehen wir, Vorsitzender.« Der Sekretär machte eine herrische Bewegung mit dem Kopf.

»Zum Viehstall. Einen Blick auf deine ›Ordnung‹ werfen.«

Tiščenko öffnete den Mund und faßte sich an die Brust.

»Also, wohin denn, was habe ich denn ...«

»Jetzt hör auf zu lamentieren, verdammt noch mal!« schrie Mokin ihn an. »Zieh dir was an, aber dalli, und dann ab!«

Tiščenko fuhr zusammen, ging zur Wand, nahm seine verschossene Steppjacke vom Nagel und zwängte sich mit starren, ungehorsamen Armen hinein.

Kedrin riß den Wimpel von der Wand, steckte ihn in die Tasche und wandte sich zu Mokin um.
»Schnapp dir den Plan, Efimyč. Den brauchen wir noch.«
Mokin nickte zustimmend, packte die Schublade unter den Arm, ging mit seiner knarzenden Lederjacke zur Tür, hielt sie mit dem Fuß auf und rief dem in der Ecke stehenden Tiščenko zu:
»Na los, nicht so schüchtern! Führ uns herum!«

Die schmutzige Diele war übersät mit leeren Säcken, Arbeitsgeräten und angebrochenen Tüten mit Dünger. Weiße Körner, die aussahen wie Reis, hatten sich in den Spalten des unebenen Bodens gesammelt und knirschten unter den Füßen. Die Diele endete in einem windschiefen überdachten Treppenvorbau, der tief in die feuchte, süß nach Frühling duftende Erde gesunken war. Tiščenko und Kedrin versanken bis zum Knöchel in dieser schwarzen, fetten Erde, die in dem hellen Sonnenlicht in allen Regenbogenfarben schillerte.
Mokin hielt sich kurz in der dunklen Diele auf und erschien nach einer Minute, untersetzt, knarzend, mit der Schublade unter dem Arm und einer Papirossa zwischen den Zähnen. Die Sonne schien auf die steifen Falten seiner Jacke und spiegelte sich in dem glänzenden Schirm seiner Mütze. Er stand auf der Treppe, kniff die Augen zusammen und blies geräuschvoll den kaum sichtbaren Rauch aus.
»Schön mild ist es! Das ist ein Leben, was, Michalyč?«
»Das kann man wohl sagen …«
»Da freut sich selbst die Natur!«
»Na und ob, Petja, wieso auch nicht …« Der Sekretär schaute sich zerstreut nach allen Seiten um.

Mokin trat vergnügt von der Treppe herunter, breitbeinig wie ein Matrose, begriff nicht so recht, wo der Weg verlief, und latschte durch den Dreck.
»Na, was ist, Vorsitzender? Zeig uns dein Reich! Führ uns herum! Erklär uns alles!«
Tiščenko trippelte hinterher.
»Was gibt's da schon zu erklären, hier vorne ist die Maschinenwerkstatt, dort ist der Getreidespeicher, und da hinten kommt dann der Viehstall.«
Kedrin hatte sich die Mütze ins Gesicht gezogen und ging hinterher.
Nach kurzer Zeit kreuzte eine ausgefahrene Landstraße den Platz, und Tiščenko winkte mit der Hand. Sie bogen ab und gingen den Weg entlang, über das grüne, frisch hervorsprießende Gras.
Der Schnee war fast überall weggetaut, lediglich unter den nassen Sträuchern lagen vereinzelt noch ein paar schwärzliche Reste. Entlang der Landstraße verlief ein von Kindern ausgehobenes Bächlein, das in einer Senke zu einer riesigen Pfütze auseinanderfloß und die Straße überflutete. Neben der Pfütze lagen zwei uralte graue Findlinge, daneben blühte eine kümmerliche Weide.
»Hier ist ja auch eine Weide.« Mokin spuckte die Kippe aus, wühlte mit seinen Stiefeln das Wasser auf und ging auf den Baum zu.
»Sieh mal an, die plustert sich aber auf.« Er ging zu der Weide und packte den untersten Ast, doch plötzlich blickte er sich um, ging vor Schreck in die Knie und schrie mit aufgerissenen Augen: »He, he, he! Schaut mal da!«
Tiščenko und Kedrin drehten sich um.

Aus der angelehnten Tür des Verwaltungsgebäudes quoll weißer Rauch.
»Meine Güte, also, was ist …« rief Tiščenko händeringend und wollte losstürmen, aber Kedrin, der ganz blaß geworden war, packte ihn am Kragen und zischte wütend:
»Was, meine Güte? Was, he? Was willst du denn? Löschen? Hier steht er!« Er wies mit dem Finger auf den auf einer Anhöhe stehenden Feuerturm. »Wofür ist der denn, he, na sag schon?!«
Tiščenko stand keuchend und mit aufgerissenen Augen da und zeigte auf das Häuschen.
»Also, das brennt doch ab, also, wir müssen doch löschen …«
Mokin schaute mürrisch drein, packte die Schublade noch fester und schnaufte finster.
»Das war ich wahrscheinlich. Ich hab ein Streichholz in der Diele fallen lassen. Und da lagen irgendwelche Lumpen herum. Ich bin schuld, Michalyč.«
Kedrin zerrte den Vorsitzenden am Kragen und schrie ihm ins Ohr:
»Was stehst du noch hier herum! Lauf, zum Feuerturm! Läute Sturm! Geh löschen!«
Tiščenko riß sich los und raste Hals über Kopf auf die Anhöhe zu, über das umgepflügte Fußballfeld, vorbei an den Bruchweiden und zwei verfallenen Hütten. Außer Atem kam er beim Feuerturm an und kletterte mit wackligen Beinen die verfaulte Treppe hinauf.
Oben, unter dem morschen, verfallenen Dach, hing eine Kirchenglocke. Tiščenko stürzte dahin, stöhnte dann in ohnmächtiger Wut und schlug die Zähne in die Hand: Die Glocke hatte keinen Klöppel mehr. Im vergangenen Herbst hatte der Vorsit-

zende angeordnet, daraus ein neues Siegel zu gießen, weil das alte verloren war.
Tiščenko holte aus und hämmerte mit der Faust auf die Glocke. Sie schwang leicht hin und her und gab einen schwachen Ton von sich.
Der Vorsitzende schluchzte auf und ließ seine Augen auf der Suche nach etwas Metallischem fieberhaft umherstreifen.
Doch ringsum war nur graues, vom Regen und von Insekten zerfressenes Holz.
Tiščenko riß einen Balken aus dem Dach und schlug damit auf die Glocke, doch der Balken flog in Stücke.
Der Vorsitzende schaute auf das weiße Verwaltungsgebäude und erzitterte. Er faßte sich mit beiden Händen an den kahlen Kopf. Aus der Tür schlugen, vor lauter Rauch kaum zu erkennen, bereits die ersten Flammen.
Er stürzte sich auf die Glocke, hämmerte mit den Händen darauf und fing an zu schreien.
»Schrei lauter«, kam ein gelassener Rat von unten.
Tiščenko beugte sich über das Geländer. Kedrin und Mokin standen an der Treppe, hatten den Kopf in den Nacken gelegt und schauten ihn an.
»Wieso läutest du denn nicht?« fragte der Sekretär streng.
»Also, der Klöppel ist nicht da, also, er ist doch nicht da!« murmelte der Vorsitzende.
Mokin spuckte die Kippe aus und schrie Tiščenko an:
»Was ist, steckst du da fest, du Tölpel? Komm runter!«
»Also, aber es brennt doch …«
»Meinst du vielleicht, wir sind blind? Komm runter, hab ich gesagt!«
Tiščenko kletterte vorsichtig die Treppe hinunter.

Mokin ging unterdessen zu dem großen Holzgitter, das neben dem Feuerturm in der Erde steckte. Daran hingen ein Feuerlöscher, ein Feuerhaken, eine rostige Axt und der Griff einer Schaufel. Darunter stand eine kaputte Kiste mit Sand.

»Da schau her, hier hängt ja alles«, brummte Mokin finster vor sich hin und zerrte ohne große Anstrengung den Feuerlöscher aus der Halterung.

Kedrin ging zum Gitter, berührte angewidert die losen Streben und wischte den Finger am Mantel ab.

Tiščenko war inzwischen unten angekommen und blieb unentschlossen am Fuß der Treppe stehen.

»Jetzt werden wir mal deine technische Ausrüstung ausprobieren.« Mokin drehte den Feuerlöscher um und schmetterte damit gegen die Schublade. Ein schwaches Zischen ertönte, aus der schwarzen, mit Gummi abgedichteten Öffnung quollen Blasen und eine weißliche Flüssigkeit. Mokin drehte sich zu Kedrin um und schüttelte aufgebracht den Kopf.

»Das ist ja zum Totlachen, verdammt! Löschen geh ich, sagt er! Damit wollte er löschen!«

Der Sekretär betrachtete verärgert den zischenden Feuerlöscher.

»Und hinterher geht er dann zum Bezirkskomitee – wir hatten nichts zum Löschen. Dabei ist alles eine Pfuscherei. Der Schuft …«

Tiščenko zuckte zusammen und klammerte sich an das Treppengeländer.

Im Innern des Feuerlöschers gab es einen leichten Knall, er zitterte in Mokins Händen, aus dem Loch schoß ein weißer Strahl, spritzte gegen das Gitter und stieß es um.

»Das ist ja eine Naturgewalt, verdammte Scheiße!« Mokin

brach in wildes Gelächter aus. Er konnte den explodierenden Feuerlöscher kaum halten und richtete ihn auf den wie versteinert dastehenden Tiščenko. Der Vorsitzende wurde von dem Strahl getroffen und fiel um, versuchte, sich davor zu schützen und kroch auf dem Boden herum.

»Sieh mal, Michalyč, da schau her, er versteckt sich!« schrie Mokin und bespritzte Tiščenko weiter. »Er versteckt sich! Er schämt sich also! He! Ach, wie er sich schämt!« Der Strahl wurde schnell schwächer und versiegte bald. Mokin hielt den Feuerlöscher über den Kopf, holte aus und schleuderte ihn unter Siegesgeheul gegen einen Stützpfeiler des Feuerturms. Der Stützpfeiler brach krachend zusammen, der Turm schwankte. Mokin schob überrascht seine Mütze in den Nacken.

»He, Michalyč, das ist ja vielleicht solide gebaut. Das kann man ja umpusten!«

Tiščenko, naß und dreckig, stöhnte, stützte sich mit gespreizten Händen auf dem glitschigen Lehmboden ab und versuchte, sich aufzurichten.

Der Sekretär musterte ihn voller Abscheu, riß ein Streichholz an und steckte sich eine Papirossa an.

»Umpusten oder nicht, auf jeden Fall kann man ihn mit bloßen Händen umkippen.«

Er ging zum Turm, griff nach einem Stützpfeiler und rüttelte daran. Mokin packte einen anderen Pfeiler. Der Turm schwankte, Balken flogen vom Dach herab, Mulm rieselte herunter.

»He, Michalyč, gleich-mä-ßig, gleich-mä-ßig!« Mokin stemmte sich mit den Beinen in die Erde und ächzte. Es krachte, Mokins Pfeiler knickte ein; der Turm fiel langsam in sich zusammen, verfehlte den Vorsitzenden um Haaresbreite und löste sich in verfaulte Holzbalken auf.

»So, jetzt haben wir ihn auch auf seine Festigkeit geprüft«, sagte Mokin schwer atmend. Kedrin wischte seine mulmverschmierten Hände ab und betrachtete mit zusammengekniffenen Augen die übereinandergetürmten Balken.
Der Vorsitzende stand da und hielt seinen nassen Kopf gesenkt. Aus seiner sackähnlichen Steppjacke tropften Schmutz und Wasser.
Kedrin steckte seine Hände in die Taschen.
»Na, was ist, Bruder, schämst du dich?«
Tiščenko ließ seinen Kopf noch tiefer sinken und schluchzte auf.
»Ja, ja. So weit ist es mit dir gekommen. Wie alt bist du?«
»Fünfundfünzig«, stöhnte der Vorsitzende.
»Aber Verstand hast du soviel wie ein Dreijähriger!« Mokin beugte sich über das Modell der Kolchose und suchte dort etwas.
»Genau.« Kedrin stieß Rauch aus und blinzelte. »Und wer hat dich gewählt?«
»Dddie Leute ...«
»Die Leute?« Der Sekretär fing an zu lachen und ging zu Mokin. »Wie soll man bloß mit so einem reden?«
»Am besten gar nicht, Michalyč. Laß den Idioten doch. Hilf mir lieber.«
»Wobei?«
»Na hier.« Mokin schob die Mütze in den Nacken und kratzte sich die flache Stirn. »Eins verstehe ich nicht. Der Turm und das Gitter sind doch umgefallen, und hier stehen sie noch ganz unversehrt. Was kann man da machen?«
Kedrin ging in die Hocke und runzelte die Stirn.
Der winzige Feuerturm warf einen dreieckigen, geriffelten

Schatten auf die bunten Sägespäne. Daneben stand das rote Gitter. Daran konnte man, mikroskopisch klein, den Feuerlöscher, den Feuerhaken, die Axt und sogar den Griff der Schaufel erkennen.

Kedrin kauerte lange über der Schublade, paffte nachdenklich seine Papirossa, stand dann abrupt auf und wedelte mit der Hand.

»Ach, zum Teufel, Petja, weg damit! Sollen wir vielleicht anfangen zu beten?«

»Genau!« Mokin beugte sich hinunter und riß mit einem Knall zuerst den Turm und dann das Gitter weg. Der rote Feuerlöscher sprang über das Modell und rutschte über die polierte Oberfläche des Flusses.

»So, jetzt machen wir dir den Garaus!«

Mokin fletschte die Zähne und zerquetschte ihn geschickt mit seinem gekrümmten, nikotingelben Fingernagel.

Kedrin ließ die Kippe fallen, spuckte aus und schaute über das Feld.

Das Verwaltungsgebäude brannte. Gelbe Flammen schlugen aus dem Fenster und aus der Tür. Um das Gebäude herum standen ein paar Schaulustige.

»So, das hätten wir.« Mokin klemmte die Schublade unter den Arm. »Jetzt können wir weitermachen. Gehen wir, Michalyč?«

»Ja, gehen wir.« Kedrin schlug ihm auf die Schulter und bedeutete dem niedergeschlagenen Tiščenko:

»Geh voraus, du Feuerwehrmann …«

Der Vorsitzende setzte mit Mühe und Not seine schmutzstarrenden Stiefel in Bewegung und schleppte sich gehorsam voran.

Vor der Maschinenwerkstatt stießen sie auf eine barfüßige Alte und zwei unrasierte, nach Dieselöl riechende Kerle.
Die Alte verstellte Tiščenko den Weg.
»Petrovič! Was brennt denn da?«
»Das Verwaltungsgebäude«, brachte der Vorsitzende gleichgültig heraus.
»Nein, wirklich?«
Tiščenko schob sie schweigend zur Seite und ging weiter. Aber die Alte trippelte hinterher und zupfte ihn an seinem schmutzigen Ärmel.
»Ja wie, was sagst du ... das Verwaltungsgebäude?! Das brennt?«
»Das ist in Brand geraten ...«
»Oje, du meine Güte«, klagte die Alte und hielt sich die braune Hand vor den Mund. Tiščenko seufzte und ging weiter. Die beiden Kerle starrten ihn entgeistert an, naß, mit krummem Rücken und schmutzig, wie er war. Die Alte stöhnte, schlurfte mit ihren nackten Füßen durch den Dreck hinter ihm her und holte ihn wieder ein.
»He, Petrovič, vielleicht ist das nicht von selbst passiert, vielleicht hat da einer nachgeholfen, was meinst du?«
»Laß mich in Ruhe ...«
»Was heißt hier laß mich in Ruhe?« Sie blieb verwirrt stehen und schaute ihm nach. »Wer hat denn das Verwaltungsgebäude angezündet?«
»Er selbst hat's angezündet, der Verbrecher«, sagte Mokin und überholte die Alte.
Kedrin ging hinterher.
Die Alte seufzte klagend, die beiden Kerle warfen sich überraschte Blicke zu.
Kedrin drehte sich zu ihnen um und sagte trocken:

»Anstatt euch hier die Augen aus dem Kopf zu glotzen, hättet ihr besser das Feuer gelöscht. Und wer das Feuer gelegt hat und warum, braucht euch nicht zu kümmern. Das klären wir schon auf.«

Das eiserne Tor der Maschinenwerkstatt stand sperrangelweit auf.

Tiščenko ging als erster hinein, sah sich um, konnte niemanden finden und zog den Kopf ein.

»Also, das ist unsere Werkstatt ...«

Mokin und Kedrin gingen hinterher. In der Werkstatt war es kalt, düster und feucht. Es roch nach Dieselöl und ölgetränkten Lumpen. In der Mitte, quer über einer in den Betonboden eingelassenen Grube, standen ein Traktor mit abmontierter Raupenkette und ein Lastwagen mit geöffneter Motorhaube. Darum herum lagen Motorteile, Lappen und Werkzeuge auf ölverschmierten Brettern. Hinten in der Werkstatt, neben einem großen, aber furchtbar schmutzigen, verrußten Fenster, standen dicht aneinandergedrängt drei längliche, insektenähnliche Sämaschinen. Entlang der fensterlosen Ziegelmauer drängten sich zwei Werkbänke mit zerbrochenen Schraubstökken, eine Drehmaschine, zwei Holzblöcke und ein paar Fässer mit Kraftstoff. Überall lagen Metallspäne, Eisenstücke, Kippen und Lumpen herum. Kedrin schaute sich mit auf dem Rükken verschränkten Händen lange um und fragte dann düster:

»Das ist also die Werkstatt?«

»Also, ja ... das ist sie«, erwiderte Tiščenko.

Der Sekretär seufzte und schaute Mokin traurig in die Augen. Der zog ein verdrießliches Gesicht und drückte die Schublade fester an sich.

»Und wo sind deine Arbeiter?«
»Also, beim Feuer wohl, oder beim Mittagessen …«
Kedrin grunzte vielsagend, ging zu dem Laster und schaute unter die Motorhaube. Auch Mokin schaute hinein. Ihre aufmerksam gebeugten Köpfe fuhren lange unter der aufgestellten Haube herum, die Mützenschirme stießen aneinander. Plötzlich fuhr der Sekretär zusammen, tippte Mokin an den Ellbogen und zeigte mit dem Finger auf irgend etwas. Auch Mokin fuhr zusammen und brummte bestürzt etwas vor sich hin. Langsam richteten sie sich auf und schauten sich erneut in die Augen. Ihre Gesichter waren blaß.
Tiščenko schluckte den Kloß in seinem Hals mit Mühe herunter, preßte die Hände gegen die Brust und murmelte:
»Also, Genosse Kedrin, wir bereiten gerade die Aussaat vor, das heißt, wir setzen die technischen Geräte instand, damit alles in gutem Zustand ist, wir bemühen uns, wir reparieren, alles fristgerecht, alles nach Plan, rechtzeitig, das heißt, wir geben uns Mühe …«
Kedrin spitzte die Lippen und schüttelte den Kopf.
Mokin ging um den Traktor herum und blieb neben den Fässern stehen.
»Und was ist das hier?«
»Fässer. Mit Dieselöl und Benzin.«
Mokins rötliche Augenbrauen schnellten überrascht in die Höhe, bis unter den ledernen Mützenschirm.
»Mit Benzin?«
»Mhm.«
Mokin schaute den Sekretär fassungslos an. Der brachte ein kaum hörbares »tjaaa« heraus, seufzte und ging von dannen.
Mokin ging näher an die Fässer heran.

»Wie, die stehen hier einfach so herum, mit Benzin gefüllt?«

»Also, ja, natürlich, was sollen wir denn ...« Der Vorsitzende wollte empört auffahren, aber Mokin wedelte gebieterisch mit der Hand.

»Welches ist es?«

»Also, das rechts außen, glaub ich.«

Mokin schraubte schnell den Deckel ab, beugte sich darüber und schnupperte.

»Stimmt. Benzin.«

Er schlug sich auf die Knie, brach in wildes Gelächter aus und drehte sich zum Vorsitzenden um:

»Du hast hier Benzin?«

»Ja, natürlich ...«

»In einem Faß?«

»Ja.«

»Einfach so?!«

»Also, natürlich ...«

»Ja wie – natürlich? Wie – natürlich, du Schwachkopf!? Schließlich komm ich jetzt«, er lief ein Stück weg und schlich sich dann theatralisch an das Faß heran, »ich komme also und – hoppla!«, er holte aus und versetzte dem Faß einen Tritt mit dem Fuß. Es fiel unter Getöse um, und aus der Öffnung strömte Benzin heraus. »Und fertig!«

Tiščenko sperrte den Mund auf, warf die Arme in die Luft und zeigte auf die wachsende Pfütze:

»Also, was soll denn das, also, so fließt doch das Benzin raus ...«

Doch Mokin stellte sich plötzlich mit gespreizten Beinen hin, sein Gesicht erstarrte. Er zog den Kopf ein, schielte zur Seite und preßte zwischen den Zähnen hervor:

»Na wird's bald. Na wird's bald. Verdammte Scheiße. Zisch ab. Ich will dich hier nicht mehr sehen … Haaaauuu ab!!!«
Als wenn Mokins zusammengepreßten Lippen Pulverdampf entströmen würde, versagten Tiščenkos Beine den Dienst, seine Hände zitterten, er raste davon und hätte beinahe den am Tor stehenden Kedrin umgerannt. Der packte ihn am Kragen und zischte:
»Wohin so eilig? Du willst dich wohl aus dem Staub machen, du Schlaumeier. Bleib stehen. Sieh mal an, ein ganz gerissener Fuchs.«
Er schüttelte ihn ein paarmal und versetzte ihm einen heftigen Stoß. Tiščenko flog zu Boden. Aus dem offenen Tor drang ein dumpfes Knallen, als ob zehn Männer einen schweren persischen Teppich ausschüttelten. Das Innere der Werkstatt war plötzlich hell erleuchtet, und Mokin kam herausgelaufen. Sein Gesicht war ganz verrußt, seine Lippen preßten krampfhaft die Papirossa zusammen. Er hielt immer noch die Schublade unter den Arm geklemmt.
»Mensch, verflucht noch mal, Michalyč! Ich hab ein Streichholz fallen lassen!«
Kedrin zog erstaunt die Augenbrauen hoch.
Tiščenko sah, wie die Flammen aus dem Tor schlugen, schrie auf und bedeckte sein Gesicht mit den Händen. Mokin stand fassungslos vor dem Sekretär:
»Da ist mir ja vielleicht was passiert …«
Kedrin schwieg, seufzte und klopfte ihm grimmig auf die Schulter.
»Schon gut, nimm dir das nicht zu Herzen. Es ist nicht deine Schuld.«
Er blinzelte in die orangeroten Rauchschwaden und sagte böse:

»Unser Freund da drüben ist schuld. Seine Sicherheitstechnik taugt einfach nichts. So ein Schuft.«

Tiščenko lag auf dem Boden und weinte.

Mokin spuckte die Papirossa aus, ging zu ihm und trat ihn mit dem Stiefel.

»Schon gut, Alter, hör auf zu flennen. So was kommt vor.« Als er keine Antwort bekam, trat er heftiger zu.

»Hör auf zu flennen, hab ich gesagt!«

Der Vorsitzende hob den zitternden Kopf.

Kedrin betrachtete mit mahlenden Kiefern die brennende Werkstatt.

»Na so was.« Mokin schob die Mütze in den Nacken und kratzte sich die Stirn. »Wie das losging! In einer Sekunde!«

Ihm fiel etwas ein, er stellte die Schublade hastig auf den Boden und beugte sich darüber:

»Und hier steht sie noch, ganz unversehrt! He, Michalyč! Die Gesetze der Physik!«

Kedrin ging zu ihm, suchte die Werkstatt auf dem Modell und streckte die Hand aus. Das niedrige Häuschen mit den auf den Wänden aufgemalten Ziegelsteinen knackte unter den Fingern des Sekretärs und löste sich leicht vom falschen Erdboden.

Kedrin zerquetschte es, warf es in den Dreck und trat mit dem Stiefel darauf.

»So, Vorsitzender. Auch daran bist du schuld. Alles deinetwegen.«

»Natürlich seinetwegen. Diese Nisse«, stimmte Mokin ein. »Wenn er die sicherheitstechnischen Maßnahmen eingehalten hätte, wär dann die Bude etwa abgebrannt?«

Tiščenko saß mit hilflos ausgebreiteten Beinen auf dem Boden.

Kedrin versetzte ihm mit dem Stiefel einen Tritt.

»Hör mal, und was ist das da drüben auf dem Hügel?«

»Der Getreidespeicher.« Der Vorsitzende brachte nur mit Mühe seine grauen Lippen auseinander.

»Hast du da Korn gelagert?«

»Korn, Saatkartoffeln …«

»Und, ist da viel drin?« fragte der Sekretär höhnisch.

»Also, es sollte genug sein.« Tiščenko schielte auf die brüllenden Flammen und fuhr sich mit zitternder Hand übers Gesicht.

»So? Na, geb's Gott!« Kedrin lachte gehässig auf. »Sonst kommst du nachher auf Knien zum Bezirkskomitee gekrochen – alles, was wir hatten, haben wir dem Staat abgeliefert, für die Aussaat ist nichts mehr übrig. Ich hab schließlich gehört, wie ihr mit dem alten Sekretär umgesprungen seid, Märchen habt ihr ihm aufgetischt, ihn hinten und vorne betrogen. Eine Hand wäscht die andere.«

Mokin rieb sich mit einem Taschentuch den Ruß vom Gesicht ab und sagte:

»Der alte war wirklich ein schrecklicher Widerling. Ein Arschloch. Den Kolchosen gegenüber loyal, hat sich mit den Behörden nicht angefreundet. Er hat einen auf selbständig gemacht. Bei den Versammlungen hat er immer nur von seinem eigenen Zeug gequatscht. Tja, jetzt hat sich's ausgequatscht!«

Tiščenko erhob sich schwerfällig und begann, sich den Dreck abzuklopfen.

Kedrin musterte ihn angewidert – aufgedunsen, kahlköpfig, von Kopf bis Fuß mit Lehm verschmiert, wie er war – und drehte sich dann zu Mokin um:

»Hör zu, Efimyč, lauf mal schnell zum Getreidespeicher und sieh nach, was da los ist.«

»Alles klar!« Mokin nickte, schnappte sich die Schublade und trottete munter zum Getreidespeicher.

Das Dach der Werkstatt fing an zu knirschen, die Schieferplatten knackten und stürzten mit Getöse ein. Die Flammen loderten durch die Löcher und schlugen brüllend über den schwarzen Wänden zusammen.

Tiščenko schluchzte auf.

Kedrin schützte sich mit der Hand vor der heranwehenden Hitze und versetzte dem Vorsitzenden einen Stoß.

»Gehen wir. Sonst verbrennen wir noch selbst. Führ mich zum Viehstall.«

Wie ein Schlafwandler schleppte Tiščenko sich den Weg entlang. Er stolperte in eine Pfütze, so daß der Dreck nach allen Seiten spritzte, und zog schwerfällig die Stiefel aus der braunen Brühe.

Der Sekretär sprang über die Pfütze und ging dann am Wegrand weiter, über das graue, vorjährige Gras.

In der lichterloh brennenden Werkstatt explodierte ein Faß mit dumpfem Knall, der Schiefer knackte.

Mokin holte sie beim Abstieg in die schmale, lange Schlucht ein, deren Abhänge ganz mit Weiden und Haselnußsträuchern überwuchert waren. Mit den Stiefeln das Unkraut niedertrampelnd, stürzte er nach unten und rief Kedrin zu:

»Michalyč!«

Der Sekretär und der Vorsitzende blieben stehen. Mokin kam heran, ganz rot und außer Atem, mit der Schublade unter dem Arm. Er roch nach Kerosin.

»Michalyč! Das ist ein Ding!« brummte er und rückte die verrutschte Schirmmütze zurecht. »Ich hab's überprüft!«

»Ja und?« Kedrin zog seine Hände aus der Tasche.

»Zum Totlachen, verdammt!« Mokin lachte boshaft und schaute Tiščenko mit seinen Luchsaugen an. »Das ist eine Ordnung, da lachen ja die Hühner! Ich komme zum Getreidespeicher, und da steht alles offen! Eine Alte und ein hundertjähriger Opa hängen da rum. Ich bin also zu ihnen hin und frag sie, wer seid ihr denn. Sie antwortet, ich bin hier Lagerarbeiterin, und er ist Wächter. Ich frage sie, und was macht ihr hier so? Tja, sagen sie, wir schauen nach dem Korn. Für die Aussaat. Wir gucken, wo was faul geworden ist, oder feucht. Ja, und bald fangen wir an zu sortieren. Dann sind sie wieder ab zu ihren Säcken, binden sie auf, gucken rein. Ich schau mich um, überall ein furchtbarer Dreck, Fäulnis, Rattenscheiße – da kann man nicht atmen. Und in der Ecke steht ein Kanister und daneben eine Kerosinlampe. Ich also wieder zu der Alten. Und was ist das hier, frage ich. Kerosin, sagt sie, hier ist kein Strom, die Ratten haben wahrscheinlich die Leitungen angeknabbert, also müssen wir uns mit der Lampe hier begnügen.«

Kedrins Gesicht verfinsterte sich, und seine Kiefer mahlten wieder.

»Also, und da hab ich die Schublade so hingestellt und bin still und heimlich …«, Mokin stellte die Schublade ordentlich auf den Boden und schlich am Sekretär vorbei, »bin also still und heimlich zu den aufgebundenen Säcken und hab dagegengetreten«, er trat mit den Stiefeln in die Luft, »na, und da sind sie umgefallen, und das Korn ist rausgerieselt. Aber eins sag ich dir«, Mokin schaute verdrießlich drein und ging auf den Sekretär zu, »ein Scheißkorn ist das, Scheiß-korn! Grau, verstehst du«, er winkte ab und fuchtelte voller Ekel mit seinen kurzen Fingern herum, »feucht ist es, und es riecht wie Kotze, verstehst du.«

Kedrin wandte sich zu Tiščenko um. Der Vorsitzende stand da

mehr tot als lebendig, weiß wie ein Laken, mit herunterhängendem, leicht zitterndem Kinn.
»Ja, und dann«, fuhr Mokin fort, »wie das Korn so herausrieselt, kommen diese zwei plötzlich angerannt! He, du Verbrecher, schreien sie, ein Dieb bist du, ein Gewalttäter. Wir stekken dich dahin, wo du hingehörst, das Volk wird dann urteilen. Besonders der Opa hat sich ereifert, sein Bart hat gewackelt, mit den Beinen aufgestampft hat er. Aber die Alte auch. Ich hab nichts gesagt, aber dann hab ich dem Opa eins verpaßt! Mit einem Salto über die Säcke geflogen ist er. Die Alte hat gestöhnt und ist ab zur Tür. Ich pack sie am Rock, die Schlampe, und da kreischt sie los. Ihr Kopftuch rutscht runter, ich zieh an ihren grauen Zotteln und knall ihre Rübe gegen die Mauer – zack, daß die Wände wackeln! Sie fällt hin und röchelt. Der Opa liegt auch da und stöhnt. Und dann hab ich ihnen eine Lektion erteilt!«
Kedrin nickte verständnisvoll.
»Über Sicherheitstechnik, über Arbeitsschutz und über die internationale Lage. Bloß konnte ich keinerlei Wirkung auf ihre Bewußtseinsbildung erkennen, sie stöhnen und röcheln immer noch, wie abgestochene Schweine! Michalyč, du kennst mich ja, ich bin wirklich ein geduldiger Mensch, aber entschuldige mal«, Mokin zog ein mürrisches Gesicht und schüttelte beleidigt den Kopf, »irgendwann hab selbst ich die Schnauze voll.«
Kedrin nickte wieder.
»Ich hab sie angeschrien, Parasiten seid ihr, Schufte! Wollt ihr keine Lehre annehmen? Dann führ ich euch mal an einem praktischen Beispiel vor, was bei eurer Schlampigkeit passieren kann. Ich hab mir den Kanister mit Kerosin geschnappt

und damit das Korn bespritzt. Dann hab ich Streichhölzer rausgeholt und es angezündet. Und mich vom Acker gemacht. Das ist die ganze Geschichte.« Mokin schluckte, holte tief Luft und sagte leise: »Gib mir was zu rauchen ...«

Kedrin zog die Papirossy heraus. Sie steckten sich eine an. Der Sekretär stieß den Rauch aus und blickte nach oben. Ein paar spärliche Wolken krochen über den blaßblauen Himmel. Die Luft war warm, es roch nach feuchter Erde und nach Rauch. Ein schwacher Wind bewegte die kahlen Zweige der Sträucher.

Der Sekretär spuckte aus und tippte Mokin auf die Schulter.

»Hast du's auf dem Plan geändert?«

»Na klar!« Mokin fuhr zusammen. »Sofort als ich rausgelaufen bin, hab ich ihn rausgerissen.«

Er hielt Kedrin die Schublade hin. Da, wo der Getreidespeicher gestanden hatte, war eine leere Stelle, es war nur noch ein helles Rechteck mit den Spuren der herausgerissenen Wände zu sehen.

»Schau dir an, du Schurke, was du hier angerichtet hast!« schrie der Sekretär.

Mokin drehte sich zu Tiščenko um und hob langsam die Schublade hoch. Die Sonne glitzterte in dem Band des gläsernen Flüßchens. Tiščenko schloß die Augen und wich zurück.

»Was ist, schämst du dich?« Kedrin warf die abgelutschte Kippe ins Gras und tippte dem wie versteinert dastehenden Mokin auf die Schulter. »In Ordnung, gehen wir, Petja ...«

Der sank in sich zusammen und ließ die Schublade herunter. Seine Lederjacke knarzte.

»Hinter dieser Nisse her? In den Viehstall?«

»Ja.«

»Also gut, wenn wir gehen, dann gehen wir.« Mokin packte unlustig die Schublade und drohte dem Vorsitzenden mit der Faust. Der ging schwankend und mit eingezogenem Kopf den Weg hinunter und blickte sich alle paar Minuten um.

Der Talkessel war schmutzig und feucht. Schwarzes Wasser mit Schneeresten stand darin und strömte Kälte und einen Geruch nach feuchten Lumpen aus. Hier und da lag Müll herum: ein rostiger Bettrahmen, Konservendosen, Papier, Flaschen, Bretter, halbverbrannte Decken. Tiščenko ging vorsichtig darum herum, blickte sich um und stapfte weiter. Er bewegte sich wie eine kaputte Aufziehpuppe, seine in den langen Ärmeln versteckten Arme baumelten hilflos herum, der kahle Kopf war in den Schultern versunken, unter seinen unsicher auftretenden Stiefeln gluckste das Wasser, der Schnee knirschte. Kedrin und Mokin gingen hinter ihm her. Sie unterhielten sich lauthals und gingen über trockenere Stellen.

Bei einem aus dem welken Gras emporragenden Stück Blech blieben sie wie verabredet stehen, schlugen ihre Jacken zurück und knöpften den Hosenschlitz auf.

»He, Ivan Susanin«, schrie Mokin dem dreckigen Rücken von Tiščenko hinterher, »brems mal ab.«

Der Vorsitzende blieb stehen.

»Komm her, du darfst als dritter. Ich lade dich ein.« Mokin rülpste und beschrieb mit seinem zitronengelben Strahl Kringel und Zickzacklinien auf dem verrosteten Blech. Kedrins Strahl, dünner und weniger farbenprächtig, traf unter den verbogenen Rand des Blechs, in das schwarze, aufgebracht glukkernde Wasser.

Tiščenko trat schüchtern näher.

»Was ist, verschmähst du unsere Gesellschaft?« Mokin ver-

suchte vergeblich, einen am Blech festgeklebten Fetzen Zeitungspapier abzuspülen.
»Also, ich will nicht, ich will einfach nicht ...«
»Das kennen wir! Von wegen ich will nicht. Wenn wir nicht da wären, würdest du schon wollen. Stimmt's, Michalyč?«
»Und ob. So einer ist das.«
»Also, was ist denn, also ...«
»Na gib's doch zu, dann würdest du wollen!«
»Also, nein ...«
»Du würdest wollen! Und ob du wollen würdest!« Mokin stand breitbeinig da und schüttelte sich sorgfältig ab. Dann knöpfte er seine Reithose zu und wischte die Hand daran ab.
»Na los, marschier weiter, Susanin.«
Der Viehstall stand auf einem kleinen Stück Brachland, an dessen Rändern kümmerliche Sträucher wuchsen. Das Gelände, festgetrampelt, dreckig, mit zwei windschiefen Telegrafenmasten, wurde von grob zusammengehauenen Rundstangen begrenzt.
Tiščenko ging als erster zum Zaun, lehnte sich mit der Brust dagegen und kletterte ächzend darüber. Mokin und Kedrin blieben stehen.
»Was soll das denn, kletterst du immer über den Zaun?«
»Also, Genosse Kedrin, es hat keinen Zweck, Gatter anzuschaffen, die gehen bloß kaputt. Die Stangen sind viel haltbarer.«
Tiščenko spuckte in die Hände und wischte damit seine schmutzige Jacke ab.
»Sollen wir etwa auch darüberklettern?«
»Also, sicher, was denn sonst?«
Der Sekretär schüttelte den Kopf, überlegte, griff nach einer

Stange und setzte mit einem rasanten Schwung darüber hinweg. Mokin reichte ihm die Schublade über den Zaun und wälzte sich unbeholfen hinterher.
Tiščenko trottete auf den Viehstall zu.
Das langgestreckte, niedrige Gebäude aus weißen, bröckligen Ziegelsteinen war mit nachgedunkeltem Schiefer gedeckt. In die Seitenwände waren kleine, quadratische Fenster eingelassen. An dem hölzernen Tor hing ein Schloß, das wie ein Gewicht aussah. Tiščenko ging zum Tor, wühlte in der Tasche und zog einen Schlüssel heraus, der mit einer Schnur an einem Ring befestigt war. Er schloß auf und zog an dem Eisenbügel, der anstelle einer Klinke in die graubraun verfärbten Bretter gehauen war.
Das Tor quietschte und ging auf.
Aus der dunklen Öffnung strömte der erdrückende Gestank von verwesendem Fleisch.
Kedrin verzog das Gesicht und fuhr zurück. Mokin spuckte aus.
»Sag bloß, du hast das Aas nicht weggebracht?«
»Also nein, hab ich nicht«, murmelte Tiščenko mit gesenktem Blick. »Wir haben es einfach nicht geschafft. Wir hatten auch kein Fahrzeug dafür.«
Mokin schaute Kedrin an und schlug sich mit der freien Hand auf den Schenkel.
»Michalyč! Wie soll man da ruhig bleiben? Wie kann man mit so einem Scheißkerl reden?«
»Mit so einem muß man nicht reden, mit so einem muß man kämpfen.« Mit mahlendem Kiefer schaute Kedrin düster in die Finsternis.
Mokin drehte sich zum Vorsitzenden um.

»Hättest du sie nicht wenigstens in der Schlucht verscharren können, verflucht noch mal?«

»Also, nach den Vorschriften …«

»Was brauchst du dazu eine Vorschrift?! Du Schädling, du Schuft!«

Mokin holte zum Schlag aus, aber der Sekretär fiel ihm noch rechtzeitig in die Arme.

»Warte, Petja. Warte noch.«

Er überwand seinen Ekel vor dem Gestank, ging durch das Tor und betrat den dreckigen Betonboden des Viehstalls.

Drinnen war es dunkel und feucht. Der enge Gang, der unmittelbar beim Eingang begann und sich durch den ganzen Stall zog, verlor sich in der Dunkelheit. Zu beiden Seiten des Gangs klebten dicht an dicht Bretterverschläge, die aus Sperrholz, Karton und Blech zusammengezimmert waren. Die Törchen der Verschläge waren schludrig mit blauer Farbe numeriert. Darüber hing ein düsteres Geflecht aus Überdeckungen, Verstrebungen und Balken, durch das Streifen von grauem Schiefer zu erkennen waren. Der Betonboden war mit schmutzigen Sägespänen, Stroh, Lehmklumpen und plattgetretenen Futterresten übersät. Feuchtes, aufgequollenes Futter lag auch in der Blechrinne, die sich über den ganzen Gang an den Verschlägen entlang zog.

Kedrin ging zu der Rinne und blickte angeekelt hinein. In der grünlichen, mit einer dünnen Schimmelschicht überzogenen Brühe schwammen Kartoffelschalen, Silofutter und aufgequollene Getreidekörner.

Mokin kam vorsichtig von hinten heran und blickte dem Sekretär über die Schulter.

»Ist das etwa das Futter?«

Kedrin brummte etwas vor sich hin und schrie Tiščenko über die Schulter zu:

»Komm her!«

Der Vorsitzende bekam kaum ein Bein vor das andere und schlurfte auf ihn zu.

Der Sekretär starrte ihn durchdringend an.

»Wieso ist das Futter in einem solchen Zustand?«

»Also, schließlich wird es nicht …«

»Was wird es nicht?«

»Es wird doch nicht mehr benötigt.«

»Was soll das heißen, es wird nicht mehr benötigt?«

»Also, es gibt doch niemanden mehr zu füttern.«

Kedrin kniff die Augen zusammen, als ob ihm etwas einfiele, wurde plötzlich ganz blaß und zog ungläubig die Augenbrauen in die Höhe.

»Moment mal, Moment mal … Soll das etwa heißen … Wie bitte?! Etwa alle?! Samt und sonders?«

Der Vorsitzende fuhr zusammen und ließ den Kopf sinken.

»Ja, alle, Genosse Kedrin.«

Fassungslos ging der Sekretär zum äußersten Verschlag. Am Törchen prangte eine ungelenk gemalte, an zwei Stellen verlaufene Nummer: 98.

Kedrin betrachtete sie ungläubig und drehte sich dann zu Tiščenko um.

»Das heißt, alle achtundneuzig? Achtundneunzig Stück?«

Der Vorsitzende stand vor ihm, hatte den Kopf eingezogen und sich so tief gebeugt, als wollte er mit seiner schweißbedeckten Glatze den Boden berühren.

»Ich hab dich was gefragt, du Hundesohn!« schrie Kedrin ihn an. »Alle achtundneunzig?! Stimmt das?!«

Tiščenko schnaufte in die Falten seiner Steppjacke.

»Ja ...«

Mokin packte den Vorsitzenden am Kragen und schüttelte ihn so, daß seine Zähne aufeinanderschlugen.

»Was nuschelst du so, du Schwein, sprich gefälligst deutlicher! Woran sind sie verreckt? Wann? Wie?«

Tiščenko klammerte sich mit der Hand an seinem Kragen fest und murmelte:

»Also, an der Maul- und Klauenseuche, alle an der Maul- und Klauenseuche, der Tierarzt hat gesagt, die Maul- und Klauenseuche hat sie alle dahingerafft, das ist doch nicht meine Schuld, Bürger, liebe Genossen«, seine Stimme zitterte und kippte in ein weinerliches Falsett, »ich kann doch nichts dafür, ich hab alles getan, gutes Futter, gute Bedingungen, hab mich um sie gekümmert, bin selbst schon frühmorgens in den Viehstall gegangen, hab mich um jeden einzelnen gekümmert, kannte sie alle, und dann das ... die Maul- und Klauenseuche, ich bin nicht schuld, ich bin nicht schuld und kann nichts ...«

»Quatsch keine Opern, du Nisse!« unterbrach ihn Mokin. »Nicht schuld! Du hast überhaupt keine Schuld! Das Verwaltungsgebäude und die Werkstatt brennen ab, aber du hast keine Schuld! Im Getreidespeicher wird Feuer gelegt, aber du hast keine Schuld! Der Feuerturm ist eingestürzt, aber du hast keine Schuld!«

»Volksfeinde laufen direkt vor seiner Nase herum, er hat auch da keine Schuld!« schaltete Kedrin sich ein.

»Aber ich hab doch dem Bezirkskomitee alles genau beschrieben, wirklich!« heulte Tiščenko los.

»Beschissen hast du, nicht beschrieben«, fuhr Mokin ihn an. »Die Partei, die Behörden, das Volk! Alle hast du beschissen!«

Tiščenko bedeckte das Gesicht mit den Händen und schluchzte lauthals. Kedrin packte ihn fest und schüttelte ihn.
»Genug geheult, du Schwein! Es reicht! Feigling!«
Er blickte sich zum äußersten Verschlag um und schüttelte den taumelnden und heulenden Vorsitzenden erneut.
»Ist das der achtundneunzigste? Fall nicht um, du Schuft ... Und wo ist der erste? Wo ist der erste? Am anderen Ende? Na sag schon!«
»Ja-ha ...«
»Na los, gehen wir dahin. Du hast dich damit gebrüstet, daß du sie alle einzeln kennst, also gehen wir zum ersten! Petja, hilf mir doch mal!«
Sie schleppten den Vorsitzenden über den Gang in die feuchte, stinkende Dunkelheit. Tiščenkos Kopf verschwand in der Steppjacke, seine Beine schleiften hilflos über den Boden. Mokin schnaufte und versetzte ihm hin und wieder einen Stoß mit dem Knie. Je weiter sie kamen, desto dunkler wurde es. Der Gang, so schien es, wurde enger und kam mit den braunen Törchen der Verschläge von beiden Seiten auf sie zu. Es war glitschig, und die Füße machten ein schmatzendes Geräusch.
Der Gang mündete in eine fensterlose Bretterwand. Kedrin und Mokin blieben stehen und ließen Tiščenko los. Der schlug der Länge nach auf den Boden, rappelte sich in der Dunkelheit wieder hoch und versuchte, sich aufzurichten. Der Sekretär ging auf das linke Törchen zu, entzifferte eine kaum sichtbare, krumme Zwei und wandte sich dem rechten Törchen zu.
»Aha. Hier ist der erste Verschlag.«
Er tastete nach dem Riegel, schob ihn zur Seite und öffnete die verklemmte Tür mit einem Fußtritt. Aus der Öffnung fiel ein

trübes, staubiges Licht in den Gang, und ein so übler Gestank schlug ihnen entgegen, daß der Sekretär zurückprallte und vom Gang aus in den Verschlag spähte. Er war klein und eng, nicht viel breiter als die Tür. Die Bretterwände waren mit irgendwelchen unverständlichen Zeichen vollgekritzelt und stützten die niedrige Decke, die aus verschieden langen Rundstangen zusammengehauen war. In die Stirnwand war ein winziges Fenster mit trüben Glasscherben und einem verbogenen Gitter eingelassen. Den Boden bedeckte eine dichte, festgetrampelte Schicht Mist, mit Sägespänen und Stroh gemischt. Auf dieser dunkelbraunen, unebenen, stellenweise angetrockneten Streu lag ein zusammengekrümmter, nackter Mensch. Er war tot. Seine mageren, mit Mist beschmutzten Beine waren bis zum Kinn hochgezogen, die Arme waren an den Bauch gepreßt. Sein Gesicht war unter den langen, verfilzten Haaren, in denen Sägespäne und Mistklumpen hingen, gar nicht zu erkennen. Ein Schwarm Fliegen schwirrte über seinem mageren, grünlichen Körper.

»Tjaaa«, sagte Kedrin gedehnt und blies angeekelt die Nasenflügel auf. »Der erste …«

»Der erste.« Mokin zog eine Flappe und schaute dem Sekretär über die Schulter. »Sieh mal an, wie zusammengekrümmt er da liegt. Das hat diese Nisse fertiggebracht … Und sieh nur, wie abgemagert der ist.«

Kedrin brummelte etwas vor sich hin und klopfte mit der Faust an die geöffnete Tür.

»Komm her, wird's bald!«

Mokin rückte zur Seite und ließ Tiščenko durch. Kedrin packte den Vorsitzenden an der Schulter und stieß ihn in den Verschlag.

»Na los, seinen Stammbaum, aber dalli!«

Tiščenko zog den Kopf ein, schielte auf den Leichnam und murmelte:

»Nikolaj Lvovič Rostovcev, siebenunddreißig Jahre, Sohn eines verstockten Volksschädlings, Enkel eines Emigranten, Urenkel eines Kreisarztes, kam vor zwei Jahren aus der Staatlichen Zuchtfabrik Malojaroslavl zu uns.«

»Verwandte!« Kedrin klopfte wieder an die Tür.

»Eine Schwester, Irina Lvovna Rostovceva, wurde als lebender Dünger bei der Bepflanzung des Ruhmesparks in Gorkij verwendet.«

»Brüder!«

»Also, Brüder hat er keine.«

»So, so.« Der Sekretär spitzte die Lippen, trommelte konzentriert mit den Knöcheln auf die Tür und nickte Tiščenko zu.

»Wir gehen zum zweiten.«

Verschlag Nr. 2 sah haargenau so aus wie der erste. Die gleichen rauhen, zerkratzten Wände, die niedrige Decke, der verdreckte Boden, das trübe, vergitterte Fensterchen. Mensch Nr. 2 lag mitten auf dem Boden, die blau verfärbten Arme und Beine von sich gestreckt. Er war ebenfalls behaart, mager und dreckig, seine glasigen Augen starrten an die Decke. Der im Bart versteckte Mund stand offen, darin tummelten sich laut summend die Fliegen.

Kedrin stand auf der Schwelle, betrachtete den Leichnam eingehend und sagte dann zu Tiščenko:

»Den Stammbaum!«

»Michail Iosifovič Švarcman, Sohn eines Defätisten zweiten Grades, Enkel eines linken Sozialrevolutionärs, Urenkel eines reichen Kürschners. Ein Bruder, Boris Iosifovič, im Verschlag

Nummer sechzehn. Beide vor sieben Monaten aus der Staatlichen Zuchtfabrik Volokolamsk zu uns gekommen …«

Kedrin nickte trocken.

»Warum sind die denn so dreckig?« fragte Mokin und drängte sich zwischen den Sekretär und den Vorsitzenden. »Hast du die überhaupt nicht gewaschen?«

»Von wegen«, Tiščenko besann sich, »von wegen nicht gewaschen, jeden Sonntag, ganz nach Vorschrift, wir haben sie regelmäßig mit dem Schlauch abgespritzt. Und so dreckig sind sie deshalb, weil sie schon vorletzten Freitag verreckt sind, also, warum zum Teufel hätten wir sie dann noch waschen sollen, deswegen sind sie dreckig …«

Mokin stieß ihn mit der Schulter weg und drehte sich zu Kedrin um.

»He, Michalyč, so ein Schweinehund! Da ist es ihm zuviel, noch einmal mit dem Schlauch drüberzugehen! Zum Teufel! Womit hab ich das verdient? Wofür? Und was zahlt man mir dafür?« Weinerlich verzog er die Lippen und äffte Tiščenko nach.

»Also, schließlich …«

»Halt die Schnauze, du Schwein!« Mokin ballte drohend die Faust. Der Vorsitzende wich in die Dunkelheit zurück.

»Bist du Parteimitglied, du Schuft? He? Sag schon, bist du Parteimitglied?!«

»Also, natürlich, ja sicher bin ich …«

»Warst du Parteimitglied«, sagte Kedrin schroff, knallte die Tür zu und ging zum nächsten Verschlag.

»Der dritte.«

Der zusammengekrümmte Mensch Nr. 3 lag mit dem Gesicht zur Wand. Auf seinem gelbgrünen Rücken traten die spitzen

Schulterblätter, die aussahen, als würden sie jeden Moment die Haut durchstoßen, die Rippen und die krumme Wirbelsäule deutlich hervor.

Zwei blutverschmierte Ratten krochen aus dem Geflecht seiner starren, an den Bauch gepreßten Hände und verschwanden gemächlich in einem Loch in der Ecke. Kedrin zog den Kopf ein und betrat den Verschlag. Er ging zu dem Leichnam und drehte ihn mit dem Stiefel um. Der Leichnam war steif und schwer und ließ sich nur mit Mühe herumdrehen; ein schwarzer Fliegenschwarm flog von ihm auf. Das Gesicht des Toten war von den Ratten furchtbar entstellt. Durch die zerfressene Bauchdecke schimmerten seine fliederfarbenen Gedärme.

Kedrin spuckte aus und schaute Tiščenko an.

»Und wer ist das?«

»Anatolij Semjonovič Mikešin, einundvierzig Jahre, Sohn eines Defätisten, Enkel eines Kulaken, Urenkel eines Schuhmachers, kam vor vier, nein, falsch, vor fünf Jahren zu uns. Seine Schwestern, Antonina Semjonovna und Natalja Semjonovna, werden in der Sowchose Ust-Kamenogorsk gehalten.«

»Da werden sie sicher wirklich gehalten. Nicht so wie bei dir hier«, knurrte Mokin böse und betrachtete den verunstalteten Leichnam. »Da kann man mal sehen, Ratten hat er hier gezüchtet. Die haben ihn wohl bei lebendigem Leibe aufgefressen ...«

Kedrin seufzte, verließ den Verschlag und nickte Mokin zu.

»Petja, mach den vierten auf.«

Mokin schob den Riegel zurück und öffnete die heftig quietschende Tür.

»Puh, verdammt, die quietscht ja wie ein abgestochenes Schwein ...«

Der vierte Gefangene saß mit gespreizten Beinen in der rechten Ecke beim Fenster und hatte seinen zottigen Kopf an einen Balken gelehnt. Sein schmales Gesicht mit den offenen Augen schien lebendig und verständig, doch die grünlichen Flecken der Verwesung an der Brust und der entsetzlich aufgetriebene, nicht zu dem mageren Körper passende Bauch zeigten, daß er tot war.

Der Sekretär ging vorsichtig hinein, setzte sich in die Hocke und musterte ihn eingehend. Nach den langen Beinen, den muskulösen Armen und der breiten Brust zu urteilen mußte er ein großer, kräftiger Mann gewesen sein. In seinem Gesicht hatte er etwas von einem Hasen, sei es wegen seines spärlichen, vor Fliegen wimmelnden Bartes oder wegen der platten Nase. Seine hohe weiße Stirn hatte ein paar kahle Stellen. Die Augen saßen tief in den blaugrünen Augenhöhlen und blickten starr und aufmerksam. Die linke Hand des Toten war mit einem Lappen umwickelt.

Tiščenko steckte den Kopf zur Tür herein und murmelte:

»Und das, Genosse Kedrin, ist Gennadij Petrovič Kalašnikov. Der Sohn eines Entarteten, Enkel eines Volksfeinds, Urenkel eines Advokaten.«

Mokin stand hinter ihm und grunzte.

»So ein Schuft!«

Kedrin seufzte, legte den Kopf in den Nacken und musterte die niedrige, rissige Decke.

»Hat er Verwandte?«

»Nein.«

»Hat wohl für drei gearbeitet?«

»Der?« Tiščenko wurde lebendig. »Also, wo denken Sie hin, Genosse Kedrin. Der war ein richtiger Weichling. Kaum hat er irgendwas gefressen, was nicht ganz astrein war, hat er Durchfall gekriegt und eine Woche flachgelegen. Und dann hat er sich noch die Hand eingeklemmt. Der sieht nur so kräftig aus. Dabei war er ein Schlappschwanz. Ich wollte ihn eigentlich schon lange als Dünger abschreiben, aber Sie wissen ja, wie das ist«, er zwängte sich noch weiter durch die Tür und drückte die in den langen Ärmeln versinkenden Hände vertraulich an die Brust, »abschreiben ist ja gut und schön, aber ob man dann Ersatz bekommt, das ist die Frage! Zur Bezirksverwaltung muß man fahren, darum bitten.«

Kedrin verzog das Gesicht und erhob sich schwerfällig.

»Für dich ist es natürlich ein Problem, einmal mehr zur Bezirksverwaltung zu fahren. Du hockst ja lieber hinter dem warmen Ofen.«

»Allerdings«, ließ Mokin sich aus der Dunkelheit vernehmen. »Mein Name ist Hase, ich weiß von nichts.«

»Und will nichts wissen.« Der Sekretär ging zur Wand und trat mit dem Stiefel gegen die Bretter. »Verfault. Ein Wunder, daß sie dir nicht abgehauen sind. Hier ist doch alles total morsch.« Er ging einen Schritt zurück und trat heftig gegen die Wand. Die beiden unteren Bretter zerbrachen.

»Na siehst du!« Kedrin fing an zu lachen und schüttelte bekümmert den Kopf. »Schau mal, Petja!«

Motkin stieß Tiščenko zur Seite und ging in den Verschlag.

»Du liebes bißchen! Die kann man ja mit dem Finger durchbohren! He, du Nisse, hast du etwa auch an den Brettern gespart?«

Er drehte sich zu Tiščenko um. Der sprang in die Dunkelheit zurück.

»Was ist, versteckst du dich, du kahlköpfiger Teufel! Na los, komm her!«

Mokins schwarze Jacke knarzte drohend. Er packte Tiščenko und zerrte ihn in den Verschlag.
»Sieh nur, was du angerichtet hast!«
Der Vorsitzende schnaufte und drückte sich in die Ecke.
Kedrin versetzte der Wand noch einen Tritt. Die Ecke von einem der unteren Balken knirschte und brach ab. In der dunklen Öffnung, zwischen Lehm und Kringeln von Rattendreck, schimmerte etwas Helles. Kedrin beugte sich hinunter und zog ein sauberes, viermal zusammengefaltetes Stück Papier hervor. Mokin ging näher. Der Sekretär strich das Blatt glatt. Es war feucht und roch streng nach Ratten.
In der Mitte standen die enggeschriebene Zeilen:

Die Dämmerung wird durch die Kühle unterstrichen,
Wie mit einem Siegel – die Ecke des Blattes
Auf die trocknen Hände der Apfelbäume im Garten
stoßen mit der Brust die Wolken.

Der Wind. Ein Tropfen. Ein Stein im Glas.
Der nicht getrocknete Abdruck der Stille.
Die Tasten, müde von den Berührungen,
Mit dem Kopf in sich versenkt.

Sie nicht weiter berühren. Nicht nippen
Das weiße Gehirn. Kalter Würfelzucker.
Blöcke umgeschmolzener Präludien
Brennen aus dem Gras mit Scherben.

Je weiter Kedrin las, desto länger und grauer wurde sein Gesicht. Mokin versuchte angestrengt, ihm zu folgen, seine kugelrunden Augen waren verständnislos auf die Zeilen geheftet.

Kedrin las das Gedicht noch einmal und schaute Tiščenko an. Das Gesicht des Sekretärs wurde ganz schmal, Schweiß trat auf seine blasse Stirn. Mit weit aufgerissenen Augen starrte er den Vorsitzenden an und knüllte das Blatt mit zitternden Händen zusammen. Tiščenko war weiß wie ein Laken; mit offenem Mund und zitterndem Kinn kam er aus der Ecke auf ihn zu, die Hände flehend an seine Brust gepreßt. Kedrin holte aus und schlug ihm mit voller Wucht seine Faust ins Gesicht. Der Vorsitzende breitete die Arme aus und fiel polternd zu Boden, direkt vor die schmutzigen Stiefel des Leiters der Bezirksabteilung des Staatssicherheitsdienstes.
Mokin trat schnell, kräftig und präzise; seine Schirmmütze flog ihm vom Kopf, sein feuriger Schopf fiel ihm in die Stirn.
»Und so! Und so! Und so! Verdammte Scheiße!«
Tiščenko stöhnte, schrie auf, hielt sich schützend die Hände vor das Gesicht und versuchte, in die Ecke zu kriechen, aber die klobigen, flinken Stiefel trafen ihn überall und drangen ihm krachend in den Bauch, in die Brust, ins Gesicht.
Kedrin verfolgte die Prügelei mit glühenden Augen und schwenkte die Faust:
»Gib's ihm, Petja, gib's ihm, dem Schwein …«
Schon bald hatte der Vorsitzende aufgehört zu schreien und zu stöhnen. Er hatte sich zusammengerollt, keuchte heftig und gab mit dem zerschlagenen Mund gurgelnde Geräusche von sich.
Zum Schluß lief Mokin zum Törchen, nahm einen Anlauf und trat ihm mit aller Kraft in den Steppbauch. Tiščenko wurde gegen die Wand geschleudert, prallte mit dem Kopf gegen die verfaulten Bretter und gab keinen Laut mehr von sich.
Mokin lehnte sich schwer atmend gegen den Pfosten. Sein Ge-

sicht war rot angelaufen, sein bernsteinfarbener Schopf klebte an der verschwitzten Stirn.

»Fertig, Michalyč, dem Scheißkerl hab ich's gezeigt!«

Kedrin klopfte ihm schweigend auf die Schulter.

Mokin lachte boshaft und fuhr sich mit der Hand über das Gesicht.

»Eine tolle Ordnung! Der Ordnung halber! Dieser Hund ...«

Der Sekretär holte die ›Belomor‹ heraus, schnipste mit dem Finger gegen den Boden der Packung und hielt sie Mokin hin. Der nahm sich eine Papirossa, blies kräftig hinein und steckte sie zwischen die Zähne. Kedrin riß ein Streichholz an, hielt es an das zusammengeknüllte Blatt und streckte es Mokin hin. Der beugte sich mit einer hastigen Bewegung darüber und zündete die Papirossa daran an.

»Und du, Michalyč?«

»Ich will nicht. Ich hab zuviel geraucht.« Der Sekretär lächelte verstohlen, warf das brennende Blatt auf die zerborstenen Balken und zog den zerknitterten Wimpel aus der Tasche.

»Vorbildliche Wirtschaftsführung!« Mokin bekam einen Schluckauf und brach in abgehacktes Gelächter aus.

Der Sekretär schüttelte angewidert das seidene Dreieck, brummte etwas vor sich hin und legte es behutsam auf das brennende Blatt. Die Seide zog sich knisternd zusammen, gierige Flammen züngelten empor.

Vorsichtig schob Kedrin die Balken näher an die kaputte Wand. Die Flammen leckten an dem schmutzigen Holz, zitterten und kletterten gemächlich nach oben. Die Balken begannen zu knacken.

Mokin lächelte und stieß geräuschvoll den Rauch aus.

»Sieh mal, wie das brennt ...«

»Was willst du denn, ist doch ganz richtig so«, erwiderte Kedrin.

»Aber ja doch.« Mokin beugte sich hinunter und suchte seine Schirmmütze. Sie lag verdreckt und plattgetreten neben den Beinen des Toten.

»Igittigitt, ach du Scheiße …« Mokin hob sie angeekelt mit zwei Fingern auf. »Sieh mal an, ich hab selber darauf rumgetrampelt. Bin ich nicht ein Idiot?«

Kedrin betrachtete die Schirmmütze und schüttelte den Kopf.

»Tjaaa. Du warst wirklich ganz schön in Fahrt. Beinahe hättest du den Kopf verloren.«

»Der Kopf wäre nicht so schlimmm, der wächst nach!« Mokin grinste. »Aber die hier kann ich nicht mehr anziehen! Sieh mal, total versaut. Die kriegt man doch nicht mehr sauber.«

»Das stimmt.«

Mokin nahm die Mütze am Schirm und schwenkte sie.

»Die muß ich hierlassen. Den Verblichenen zum Gedenken.«

Er ging zu dem Toten und stülpte ihm schwungvoll die Schirmmütze über den Kopf.

»Wohl bekomm's!«

Zwei Balken hatten schon Feuer gefangen, blasse, bläuliche Flammen krochen eilig darüber hinweg. Der Verschlag füllte sich mit Rauch, der in trüben, wabernden Schwaden unter der rauhen Decke hing.

Der Sekretär steckte die Hände in die Taschen.

»Was ist, gehen wir?«

»Gehen wir«, antwortete Mokin und wedelte mit der Hand den Rauch weg. »Mir brennen schon die Augen. Wie in der Banja. Die Balken sind feucht.« Er ging in den Gang hinaus und hob das an der Tür liegende Modell auf. Kedrin ging hinterher, blieb jedoch an der Schwelle stehen und betrachtete den Toten.

Er saß in der gleichen Position wie vorher, die Beine gespreizt, der aufgedunsene, grünliche Bauch stand vor. Unter der schief aufgestülpten Schirmmütze schauten seine dreckigen Haare hervor. Rauch umwaberte sein Gesicht und belebte seine hasenähnlichen Züge. Kedrin schien es, als ob der Tote weinte und sein zottiger Bart, im Bemühen, die Tränen zu unterdrücken, leicht zitterte.

Tiščenko lag immer noch regungslos an der Wand.

»Gehen wir, Michalyč«, erklang Mokins sich entfernende Stimme aus dem Gang. »Was gibt's denn da noch zu sehen? Ist doch alles paletti …«

Kedrin wandte sich um und folgte ihm.

Als sie aus dem Tor traten, mußten sie in der hellen Sonne blinzeln und rieben sich die an die Dunkelheit gewöhnten Augen. Kedrin steckte sich eine Papirossa an.

»Na, endlich wieder an der frischen Luft!« grinste Mokin, »und ich hab schon gedacht, wir müßten in diesem Gestank überwintern.«

Kedrin verharrte in düsterem Schweigen und schob die Papirossa zwischen seinen schmalen Lippen hin und her. Sein Kiefer mahlte. Mokin schlug ihm auf die Schulter.

»Na, was guckst du so griesgrämig, Michalyč? Hat dir dieser Schuft die Laune verdorben? Scheiß drauf! Scheiß doch drauf!« Mokin schüttelte ihn. »Du zerbrichst dir schon so Tag und Nacht den Kopf, du siehst ja ganz verstört aus. Paß auf dich auf. Wir brauchen dich noch«, er grinste, schlug seine Schweinsäuglein nieder und fügte schmeichlerisch hinzu: »Ohne dich kommen wir doch gar nicht aus.«

Der Sekretär zuckte zusammen, schaute Mokin mit einem sparsamen Lächeln an, lenkte ein und umarmte ihn.

»Danke, Petja, danke.«
Er kratzte sich zerstreut an der Wange und nickte ihm zu:
»Ändere das auf dem Modell.«
»Meinst du, es ist schon soweit?«
»Natürlich.« Der Sekretär drehte sich um und schaute auf das offene Tor des Viehstalls. In der Tiefe des rauchgeschwängerten Gangs loderten schon die ersten Flammen.
Mokin stellte die Schublade auf den Boden, rupfte die längliche Nachbildung des Viehstalls heraus und übergab sie Kedrin. Der drehte das propere Häuschen in den Händen, brach es vorsichtig in zwei Teile und spähte hinein.
»Schau mal, sogar die Verschläge sind da. Ein Wunder, daß er da keine Wanzen reingesetzt hat! Der reinste Ajvazovskij ...«
Der Sekretär schleuderte beide Hälften in den Gang.
»Sollen sie doch zusammen verbrennen.«
»Genau!« Mokin schnappte sich die Schublade und schlug Kedrin auf die Schulter. »Und jetzt, Michalyč, sehen wir zu, daß wir hier abhauen.«
Kedrin umfaßte Mokins knarzende Schultern, und der im Gegenzug seine. Sie wollten gerade über die sonnenüberflutete Viehweide gehen, als sie von hinten ein schwaches Stöhnen vernahmen und sich umdrehten.
Auf der Schwelle des Viehstalls stand Tiščenko und hielt sich am Torpfosten fest. Seine Steppjacke glomm, Qualm stieg daraus auf. Sein Gesicht war bis zur Unkenntlichkeit verunstaltet.
»Der hat sich wieder aufgerappelt«, stieß Kedrin verwundert hervor. Mokin starrte den Vorsitzenden fassungslos an und grunzte:
»Ich sag dir doch, Michalyč, die sind zählebig wie Katzen.«

»Tjaaa.« Kedrin war ganz blaß geworden, er schüttelte den Kopf und lachte unnatürlich. »Ein harter Brocken!«

Schwankend und stöhnend schaute Tiščenko sie aus blutunterlaufenen Augen an. Aus seinem zerschlagenen Mund tropfte Blut auf das Kinn und die Steppjacke. Von hinten kroch Rauch aus der muffigen Dunkelheit des Gangs, quoll langsam über den oberen Querbalken des Türrahmens, zog in Schwaden nach oben und löste sich im sonnigen Himmel auf.

Das Lächeln verschwand von Kedrins Gesicht. Er blickte finster drein und steckte die Hände in die Taschen.

»Na, was ist, du Held, wieder zu Kräften gekommen?«

Der Vorsitzende schwankte immer noch hin und her und stöhnte.

»Was brabbelst du da vor dich hin?« fragte der Sekretär mit erhobener Stimme. »Ich hab gefragt, ob du wieder zu Kräften gekommen bist?«

Tiščenko nickte und schluchzte auf.

»Na, dann ist es ja gut.« Kedrin seufzte erleichtert auf und zog sich die Mütze ins Gesicht. »Na los, komm mit. Aber ein bißchen plötzlich.«

Er drehte sich um und ging zum Zaun.

Mokin drohte dem Vorsitzenden mit der Faust und eilte dem Sekretär nach. Tiščenko verließ seinen Pfosten und schleppte sich taumelnd hinterher.

Eine Stunde später kletterte Kedrin über die feuchten, noch schwelenden Balken auf das Fundament der Kolchosverwaltung, rückte seine Schirmmütze zurecht und blickte schweigend auf die Menge.

Sie standen im Kreis um die Brandstätte herum, Frauen mit

verhärmten Gesichtern, in Kopftüchern, Filzwesten und Strickjacken, zottige, versteinerte Männer in Steppjacken, und flachsblonde Kinder.

Kedrin gab ein Zeichen mit der Hand. Die Menge geriet in Bewegung, und Mokin stieß Tiščenko hervor. Der Vorsitzende fiel hin, spreizte die Hände, richtete sich schwerfällig auf und kroch über die schwelenden Balken zum Sekretär. Kedrin wartete mit auf dem Rücken verschränkten Händen.

Tiščenko war auf die zerborstenen Ziegelsteine geklettert und stand jetzt drei Schritte neben Kedrin, schmutzig, versengt, mit entsetzlich geschwollenem Gesicht. Der Sekretär zögerte kurz, ließ seinen Blick über die erwartungsvoll schweigende Menge gleiten und erhob dann seine Stimme:

»Ihr habt gerodet. Ausgebrannt. Gepflügt. Gesät. Geerntet. Gedroschen. Gemahlen. Gehobelt. Gehackt. Ziegelsteine gebrannt. Krummholz gebogen. Bast gezogen. Gebaut … Und nun?« Er verzog das Gesicht und schüttelte den Kopf. »Die Fässer sind ausgetrocknet. Die Pflüge kaputt. Die Ketten auseinandergefallen. Die Ziegelsteine geborsten. Der Roggen ist nicht aufgegangen …«

Eine kleine Frau in einer langschößigen Jacke, die neben dem grimmig dreinschauenden Mokin stand, schluchzte auf und fing an zu heulen.

Kedrin seufzte und fuhr fort.

»Ihr wolltet das Dach mit Holz decken, aber das Holz ist verfault. Dann wolltet ihr es mit Schiefer decken, und der Schiefer ist geborsten …«

Ein großer graubärtiger Alter grunzte und schüttelte vernichtend den Kopf.

»Ihr habt ein Fundament gebaut, und das Haus ist abgesackt.

Ihr habt Balken getrocknet, und sie haben sich verzogen. Ihr habt den Ofen geheizt, und der Qualm ist in die Hütte gezogen. Ihr habt Kartoffeln im Keller gelagert, und sie sind erfroren ...«
Eine andere Frau bedeckte ihr Gesicht mit den Händen und begann zu weinen. Ihr flachsblondes Söhnchen schmiegte sich in ihren grünen Rock und heulte los.
Ohne einen Laut von sich zu geben, begann Tiščenko zu zittern und zog den Kopf ein.
»Ihr habt das Pferd angespannt, und die Kummetriemen sind gerissen. Ihr habt Heu eingefahren, und die Fuhre ist umgekippt ...«
Ein Mann mit hervorstehenden Backenknochen zog klagend die Nase hoch und verzog seinen zuckenden Mund.
Kedrin seufzte wieder.
»Das kann man nicht in Ordnung bringen. Das kann man nicht wiedergutmachen. Das kann man nicht rückgängig machen.«
Viele in der Menge weinten bereits und wischten sich die Tränen ab.
Kedrin senkte das Kinn auf die Brust, schwieg eine Zeitlang und riß dann plötzlich seinen Kopf mit dem bleichen, konzentrierten Gesicht hoch und fixierte die Menge mit glühenden Augen.
»Und die Brüder?! Und die Nachbarn! Und die tägliche Arbeit? In der Sowchose von Ustinovsk haben sie Baumstämme in den Boden getrieben, sich draufgestellt, in die Hände gespuckt und sich angestrengt! Sich angestrengt! In Svetlozarsk haben sie einen Rechen, einen ganz einfachen Rechen in den Mist gerammt, mit Wasser begossen, und er wächst! Er wächst! Und in Ust-Bolotinsk? Ziegel auf Ziegel, Stück für Stück, Arbeitstag für Arbeitstag! Mit den entsprechenden Resultaten

natürlich! Und wir? Der Fluß bittet bis heute um Zucker! Und womit sollen wir die Felder pflügen? Uns vor einem Spekulanten verbeugen und auf den Igel setzen? Uns umschauen und die Schuld auf die Gevatterin abwälzen? Die Vortreppe mit Milch abwaschen?!«

Die Menge spitzte die Ohren.

»Mir das Meine! Ihm das Seine! Ihr das Ihre! Ihnen das Ihre! Aber uns, uns das Unsere! Uns das Unsere, verdammt noch mal!«

Die Menge fing zustimmend an zu heulen. Der graubärtige Alte schüttelte seinen Bart und strahlte mit freudigen, tränenerfüllten Augen:

»Richtig, mein Sohn! Für eine fingerlose Hand muß man keine Fingerhandschuhe suchen, sondern Fäustlinge! So ist das!«

Kedrin riß sich die Schirmmütze vom Kopf, knüllte sie zusammen und schwenkte sie über der Menge.

»Niederdrücken ist einfach, zerquetschen ist schwierig!«

»Und wir werden sie zerquetschen, mein Lieber!«, lamentierte eine dicke Frau in einer zerschlissenen Steppjacke, »wir werden arbeiten, bis das Blut unter den Nägeln hervorspritzt, und sie zerquetschen!«

»Wir zer-quet-schen sie!«, heulte die Menge.

»Ihr hört doch Radio, lest Zeitung!« schrie der Sekretär und schwenkte seine Mütze. »Man muß euch nur ein Wort sagen, und die Räder drehen sich, ihr müßt nur Hand anlegen, und die Schlote qualmen!«

»Das machen wir, und wie!«, brüllten die Männer.

»Ihr habt die Holzstämme quer über dem Dach liegen!«

»Wir drehen sie uuum!«

»Ihr habt Scheiße im Brei!«

»Wir nehmen sie raaaus!«
»Auf dem Boden liegt Quark herum!«
»Wir heben ihn aaauf!«
»Die Futterrüben sind mit Melde überwuchert!«
»Wir jäääten sie!«
»Wir jäten das, mein Lieber, wir jäten das!« kreischte die dicke Frau. »Ich sag dir was.« Sie sprang aus der Menge hervor und zeigte mit ihren schwieligen Händen auf Kedrin. »Sieben Kinder hab ich, zwei Kühe, eine Färse, ein Schwein, ein Läuferschwein, Gänse und Hühner! Und ich bin keine Schlampe und lieg nicht auf der faulen Haut. Wenn der Rücken gerade war, haben wir die Hände gekrümmt und Kessel geschleppt! Und wenn man uns nur läßt, dann können wir schon! Wir lassen uns nicht unterkriegen!«
»Riiichtiiig!« heulte die Menge.
Ein lahmer Alter mit schwarzen Augenbrauen drängte sich über die schwelenden Balken nach vorne und schwenkte die Arme.
»Ich hab mit meiner Rübe eine Mauer durchbrochen, ich hab meine Pfote unter den Panzer gesteckt, und die hier«, mit zitternder Hand krallte er sich an das Revers seiner Jacke und rüttelte an der Leiste angelaufener Medaillen, »die hab ich bekommen und halte sie in Ehren. Es geht uns nicht um uns selbst, aber wenn es genug ist, spannen wir an und fahren!«
Schluchzend streckte er den sehnigen Hals vor und klagte in weinerlichem Tonfall:
»Dann fahren wir! Ihr werdet schon sehen! Angebrannt! Räudig geworden! Neeein! Wir streifen die Fesseln ab! Das wooollen wir!«
»Das wollen wir!« ertönte es ringsum.
Kedrin überflog die Menge mit Freudentränen in den Au-

gen, schüttelte den Kopf und hob die Hand. Die Menge verstummte.

Er wischte die Tränen ab, schluckte den Kloß im Hals herunter und sagte leise:

»Ich habe um einen halben Eimer Benzin gebeten.«

Die Menge teilte sich und ließ einen Jungen mit zerschlissener Steppjacke und zu großen, bis zur Leiste reichenden Stiefeln durch. Den kurz geschorenen Kopf schräg zur Seite geneigt, schleppte er einen Eimer, der zur Hälfte mit Benzin gefüllt war. Auf dem Eimer stand mit ungelenker, krakeliger Schrift: WASSER.

Der Junge kletterte auf das Fundament und hielt dem Sekretär den Eimer hin. Kedrin griff danach, stellte ihn neben sich und holte in aller Ruhe Streichhölzer aus der Tasche.

Die Menge wartete regungslos.

Kedrin riß ein Streichholz an, hielt es hoch, betrachtete die kaum sichtbare Flamme eingehend und fragte:

»Woher kommt der Eimer?«

Der Junge, der noch nicht wieder in der Menge untergeschlüpft war, drehte sich flink um.

»Der stand bei Onkel Timoša in der Diele.«

Kedrin nickte vielsagend und wandte sich dem mit hängendem Kopf dastehenden Tiščenko zu.

»Onkel Timoša. Ist das dein Eimer?«

Der Vorsitzende fuhr zusammen und flüsterte mit seinen zerschundenen Lippen kaum hörbar:

»Ja, meiner … Das heißt unser. Aus dem Viehstall. Wir haben ihn zum Tränken benutzt.«

Der Sekretär nickte wieder und fragte:

»Was meinst du, Onkel Timoša, kann Wasser brennen?«

Tiščenko schluchzte auf und schüttelte den Kopf.
»Es kann also nicht brennen, heißt das?«
Der Vorsitzende kämpfte mit den Tränen und schüttelte den Kopf.
Kedrin seufzte und ließ das fast abgebrannte Streichholz in den Eimer fallen. Das Benzin explodierte. Ein Stöhnen ging durch die Menge.
Tiščenko taumelte und machte den Mund auf:
»Also, schließlich …«
Kedrin wandte sich an die Menge:
»Was steht auf dem Eimer?«
»Waaasser!«
»Kann Wasser brennen?«
»Neeein!«
»Wen hat man aus diesem Eimer getränkt?«
»Das Viiieh!«
»Das Vieh, sind das die, die so verdreckt und aufgedunsen sind?«
»Jaaa!«
»Kann Wasser brennen?«
»Neeein!«
»Ist der hier«, der Sekretär zeigte mit dem Finger auf Tiščenko, »ist der hier verdreckt?«
»Jaaa!«
»Aufgedunsen?«
»Jaaa!«
»Wen hat man aus diesem Eimer getränkt?«
»Das Viiieh!«
»Sind das die, die so verdreckt und aufgedunsen sind?«
»Jaaa!«

»Kann Wasser brennen?«
»Neeein!«
»Und was steht auf dem Eimer?«
»Waaasser!«
»Und der hier, ist der verdreckt?«
»Jaaa!«
»Aufgedunsen?«
»Jaaa!«
»Was ist er also?«
»Viiieh!«
»Und was steht auf dem Eimer?«
»Waaasser!«
»Kann denn Wasser brennen?« schrie der Sekretär plötzlich ohrenbetäubend laut und mit blutunterlaufenen Augen.
»Neeein!«
»Und der hier, der hier, der vor euch steht, was ist er, frage ich euch, was ist er, he?!«
Die in der Menge Stehenden holten tief Luft und stießen hervor:
»Viiieh!«
»Und was steht auf dem Eimer?«
»Waaasser!«
»Kann denn Wasser brennen, frage ich euch, kann es das?!« geiferte der Sekretär wutschnaubend.
»Neeein!«
»Wen hat man aus diesem Eimer getränkt?«
»Das Viiieh!«
»Das heißt, den hier?«
»Jaaa!«
»Hat man ihn getränkt?«

»Jaaa!«
»Und tränkt man ihn?«
»Jaaa!«
»Und wird man ihn tränken?«
»Jaaa!«
»Jetzt gleich oder morgen?«
Die Menge verstummte verständnislos. Die Männer schauten einander verlegen an, bewegten die Lippen. Die Frauen tuschelten erschrocken miteinander.
»Na, warum sagt ihr denn nichts?« Kedrin lächelte. »Jetzt gleich oder morgen?«
»Jetzt gleich«, piepste eine Frau schüchtern und verbesserte sich sogleich, »aber vielleicht auch morgen!«
»Jetzt gleich also?« Kedrin blickte lächelnd in die Menge.
»Jetzt gleich«, riefen einige Stimmen.
»Jetzt gleich?«
»Jetzt gleich!«
»Jetzt gleich?!«
»Jetzt gleeeiiich!« brüllte die Menge los.
»Tränken?«
»Trääänken!«
»Ja?«
»Jaaa!«
Der Sekretär ergriff den Eimer und goß das brennende Benzin über den Vorsitzenden. In Sekundenschnelle verwandelte Tiščenko sich in einen Flammenball; er schrie auf, stürzte vom Fundament herunter und stürmte in die hastig auseinanderweichende Menge.
Der Wind wirbelte die Flammen auf und fegte sie zu einer stürmischen Schleppe auseinander.

Mit unwahrscheinlicher Geschwindigkeit überquerte der in Flammen stehende Vorsitzende das umgepflügte Fußballfeld, raste zwischen den verfallenen Hütten und den Bruchweiden hindurch und verschwand hinter dem Hügel.
In dem allgemeinen Schweigen erklang das kurze, trockene Knacken von splitterndem Holz. Der Laut wiederholte sich.
Die Menge geriet in Bewegung und machte erschrocken Platz für Mokin. Keuchend und grunzend zertrampelte er energisch die in den Dreck gefallene Schublade.
7.–29. Mai 1948
M. K.

»Tja …«
»Was?«
»Eine düstere Erzählung …«
»Wie, hat sie dir nicht gefallen?«
»Aber nein, ich sag ja gar nicht, daß sie schlecht ist … eigentlich ganz normal …«
»Nur ein bißchen unheimlich?«
»Mhm.«
»Tja, was will man machen, die Zeiten waren halt so …«
»Aber da ist doch auch viel Phantastisches drin, das war nicht nur die Zeit …«
»Ja. Sie ist ziemlich phantastisch.«
»Mhm …«
»Aber im Prinzip hat sie dir gefallen?«
»Und dir?«
»Ja.«
»Na, mir auch … nur irgendwie unheimlich.«
»Dafür aber interessant.«

»Mhm … Sag mal, wer war eigentlich dieser M. K.?«
»Das weiß man nicht …«
»Hat das wirklich so viele Jahre in der Erde gelegen?«
»Sieht ganz so aus.«
»Nicht zu fassen …«
»Ja …«
»Aber trotzdem, irgendwie unheimlich …«
»Ja, eine düstere Erzählung.«
»Es ist schon alles ein bißchen viel. Und diese verfaulten Toten … igittigitt!«
»Mit den Toten … das stimmt …«
»Aber das Modell, das ist doch toll …«
»Ist das denn jetzt besser als der Brief von Tjutčev?«
»Ja sicher. Das ist viel eindrucksvoller.«
»Na, dann ist ja gut.«
»Mhm …«
»Also lassen wir das so?«
»Das mußt du entscheiden …«
»Na, ich weiß auch nicht so genau …«
»Also eigentlich, weißt du, wenn ich ehrlich sein soll … verstehst du, na, da ist doch …«
»Was?«
»Na, ich weiß nicht, wie ich das sagen soll …«
»Sag nur, ich versteh das dann schon.«
»Sie ist unheimlich, irgendwie bösartig. Düster. Irgendwie geht davon etwas aus …«
»Was?«
»Mir ist nicht wohl dabei. Irgendwie sehr beunruhigend. Ich hab ein unangenehmes Gefühl dabei …«
»Tja, was machen wir denn da?«

»Hör mal, ich weiß wirklich nicht so recht …«
»Na?«
»Komm, wir vergraben sie wieder.«
»Vergraben?«
»Mhm. Wirklich, das ist besser so. Glaub mir.«
»Ernsthaft?«
»Mhm. Wirklich.«
»Ernsthaft?«
»Unbedingt. Laß sie uns vergraben. Dann ist es halt einfach so.«
»Also vergraben?«
»Vergraben.«
»Na, was soll's, du wirst es ja wissen.«

Nachdem er das Manuskript gelesen hatte, saß Anton eine Zeitlang da, rieb sich die Schläfen und spitzte nachdenklich die Lippen. Dann stand er auf, drehte die Blätter wieder zu einer Rolle zusammen, zog das Futteral darüber, streifte die Gummihülle darum, steckte es in die Truhe, nahm die Schaufel und ging zu dem alten Apfelbaum.
Eine wilde Taube flog über seinen Kopf hinweg und verschwand hinter dem Wald …

VIERTER TEIL

Guten Tag, lieber Martin Alekseič!
Ich schreibe Ihnen sogleich bei meiner Ankunft, ich bin gerade eben hereingekommen und hab mich sofort hingesetzt, Ihnen zu schreiben. Hier bei uns ist alles in Ordnung, der Frühling ist mit aller Macht ausgebrochen, der Schnee ist noch nicht ganz weggetaut, scheint aber auf dem besten Wege dazu, draußen ist viel erfroren, und die Gartenpforte habe ich kaum aufbekommen – so viel Eis ist darunter! Als ich reingekommen bin, hab ich gleich die Leitungen überprüft und gesehen, daß sie Gott sei Dank heile geblieben sind. Aber es war wirklich auch kein sehr strenger Winter, wohl nicht mehr als zweiundzwanzig Grad, und für uns ist das geradezu ein Segen für die jungen Apfelbäume und Ihre Rosen und natürlich, daß die Leitungen nicht geborsten sind. Aber es ist nichts passiert, es ist alles gutgegangen, hier ist alles in Ordnung. Martin Alekseevič! Ich habe Ljubana vor der Abreise angerufen, und sie hat mir das mit Ihnen und Nikolaj erzählt. Das ist natürlich sehr unangenehm. Ich habe schon lange gesagt, daß Nikolaj ein grober, ungebildeter Mensch ist. Ich habe es ihr am Telefon gesagt, aber sie hat mich beruhigt und gesagt, daß jetzt alles ganz normal ist, daß Nikolaj sich entschuldigt hat. Ich glaube, das ist alles halb so schlimm, machen Sie sich keine Gedanken. Ich hab hier ganz zufällig Rudakov getroffen. Ich komme vom Bahnhof, und er kommt mit seiner Enkelin da entlang. Er hat mich erkannt und gegrüßt und ist zu mir gekommen. Wie es mir geht, hat er gefragt, und er hat sich auch nach Ihnen erkundigt. Ich komme gerade von einer Dienstreise zurück, sagt er, und ich sage, also arbeitest du noch, und er sagt, ich hab mir wieder was gesucht, ich kann nicht zu Hause herumsitzen. So ist das. Vor einem halben Jahr, sagt er, habe ich aufgehört zu arbeiten,

und das war nicht zum Aushalten! Der Mensch ist schließlich ein Gewohnheitstier. Und dann haben sie ihn bei der alten Stelle mit offenen Armen wieder aufgenommen, weil er ein guter Arbeiter ist und pflichtbewußt, hat er mir erzählt. Weil, wenn ich zu einer Revision fahre, sagt er, dann fliegen die Fetzen, ich stell die ganze Fabrik auf den Kopf! Dabei sieht man ihm das gar nicht an, er ist ein unauffälliger Mensch, aber wie man so sagt, er hat Charakter. Martin Alekseič! Was ich Sie noch fragen wollte, was sollen wir denn mit den Frühbeeten machen? Die Stützpfeiler waren doch schon letztes Jahr halb verfault, und jetzt hab ich sie angefaßt und sie sind ganz morsch, die können die Plane nicht mehr halten. Ich glaube, wir müssen Serjoža bitten, Rohre mitzubringen, und ich würde daraus Streben sägen, und nachher würden wir die mit Draht zusammendrehen, und das würde hundert Jahre halten. Diese halten auf keinen Fall mehr, schließlich zerrt der Wind manchmal an der Plane, und dann regnet es und das Wasser sammelt sich darin, und dann fällt alles zusammen. Also ich glaube, die Rohre sind die optimale Variante. Und im Obstgarten ist schon alles getaut, ich bin an den Beeten langgegangen, da ist alles in der Norm, die Erdbeeren und alles andere auch. Ich glaube, wir setzen dieses Jahr Kartoffeln auf der Rückseite, neben der Toilette, da, wo die Sonnenblumen und die Erbsen waren. Da ist der Boden gut, und am Zaun können wir Rettich setzen und Salat und Möhren. Und für die Kartoffeln ist es da genau richtig, die haben gern Sonne, und wir haben da doch den Holunder abgeholzt, da gibt es jetzt mehr als genug Sonne. Sofort als ich ankam, bin ich in den Keller gestiegen und habe nachgesehen, ob sich da auch kein Wasser angesammelt hat, aber da war alles in der Norm, ein bißchen Wasser ist da, aber

nicht so wie im vorletzten Jahr, als man noch nicht mal reinkonnte! Aber dieses Jahr ist alles ganz normal, es steht nur drei Finger hoch, in die Senke und bis zu den Säcken ist es gar nicht gekommen, die sind alle trocken. Also machen Sie sich um den Keller keine Sorgen. Dann hab ich noch auf der Veranda nach dem Saatgut geschaut, und auch da ist alles normal, die Kartoffeln sind trocken, die Tulpen und Ihre Gladiolen auch. Martin Alekseevič! Was macht Ihre Gesundheit? Wie geht es Ljudmila Stepanovna? Und was macht Saša? Schreiben Sie mir doch ab und zu und bestellen Sie allen viele Grüße. In Erwartung Ihrer Briefe, hochachtungsvoll
Auf Wiedersehen

Guten Tag, lieber Martin Alekseevič!
Ich bin gerade aus Barybino zurück und habe beschlossen, Ihnen sofort zu schreiben, auch wenn ich noch keine Post bekommen habe, aber Sie sind natürlich noch nicht dazu gekommen, mir zu schreiben. Das verstehe ich. Ich war also in Barybino, am Mittwoch bin ich gefahren und heute mit dem Abendzug zurückgekommen. Ich war da im Materiallager und muß ganz offen sagen, es sieht schlecht aus. Es gibt keinen Schiefer, und es kommt demnächst wohl auch keiner, Bretter gibt es, aber nur vierzig Millimeter, und was sollen wir damit! Zwanzig-Millimeter-Bretter waren weit und breit nicht zu sehen, die sind immer sofort weg. Dachpappe gibt es auch nicht. Ich hab mit den Leuten da noch geredet, sie haben gesagt, komm Anfang der Woche wieder, dann gibt's Dachpappe. Also fahre ich am Montag noch mal hin. Aber dafür hab ich drei Kilo Nägel und gute Holzschrauben gekauft, und noch zwei Axtstiele, wo

doch hier die Äxte immer auf dem letzten Loch pfeifen. Und drei Bogen dünnes Furnierholz hab ich noch gekauft, das können wir zum Verkleiden benutzen. Und Spanplatten gab's nicht, kriegen sie auch nicht. Vielleicht stimmt das aber auch gar nicht. Ich glaube, die haben alles und geben das nur mit Beziehungen raus, aber das macht nichts, ich werde mir mit den Leuten wegen der Dachpappe noch einig und frage dann auch nach Spanplatten. Ohne Spanplatten können wir den Schuppen nicht bauen, das ist so klar, wie zweimal zwei vier ist. Martin Alekseič! Ich wollte Sie noch um folgendes bitten. Die Sache ist die, Saša hat mich vor der Abreise noch angerufen und gesagt, er hätte einen Satz Nadelfeilen und erstklassige Laubsägen aus der DDR. Ich hätte eigentlich noch vorbeifahren müssen, aber Maša ist krank geworden, und das hat uns dann bis zur Abreise zu schaffen gemacht, und so ist nichts daraus geworden. Ich konnte nicht mehr vorbeifahren. Ich wollte hier noch die Gartenpforte normal instandsetzen, damit das gründlich gemacht wird, aber das sind so dicke Stangen, das Sägen dauert bestimmt lange. Ich säge ungefähr drei Zentimeter ab, damit es nicht mehr unten anstößt, schließlich senkt sie sich jedes Jahr mehr ab und eines Tages versinkt sie noch komplett im Boden, das wird ein schlimmes Ende nehmen. Also säge ich unten was ab und setze eine Latte mit zwei Schrauben an. Das wird dann ganz normal. Aber ohne Laubsäge geht das nicht, unsere alte ist schlecht, und das Sägeblatt ist verbogen, die muß man wegschmeißen. Also bitten Sie Saša, daß er uns eine schickt. Martin Alekseevič! Wegen dem Dach hab ich mir folgendes gedacht: das ist eine sehr ernste Angelegenheit. Ich bin da hochgeklettert und muß ehrlich sagen, es ist undicht. Im First und in den Schrägen sind lauter Löcher, das Blech ist so durchgerostet, daß es bricht und kaputtgeht. Ich hab von unten drangeklopft – es ist wie Papier, und die Balken sind morsch wie nur was. Vor vierzig Jahren gedeckt, und es hält immer noch, da ist das ja nicht weiter erstaunlich! Das muß man von Grund auf neu machen, zuerst mit Dachpappe und dann Schiefer drüber. Dann hält das ewig. Heute wollte ich noch mit dem Schuppen anfangen, aber ich hab's dann gelassen, es ist alles feucht, allerlei Lumpen und Fetzen liegen da rum. Das müßte man alles verbrennen, Vera hat den ganzen Plunder gesammelt, der verfault doch nur. Da sind auch noch Galoschen und uralte Stiefel und verschiedenes Zeug, ein ganzer Haufen. Liegt da rum und vermodert. Und von oben tropft es, da geht das Zeug nur noch mehr kaputt. Aber jetzt kann man das doch nicht anzünden, es ist alles so feucht, dann schwelt es nur und brennt nicht richtig, aber wenn es nach mir ginge – ich hätte das ganze Zeug schon vor zehn Jahren verbrannt, das nimmt doch nur Platz weg. Kaputte Skier stehen da auch noch rum, und ein rostiger Schlitten und eine Truhe, die sie hierher gebracht haben, als Viktor gestorben ist, jede Menge unnützer Krempel. Ich hab ja immer gesagt, wofür soll man den Kram verwahren? Was haben wir denn davon? Aber Sie wissen ja, wie Vera ist, nein bloß nicht, vielleicht brauchen wir das noch mal, ich kann daraus noch etwas nähen. Was soll man denn daraus nähen, das ist doch alles zu Staub zerfallen, verschimmelt und verfault. Na, macht nichts, sobald die Sonne rauskommt, werd ich das alles raustragen, trocknen lassen und verbrennen. Soll Vera nur schimpfen, ich hab ihr das schon lange gesagt. Martin Alekseevič! Sagen Sie Maša, daß sie mir schreiben soll, und schreiben Sie auch mal. Und machen Sie sich wegen dem Dach keine Sorgen, wir bringen das schon in

Ordnung. Viele Grüße an alle, und meine Verehrung an Ljudmila Stepanovna.
Auf Wiedersehen, schreiben Sie.

Lieber Martin Alekseič!
Guten Tag! Wie geht es Ihnen allen, was macht Ljudmila Stepanovna, wie geht es ihr gesundheitlich, wie geht es Sašenka? Ich lebe hier ganz normal, bin gesund, das Bein tut Gott sei Dank nicht weh. Ich hab mir mal die Veranda vorgenommen, Martin Alekseevič, und ich weiß jetzt, daß es ein Fehler war, Filz auf den Boden zu legen, und dann haben wir noch Kisten daraufgestellt. Darunter ist nämlich eine Vertiefung, und das Dach leckt und das Wasser ist in diese Vertiefung gelaufen und hat sich da angesammelt. Und der Filz hat das Wasser aufgesogen, und als ich jetzt draufgetreten bin, war das wie ein Schwamm, ganz mit Wasser vollgesogen! Das ist schlecht. Da haben wir beide uns vertan, Sie und ich. Na, macht nichts, ich habe den Filz abgenommen und nach draußen gebracht. Zuerst wollte ich ihn irgendwo auslegen, aber dann hab ich überlegt, das Dach steht doch leer! Da ist es trocken, und mit der Leiter ging das gut. Also hab ich den ganzen Filz da hinaufgeschleppt und ausgelegt, auf unserer Seite, damit man das von der Straße aus nicht so sieht, jetzt kann er da trocknen. Ich glaube, das macht dem Filz nichts, der trocknet und ist dann wieder ganz normal. Das ist schließlich nicht irgendwas, sondern Filz. Und dann hab ich mir die Schubkarre vorgenommen. Das Rad ist noch gut, aber die Griffe taugen nichts mehr, und wir haben uns doch schon damals so damit gequält. Ich hab sie abmontiert, die Fugen gesäubert, zwei neue zuge-

schnitten und sie befestigt – es ist eine Freude, sie anzuschauen. Jetzt fährt sie wieder wunderbar, das heißt, wir brauchen keine neue kaufen, wie Vera vorgeschlagen hat, was soll denn das, gute Sachen wegwerfen? Das Rad ist doch ganz normal, aus Gußeisen, der Aufbau ist auch heil, und Sie haben doch auch gesagt, daß es eine gute, große Schubkarre ist, aber Vera will eine neue. Wo sollen wir die denn hernehmen? Im Materiallager hab ich noch nie welche gesehen. Ach ja, das Lager: Ich bin noch mal hingefahren, aber das war wieder ein Fehlschlag, meine Leute waren nicht da, da saß nur so ein verschlafener Alter. Ich hab wieder nichts bekommen, keine Zwanzig-Millimeter-Bretter, keine Dachpappe, keine Spanplatten. Das einzig Gute war, daß es Zement gab, und ich hab auch gleich zwei Säcke gekauft. Zement kann man immer gebrauchen, Martin Alekseevič, der geht nicht kaputt, und für den Schuppen müssen wir sowieso ein Fundament mauern. Darüber lasse ich nicht mit mir reden. Da ist die Senke und jeden Frühling steht das Wasser fußhoch, deswegen ist er ja auch von unten her verfault. An einem trockenen Ort hätte er noch zehn Jahre stehen können, aber da in der Senke ist er vermodert, und wie. Und einen neuen aus Holz hinstellen – da kann man das Geld gleich zum Fenster rausschmeißen, der verfault dann doch auch ehe man sich's versieht. Sie haben ja von einem hölzernen geredet, aber ich sage Ihnen ganz offen, das lohnt sich nicht, Martin Alekseevič. Sie sind ein Stadtmensch, aber ich kenne mich damit aus und sag Ihnen ganz offen, wir machen ein gemauertes Fundament, das überlebt uns und unsere Enkel. Ziegelsteine besorge ich schon, da machen Sie sich nur keine Gedanken. Wir brauchen ja nicht so viele, und hier in Kiseljovka ist eine Baustelle, da können wir im

Handumdrehen welche organisieren. Für dreißig Rubel bringen die einem eine Ladung weiße Ziegelsteine. Also machen Sie sich deswegen mal keine Sorgen, alles wird ganz normal, und einen Maurer finde ich auch, hier gibt es genug Arbeiter. Das gibt nicht mehr als eine Woche zu tun, so ein Fundament bis zum Knie. Das wird ein erstklassiger Schuppen. Martin Alekseevič! Schreiben Sie mir, wie Saša das Examen gemacht hat, das interessiert mich. Jetzt sind in Ihrer Familie schon drei Leute mit Studium. Das ist sehr gut. Also schreiben Sie und machen Sie sich keine Sorgen um den Schuppen. Einen herzlichen Gruß und meine Verehrung an Ljudmila Stepanovna.
Schreiben Sie, vergessen Sie uns nicht.
Auf Wiedersehen.

Guten Tag, lieber Martin Alekseevič, liebe Ljudmila Stepanovna, lieber Saša!
Mir geht es ganz normal, ich bin bei guter Gesundheit. Und wie geht es Ihnen? Was macht Ihre Gesundheit? Wie haben Sie den Ersten Mai gefeiert? Ich gratuliere Ihnen noch einmal zum Festtag, wünsche Ihnen Gesundheit, Glück und alles Gute. Haben Sie meine Postkarte erhalten? Ich habe einen Brief von Maša bekommen und mich sehr gefreut – sie schreibt, daß Saša sein Diplom mit einer Eins gemacht hat. Das ist sehr gut, und ich gratuliere ihm von ganzem Herzen und wünsche ihm, daß er sich bemüht, wie sein Vater gute Leistungen in Wissenschaft und Technik zu erbringen. Und Ihnen, Martin Alekseevič, wünsche ich eine gute Gesundheit und alles, alles Gute. Wir haben hier den Ersten Mai mit unserem Nachbarn Semjon Petrovič und seinem Schwager Sergej gefeiert. Sie haben

schon den Garten umgegraben und wollen da irgendwas anpflanzen, das heißt, bei ihnen herrscht wirklich eine vorbildliche Wirtschaftsführung. Wir haben mit ihnen zusammen gesessen und getrunken, dann haben wir Radio gehört, und Semjon Petrovič hat mir erzählt, woher er seine Elektrosäge bekommen hat. Die gibt es doch nirgends zu kaufen. Ein Freund von ihm hat in einem Materiallager gearbeitet, das verschiedene Institute versorgt. Dem hat er zwei halbe Liter gegeben, seine Frau hat sechs geräucherte Würste besorgt, und dann hat der ihm die Säge organisiert. Eine erstklassige Säge, mit Schutzverkleidung, sägt hervorragend, er hat sie mir vorgeführt und sagt, wenn wir auch so eine brauchen, könnte man da jederzeit vorbeigehen. Er ist ein guter Kerl, er hat mir auch vorgeschlagen, Dachpappe zu besorgen, aber ich hab das abgelehnt, wir brauchen ja nicht um alles zu betteln. Dachpappe treibe ich schon auf, aber eine Säge, das ist was anderes. Wir geben ihm einen halben Liter, er ist ein guter Kerl, und er besorgt uns die Säge, und dann können wir alles wunderbar sägen. Ich hab schon ein bißchen angefangen zu graben, Martin Alekseevič, es geht gut, die Erde ist nicht mehr so feucht, und ich hab die Ecke neben der Toilette schon umgegraben, sogar ohne zu schwitzen! Und das Bein tut auch nicht weh, Gott sei Dank. Danach hab ich dann die Erdbeeren umgegraben und gesäubert, und da sprießen schon grüne Keime! Die Erdbeeren sind gut, das neue Beet ist angewachsen, so daß es auch in diesem Jahr viele Erdbeeren geben wird. Mit den Frühbeeten sieht es schlecht aus. Ich hab die Stützpfeiler weggenommen und sie zerbrochen und verbrannt, was sollen die da vor sich hinmodern? Semjon Petrovič hat mir die Rohre versprochen, ich bezahle sie ihm. Die Rohre kommen für die Frühbeete gerade rechtzeitig, dann werd ich sie mit Draht verstärken, und dann kann kommen, was will, wir haben auf jeden Fall erstklassige Frühbeete. Was wir noch nicht haben, Martin Alekseevič, das ist Torf. Das ist keine Kleinigkeit. Wir müssen Torf auf die Gurken und die Tomaten geben, und überhaupt kann man ohne Torf schlecht pflanzen. Ich habe die Nachbarn gefragt, die sagen, es würde bald welcher gebracht, man müßte nur aufpassen. Wissen Sie noch, letztes Jahr, da waren wir gerade angekommen, als auch schon der Wagen vorfuhr! Wie auf Bestellung. Und dieses Jahr hat noch niemand welchen bekommen. Der Mist in der Grube ist ganz normal. Es ist zwar viel, Sie haben damals eine ganze Ladung genommen und wollten die nicht teilen. Allerdings ist er im Nu verteilt, auf die Gurken und Tomaten, unter die Apfelbäume, die Stachelbeeren, und im Herbst muß man noch was streuen, und dann ist er alle. Also mit dem Mist ist alles normal, aber Torf müssen wir besorgen, da hilft nichts. Martin Alekseevič, Maša hat mir das mit Nikolaj geschrieben und die ganze Geschichte ausführlich erzählt. Ich muß schon sagen, das ist sehr übel von ihm, sich so aufzuführen mit einem so verdienstvollen Menschen, der auch noch älter ist als er. Sie und ich sind alt genug, wir könnten sein Vater sein, aber er benimmt sich so rüpelhaft. Das hab ich ihm schon damals gesagt, als wir wegen der Veranda bei Ljubana waren, wissen Sie noch? Und er kommt herein wie ein gnädiger Herr, setzt sich hin und fängt an, mich zu belehren, mich, einen älteren Menschen, ich könnte sein Vater sein und der Großvater seines Sohnes, und er hält mir Moralpredigten. Ich hab ihm schon damals gesagt, er braucht mich alten Hasen nicht zu belehren, und die Veranda unterteilen wir sowieso nicht. Also machen Sie sich keine Sorgen, da können die lange

reden, es bleibt alles so, wie es ist. Martin Alekseevič! Ich gratuliere Ihnen zum Tag des Sieges, weil ich vielleicht vorher nicht mehr schreibe. Ich gratuliere Ihnen und wünsche Ihnen Gesundheit und Erfolg bei der Arbeit.
Schreiben Sie, vergessen Sie uns nicht.
Auf Wiedersehen.

Guten Tag, lieber Martin Alekseevič, liebe Ljudmila Stepanovna, lieber Saša! Der ehemalige Sergeant der Sechsten Abteilung der Artillerie schreibt Ihnen und gratuliert Ihnen allen zum Tag des Sieges! Ich wünsche mir, daß keiner von Ihnen je wieder die Greuel des Krieges erleben muß, daß der Himmel über uns klar und friedlich bleibt, daß alle glücklich und in Frieden leben können. Darüber hinaus wünsche ich Gesundheit, Glück und Frieden und Ihnen, Martin Alekseevič, neue schöpferische Erfolge zum Segen unserer Großen Heimat! Uns geht es hier gut, und ich habe des Großen Vaterländischen Krieges gedacht, Martin Alekseevič. Auch Sie werden seiner gedenken, aber ich mußte besonders jetzt daran denken, wo unser ganzes Land diesen Feiertag begeht. Diese Stunde dürfen wir niemals vergessen, Martin Alekseevič, auch Sie erinnern sich gut daran, weil auch Sie von diesem Höllenfeuer versengt wurden, das unser ganzes Land in Flammen gesetzt hat. Ihr Vater ist in den ersten Tagen gefallen, und Sie haben sich freiwillig gemeldet, obwohl Sie nicht hätten kämpfen müssen, weil Sie als Wissenschaftler unabkömmlich waren. Dann wurden Sie verletzt und kamen ins Lazarett, und danach haben Sie dann im Hinterland zur Verteidigung unserer Heimat gearbeitet und eine Reihe wichtiger Erfindungen gemacht, die dazu beitrugen, dem Faschismus das Rückgrat zu brechen. Und ich, Martin Alekseevič, bin später gegangen, weil ich erst sechzehn war und noch warten mußte. Und später nach zwei Jahren bin ich dann in die Hölle geraten, dann habe ich den ganzen Krieg mitgemacht, bin bis Berlin gekommen, ich war sogar beim Reichstag und hab mich mit den Kameraden fotografieren lassen. Ich hatte eine leichte Kopfverletzung, und im Bein hab ich Splitter abgekriegt, und auch wenn man neun Stück herausgezogen hat, trotzdem, wenn schlechtes Wetter ist, tut es weh und pocht und läßt mich nicht schlafen. Aber jetzt ist wunderbares Wetter, die Sonne scheint, es ist warm, ich habe schon viel umgegraben, die Erde ist ganz locker. Ich habe von dem Stück neben der Toilette aus weitergegraben, beinahe bis zu der kleinen Bank! Ich habe genau den Spaten, den man dafür braucht, schön scharfkantig, der gräbt den Boden um, als wenn es Butter wäre, ich hab zwei Tage durchgearbeitet. Und heute abend habe ich mit dem Schuppen angefangen. Veras ganzen Plunder hab ich in die Sonne gelegt, der soll erst mal trocknen, sonst brennt er nicht richtig und qualmt nur. Und gleichzeitig hab ich angefangen, die verfaulten Bretter abzureißen, um keine Zeit zu verlieren, und die Hauptsache ist, die fallen fast von selbst ab, so wacklig ist das Ganze. Ich habe sofort alle Bretter abgerissen, und stellen Sie sich vor, kein einziges davon war in Ordnung! Alle morsch und verfault! Das kommt von der Senke! Wenn er rechts beim Zaun stehen würde, hätte er noch zehn Jahre da stehen können. Und wenn wir den neuen bauen, Martin Alekseevič, das sag ich Ihnen ganz offen, dann müssen wir ein gemauertes Fundament machen, etwas anderes kommt nicht in Frage. Wenn wir den Unterbau aus Holz machen, verfault das wieder. Aber so, Ziegelsteine bis in Kniehöhe und darüber Balken, das wird uns und unsere Enkel überleben. Ich hab die Bretter sofort in die Ecke gelegt, damit ich sie auch verbrennen kann, wenn sie trocken sind, mit Veras Plunder obendrauf. Vera braucht gar nicht beleidigt zu sein, und Nikolaj kann ich das auch so schreiben, wir verbrennen alles, damit das Grundstück nicht ganz mit Gerümpel vollgestopft wird. Und sie helfen auch nicht, reden immer nur, aber nicht, daß sie jetzt kommen und helfen würden. Nikolaj hört tagelang nur Fußball, und der selige Viktor Georgievič sagte immer zu ihm, was hörst du denn immer diesen Scheiß, entschuldigen Sie den Ausdruck, du solltest besser ein gutes Buch lesen, aber er hört immer nur Fußball, und was ist dabei rausgekommen – er arbeitet immer noch als Lagerarbeiter. Nicht so wie Sie oder Saša. Das sind keine intelligenten Leute, ein richtiges Pack. Und Sie reden noch so höflich mit ihm, dabei ist er das gar nicht wert. Sie sind richtige Flegel, und Vera steht ihm in nichts nach. Sie kommen, wenn die Erdbeeren und die Tomaten reif sind. Und wir sind schließlich gutmütige Leute, Sie und Ljudmila Stepanovna, und Maša und ich auch. Wir tun doch keiner Fliege was zuleide – bitte sehr, bedien dich, ich sitz nicht drauf, ich bring es ihnen sogar selbst noch hin – nimm schon, wir sind doch verwandt. Aber sie sind keine umgänglichen Leute – Intriganten sind das. Es ist nicht so, daß sie uns oder Ihnen gegenüber mit offenen Karten spielen, nein, so ist das bei denen nicht. Das ist, weil der selige Viktor Georgievič so gutmütig war, so still und ruhig, sie haben ihn schon als Kinder angeschrien. Ich an seiner Stelle hätte denen eins aufs Maul gegeben, vielleicht wären sie dann klüger geworden. Aber was kann man da heute noch machen, er ist ein richtiges Lastpferd, läßt sich vollaufen und ist vom Bier in die Breite gegangen.

Noch so jung, aber seine Wampe ist dicker als meine. Und eingebildet ist er bis zum Gehtnichtmehr. Zum Beispiel diese Veranda. Die haben doch nicht sie gebaut, sondern der selige Viktor Georgievič und ich, und Sie haben das Geld gegeben. Aber sie wollen sie unterteilen. Was gibt's denn da zu unterteilen, bei sechzehn Quadratmetern! Da lachen ja die Hühner! Wie soll man die unterteilen, mit einer Trennwand vielleicht? Und wie soll man sie dann noch betreten können? Also auch zwei überdachte Vortreppen machen? Das geht ins Geld. Und dann? Es ist so eine schöne Veranda, aber dann hat jeder von uns nur noch eine Hundehütte. Und Sie? Sie brauchen doch auch noch Platz. Das kapieren die nicht, so begriffsstutzig, wie die sind, denen geht es nur ums Aufteilen. Aber wir müssen auch noch an das obere Stockwerk denken, vielleicht sollten wir das besser fertigbauen, wo doch alle Kinder haben, die wollen auch herkommen, aber sie – immer nur die Veranda. Es geht doch gar nicht um die Veranda, das hab ich ihnen damals gesagt. Aber meinen Sie vielleicht, Nikolaj würde beim Bau selber Hand anlegen? Niemals! Er gibt dir Geld, und du kannst dich dann für ihn abrackern, kannst dich mit den Zimmerleuten herumschlagen und die Bretter besorgen und sie herbringen. Und sie – kommen angereist, um Erdbeeren zu essen und sich in die Sonne zu legen. Fertig, aus. Und ich, ein Frontkämpfer mit einem kaputten Bein, mach mir den Buckel für sie krumm, Maša jätet und zieht Kartoffeln, tagelang, und sie – bitte sehr, ihr baut das an und wir fressen es auf. Ich beklage mich nicht, Martin Alekseevič, ich habe noch nie jemandem Vorwürfe gemacht, aber wie kommt so was bloß, wieso ist die Welt so ungerecht? Sind wir etwa schlechter als die? Also, Martin Alekseevič, seien Sie ruhig strenger mit denen – nein

und fertig! Solche Leute verstehen keine andere Sprache. Das ganze Reden nützt doch nichts, das ist denen doch schnuppe. Die brauchen eine feste Hand, und außerdem ist das Haus auf Sie und Ljudmila Stepanovna eingetragen und nicht auf sie. Gott sei Dank hat Viktor Georgievič damals verzichtet, sonst hätten wir die jetzt am Hals. Aber das ist alles halb so wild, Martin Alekseevič. Kümmern Sie sich gar nicht darum. Die Hauptsache ist jetzt, daß ich Torf, Ziegel und Bretter auftreiben kann. Und dann fangen wir an. Aber die Hauptsache ist, daß wir jetzt den Schuppen schnell auseinandernehmen und basta. Zimmerleute findet man hier, sie sollen gar nicht mal so teuer sein, es gibt nicht so viel Arbeit hier. Jeder Mann kann hier eine Axt schwingen, und das kommt nicht teuer. Zu bauen gibt es ja eigentlich nicht viel, und ich helfe ja auch, ich kenne mich aus mit Zimmerarbeiten, wie ein echter Zimmermann, auch wenn ich immer Lagerarbeiter war. Und das Dach decken wir, daß es die reinste Freude ist. Das mach ich alleine, machen Sie sich nur keine Sorgen, ich mach das erstklassig. Ich muß nur Schiefer auftreiben und Dachpappe kaufen, und dann ist alles in der Norm. Martin Alekseevič! Wenn es geht, schicken Sie mir doch etwas Geld für den Kauf der oben erwähnten Materialien, ich habe mich ein bißchen verausgabt, aber wir werden uns schon einigen. Ich hätte ja Maša gebeten, aber sie hat gerade Ljubana 500 für die Wand gegeben, so daß ich Sie bitte, wenn es möglich ist. Ich bitte sie dann hinterher, daß sie es Ihnen zurückgibt.
Viele Grüße und Glückwünsche an alle,
schreiben Sie, vergessen Sie uns nicht!
Auf Wiedersehen.

Guten Tag, lieber Martin Alekseevič, liebe Ljudmila Stepanovna! Wie geht es Ihnen? Wie geht es Saša? Wie ist das Wetter bei Ihnen? Mir geht es gut, das Wetter ist gut, die Sonne scheint, es ist warm. Ich bin heute aufs Dach geklettert und habe nach dem Filz geschaut, und er ist in der Zwischenzeit ganz trocken geworden! So warm ist es hier. So daß also mit dem Filz alles wunderbar geklappt hat, Martin Alekseevič. Ich habe ihn wieder ausgelegt und darunter eine große Unterlage aus Kanthölzern gemacht. Martin Alekseevič! Vielen Dank für die Überweisung. Die kam gerade rechtzeitig, gestern habe ich das Geld auf der Post erhalten, und dann fingen sie an, Torf zu liefern, und ich habe gleich eine ganze Ladung genommen. Zwar haben sie das nicht ganz an der richtigen Stelle abgeladen, sondern da am Zaun, aber das hab ich dem Fahrer nicht richtig gesagt, ich war wegen dem Geld ins Haus gegangen, und er hat nicht gemerkt, daß wir ein Tor haben, und hat alles direkt neben die Gartenpforte geschüttet. Ich habe ihm noch vom Fenster aus zugerufen, aber da hatte er schon alles abgeladen. Aber das macht ja nichts, ich bring das mit der Schubkarre schnell da weg. Aber dumm ist es trotzdem. Auf jeden Fall danke ich Ihnen sehr. Ich bin noch mal nach Barybino zum Materiallager gefahren, und diesmal mit Erfolg, es gab Dachpappe und Zwanzig-Millimeter-Bretter. Ich hab drei Rollen Dachpappe gekauft, und dann noch zwei, die können wir sicher gebrauchen, und dann hab ich für hundert Rubel Zwanzig-Millimeter-Bretter bestellt, so daß jetzt alles in der Norm ist. Die Lieferung war ziemlich teuer, achtzehn Rubel und ein paar Kopeken. Aber dafür haben sie normal abgeladen, ich hab das Tor aufgesperrt, und der Fahrer ist da durchgefahren und hat die Lieferung bei den jungen Apfelbäumen abgeladen. Es ist gutes

Holz, Tannenholz. Jetzt brauchte ich nur noch drei anständige Holzstämme, dann könnte ich die mit der Säge in Kanthölzer zersägen und alles wäre ganz normal. Mit dem Bauholz ist jetzt also alles normal. Aber Schiefer, Martin Alekseevič, Schiefer haben sie nicht und sie bekommen auch keinen, den können wir uns von der Backe putzen. Ich will noch zu der Baustelle gehen, vielleicht wissen sie da was, aber der Nachbar hat mir gesagt, daß man jetzt nicht mehr mit Schiefer deckt, so daß das wohl auch nichts bringt. Aber macht nichts. Dann sind da noch die Ziegelsteine. Das ist eine vorrangige Aufgabe. Ich hab mit zwei Fahrern gesprochen, einer von der Sowchose, einer von der Baustelle. Beide haben mir Ziegel versprochen, aber noch nicht sofort. Aber das macht nichts, das eilt ja nicht so, das hat Zeit. Martin Alekseevič! Was ich noch sagen wollte – in der Wand zwischen meinem und Ihrem Zimmer haben sich entweder Mäuse oder Ratten eingenistet, genau kann ich das nicht sagen. Ich hab sie jetzt schon oft nachts herumlaufen hören, es raschelt die ganze Zeit. Ich glaube, es sind Ratten, weil es ziemlich laut ist. Die Wände sind schließlich von innen hohl, das ist doch eine Wonne für die, da haben sie sich eingenistet, diese Pest. Ich hab zu Anfang gedacht, ich hätte mir das eingebildet oder geträumt, aber nein, tagsüber rascheln sie auch da herum. Ich hab an die Wand geklopft, da waren sie still. Aber dann ging es wieder los. Es riecht auch so, offenbar haben sie sich über den Winter dort eingerichtet. Wir müßten uns entweder eine Katze anschaffen, wenn auch nur den Sommer über, oder sie mit Arsen vergiften. Ich hab in der Küche sofort eine Mausefalle aufgestellt, bis jetzt ist da aber noch nichts drin. Aber Ratten, das ist nicht gut, die muß man von vornherein ausrotten. Aber macht nichts, wir regeln das schon. Martin

Alekseevič! Gestern hat der Frost zugeschlagen, seltsam für den Mai, aber es waren Nachtfröste und tagsüber hab ich geheizt, sonst ist es so feucht, und nachts so kühl. Ich habe Wasser zugegossen, einen halben Korb Kohlen verheizt, die Heizung funktioniert normal. Sie leckt nicht und ist auch nicht kaputt. Ich habe also geheizt, aber das Wasser habe ich nicht abgelassen, es kann vorläufig bleiben, wissen Sie, vielleicht kommen noch kalte Tage und wir müssen wieder heizen. Sie werden das auch brauchen können. Und sie funktioniert tadellos, ich habe sofort, als ich Wasser aufgegossen habe, geheizt, und es ist sofort warm geworden, sie leckt nirgends. Heute habe ich auch noch endlich den ganzen Plunder verbrannt. Als ich morgens eingeheizt habe, bin ich sofort raus, hab die Bretter zu einem Haufen gestapelt und Veras Kram obendrauf gelegt, die Galoschen, uralte Schuhe, Aktentaschen, allerlei Plunder. Er fing sofort Feuer, er war ja an der Sonne getrocknet und brannte gut und qualmte nicht. Am Mittag war schon alles verbrannt und die Bretter auch. Danach hab ich dann die Seitenwände auseinandergenommen, sie waren kräftig und da waren noch viele gute Balken dabei, die hab ich bis zum Abend sortiert, und dann war ich ein bißchen müde. Aber Asche haben wir jetzt genug, gerade recht zum Pflanzen. Und Veras Plunder hab ich verbrannt, wenn Sie sie sehen, können Sie ihr das sagen. Ich hab ihr schon lange gesagt, schmeiß das Zeug doch weg, es liegt bloß im Weg, wenn man den Rechen holt, und dann war da noch ihre Truhe. Da war nur Staub drin, alles vergammelt, irgendwelche Aktentaschen, zerrissene Galoschen, Lumpen – wozu das alles? Sie würde das sowieso nie mehr brauchen, das wär sowieso alles verfault, aber jetzt hab ich alles verbrannt, also sagen Sie ihr das, Martin Alekseevič. Und sie soll bloß nichts sagen, ich hab ihr schon lange gesagt, ich verbrenn das alles, schmeiß es selbst weg. Aber Sie wissen ja, wie sie sind – die Herrschaften nicken und machen dann doch nichts. Dann wäre die Ecke im Schuppen schon leer gewesen, und alles wäre ganz normal gewesen. Ich wäre einfach morgens aufgestanden, hätte in aller Ruhe den Schuppen auseinandernehmen können und hätte alles übrige verbrannt, damit wäre allen gedient. Aber so, da liegt das Zeug herum, gammelt vor sich hin und nützt niemandem was. Aber ich hab jetzt alles verbrannt, unbesehen, sagen Sie ihr das. Ich weiß, daß die deswegen auf mich sauer sind, aber sei's drum. Ich bin nicht ihr Sohn, ich könnte ihr Vater sein. Wie oft soll ich ihr das denn noch sagen? Es wäre doch nicht so schwierig gewesen, die Sachen auszusortieren und das, was nicht mehr gebraucht wird, wegzuwerfen, und alles wäre normal gewesen. Aber nein, soll es doch vergammeln, Hauptsache, es liegt da. Aber wenn man davon anfängt, sind sie sofort beleidigt, das ist das einzige, was sie können. Ich hab ihnen letztes Jahr gesagt, putzt euch die Füße besser ab, was schleppt ihr denn den ganzen Dreck von draußen herein, und wischen tut Maša, die wischen doch den Gang nie. Aber Maša putzt für alle. Da war sie aber sauer auf mich, wie kann man nur die Leute wegen solcher Kleinigkeiten so anschreien, sagt sie zu mir. Ich sag ihr, ich schreie nicht, ich hab überhaupt noch nie jemanden angeschrien, ich sage nur, ihr sollt euch die Füße abputzen, wenn ihr schon nicht selber wischen wollt. Und wenn ihr euch die Füße nicht abputzt, dann wischt gefälligst selbst hinter euch her, ihr macht doch nur Dreck, und Maša kann dann putzen! So ist das doch. Sie war natürlich sofort beleidigt. Und Nikolaj sagt, was schreien Sie Vera an. Dabei hab ich noch nie jemanden angeschrien, ich hab bloß gesagt, Sauberkeit muß sein, schließlich wohnen sie hier nicht alleine, Sie sind noch hier, Martin Alekseevič, und wir, und Saša kommt auch immer her. Aber er hat gedacht, ich wollte bloß herumnörgeln. Aber ich sage, warum soll ich denn an Vera herumnörgeln. Sie ist doch schließlich eine Verwandte von mir, also kein fremder Mensch. Ich gebe bloß einen Ratschlag, ich bin doch älter als ihr, und ihr seid widerspenstig. Und Sie können denen ruhig sagen, sie bräuchten nicht zu denken, daß sie hier alleine sind. Sie sind mit dem seligen Viktor Georgič immer sehr rauh umgesprungen, er hat sie eben zu Flegeln erzogen. Und ich erlaube nicht, daß man mit mir so umspringt, ich bin nicht ihr Sohn. Auch Sie, Martin Alekseevič, wären besser strenger mit ihnen, sonst tanzen sie uns noch auf dem Kopf herum. Sie sind wirklich ein ungehobeltes Pack, besonders Nikolaj. Er ist gewohnt, mit seinen Kollegen zu saufen, also denkt er dasselbe von uns. Sie sind ein intelligenter Mensch, Sie müssen ihm Zügel anlegen, sonst rastet er noch vollkommen aus. Mit solchen Leuten geht es nicht anders. Sie sind ungebildete Leute, denen darf man nichts durchgehen lassen. Aber wir werden denen das schon beibringen. Schließlich muß man Respekt vor älteren Leuten haben, ich bin doch nicht ihr Sohn. Ich bin Veteran des Großen Vaterländischen Krieges. Und Sie auch, Martin Alekseevič. Und die behandeln uns wie kleine Kinder. Martin Alekseevič! Was ich noch zum Pflanzen sagen wollte. Ich glaube, wir müssen dieses Jahr mehr Kartoffeln pflanzen, weil letztes Jahr hatten wir doch eine so schlechte Ernte, da wird sie dieses Jahr sicher gut. Das ist immer so, wenn man im letzten Jahr eine schlechte Ernte hatte, gibt es in diesem Jahr sicher eine gute. Letztes Jahr ist alles verfault und es gab kaum was. An jedem Strauch drei

Stück, mehr nicht. Aber dieses Jahr gibt es vielleicht mehr. Vorletztes Jahr waren es fünf Stück, und große Knollen hatten wir, gute Qualität. Und dann drei. Vielleicht gibt es dieses Jahr wieder fünf. Ich pflanze also Kartoffeln bis dicht an die Tonnen, dann werden wir ja sehen. Wenn es im vorigen Jahr eine schlechte Ernte gab, dann gibt es dieses Jahr eine gute, das hat man schon früher gesagt. Und säen kann man gut, wir haben viel Asche, im Herbst haben wir gedüngt und alles wird normal. Das Saatgut ist auch gut, trocken, nicht verfault. Als ich hergefahren bin, hatte ich Angst, daß es feucht wird, aber als ich reinkam, sehe ich, daß alles trocken ist. Das ist sehr gut. Nicht so wie auf der Veranda, von oben hat es durchgeregnet, und der Filz ist ganz naß geworden. Aber den habe ich jetzt getrocknet, jetzt ist alles innerhalb der Norm. Und die Kartoffeln waren auch trocken. Also wir setzen sie bis dicht an die Tonnen und es ist alles in Ordnung. Martin Alekseič! Ich habe noch wegen dem Dach überlegt und beschlossen, keine Rinne dranzumachen. Wozu? Ich hab an der alten nur ein bißchen herumgestochert, und da ist sie gleich in Stücke gegangen. Vollkommen durchgerostet. Da hat sich nämlich nur der Schnee drin gesammelt und dann ist alles verrostet. Und wenn wir das Dach mit Schiefer decken, dann brauchen wir auch keine Rinne, dann rutscht nämlich alles herunter, es ist doch ziemlich steil. So daß wir also keine Rinne brauchen, das sage ich Ihnen ganz offen. Ich habe mich noch mit Semjon Petrovič beraten und er sagt, das stimmt, wir brauchen keine. Bei ihnen ist auch keine Rinne dran und sie brauchen auch überhaupt keine. Da wird nur der Schnee aufgehalten, weil er sich in der Rinne anhäuft und darunter modert und fault alles. Also machen wir doch am besten ein ziemlich steiles Dach, da kann dann alles runterrutschen. Und dann ist alles in der Norm. Martin Alekseevič, ich habe Semjon Petrovič um Rattengift gebeten. Er hat mir welches gegeben und gezeigt, wie ich es anwenden muß. Ich werde denen also jetzt Dampf machen. Die haben da unten etwas angeknabbert und in die Löcher stopf ich das Gift rein, sollen sie das fressen. Die haben sich diesen Winter so vermehrt, das hatten wir noch nie. Aber es ist nicht so schlimm, Semjon Petrovič hat gesagt, es ist ein gutes Gift, er hat seine schon lange damit weggebracht. Und eine Katze brauchen wir dann auch nicht. Und danach werden wir dann alle Löcher zustopfen. Als ich nämlich die Ecken kontrolliert habe, lag da Mäusedreck herum. Ich glaube wenigstens, daß es von Mäusen ist, die Ratten scheißen größer, das ist so länglich, und bei den Mäusen ist es kleiner, wie dünne Nudeln. So daß es wohl auf jeden Fall Mäuse sind, und wir werden sie alle vergiften, damit es keine Ansteckung gibt, das passiert ja sonst schnell. Und das Gift ist gut, Semjon Petrovič hat gesagt, er hätte seine sofort vergiftet und es wären nie mehr welche aufgetaucht. Also führen wir die Operation zur Vernichtung des Feindes durch. Martin Alekseevič! Schreiben Sie mir, wie es Ihnen geht, wie es um die Gesundheit Ihrer Gattin Ljudmila Stepanovna bestellt ist, wie es Saša geht. Schreiben Sie mir ganz genau, was sich bei Ihnen so tut. Und sagen Sie allen einen herzlichen Gruß.

Auf Wiedersehen, schreiben Sie öfter!

Guten Tag, lieber Martin Alekseevič, liebe Ljudmila Stepanovna, lieber Saša! Gerade habe ich das Paket von Saša bekommen und mich sehr gefreut. So eine Säge und solche Nadelfeilen hatte ich noch nie, die machen sie in der DDR wirklich erstklassig! Vielen Dank, das kommt mir sehr gelegen, weil ich doch die Gartenpforte unten absägen muß, sonst versinkt sie noch ganz in der Erde. Das Sägeblatt ist sehr gut, ganz feine Zähne, aber man sieht, daß sie tierisch gut sägt. Die sind sehr langlebig und nicht so zerbrechlich, und biegsam sind die. Vielen Dank. Und Maša hat mir noch Fausthandschuhe dazugelegt. Das ist auch gut. Heutzutage kann man mit so einem Werkzeug alles mögliche anfangen. Martin Alekseevič! Was macht Ihre Gesundheit? Sie schreiben mir ja nie, ich mache mir schon Sorgen, wenigstens Maša hat mir geschrieben, daß alles in Ordnung ist, daß Saša sein Studium abgeschlossen hat und alles normal ist. Schreiben Sie mir doch von allem. Auch wie es Saša jetzt geht, was er machen will. Ich habe hier schon fast den ganzen Schuppen auseinandergenommen, da steht jetzt nur noch ein Gerippe, als wäre er schon gar nicht mehr da. An den Seiten sind die Balken noch sehr gut, gar nicht verfault, ich hab sie an die Sonne gelegt – sollen sie da trocknen, dann leg ich sie zu den neuen auf den Stapel. Die hab ich schon schön aufgestapelt, zwischen den beiden Apfelbäumen, da rechts. Da stören sie nicht. Aber als ich mich an den unteren Teil gemacht habe, war da alles verrottet. Das ist wegen der Senke. Da steht jetzt auch noch das Wasser, da ist natürlich alles verfault, und wie. In so einer Senke verfault eben alles. Also, Martin Alekseevič, wenn wir den neuen bauen, müssen wir das in der Nähe vom Zaun machen. Sonst verfault wieder alles. Oder ein steinernes Fundament. Das ist am besten, dann könnte man ihn sogar am gleichen Ort lassen, einfach ein steinernes Fundament machen. Das muß nicht besonders hoch sein, vielleicht bis zum Knie, und dann kann man es von oben verkleiden. Dann wird es normal. Heute habe ich mich ans Kartoffelpflanzen gemacht. Ich habe den Boden aufgelockert, von den Saatkartoffeln die größeren aussortiert, und danach habe ich Asche durchgesiebt. Asche haben wir jetzt mehr als genug. Die Bretter hab ich alle verbrannt, dann die Asche ausgesiebt, und es ist ein ganzer Berg geworden. Ich hab sie in ein eisernes Faß geschüttet und zugedeckt, damit sie nicht naß wird. Mit Asche sind wir jetzt für den ganzen Sommer im Überfluß versorgt. Den Torf herbeizuschleppen ist sehr umständlich, wegen dem Zaun, ich bin ein dutzendmal mit der Schubkarre hin- und hergefahren und habe Rückenschmerzen gekriegt und habe dann aufgehört, ich denk mir, ich mach das schön langsam fünf Stück am Tag, dann hab ich das auch in einer Woche geschafft. Alles auf einmal ist zu schwer, Martin Alekseevič, ich bin schließlich ein alter Mann, wie Sie auch. Heute hab ich auch wieder morgens geheizt, das ist besser so, denn wenn man schon am Abend heizt, ist es zum Schlafen so stickig, und wenn ich dann aufstehe, brummt mir der Schädel und ich komme erst mittags wieder zur Besinnung, aber so heizt man erst morgens und es ist warm und man sieht frisch und munter aus. Martin Alekseevič! Ich erzähle Ihnen jetzt noch die Hauptsache, wie ich mit den Ratten kurzen Prozeß gemacht habe. Vorgestern hab ich Gift mit Brot und Zucker in das Loch gelegt und da kann man mal sehen, was die Chemie fertigbringt! Heute nacht war kein Geräusch mehr zu hören! Also haben sie das wohl gefressen und sind verreckt. Auch tagsüber hab ich mal gehorcht – kein Ton zu hören. Mir hatte doch Semjon Petrovič gesagt, daß das ein gutes Gift ist und er bei sich sofort alle vernichtet hat und gar keine Katze nötig war. Sobald ich mich schlafen gelegt hab, hatte ich immer das Geraschel in der Wand. Aber jetzt hab ich geschlafen und alles war ganz normal. So daß also dieses Problem im großen und ganzen zur Zufriedenheit gelöst ist. Ratten und Mäuse stehen jetzt keine mehr in Aussicht. Aber mit dem Dach, Martin Alekseevič, da muß man etwas unternehmen. Unser Dach ist wirklich nichts mehr wert und schon ganz verfault, das kann man wohl so sagen, ich bin heute wieder raufgeklettert und hab in der Nähe vom Giebel nachgesehen. Dort ist das Blech nur noch in der Mitte heil, an den Rändern ist nur Rost und Mulm. Und natürlich ist es undicht, der ganze Dachboden ist feucht und in die Veranda ist auch was durchgesickert, deswegen war auch der Filz ganz naß. Das ist wirklich nicht mehr auszuhalten weil nächstes Jahr stehen wir ganz unter Wasser eh wir uns versehen. Ich hab schließlich schon lange gesagt, das Dach ist undicht und das Blech ist durchgerostet und es wurde viel zu oft gestrichen. Aber auf mich hört ja keiner. Bei Ihnen versteh ich das ja noch, Sie sind ein vielbeschäftigter Mann, Sie haben Ihre wissenschaftliche Arbeit, aber Nikolaj und Vera – kaum sagt man was heißt es gleich was machst du für ein Theater, es stürzt schon nicht ein. Sie wollen nur Bier trinken und sich amüsieren oder Sonnenblumenkerne ausspucken. Aber jetzt ist es bald soweit, das Dach stürzt ein. Ich hab doch schon lange gesagt man müßte das Dach mit Schiefer decken und dann wäre alles ganz normal. Wenn wir es nämlich vor zwei Jahren mit Schiefer gedeckt hätten, wäre jetzt alles gut. Dann gäb es keinen Rost. Und feucht wäre es auch nicht weil nämlich Schiefer feuchtigkeitshemmend ist. Ich weiß noch wie wir im Sommer darüber geredet haben. Sie waren auch dabei. Ich hab davon angefangen aber Vera hat gesagt ach warten wir noch etwas damit. Jetzt haben wir das Malheur. Martin Alekseevič, ich will doch immer nur das Beste zumal wo wir alle verwandt sind, also wieso hört denn niemand auf mich wo ich doch ein alter, erfahrener Mann bin? Ich bin schließlich klüger als Nikolaj und hab mehr von der Welt gesehen als er und den Krieg hab ich mitgemacht und kenne mich aus im Zimmermannshandwerk. Vom Baumaterial versteh ich Gott sei Dank auch was wo ich doch das halbe Leben im Materiallager verbracht hab, da hab ich allerhand gesehen. Aber er sagt, wir sollen noch warten. Worauf sollen wir denn noch warten? Wir hätten es schon lange neu decken sollen, wir hätten das Geld zusammengelegt und dann wäre es normal gewesen, aber jetzt leckt es überall, auf der Veranda und in der Küche sind auch schon Flecken oben in der Ecke bei den Kacheln. Jetzt haben wir das Theater. Wir warten noch ein bißchen, und dann decken wir es neu. So denken die. Worauf wollt ihr denn noch warten, hab ich sie gefragt. Daß das Dach einstürzt? Oder daß es überall durchsickert? Aber die wollen sich doch bloß in die Sonne legen und nichts tun. Das war nicht klug von Ihnen, daß Sie sie damals unterstützt haben, Martin Alekseevič. Saša hat auch schon so angefangen – warten wir noch ein bißchen. Jetzt haben wir das Theater. Aber wenn Sie auch gesagt hätten, wir decken das Dach jetzt und basta, dann wären die vielleicht auch mal in die Gänge gekommen, schließlich ist es Ihr Haus, Sie sind doch der Herr im Haus. Aber Sie haben damals gesagt in Ordnung, was soll die Eile warten wir noch ein bißchen im Sommer gibt's eh immer so viel zu tun und so weiter und so fort. Aber wissen Sie, Martin Alekseevič, es gibt jeden Sommer viel zu tun, nur haben wir diesen Sommer besonders viel am Hals, den Schuppen und das Dach und das Säubern der Toilette. Und mit dem oberen Stock müssen wir uns auch entscheiden ob wir jetzt ausbauen oder nicht. Wenn ja dann brauchen wir jetzt noch nicht das Dach zu decken, dann bauen wir zuerst fertig und decken dann, sonst hat es ja keinen Sinn. Aber wenn nicht, dann müssen wir unbedingt jetzt decken. Aber Sie wollen ja ausbauen. Ich bin auch dafür obwohl das uns allen ins Geld geht. Aber das wird eine gute Sache es gibt noch zwei Zimmer und nicht gerade kleine. Wenn wir das in einem Monat schaffen dann könnten wir auch sofort das Dach decken und alles wäre geritzt. Zimmerleute finde ich schon, das ist nicht so schwer. Aber da ist auch noch der Schuppen. Den muß man auch bauen, da führt kein Weg dran vorbei. Zwei Baustellen in einem Sommer. Wenn man das Haus schon letztes Jahr gemacht hätte das wäre gut – dann wär jetzt nur noch der Schuppen zu machen und sonst nichts. Aber so haben wir jetzt mehrere Probleme und alles ist schwieriger geworden. Ich weiß selbst nicht so recht womit ich anfangen soll mit dem Haus oder mit dem Schuppen. Und um den Gemüsegarten müssen wir uns auch noch kümmern da führt kein Weg dran vorbei. Und wer kümmert sich darum? Sie und ich und Maša und Ljudmila Stepanovna. Und Ljubanja kommt noch vorbei und hilft. Aber Nikolaj und Vera machen doch keinen Finger krumm, wozu auch. Im August kommen sie her und dann ist alles fertig. Der neue Schuppen steht Obst und Gemüse sind reif und die Toilette ist sauber. Die ist jetzt voller Scheiße, das muß man alles rausholen. Wir putzen das alles schön, und die können nur draufscheißen und fertig. Verurteilen Sie mich nicht, Martin Alekseevič, ich verstehe ja, Vera ist trotz allem Ihre Nichte. Aber wie geht denn das? Die einen arbeiten und die anderen setzen sich ins gemachte Nest und lassen sich bräunen. Dabei könnten wir doch ihre Eltern sein, wir sind alte

Leute, die muß man achten heißt es doch, aber die – warten wir noch ein bißchen. So ist das. Und was ist dabei herausgekommen? Wir haben gewartet, bis das Haus auseinanderfällt. Meinen Sie vielleicht, daß die sich dann darum kümmern? Von wegen. Die setzen sich dann in ihren Žiguli und auf Wiedersehen. Und Sie und ich können die Suppe dann auslöffeln. Martin Alekseevič, Sie haben mir doch eine Überweisung geschickt, Sie wissen ja, jetzt muß ich Torf und Ziegelsteine kaufen und verschiedene Balken, aber meinen Sie vielleicht, die hätten mal Geld gegeben? Die sind richtig knickerig, wir haben kein Geld. Aber ein Auto können sie kaufen und jedes Jahr in den Süden reisen. So ist das. Die geben nur dann was wenn wirklich alles verfault ist und wenn alle was geben, sogar Ljubanja. Aber sonst, die würden dir ja im Winter nicht mal Schnee geben. Dabei ist es doch Verwandtschaft. Na was soll's. Aber im Grunde müßten Sie mit denen mal ein ernstes Wort reden, Martin Alekseevič. Die müssen doch auch ein Gewissen haben. Sie sind mit denen viel zu nachsichtig. Das wollen sie ja gerade. Dabei muß man mit denen anders umgehen. Aber gut. Was schreib ich immer über die. Mir ist noch was aufgefallen nämlich daß die Tür im Flur ein bißchen abgesunken ist und über den Boden schleift. Das ist jetzt schon die zweite nach der Küchentür. Ich hab mal probeweise dagegengedrückt, sie hängt nicht besonders schief, sie ist wohl einfach nur abgesunken. Ich glaube, man muß sie einfach mal aus den Angeln heben und mit dem Hobel unten drüberfahren. Das mach ich dieser Tage mal. Mit dem Torf wird alles ganz normal, den hab ich schnell an die richtige Stelle geschleppt. Es ist kein schlechter Torf, nicht sehr bröcklig. Martin Alekseevič, hier sprießt jetzt alles, die Blätter kommen mit aller Macht. Ich hab nach den Erdbeeren geschaut, es kommen neue Ranken, die werden gut. Aber den Stachelbeerstrauch muß man zurückschneiden, das ist sicher. Der ist so gewachsen und wir haben ihn seit dem Herbst nicht mehr geschnitten und jetzt sieht man, wie er nach allen Seiten ausgeschlagen hat und die Hauptsache er läßt dem Johannisbeerstrauch gar keinen Platz zum Wachsen, dabei ist der doch noch so jung. Also muß man ihn unbedingt zurückschneiden aber sonst muß man sich nicht darum kümmern, er ist sowieso ziemlich mickrig, man zersticht sich die Hände beim Pflücken und überhaupt haben wir nichts davon. Aber die Johannisbeeren sind eine gute Sorte. Als wir sie im Herbst gepflückt haben, waren sie rabenschwarz und süß und zergingen auf der Zunge. Also schneide ich die Stachelbeeren zurück, dann können die Johannisbeeren wachsen. Martin Alekseevič! Als ich den Schuppen auseinandergenommen habe habe ich eine Mappe mit irgendwelchen Papieren von Ihnen gefunden, die sind schon alt und vermodert und vergilbt aber ich hab mir gedacht, vielleicht sind die für Sie noch wichtig und Sie brauchen sie noch, deshalb hab ich sie auf die Veranda gelegt und laß sie da bis Sie kommen. Wieso schreiben Sie mir überhaupt nicht, schreiben Sie mal, und vergessen Sie mich nicht. Meine Verehrung für Ljudmila Stepanovna. Und bleiben Sie gesund, in unserem Alter ist die Gesundheit das Wichtigste. Schreiben Sie doch öfter! Auf Wiedersehen!

Guten Tag, lieber Martin Alekseevič!
Ich schreibe Ihnen sofort nach der wichtigen Operation betreffend die Reparatur der beiden Türen. Obwohl es keine Reparatur ist, aber trotzdem. Heute morgen gleich nach dem Aufste-

hen habe ich mich um die Türen gekümmert. Semjon Petrovič und sein Schwager haben mir gestern geholfen, die Tür im Flur aus den Angeln zu heben, und heute morgen hab ich mit dem Hobel etwas abgehobelt und mittags haben wir sie wieder eingesetzt und jetzt paßt sie genau – ich hab einen Zentimeter weggenommen und jetzt paßt sie – sie schleift nicht mehr über den Boden. Danach hab ich mir die Gartenpforte vorgenommen. Die konnte ich ganz leicht selbst rausheben ich hab unten mit der Laubsäge etwas abgesägt und einen dicken Draht drangemacht, und das hat ganz genau gepaßt. Sie war ja ganz abgesunken und festgefroren, als ich ankam. Aber jetzt ist alles ganz normal, sie berührt nicht mal mehr den Boden. Mit den Türen wären wir also fertig. Danach hab ich mit dem Torf angefangen und mich ein bißchen übernommen – zwölf Schubkarren voll hab ich rübergebracht. Das war natürlich etwas zu viel, ich war ganz durchgeschwitzt und hab mich dann bis zum Abend hingelegt und ein Buch über Gandhi gelesen. Er war doch wirklich ein großer Mann und das Volk liebte und achtete ihn, und die Hauptsache, er war ein einfacher Mann und gar nicht hochmütig. Alle hat er geachtet, alt und jung. Das ist die Hauptsache, daß man dich achtet. Als ich da so lag hab ich daran gedacht wie wir uns in jungen Jahren gegenüber alten Leuten benommen haben – wenn die was gesagt haben, haben wir darauf gehört. Heutzutage ist die Jugend ganz anders, frech und dreist, denen ist nichts mehr heilig. Als ich neulich Milch holen ging, weil ich mir Nudelsuppe kochen wollte, da saßen welche auf dem Zaun. Visagen hatten die – zum Reinschlagen. Keinerlei Respekt haben die. In der Schlange für Wein drängeln sie sich vor, denen macht nichts Eindruck. Und diese Langhaarigen trinken alle schon von Kindheit an. Dann steigen sie in die Datschen ein, das wissen Sie ja besser als ich, so wie letzten Sommer bei Furmanov. Beinahe totgeschlagen haben sie den. Zum Glück haben sie die wenigstens geschnappt und eingelocht, aber normalerweise kriegen sie die doch gar nicht und dann machen die einfach weiter. Semjon Petrovič hat mir erzählt, wie sie hier im Winter in zwei Datschen auf der anderen Seite eingestiegen sind. Sie sind rein haben Gläser mit Kompott leergefressen und die restlichen kaputtgeschlagen. Dann haben sie aufs Bett geschissen und sind abgehauen. So war das. In einem anderen Haus haben sie Farbe gefunden und damit unflätige Wörter an die Wände gemalt und danach mitten ins Zimmer geschissen. So ist das heute. Wenn ich da an meine Jugend denke, wir haben zwar auch getrunken und uns geprügelt, aber so einen Unfug haben wir nicht gemacht. Dazu muß man doch schon völlig skrupellos sein, um so was zu machen, so eine Schweinerei. Wenn nötig, klau dir halt mal was und fertig, aber so eine Sauerei das muß doch nicht sein. Überhaupt sind die Leute heute so grob, egal ob Alte oder Junge, im Laden oder auf der Straße. Heutzutage ist keiner mehr um Schimpfworte verlegen – alle fluchen was das Zeug hält. Sie haben jeglichen Respekt verloren. In der Schule werden sie schlecht erzogen, ehrlich gesagt, ist das doch keine Erziehung bloß Aufgaben und Beispiele und sonst nichts. Bei uns früher war es wie bei einer Komsomol-Versammlung, es war interessant, Kritik und Selbstkritik, und wir mußten Rechenschaft ablegen und das Leben war irgendwie aktiv, aber heute – heute sitzen sie da und gehen dann nach Hause. Die haben für nichts mehr Interesse, nicht für Bücher, nicht für Ausflüge, die wollen nur tanzen gehen raufen und trinken. Und natürlich auf Datschen herumziehen und Unsinn machen. Martin Alekseevič! Morgen will ich Kartoffeln setzen. Semjon Petrovič hat seine schon gesetzt und ich glaube jetzt muß ich das endlich auch machen, ich wollte das ja schon lange tun aber dann hab ich's immer wieder aufgeschoben – mal kam der Torf dazwischen, mal die Bretter, dann die Türen. Aber morgen früh fang ich bestimmt an. Das Wetter ist gut hier die Sonne wärmt, alles sprießt was das Zeug hält und im Gemüsegarten gibt's viel Arbeit, schade daß Maša nicht kommen kann. Ich hab keine Zeit mir mittags und abends was zu kochen, also eß ich gekochte Würstchen, Tee, Quark, zum Glück gibt's im Dorfladen wenigstens immer Quark. Und Milch gibt es gute hier, von der Sowchose, nicht bloß Milchpulver. Milch hab ich gerne. Aber Sie trinken ja auch gerne Milch, Martin Alekseevič, das weiß ich. Sie haben sie ja noch lieber als Tee, mit Erdbeeren und Quark. Und ich hab sie gerne mit Weißbrot. Abends ist das gut, und angeblich ist es auch für den Magen gut. Aber Kefir oder Dickmilch sind eigentlich noch besser. Pavlov hat jeden Abend einen Krug Dickmilch getrunken und ist neunzig Jahre alt geworden. Das macht eben die Natur. Martin Alekseevič, ich hab mir folgendes überlegt wenn wir schon oben ausbauen, dann dürfen wir nicht kleinlich sein. Wir sollten nicht nur über den Zimmern bauen wie Semjon Petrovič, sondern auch über der Veranda. Dann bekommen wir zwei große Zimmer und noch ein großes. Das braucht man nicht zu heizen und im Sommer gibt das eine Veranda. Sonst haben wir nur die zwei Zimmer und fertig. Und dann fällt uns plötzlich ein, daß das zu wenig ist, wenn die Enkel groß werden. Und wir müssen das diesen Sommer machen, Martin Alekseevič, sonst zieht sich das wieder hin, und das Dach ist schon so alt und dies und jenes. Und den Schuppen müssen wir trotzdem bauen, das gibt auch genug Arbeit für den ganzen Sommer. Und da sagen Nikolaj und Vera, warten wir noch ein bißchen. Kein schlechtes Geschäft, einfach so warten und nichts machen. Trotzdem muß man sich das doch ernsthaft überlegen. Wenn der Schuppen verrottet ist, muß man schnellstens einen neuen bauen. Und das Dach auch. Und der Ausbau. Noch ein Jahr, und das Dach ist komplett durchlöchert. Und dann ist alles nur noch schlimmer. Aber so bauen wir den oberen Stock und decken mit Schiefer. Dann ist alles in Ordnung. Nur dauert es mit dem Schiefer so lange. Ich habe noch mit Semjon Petrovič geredet und er sagt man soll nicht nach Barybino fahren, sondern nach Žukovskaja. Da ist ein ganzes Baukombinat, und man kann mit den Leuten reden. Es ist zwar ziemlich weit, 60 Kilometer, aber dafür ist es dort einfach – Semjon Petrovič hat letzten Sommer eine ganze Ladung Spanplatten da geholt. Er hat das sofort abgemacht, die haben ihm den Wagen voll Spanplatten geladen, er hat ihnen 50 Rubel und zwei halbe Liter dazu gegeben und dann kamen sie angesaust. Mit dem Schiefer kann ich das auch so machen. Aber wir brauchen auch ganz dringend Spanplatten, ohne die kommen wir nirgends hin, Martin Alekseevič, die sind manchmal besser als Balken, damit können wir die Wände im Anbau verkleiden. Eine gute Sache. Und die Decke auch. Keine Spalten kein Anpassen es ist schließlich breit genug. Ich denke also nächste Woche wenn ich mit dem Pflanzen fertig bin fahr ich nach Žukovskaja. Sonst kann man noch den ganzen Sommer herumsitzen und warten, bis sie welche bringen oder bis es im Materiallager welche gibt. Und vielleicht gibt es da überhaupt keine. Oder es gibt welche und die vom Lager rufen gleich ihre Bekannten an und die geben ihnen Bares. Und schon ist wieder alles weg. In Žukovskaja braucht man nur hinzufahren und das ganze Material liegt da bei denen massenweise herum. Ich muß nur erst mit dem Pflanzen fertig sein, dann kann ich mich ganz den Bauarbeiten widmen. Also werd ich mich gleich morgen daranmachen, den Torf hab ich schon vorbereitet und alles andere auch. Ich glaube, wir bekommen dieses Jahr gute Kartoffeln, weil wir doch letztes Jahr eine schlechte Ernte hatten, das heißt daß es dieses Jahr eine gute Ernte gibt. So ist das immer, Martin Alekseevič. Die Alten haben schon immer gesagt, wenn die Kartoffeln in diesem Jahr nicht gedeihen, dann setz im nächsten Jahr mehr. Ich will ungefähr zwei Meter mehr setzen. Ein Sack zuviel schadet schließlich auch nicht. Überhaupt muß man von allem ein bißchen mehr setzen, wir haben noch so viel freien Platz, da wo der Abfall ist und am Brunnen und da links am Zaun. Ich hab mir das bei Semjon Petrovič angeschaut er hat keinen Meter unbebautes Land, das sind eben tüchtige Leute. Und bei uns zwischen den alten Apfelbäumen ist so viel ungenutzter Platz. Dabei könnte man den umgraben und da Erdbeeren pflanzen oder Melonenkürbisse. Aber wissen Sie bei Semjon Petrovič ist es so da ist seine Schwiegertochter und sein Sohn und der Schwager und seine Frau und die Schwester und alle helfen, und bei uns sind es doch letzten Endes nur Sie und ich, Maša, Ljudmila Stepanovna und Saša und Ljubanja kommt noch helfen. Aber Nikolaj und Vera machen doch keinen Finger krumm. Sie kommen im Herbst wenn alles fertig ist und trinken Tee auf der Veranda oder gehen den ganzen Tag zum Fluß und lassen sich bräunen. Die würden schon nicht zusammenbrechen wenn sie mal ein bißchen umgraben müßten. Oder wenn sie jetzt kommen und einem alten Mann helfen würden. Aber nein, sie kommen im Herbst oder im August wenn schon alles fertig ist und man was abstauben kann. Dann stehen sie hier auf der Matte. Aber jetzt haben sie keine Zeit oder sie müssen Geld verdienen oder ihnen ist jetzt nicht nach Landleben zumute. Aber wenn die Erdbeeren reif sind dann kommen sie angerannt und wollen welche haben. Ich hab ja nichts dagegen, aber man kann doch nicht so skrupellos sein. Wenn wir hier alle zusammen leben wollen dann müssen auch alle dafür arbeiten. Wer arbeitet soll auch essen. Wer schuftet soll auch fressen. Aber so arbeiten die einen und die anderen haben den Nutzen davon. Das ist überhaupt nicht verwandtschaftlich gedacht. Wir sind doch schließlich keine fremden Leute, daß man uns so ausnutzt. Ich verstehe das natürlich, Martin Alekseevič, Sie sind Veras Onkel, aber was soll denn das, Maša ist auch Veras Tante, so daß ich wohl das Recht habe was dazu zu sagen. Sie haben sie schon sehr verwöhnt. Der selige Viktor Georgič hat mir schon lange gesagt man muß streng mit denen sein, Nikolaj ist ein unverschämter Kerl und flucht auf Schritt und Tritt. Vera war früher anders, entgegenkommend und weichherzig. Aber seit sie mit ihm zusammenlebt hat sie sich total verändert flucht genauso wie er. So ist das. Und Sie haben mit ihnen auf der Veranda gesessen Tee getrunken und gelacht. Man muß sie ordentlich zurechtweisen damit sie wissen, wohin sie gehören. So bildet er sich ein er hat ein Auto und kann auf alles pfeifen. Nein, ich bin schließlich Veteran des Großen Vaterländischen Krieges, deswegen gehört es sich nicht so mit mir zu reden. Ich bin auch ein empfindsamer Mensch und kann ihm eine Abfuhr erteilen. Er könnte mein Sohn sein und benimmt sich wie ein Flegel. Und bei Ihnen hat er sich doch neulich auch so benommen, das hat mir Ljubanja vor der Abreise erzählt. Und das gegenüber

einem alten Mann der im Krieg gekämpft hat und ein verantwortungsvoller Wissenschaftler ist und seine verdiente Pension bezieht. Da muß man schon ein Grobian sein um sich so respektlos zu benehmen! Und das ist der Mann Ihrer Nichte! Ein Verwandter, und Sie, Martin Alekseevič, verzeihen ihm und lassen das zu. Wie kann man so etwas zulassen! Wenn er mir seine Unflätigkeiten an den Kopf werfen würde dann würde ich ihm einfach seine Fresse polieren und fertig. Und dann die Miliz holen. Fertig aus. Und Sie trinken mit denen Tee auf der Veranda und unterhalten sich über Wissenschaft. Da spielt er sich auf, weil er die Zeitschrift ›Nauka i žizn‹ abonniert hat und liest. Er versteht doch gar nichts davon der versteht nur was von Domino mit seinen Saufbrüdern. Die führen Sie doch bloß an der Nase herum. Die haben sich hinterlistig in Ihr Vertrauen geschlichen und Sie haben sie unter Ihre Fittiche genommen und gesagt, Viktor Georgič und so weiter und so fort. Aber Viktor Georgič war selbst auch gut. Wie der mit Maša geredet hat – der hat ihr die Tür vor der Nase zugeknallt und sie war in Tränen aufgelöst. Und die sind genau so. Also Sie müssen wirklich strenger mit ihnen sein dann kuschen sie schon. Mit solchen Leuten geht das nicht anders, sonst hat man sie am Hals und dann ist es zu spät. Martin Alekseevič, ich gebe mir hier Mühe, und Sie schreiben gar nicht, Sie haben wohl mich alten Mann ganz vergessen. Schreiben sie, was Ihre Gesundheit macht und wie es Ljudmila Stepanovna geht. Allen einen schönen Gruß.
Auf Wiedersehen.

Guten Tag, Martin Alekseevič!
Gerade bin ich mit dem Pflanzen fertig. Ich habe die Kartoffeln so gepflanzt wie ich es vorhatte zwei Meter mehr und sie ein wenig näher zusammen gesetzt, es sind mehr Reihen. So daß es jetzt mehr Kartoffeln geben muß, weil wir letztes Jahr eine schlechte Ernte hatten und da gibt es dieses Jahr auf jeden Fall eine gute Ernte. Das haben die Alten schon immer gesagt, wenn im vorigen Jahr eine schlechte Ernte war, dann gibt es dieses Jahr todsicher eine gute Ernte. Ich hab den ganzen Tag gearbeitet aber nichts überstürzt, damit ich mich bloß nicht ins Bett legen muß. Als ich den Torf geholt hab, mußte ich mich einen Tag hinlegen, ich hatte Rückenschmerzen und das Bein tat mir weh. Man soll sich nicht überanstrengen. Und so hab ich in aller Ruhe bis drei Uhr gepflanzt. Mit der Asche ist alles so wie es sein muß. Jetzt ist alles innerhalb der Norm, Martin Alekseevič. Die Kartoffeln sind das Wichtigste, die sind die Grundlage der Wirtschaft. Nachher kommen dann Gurken Tomaten Melonenkürbisse. Und andere Kleinigkeiten. Ich glaube man muß die Gurken jetzt in die Beete setzen wo die Rote Beete und die Mohrrüben waren und neue Frühbeete aufstellen, die sind doch schon seit zehn Jahren immer an der gleichen Stelle und wir müssen sowieso neue aufstellen, die sind doch alle verrottet und der Boden ist ausgelaugt also kommt das gerade rechtzeitig. Und die Tomaten können wir wieder am alten Ort pflanzen, das schadet denen nichts, letztes Jahr sind die doch so viel gewachsen und die brauchen keine Plane. Jetzt brauchen wir nur noch Rohre solche für die Frühbeete. Sobald ich die habe kann ich die sofort machen. Martin Alekseevič! Hier ist eine unangenehme Sache passiert. Die Ratten hab ich ja vergiftet und mich dann auch zufriedengegeben. Aber vor einer Wo-

che kam plötzlich so ein unangenehmer Geruch bei der Trennwand auf wo ich das Gift gestreut hab und wo die Ratten waren. Und jetzt riecht es ziemlich stark und verfault. Ich glaube, sie haben zu viel Gift gefressen und sind dann in der Trennwand liegengeblieben und faulen da vor sich hin. Aber das ist nicht so schlimm sie ist ja aus Holz und man kann sie rausreißen und gleichzeitig alle Löcher zunageln und die Ratten rausholen. Darum werd ich mich kümmern wenn ich den Torf hergeschleppt hab werd ich mich gleich darum kümmern. Die Apfelbäume sind erblüht und zwar alle zusammen. Taube Blüten gibt es fast keine, ich hab nachgeschaut, also gibt es dieses Jahr Äpfel. Ihr Jasmin da bei der Veranda blüht auch schon, ganz weiß und die Bienen sitzen in Schwärmen darauf. Semjon Petrovič pflügt was das Zeug hält sie haben schon die Frühbeete aufgestellt und alles gepflanzt und jetzt macht er mit den Kudrjašovs den Zaun. Er hat viel Baumaterial, sein Schuppen ist bis obenhin mit Brettern vollgestopft. Er hat auch jede Menge Ziegelsteine sie wollen eine steinerne Veranda machen. Tüchtige Leute, da kann man nichts sagen. Aber er hat auch viele die ihm helfen, sein Schwager und seine Frau und sonst noch Leute. Die arbeiten gerne. Bei uns macht das außer Ihnen und mir ja niemand. Die Frauen schwatzen immer oder legen sich in die Sonne, und wir können arbeiten. Und Nikolaj bricht sich auch keinen ab. Vera und er kommen bloß im August um die Ernte einzuheimsen. Darin sind sie große Klasse. Den Kofferraum vollgepackt und auf geht's nach Moskau. Wir können hier säen, Torf schleppen und pflanzen. Und sie haben den Nutzen davon und auf Wiedersehen so ist das jetzt. Richtigerweise müßte es umgekehrt sein. Aber bei uns ist ja nichts wie bei anderen Leuten. Und Sie lassen ihnen alles durchgehen.

Dabei muß man mit denen reden wie es sich gehört gute Worte verstehen die nicht. Die verstehen nur, wenn man ihnen droht, dann kuschen sie. Und Sie trinken mit denen noch Tee und unterhalten sich über Wissenschaft und die reden Ihnen nach dem Mund darin sind sie ganz groß. Und Sie glauben ihnen. Denen darf man nicht glauben, Martin Alekseevič, man muß sie kurz halten dann werden sie gefügig. Aber so drängen die Sie und mich in die Ecke und nehmen alles für sich selbst. Hinterher ist es zu spät. Wie die hier im Sommer herumstolzieren als wären sie die Herren – die Hände in die Seite gestemmt, die Nase in der Luft, ich wäre am liebsten hingegangen und hätte ihm eins in seine beschissene Fresse gegeben, der hat doch keinen Nagel hier eingeschlagen der Schuft und marschiert hier herum wie ein Junker, die Hände in die Seite gestemmt. Und sie zieht ihre rote Hose straff und wackelt am Strand mit dem Hintern anstatt hier zu helfen. Letzten Sommer habe ich Möhren ausgestochen und sie kommen aus dem Kino und wie sie hier vorbeigehen fangen sie wiehernd an zu lachen. Ich mußte mich richtig zusammenreißen sonst hätte ich ihnen mit dem Spaten eins übergezogen. Wie können Sie nur mit denen Tee trinken! Martin Alekseevič, Sie sind doch der Herr, das Haus ist auf Sie eingetragen also was zum Teufel erzählt Nikolaj mir da daß er die Veranda unterteilen will? Ist er etwa der Herr? Oder stecken Sie mit denen unter einer Decke? Und Maša und ich können daneben stehen? Wer baut und sät denn hier immer? Wir säen, und nicht die und auch Sie nicht Martin Alekseevič. Ich habe überhaupt nichts gegen Sie, Sie sind ein Mensch der Wissenschaft auch wenn Sie in Rente sind ist es klar daß Sie sich den Kopf über Ihre Chemie zerbrechen müssen, aber die, wieso kann man von denen nichts verlangen?

Schließlich haben die nicht studiert die können nur mit dem Hintern wackeln. Die können nur fressen und tanzen gehen oder ins Kino, und da sagt der mir ich werde die Veranda unterteilen sagt er. Das hat er gesagt – ich. Als wär er der Hausbesitzer. Ich hab damals nichts gesagt und mich umgedreht und bin nach Hause gegangen und er hat angefangen sich mit Ihnen zu unterhalten. Und Sie waren wie immer und haben noch Scherze gemacht, aber ich bin zitternd nach Hause gekommen und hab erst mal Valokardin genommen, Maša ist gekommen und ich wollte zu ihm gehen und ihm die Leviten lesen aber sie hat mich zurückgehalten. Nein, wirklich so ein Gesindel! Ich will die Veranda unterteilen! Er will die Veranda unterteilen. Martin Alekseevič, ich verstehe ja Sie sind ein nachgiebiger Mensch aber wie kann man sich nur so aufführen? Wieso erlauben Sie denen das alles? Das sind doch keine Menschen sondern Vieh übles Gesindel. Die setzen uns nachher vor die Tür und geben uns noch dazu eins in die Fresse. Haben Sie denn an Saša gedacht? Wenn Ihnen Gott behüte was passieren sollte, was ist denn dann müssen wir dann weg? Die lassen uns doch keine Ruhe. Wenn er jetzt schon hier herumstolziert wie ein Gockel wie soll das dann erst werden? Die unterdrücken uns doch und wir sind ja gar nicht richtig mit ihnen verwandt, die suchen doch bloß ihren eigenen Vorteil. Das sind doch keine intelligenten Leute. Die sind das Allerletzte. Schauen Sie nur mal, wie die morgens aus ihrem Loch hervorkommt – der Bademantel offen ihre Titten stehen in alle Himmelsrichtungen ganz zerzaust und unfrisiert. Pantoffeln an den nackten Füßen und mit ihren Haaren verstopft sie das Waschbecken. Im Herbst hab ich das Fallrohr gereinigt und da war ein Haarknäuel das waren ihre wer hat denn sonst solche roten? Und wenn sie fressen das ist wirklich ein Schauspiel sie setzten sich hin und saufen und dann fressen sie. Kochen kann sie nicht und wer soll ihr das auch beibringen ihm ist es doch auch egal was er zu essen kriegt er frißt wie ein Schwein und sie kocht nicht. Aber Wodka können sie immer saufen und er riecht wie ein Trunkenbold. Der versäuft doch alles und klauen tut er auch woher kommt denn sonst sein Auto? Sie haben schon immer geklaut und werden auch weiterklauen. Die müßte man wegen Diebstahl mal ordentlich einbuchten. Ich verstehe ja, Sie sind Wissenschaftler aber wie kann man mit denen so nachgiebig sein? Wieso sagen Sie ihnen nicht einfach wie könnt ihr es wagen euch so schweinisch aufzuführen? Seid ihr vielleicht Faschisten daß ihr im Herbst hier ankommt wie Besatzer euch den Bauch vollschlagt alles vollscheißt und wieder wegfahrt? Sie könnten doch ihr Vater sein Sie sind ein verdienstvoller Mensch, aber wieso sind Sie so nachsichtig mit ihnen? Oder stecken Sie mit denen unter einer Decke und wollen Maša und mich hier raushaben? Sind wir vielleicht schlechter als die? Ich säe schließlich immer alles und stelle die Frühbeete auf und säubere alles und alles ist in Ordnung und was haben Sie gemacht? Ich verstehe ja Sie sind ein verdienstvoller Mensch aber wie kann man so was zulassen? Die sind doch totale Schweine die begreifen doch nichts denen muß man mit dem Beilrücken was beibringen dann verstehen sie erst was und vielleicht schämen sie sich dann. Aber so begreifen die doch überhaupt nichts scheißen wollten die auf Sie und auf mich und merken Sie sich wenn die Sie erst fortjagen wie einen Hund dann fällt es Ihnen nämlich wieder ein. Da kann man sagen was man will aber die jagen uns davon und scheißen auf Sie und auf uns. Im Frühling kommen – niemals. Helfen – niemals. Ratschläge annehmen –

niemals. Aber scheißen – bitte sehr. Ich werde die Veranda unterteilen, sagt er mir. Er wird sie unterteilen. Und ich kann zum Teufel gehen. Und Sie machen immer noch Ihre Witzchen. Die setzen sich über Sie hinweg und abonnieren ›Nauka i žizn‹ damit es nach was ausssieht dabei können sie nur fressen und scheißen und weiter nichts. Und Sie trinken Tee mit ihnen dabei machen die sich nur lustig über Sie und pfeifen drauf. So ist es doch. Sie schaden sich selbst, und die lachen darüber. Bald werden sie alle rausschmeißen und vermieten die Zimmer für 500 Rubel und leben davon wie die Gutsbesitzer. Warten Sie nur mit Ihren Scherzen, die jagen uns noch alle davon. So wird das enden das sage ich Ihnen ganz offen. Mit denen ist es wie mit einem Hund, wenn man die schlägt beißen sie nicht aber wenn man mit ihnen schöntut bescheißen sie uns und fertig. Und Sie scherzen immer noch mit ihnen herum. Das ist kein Scherz Martin Alekseevič das muß man ernst nehmen. Ich sag Ihnen ja im Grunde genommen muß man mit denen strenger umspringen die begreifen doch nichts sie sind einfach Pack und fertig. Und Sie sind doch ein Gelehrter und trotzdem begreifen Sie das nicht.
Auf Wiedersehen. Bleiben Sie gesund.

Guten Tag, Martin Alekseevič!
Heute ist das Wetter wirklich erstaunlich es dampft wie in der Banja. Ich hab angefangen die Frühbeete zu bauen die Rohre hat mir Semjon Petrovič besorgt. Sie sind aus Leichtmetall so was wie Aluminium und sehr geeignet für die Frühbeete. Ich hab angefangen sie an manchen Stellen ganz fest mit Draht zusammenzubinden damit das hinterher nicht auseinanderfällt.

Ich mach das Frühbeet so breit wie vorher bloß ein kleines bißchen länger. Weil das Beet war doch größer und da war auch schon zu wenig Platz drin. Jetzt ist Platz genug und die Gurken können ganz normal wachsen. Es ist guter Stahldraht also können die nicht mehr umknicken und man kann die Plane normal darüberziehen. Es gibt ja auch Frühbeete zu kaufen aber alle sagen die sind schlecht und so niedrig und die Rohre sind nur fingerdick und knicken um wie Grashalme also lassen wir das besser – das ist nur Geldverschwendung wir machen sie besser selbst wie alle anderen auch. Das hält jetzt wenigstens zehn Jahre. Ich hab mir das bei den Kudrjašovs angeschaut – erstklassige Arbeit. Sie haben zwei Frühbeete eins für Tomaten das andere für Gurken. Die sind groß und hoch und luftig und geräumig und es wächst viel drin. Ich will sie auch höher haben ich hab sie jetzt auf 70 zugeschnitten so daß das genau paßt und normal ist. Kudrjašov hat noch größere. Aber das ist auch eine große Familie – sie sind zu zehnt. Allerdings helfen da auch alle mit ich hab ja gesehen wie sie alle arbeiten. Bei uns macht das ja außer Ihnen und mir niemand aber das sind pflichtbewußte Leute die kommen auch an ihren freien Tagen. Als ob Nikolaj da kommen würde. Es ist lächerlich der Mensch hat ein Auto aber kommen tut er trotzdem nie. So ist das bei uns. Bei denen kommen die Leute drei Stunden zu Fuß und dann noch mit dem Bus. Aber der mit seinem Auto kann nicht kommen. So ist das bei uns. Aber was soll man dazu sagen Martin Alekseevič wo er und Vera doch so schlampig sind. Schlampige Verhältnisse. Jetzt kommen sie nicht wo man die Frühbeete aufstellen muß Torf schleppen den Schuppen bauen aber im Herbst wenn alles reif ist dann kreuzen sie hier auf. Sie kommen angefahren und stürzen sich natürlich sofort auf das

Obst und Gemüse das Sie und ich hier angepflanzt haben. Darin sind sie ganz groß. Aber kommen und helfen da brechen sie sich einen ab. Das ist ihnen zu schwer. Und Sie reden immer noch im guten mit denen Martin Alekseevič. Mit denen so zu reden heißt sich selbst zu schaden. Die nisten sich bei Ihnen ein und sind hinterher die Herren im Haus. Die sind schließlich nicht so intelligent wie Sie die sind der allerletzte Abschaum können nur Wodka saufen und am Strand man schämt sich ja es zu sagen mit dem Hintern wackeln. Solche Leute sind das. Und den Staat bestehlen sie auch. Wir haben den Staat im Großen Vaterländischen Krieg verteidigt und sie bestehlen ihn und scheißen auf alles. Denen ist doch alles egal Sie übrigens auch und Sie trinken mit denen Tee auf der Veranda und reden über Wissenschaft. Dabei ist dem die Wissenschaft so lang wie breit. Ein richtiger Saufbruder ist er bloß viel eingebildeter. Ein Saufbruder würde sich vollaufen lassen und sich dann still in der Ecke verkriechen aber der stolziert noch herum wie ein Gockel. Und da sagt der mir ich werde die Veranda unterteilen. Ich werde sie unterteilen. So einer ist das. Ich hätte ihm am liebsten eins in die Fresse gegeben aber ich hab mich zurückgehalten aber wenn der jetzt ankommt und wieder davon anfängt dann, dann werd ich ihm die Fresse polieren, das schwör ich Ihnen. Er ist ein widerliches Schwein und hat hier noch nie einen Nagel eingeschlagen und will mich belehren! Ich könnte sein Vater sein aber er scheißt auf alles und macht alles dreckig. Sie machen immer nur alles dreckig und fertig. Aber fressen können sie für zehn. Kaum hat man den Salat gesetzt reißen sie ihn auch schon raus. Und Sie kommen denen immer mit Wissenschaft. Denen muß man mit dem Staatsanwalt drohen und dann zum Teufel mit ihnen! Die gehören ins Lager! Da wird man ihnen schon Respekt vor den Alten beibringen. Und sie wackelt am Strand mit dem Hintern. So eine Frau würde ich zum Teufel jagen und ihr noch zum Abschied die Fresse polieren. Und er stolziert herum wie ein Gockel und scheißt auf alle. Die müßten Neuland pflügen gehen und schuften wie die Tiere. Seine Schnauze aufreißen das kann er. Aber bis der mal einem alten Mann hilft da kann man lange warten. Die kommen bloß im August wenn alles reif ist und fressen drauflos. Dann scheißen sie alles voll und hauen wieder ab. Und Sie sitzen und trinken Tee mit denen. Die muß man mit dem Knüppel belehren. Ich verstehe das nicht Martin Alekseevič oder stecken Sie mit denen unter einer Decke? Vielleicht wollen Sie Maša und mich hier weghaben? Ist es vielleicht so? Das heißt die liegen Ihnen mehr am Herzen als die eigene Schwester? Die lachen doch über Sie. Wir können nicht so vornehm reden und wir sind uninteressant und mit uns kann man so umspringen – und auf Wiedersehen. Die kommen hierher und plündern Sie aus und Sie haben sie gern. So sieht es aus. Aber gut gehen wir doch der Sache auf den Grund. Ich bin auch nicht von gestern Martin Alekseevič und begreife durchaus daß ich natürlich nicht der Hausherr bin und Maša auch nicht. Das Haus ist auf Ihren Namen eingetragen. Aber wer arbeitet und baut denn hier? Wer beackert denn das Land bis spät in die Nacht wo die nur fressen und scheißen? Schließlich arbeiten Sie doch auch nicht hier Sie kommen nur her und stochern zum Schein ein bißchen mit dem Spaten herum und wissen mit Ihren zweiundsechzig Jahren immer noch nicht wie man ihn halten muß! Sie sind ein Gelehrter. Nun gut. Aber sagen Sie mir mal eins Martin Alekseevič essen Sie gerne Erdbeeren mit Milch und Kartoffeln mit Butter? Und Möhren und Rote

Beete? Und Kirschen und Äpfel? Sie essen gerne Äpfel? Und wer kümmert sich darum wie um die eigenen Kinder wer macht das denn Sie und Ihr Nikolaj etwa? Oder Vera vielleicht? Die scheißen doch auf Sie die haben kein Gewissen und keine Ehre im Bauch und pfeifen auf alles. Aber Sie haben beschlossen daß die Ihnen näher stehen. Aber wie kann man sich mit denen über Wissenschaft unterhalten, und ich pflüge das Grundstück mit mir altem Narren kann man ja nicht darüber reden. Ich mache mir die ganze Zeit den Rücken krumm und beackere den Boden und Sie trinken Tee und dieses Pack redet Ihnen nach dem Mund. Letzten Sommer war ich beim Graben und mir hat das Herz geblutet als ich gehört hab wie die sich bei Ihnen einschmeicheln. Das sind solche verdammten Schweine! Die wikkeln Sie um den Finger einen alten Mann und Sie bemerken das nicht mal obwohl Sie doch ein verdienter Professor sind. Sie bemerken das einfach nicht und die lachen Sie aus. Aber Sie haben beschlossen daß die Ihnen näher stehen. Und Maša und ich können abseits stehen. So wird es sein. Das heißt also die hier gearbeitet haben und den Rücken krumm gemacht haben und ohne Unterlaß geackert haben die stehen einem nicht nahe, und diese verfluchten Schweine stehen einem näher. So ist das. Und die rühren keinen Finger sie kommen her und scheißen und fahren wieder weg. Und Sie lassen sich zum Narren halten. Ich durchschaue die schließlich. Wie oft hat Maša schon geweint und Sie hören überhaupt nicht auf sie die stehen Ihnen näher und Maša ist natürlich ein Krüppel da ist doch nichts zu holen. Sie ist so ein bescheidener Mensch und weint ins Kopfkissen und ich päppele sie dann mit Baldrian wieder auf. Und diese verfluchten Schweine lachen und Sie trinken noch Tee mit denen so ist das bei uns. Ich sag es Ihnen ganz offen – die jagen Sie zum Teufel das tut mir für Sie leid und nicht für mich selbst. Die durchschauen Sie doch und Sie sie nicht. Sie werden mit denen viel Kummer haben. Bald heulen Sie wie ein Schloßhund. Dann werd ich Ihnen sagen Sie haben ja nicht auf einen alten Mann gehört und jetzt ist es zu spät. Die werden es Ihnen schon zeigen dann haben die sich hier eingerichtet und Sie werden die dann nicht mehr los darauf können Sie Gift nehmen. Und dann sagen sie ach bitte sehr Martin Alekseevič herzlich willkommen aber seien Sie doch so nett und gehen Sie zum Teufel. Oder die warten vorläufig ab und wenn Sie dann nicht mehr da sind setzen die uns alle an die frische Luft. So weit kommt das noch. Und Sie trinken mit denen Tee und reden über allerlei Entdekkungen. Die müßte man von morgens bis abends anbrüllen vielleicht überlegen sie es sich dann mal. Aber Sie immer mit Ihrem Tee und Tralala. So ist das. Martin Alekseevič machen Sie sich nicht zum Narren vor diesen Schweinen und machen Sie uns keine Schande. Bleiben Sie gesund.

Guten Tag Martin Alekseevič!
Ich habe gerade das Frühbeet aufgestellt und mit der alten Plane überzogen, die noch auf dem Dachboden war. Sie ist zwar vom letzten Jahr aber das macht nichts – ich habe die Löcher mit Heftpflaster zugeklebt und alles ist in der Norm. Es macht nichts daß sie sich ein bißchen verzogen hat das ist nicht schlimm. Die Hauptsache ist daß das Frühbeet gut gelungen ist. Morgen kümmere ich mich um die Gurken und alles wird so wie es sich gehört. Ich hab sie schon auf der Veranda an dem kleinen Fenster keimen lassen. Ich nehme die aus Nežinsk das sind die besten. Heute habe ich ein bißchen Torf geschleppt

und bin schon wieder müde geworden – was will man machen ich bin nicht mehr der Jüngste. Vor zwanzig Jahren da konnte ich für zehn arbeiten und hätte diesen Torf an einem Tag geschleppt, da war ich noch jung und hab mich nicht vor der Arbeit gedrückt nicht so wie Nikolaj. Der rührt doch keinen Finger. Aber wir haben früher von morgens bis abends wie die Verrückten geschuftet. Aber Vera und er saufen und gehen an den Strand oder zum Tanzen. Sie wackelt da mit ihrem Hintern und ihm ist das alles scheißegal. So ist das heute. Früher hätte ich sie an den Haaren gepackt und mit dem Kopf gegen die Wand geknallt und ihr was erzählt dieser Schlampe. Die kennen keine Scham und haben kein Gewissen. Die pfeifen doch auf uns alle und Sie sind nachsichtig mit denen. Trinken Tee mit ihnen. Ich würde die an Ihrer Stelle nicht mehr über die Schwelle lassen aber Sie sind ja immer noch so nett zu denen. Und die scheißen doch auf einen alten Mann wie Sie. Da machen Sie eine Dummheit so ist das. Das sind doch Schweine und Sie lassen denen das durchgehen – wie kann denn ein verdienter Professor wie Sie das durchgehen lassen? Schämen Sie sich denn gar nicht meinen Sie vielleicht ich bin ein Dorftrottel und kapier überhaupt nichts? Ich hab auch einen Kopf auf den Schultern Verehrtester ich hab den Krieg mitgemacht und wurde verwundet ich kenne das Leben und Sie denken ich kapier überhaupt nichts. Sie sehen durch Ihre Brille vielleicht nichts. Sie können doch nichts weiter als Tee machen. Auf der Veranda Tee trinken und Maša und ich können das ganze Jahr für Sie schuften. Wir schuften wie die Idioten und Sie trinken Tee und beachten uns noch nicht mal so ist es doch. Kommt es vielleicht noch so weit daß wir arbeiten können und Nikolaj und Sie sehen auf uns herab? Daß Sie die Herren sind und wir niemand? Ist das so gedacht? Und für wen mach ich das hier alles für wen denn? Ich arbeite hier ununterbrochen und da wollen Sie uns beiseite schieben? Einen Tritt in den Arsch geben und dann verpiß dich als ob wir nie dagewesen wären? Na gut dann will ich Ihnen jetzt mal was sagen. Meinen Sie vielleicht ich merke das nicht? Und ob ich das merke ich kenne Sie doch viel zu gut Sie können außer Tee machen doch überhaupt nichts ich hab doch viel mehr gearbeitet Sie haben bloß in Ihrem Laboratorium herumgesessen und ich bin im ganzen Land herumgereist und hab im Krieg die Heimat verteidigt so ist das. Ihre Frau läuft im Pelzmantel herum aber was ein Brot kostet davon hat sie keine Ahnung. Sie glauben wohl ich bin zu hinterwäldlerisch und man kann sich mit mir nicht unterhalten? Dabei weiß ich mehr als Sie so ist das Sie haben sich in Ihrem Laboratorium verkrochen und haben von nichts eine Ahnung. Wir haben auch ein Recht wir haben mehr Schweiß und Blut in dieses Haus gesteckt als Sie. Wir gehen vor Gericht damit und ich scheiß auf Ihre Verdienste. Ich bin ein echter Bauer mein Vater war Kolchosvorsitzender und wenn er nicht an der Front gefallen wäre hätte er es vielleicht weiter gebracht als Sie er wäre sogar im Agrarministerium gelandet und Sie hätten sich von ihm Papiere unterschreiben lassen müssen. So ist das. Und ich schreibe darüber in allen Zeitungen damit die Öffentlichkeit merkt daß die Leute am hellichten Tag bestohlen werden daß man sich über sie lustig macht und sie bescheißt. Ich laß das nicht mit mir machen ich bin doch nicht Ihr Rotzjunge. Ich war im Krieg und Sie haben sich unterdessen hier den Hintern plattgesessen und Tee getrunken während ich für Sie mein Blut vergossen habe und jetzt kann ich gehen! Nein, mein Lieber da sind Sie bei mir an der falschen Adresse das können Sie mit mir nicht machen ich will gerecht behandelt werden. Sich über einen Frontkämpfer lustig machen ich werd das Volk aufhetzen ans Zentralkomitee schreiben daß die Sie mal unter die Lupe nehmen Sie sind ein Kulak und Ihre Frau läuft im Pelz herum wie ein Bourgeois man muß Sie entkulakisieren und auf die Solovki schicken so ist das. Meinen Sie vielleicht ich sage nichts wenn man mir einen Tritt in den Hintern gibt? Ich schreibe an den Veteranen-Sowjet ich bin da oft gewesen ich hab mit der Jugend im Kriegskommissariat gearbeitet weil ich doch Frontkämpfer bin und Auszeichnungen von der Regierung habe. Aber Sie haben da in Ihren Reagenzgläsern weiß der Geier was zusammengemixt und jetzt sind Sie Professor dabei hab ich viel mehr gearbeitet als Sie und Schweiß und Blut vergossen während Sie im Hinterland gehockt haben. Und Ihre Frau hat ihr ganzes Leben lang nur zu Hause gesessen und Däumchen gedreht. Ich bin auch ein Gelehrter ich hab mehr von der Welt gesehen Sie haben doch noch nie im Leben einen Spaten in den Händen gehalten und da wollen Sie uns was beibringen? Man braucht uns überhaupt nichts beizubringen was wir brauchen lernen wir schon selbst. Wir kennen das Leben nicht bloß aus Büchern und Reagenzgläsern den ganzen Krieg haben wir mitgemacht aber so einfach ist das nicht. Uns was beibringen. Uns braucht man nichts beizubringen mein Lieber Sie haben gar kein Recht uns was beizubringen. Wir bringen höchstens Ihnen bei wie man lebt. Sie glauben ich bin ein beschränkter Hinterwäldler? Ich lese auch Zeitungen und Bücher und über Politik weiß ich besser Bescheid als Sie wo Sie die ganze Zeit bloß Witze erzählen und die Nase rümpfen und wenn ich auch kein Parteimitglied bin so bin ich doch ein besseres Parteimitglied als Sie. Sie machen immer bloß Ihre Witzchen aber man muß keine Witze erzählen sondern etwas tun lieber Genosse! Außer Ihren Reagenzgläsern kennen Sie doch gar nichts nicht mal wie man Kartoffeln pflanzt wissen Sie. Aber essen tun Sie sie gerne mit Butter oder auch Erdbeeren mit Milch. Und wir pflanzen das alles und nicht Sie und Ihre Frau. So daß auch das Haus uns gehört und nicht Ihnen und wenn es auf Sie eingetragen ist dann ist das nicht richtig. Maša ist auch Erbin und wir werden überall hinschreiben wo es nur geht und werden die Aufmerksamkeit der Öffentlichkeit auf Sie und Ihre Kulakentätigkeit richten. Sie sind ein Kulak und Ihre bourgeoise Frau führt sich schändlich auf die muß man auch mal gehörig an die Kandare nehmen. Und uns will man verdrängen? Wir haben gearbeitet gepflanzt und wer hat denn die Toilette gebaut? Wer hat die Zwanzig-Millimeter-Bretter beschafft? Sie und Ihr dämlicher Saša etwa? Oder vielleicht Ihre Frau die gnädige Herrin? Ich hab mir dafür den Buckel krumm gemacht ich hab dafür Blut und Schweiß vergossen und Sie können nur scheißen und essen so ist das doch. Und dann können wir aufräumen und hinter Ihnen herputzen und wieder pflanzen damit Sie wieder scheißen und fressen können. So ist das bei uns und dann wollen Sie uns ausbooten! Wenn es Ihnen nicht mehr paßt geben Sie uns einen Tritt in den Arsch und dann können wir gehen und fertig? Da sind Sie bei mir aber an der falschen Adresse. Ich laß mich doch nicht verarschen. Ich werde die Öffentlichkeit aufhetzen und das Haus kriegen Sie nicht weil man Kulaken entkulakisieren muß. Weil Sie nämlich selbst nicht arbeiten und mich ausbeuten so ist das. Und dafür wird man euch als Klasse vernichten. Sie sind ein schädliches Element Sie reißen immer nur Ihre blöden Witze und dann tun Sie so gelehrt. Ein Scheiß-Gelehrter sind

Sie. Sie haben gar kein Recht ein Haus zu haben weil Sie nämlich kein Gelehrter sondern das letzte Arschloch sind. Solche wie Sie muß man entkulakisieren und allen zeigen damit so was nicht mehr vorkommt! Sie sind kein Gelehrter sondern ein Scheißkerl das sind Sie. Ich bin genauso gelehrt und Sie brauchen mir gar nicht beizubringen wie man leben muß. Ich kenn das Leben besser als Sie. Wenn ich scheißen müßte würde ich mich nicht neben Sie zum Scheißen setzen. Ich werd allen erzählen, was für ein Gelehrter Sie sind. Sie sind kein Gelehrter sondern ein beschissener Idiot. So ein Gelehrter sind Sie.

Guten Tag Martin Alekseevič!
Ich bin gerade mit den Gurken fertig geworden und hab auch noch rechts in der Ecke und an den Johannisbeersträuchern gegraben. Es ist alles in Ordnung es ist ein guter Boden der läßt sich gut umgraben. Wir müssen da dieses Jahr Melonenkürbisse pflanzen weil letztes Jahr haben wir sie nach hinten gesetzt aber da ist doch tagsüber Schatten und nur abends und morgens Sonne aber wir müssen die so pflanzen daß sie immer Sonne haben. Und da ist viel Sonne. Ich hab das umgegraben und nachher den Torf geschleppt und wieder Pech gehabt – ich bin mit dem Bein gegen den Bolzen da an der Veranda gestoßen und zwar genau an der Stelle. Dann tat mir das Bein weh und ich hab aufgehört. Ich dachte das geht vorbei. Kudrjašovs haben auch Torf geliefert bekommen und ich hab gesehen wie schnell sie den zu dritt geschleppt haben. Tja die packen eben alle an. Machen die Arbeit gemeinsam. Und hier bin ich doch der einzige der sich den Arsch aufreißt und sonst niemand. So ist das. Ein alter Mann arbeitet und die wackeln

bloß mit dem Hintern und saufen aber dann kommen sie an und essen und scheißen und fertig. So ist das bei denen. Aber Sie nehmen die ja auch nicht an die Kandare Sie stecken doch mit denen unter einer Decke. Sie essen gerne Erdbeeren dabei wissen Sie noch nicht mal wie man die Ranken schneidet. Aber essen tun Sie sie gerne. Und Kartoffeln mit Butter auch. Aber mir helfen das können Sie nicht so viel bin ich Ihnen offenbar nicht wert. Natürlich! Ich kann schließlich nicht so gelehrt über die Wissenschaft daherlabern ich bin im Dorf geboren aber Sie sind ein Städter und machen immer ihre Witzchen. Immer zu Scherzen aufgelegt so ist das. Aber daß mir das Bein wehtut das ist kein Scherz. Aber Sie müssen immer Ihre blöden Witze reißen. Sie ziehen über mich her und ich kann arbeiten! So ist das. Die scheißen und essen und ich kann arbeiten und mir für sie die Knochen kaputtmachen. Ich hab doch sowieso schon meine Verletzung das rechte Bein hat doch eine Kugel abbekommen und funktioniert nicht so richtig und die essen Erdbeeren und scheißen auf mich. So ist das. Das trifft sich wirklich gut ich kann hier arbeiten und Sie essen und auf Wiedersehen und ich kann hier für euch alle den Torf schleppen. Dabei bin ich vielleicht genauso krank wie Sie oder sogar noch schlimmer. Sie schlucken da Ihre Tabletten und mir helfen auch keine Tabletten mein Kopf dröhnt wie ein Motor und mein Blutdruck und von euren Widerwärtigkeiten steigt mir das Blut in den Kopf und ich seh nichts sonst würd ich euch Arschlöcher umbringen. Ihr widerlichen Schweine scheißt und Maša und ich zwei Invaliden arbeiten für euch Schweine und ihr könnt nur fressen und scheißen und wir machen den Buckel krumm wie nur was. Ich werd euch ausrotten ihr widerlichen Schweine! Ich schreib überall hin damit man euch mal unter die Lupe nimmt! Sie werden sich noch umgucken mit Ihren widerlichen Reagenzgläsern. Sie schauen doch auf uns herab wie auf einen Hund wir sind ja keine Menschen und können bloß arbeiten und Sie scheißen und fertig! Nein ich schreib ans Zentralkomitee damit die Sie da unter die Lupe nehmen. Ihr seid doch keine Gelehrten sondern Faschistenschweine so ist das. Euch müßte man erschießen ihr seid doch Schweine so ist das! Ihr wollt uns nicht als Menschen ansehen aber ich bin nicht Ihr Hund auf den Sie scheißen können ich werde die ganze Öffentlichkeit gegen Sie aufbringen. Ich werd Ihnen zeigen was das heißt sich über uns lustig zu machen und von wegen wir sind keine Menschen. Sie scheißen auf uns aber wir machen das publik und die Öffentlichkeit wird Sie unter die Lupe nehmen. Da können Sie machen was Sie wollen wir sind auch Gelehrte. Ihr seid keine Gelehrten sondern beschissene Schweine aber nicht daß ihr euch einbildet ihr könnt einfach kacken von wegen! Bescheißen wolltet ihr uns aber wir lassen uns das nicht gefallen! Wenn du uns bescheißt dann werd ich's dir zeigen damit ihr uns nie wieder bescheißt! Ich mach euch die Hölle heiß damit man euch unter die Lupe nimmt und noch mehr damit ihr nicht mehr solche Schweinereien machen könnt und ich werd es euch zeigen solche wie euch muß man öffentlich anprangern damit sie keine Schweinereien machen können. Ich erlaube nicht daß Sie Schweinereien machen Sie sind kein Professor sondern ein Haufen Scheiße so ist das. Sie haben doch bloß geschissen und ich bin auch Frontkämpfer. Ich werd Sie ausrotten. Sie können auch nicht wie es sich gehört. Sie scheißen und ich soll die Klappe halten. Ihr seid widerliche Schweine ihr könnt nur scheißen scheißen und wir dürfen arbeiten. Ihr scheißt und wir malochen hier und ihr könnt das nicht. Ihr könnt das nicht Schweine scheißen nur. Widerliche Schweine scheißen nur und wir dürfen ackern. So ist das und sie fressen nur Erdbeeren und wir dürfen ackern. Ich bin auch Veteran und die ackern nicht daß sie scheißen dürfen und wir dürfen arbeiten und die scheißen uns in die Seele die Schweine. Ich werd schreiben damit man euch vernichtet und alles und ich bin kein Professor aber Sie sind ein Haufen Scheiße ein ganz beschissenes Arschloch! Ihr behandelt uns wie Hunde und wir wollen nur daß ihr nicht mehr da seid und euch vernichten. Du bist kein Professor du hast uns beschissen und wir sagen daß du beschissener Schwanzlutscher beschissen hast und schreiben darüber. Ein Schwanzlutscher aber wir lassen uns nicht bescheißen ihr Schweine. Wir lassen uns nicht und ihr Schweine haltet die Klappe. Aber wir lassen nicht unter die Lupe nehmen wir ihr Schweine habt auf uns geschissen. Wir wollen euch ihr wollt nur kacken und fressen und wir wollen euch unter die Lupe nehmen lassen damit die Öffentlichkeit. Aber ihr macht einfach Schweinereien und uns nicht bescheißen. Ihr könnt uns nicht unter die Lupe nehmen und wir haben auf uns gekackt und wir gönnen uns nicht arbeiten bescheißen aber wir sind keine Arschlöcher und der Torf kein beschissenes Schwein.

Guten Tag Martin Alekseevič!
Heute ist es ein bißchen kühl und seit dem frühen Morgen schon bewölkt ich dachte plötzlich regnet es und hab die Gurken tagsüber zugedeckt wenn sonst am meisten Sonne ist. Aber jetzt sieht es halb so schlimm aus nur noch ein paar Wolken. Ich hab noch den Schuppen auseinandergenommen ich

hab unten angefangen und er war ganz verrottet. Natürlich steht da in der Senke immer noch das Wasser. Ich hab dann angefangen und gedacht daß sie das bei Kudrjašovs zu dritt gemacht hätten. Aber Maša und ich sind ja immer alleine, Sie und Nikolaj brechen sich ja keinen ab. Sie meinen immer wir sind Ihnen verpflichtet Sie sind unser Wohltäter und wir können hier arbeiten! Nein lieber Genosse ich mach mir auch so meine Gedanken ich bin Frontkämpfer im Kriegskommissariat schätzt man mich sehr. Also laß ich mich nicht so verspotten und bescheißen laß ich mich schon gar nicht und ich kenn auch das Leben besser als Sie. Ihr widerlichen Arschlöcher denkt wohl daß ich das mit mir machen lasse! Laß ich aber nicht! Ich hetze die gesamte Öffentlichkeit gegen euch auf damit man euch widerliche Schweine unter die Lupe nimmt! Ihr seid gewöhnt wie die Kulaken auf uns zu scheißen und zu saufen und dann Sauereien zu machen und alles aber ich laß das nicht mit mir machen ich bin auch Veteran und laß mich nicht bescheißen. Und das Haus auch wenn das auf Sie eingetragen ist das zeigen wir allen damit lassen wir uns nicht bescheißen. Und ich scheiß auf euch ihr Schweine ihr könnt uns ihr denkt wir sind euch verpflichtet! Nein mein Lieber sind wir nicht du bist uns verpflichtet hier wird nicht geschissen und nur hergekommen! Meinst du wir lassen uns bescheißen und ihr stolziert dann wie die Gockel herum. Nein ich scheiß auf euch Schweine euch ich hab geschissen auf eure Scheiße das könnt ihr vergessen daß wir hier arbeiten. Ihr scheißt und ich habs dir gesagt das Haus die Öffentlichkeit ich scheiß auf dich Schweine und ihr könnt mich mal daß wir hier schuften dürfen. Wir schuften und du ich scheiß drauf. Ich scheiß auf dich du Schwein du und ich. Ich scheiß auf dich du Schwein du Mistkerl. Ich scheiß auf dich du Schwein was denkst du denn. Ich scheiß auf dich du Scheißkerl. Ich scheiß auf dich du Scheißkerl. Ich scheiß auf dich was denkst du denn. Ich scheiß auf dich du Mistkerl und sie holen dich ab. Ich scheiß auf dich du Schwein du bist ein Schwanzlutscher und nicht das was. Ich scheiß auf dich du Schwein. Ich scheiß dich und nicht das was. Ich scheiß euch was. Ich scheiß auf dich du Scheißkerl. Ich scheiß auf dich du Scheißkerl daß sie es uns nicht wegnehmen können. Wir haben geschuftet aber ich scheiß auf dich du Scheißkerl. Ich werd dir nicht scheißen du Scheißkerl. Ich scheiß auf dich du Scheißkerl. Denkst du du kannst auf uns scheißen Mistkerl. Ich gollte scheißen du schwein und leck gich am arsch. Ich geis euch ihr gönnt mich am arsch lecken. Gu gannst mich am arsch lecken du schwein. Gu gannst mich am arsch delecken schweindu. Ich schwein schweiße auf euch schein. Ich schwein leck schwein gönnte.

Guten Tag Martin Alekseevič!
Am Abend hat es geregnet gut daß ich alles zugedeckt und noch im Schuppen aufgeräumt hatte sonst wäre alles naß geworden. Ich bin mal wieder der einzige der sich hier abrackert und Sie sitzen da und essen Erdbeeren mit Milch und Kartoffeln mit Butter und ich bin hier ganz alleine. Und weil das Haus auf Sie eingetragen ist und wir nicht die Klappe aufgerissen haben kriegen wir jetzt einen Tritt in den Arsch! So ist das jetzt wir arbeiten und dann können wir gehen. Ich sag dir mal was du bist kein Professor sondern ein Schwanzlutscher du immer mit deinen dämlichen Witzen und ich werd die Öffentlichkeit gegen dich aufrütteln damit du Scheißkerl nicht mehr und wir ar-

beiten und du scheißt uns was hin und fertig. Ich scheißen kann nicht zulassen uns zu bescheißen damit wir arbeiten und die Scheißkerle. Wir lassen alles unter die Lupe und du Mistkerl Professor damit die Scheißkerle und auf uns kacken. Wir sind keine Schwanzlutscher und du bist widerlich und ich scheiß Mistkerl. Du kannst mich mal du widerlicher und ich scheiß daß wir arbeiten Mistkerl. Ich scheiß auf dich du Schwein. Ich scheiß auf dich du scheißkerl ich scheiß auf dich mistkerl begissene. Ich scheit aus gich schmagy gonnte. Ich scheib aus gich scheidy gonnte. Ich scheid aus gich gegeben gogonnte. Ich scheid aus gich godonnte poga. ich scheig aus gich gogonnte poga schdeigy. ich scheif aus gich gegeben wette gonnt. ich schei aus tich gannte gebe gonnte. ich schei aus gich godo taga godo gab gonnt. ich gich domo taga modo gich gegeben gogonnte. ich gich gogo gebe taga slada gogo schei taga. ich tega taga modo kacke ega mogo taka ich mogo taga gebe tega mogo laga ich mogo tega gabe mogo iga taga ich gega mogo tega gabe ega mogo ich goma taga nada mogo tega taga moga poto myga laga tyga ich gega maga lyda tega vodo tiga mogo tary maga lyga kacko vogo mara toga sana pira toga lara pira voka laka nira.

Guten Tag Martin Alekseevič!
Sie denken wohl ich kann hier schuften und Sie kommen angefahren Erdbeeren mit Milch essen und reißen Ihre dämlichen Witze auf der Veranda und wir können hier für Sie schuften. Soll doch schuften wer will aber ich nicht Öffentlichkeit Sie unter die Lupe nehmen und ich scheiß dich daß du mir nicht kacken kannst und wir hier Torf und scheißen etwa! Von wegen wir scheißen auch damit keine Kulaken und ich nicht kak-

ken und fertig aus. Ich Schwanzlutscher damit ich scheiße und ich scheiß auf dich damit du nicht schuftest und wir Schweine scheißen auf euch. Ich scheiß auf dich du Schwein. Ich scheiß auf dich Mistkerl scheißen und fertig aus. Ich scheiß auf dich mistkerl kacken scheißen mogo. Ich scheiß aus gich kacke mogo mistkerl. Ich scheig aus gich abgeben und fertig. Ich scheig aus gich gegeben mogo. Ich schei gich mogo gich. Ich gich mogo tada mogo. Ich dig mogo eda modo. Ich gich mogo tada mogo. ich gich mogo talo vodo tada. ich gebe mogo ega vodo tada. ich vodo maga ega tado lata voda ich voga poto moda tira voka lyta mato dyda voda mogo lika poto mysa vodo tira mogo taka vika mogo schora mana pata ripi taka pera pota dora seite piro pata mana kera bora mira schori molo kora vyna era tira dora kita piry tschaso schora nero doru kera mira vora nera tira dori pito welt toga voro pity mina ero schora ary ure poto ego zoro dolo ego mogo ary voda kero ega dyro pira mara tira pota loka miry salo ita gora poba dola mira pota epo schora dory vara kero ira schodo schory ura ego mira tora voda pota poty ego ero pota voda ego gora voda ego pore nero vada ego rado tora siro mara gora vydo dalo tora vido mora gora myva doscha piro ego zara chory vada dara pota vodo yra eka miro pota viro ego dora poto ego nara moro kacke vara ego moro vado ego schira ego moro dora iga poto pira ego kara pata mita ego vyda podo schora vyda moro goda poto kara ego modo

Guten Tag Martin Alekseevič!
Schwanzlutscher so auf uns zu scheißen und ich kann Torf und kacken damit schuften und unter die Lupe nehmen. Aber wir scheißen nicht und Witze und uns bekacken. Ich scheiß auf

dich du schwein kacken mistkerl. Ich scheiß auf dich du mistkerl auf uns zu scheißen. Ich scheit auf gich schwein uns kacke gebe. Ich scheib aus gich geben kacke mogol. Ich scheib aus gich kacke geben mogo. Ich dega ega mogo tega tada. Ich tega ega mogo tada mogo. Ich tega ega mogo taga mogo tada. ich tega gado ega mogo bega tada. ich dega poto mogo tega sein mogo modo. ich dega ego mogo taga poto moga ich tega ego modo ega modo taka poto mora voda schory voda tana goro mora mogo daga nora voda tiro sora miro daga nora vodo ego uka dora mogo tyra modo rado mira pota schola pota voda nora mira goda voda poto kara goscha voda zoro modo uka ego vada pota goscha vodo ura poto sara ego nora kone vodo nego kena vado iga pota ego koro avo loga mora sero vada schora igo schora mira poto vyka uka ego schora poto ara ego nora pota gone poto eno gera pota miro paro tira polo vane scheno dora poto mira pobo ago ego schora poto avo ego eno kora miro poto rado tiro avo rona pomi poti roga voda igo nego voga poto mira dora loka

Guten Tag Martin Alekseevič!
Ich scheiß auf dich Kacke auf uns zu scheißen. Ich scheiß auf dich uns zu kacken so zu scheißen. Ich scheit aus gich mogol scheißen kacke auf uns. Ich scheid aus gich mogol gebe unt mogo. Ich schei au gich mogo taka mogo. ich taga mogo taka vodo moga. ich tega poto moga nodo rody mogo pira tora. ich mogo tara poto ravo goda mogo mara mira bora poto doro nora tova kara ego chora poto schorja voda poto mira ego ura poty schora poto mira ego schory vado iga poto dora poto bory vado godu poto ego ura poro eno gora poto ira poty dora tora

pozo kara urra pogo yra noga mita pobo lota dora schogo tora poto moga pobo roda polo schora koga ego nora poto tschasy scholo goscha kepo roty vady kana gora poto mira poto rada schora dora poto mira ago kara ego poto kera poto gora pero ego scholo roda poto rada ego schora poto ego nero roda eno gora pero kero vado loscha mogo kune kego zoro golo avo zoro goschy vama kake nero poto fresse rodo schogu mira podo scholo sano tjudo bona pochy udju pota pory dolo ego schobe chora chiry vabo noscha noty mono uka zore ego kora voda poto schora modo gola poto mara pova kora bory vasa maga poto mano rogo uka ego rova poto mana poga mito uka vyka moro noga lora poto mite paro rotu para nora poto schora nobo zoti lota bora ima ara pery varo gora pota mira polo kara pokara vora gorama rota pira poramy voroda tora golo moza kanera vina gora moraboda gora eka nerovada goraboda poto moraboda gora doravada porena genorata torada schoradore ukanero torado loku pora pogoschora mordoti mapaku peroda pokapero rone schogenara pogoku keioreto schenara mirado-scha porogukenoreya reti dologone porota schoroschegene roti porenoguke paranirati mira schuparanida nerodi storani-kar selben miraniero poti varanarapi iku arakasami pri storan-oreru keno renorapeno kero perenora repokanerp gorosche-nora pora amarakoreno vereno kerone gerone perenorena vara nerogekara poreno geschoroneko poro neronevara schoge ne-roryvara churo porakevara nego

Ich schei aus gich modo schweindu. Ich schei aus gich mogol schweindu gebe. Ich schei mogod noga au gich modo. ich gich modo voro pora mogo. ich noda poro nega geno raty varo poto moro schory varo era gora tiak ego pose rota pora volo nego

ego pora sapa pore ego reto maro ego schora pero nego keto gero mato reto mana nego rane ira ego ole noga noro avo tiro ago nero schora miro tiak nago zolo chogo vola ego keno kune pora sima vasa goscha doge ego kano scholo schuke ago mana tiro ego pora tschasy sano eko uce kano echu dola poti miro negu uke vaso ane keno pere sen scheno egu keno chore schore nego avo peke pere nemi pira milo reno avo mira dolo gone pore keno uke miro avo pero schoge nogo avo uno choly vase keno ake pero nego pero miro schoge noge nego geno udo vara nego nogo kura uzo nescho bita mica vana esy schita mira sity vasa keni mira boro togy vasche ego nego ipa dora poto mira midy vasi ipa keno geno rato siti poge uce golo vato ima bori miry vane geno kero pora mito schene gone stoce keno uka vano kego sami paro mira tora polu vyku sami zaro ima piro ego keno satscha vasa yva kaku kero mira piro roparo mita pora vatora pero neroga pora dologora enonego rota porane karalero mira piroda pironedola tira ima ucho dologonera poradi nero avada apeneroti mita orogenora dolo zoranevada rane poronerado mira imaranera pira goranevara porenarape kepa genorepake pane nerapenero mira avakuka repane pernoronerova mim paraneloku vamaranelo tiranepora nore goschonerapara tirapi miraneropa schoreno gologo karenopare schoge norenonekapare tira piroeschego stene genorekapuku stege dologonogeno napa egonerovara peri samiranepare nego ogoneku varapecholenogenapa ipamy.

Taga modo vata modo. Tega mogo mara pata. tana poro vada poto repa pira mida pota gara poty vasa kege echo loge nogy voly goschu ara poto ima peno roke nego schora mara tisa vao aka rana schogu cholo tipa kego yva sato ita ego ranapore keno genar dora poto ake ekgo imi piro apa eru keno lore nore kano vata dolo gosche schore schoge noru keno ava keta pora sama pira stoge lore nora pota geno scholo nego ava keno pari mipa eno gone stoge nore peno keno amivamy vaso onachito mirano toge nego zaronero mita uxa vato stoschenoga poroimata pirato toranero zoranepi mirano egokenouka vatorienecho dologo kane schenogenora zaro miranekake vane schonegonero mira bolapotara stone genora perota poronegoa lolaporene morotariti schonzenorane schenogeranoscholotorato miranekara stoschegonero miraicaru kenerenapo tipo droreka poto mara miradolika rane akuvamycha sapo poradoniga nogo mogamarina miradovara schogekukepirota tira mirovanokemo gorano negoschorato miranodocyba tiromivora sosenogenobara dorolenoremobo itiranorotimenogorabiti sterochanapera pere norovarakogoschorano tiranorami samapirineritirova tira porotava goravaka nera vata poratora nora gozapotorati goramirova chorodokera gone parakerovati schorogomana mira choe stoganerati mira potomava sama ego porano schoga ugo neroda zagonarodanaegoraboka stoganeroma parenokara schoga samaratira zologouka samaraniperiti mari akanarepa tora mirisyvatariti logorapavata midologonerovake golomaripinerogate miratodoma chorapotiroke cuvakeromato stogonerotschatscha samaratokecuvatori doloschonogerovatoimiraschodyvasatyraborati miranekogoschorava samarobitika characharokaneroberiti tschatschavasykechutscha miranoraba dolozanerovatoramibaraoe golomiratovaroka kenochuarasamarati logonaromaratamamirato ranonegoschosta tschasavakaeportmirabo dologoenkogop aroimtritriaolschvaraolmir tmiranzcschlvschokgtr rtnozaprvim piaryegouschlvroarmip tiortpnnrepanpkypsenkiapyp

tiripr zapvrkpanapnr oproanpenrvnrt tiriarimschoemoc-
scho tirtarimotpristoproarenrpnrermiapi vmmavmrmiapispm
vamspmvamspm rmiapmiriypm schpoporaep knpckuyvustsiv
impiastocranapkayzoitprtmot oitprmtpot zrorogporenrtstvri
spiasto rmiapimraotfotmriapischok rmtartimri staprovpran-
rknran pustlgpoegopirmiapoitprts sturparvpsaiapmmnpk
garprtprterknruirvepkstfdschnorg noankr merayrenrpgo-
egostschylu schoproarrenriatmrivpispiapi mschony yprey-
rairkzdaschongogokikirap strooproernaknpvep uzsloprrit-
prtmrenryschlnschorgongovapkapanrenzaprvokranreyprmial
isriaschoegonnrustydschnlrognorgnkraepknyzcschl

rovrparmienimgokschlstglschrongopnrenrapkepykauvepknar
egopnrestorastoarpkepanpkepvaauipotprtisckoknranruepvzjl
govnrkeapnczdlmoraistoarpvrknraepunpvepkschomiapispmv
ampmvamtschamvneuorarenrgrknranrschopreoranrknpepya
ukavstogeopnrknarpkepvkugrpnrezomiapisamvpschoproark
nranrkpevpuzlrongopgoestlvparomtrikpitschpvmasmvpmue
pknrzlroraormipaiptschmamvgsorenrpnrkpaepsamvriaotprti
oschoknraepkgorzlolorgongoarenrkpevpuepaisriapimrigruev
pkepanokschorgongoprnzorlopnoegoanrknrvnpkschlsschhoe
gomtarispivmptvnsrenrvoranreneaschoarporenrmiapispia
schovnrknarpvepkstlroprtmriapitschpmvamspmvpmse
schproanoenrkgorvnai

raporatiripaipa proarnernrmit oitprtmnrengagren optritprtrt-
pst orapaimpianpkepvkauschstrapknpaopr tirtprimpianpen-
reno goenrpschorapipaimpipanpenokrparrapivpmagoenrp
kreorrpt iotarimpiapygoarpvipmiaschoenrpoegorapivnimto-
artmotpriapivma zporanrenrano schopranrenrapimpiati raip-

mipiagoekranrkpe vpuepazkdschogschopgoengonrnerpaep-
kepsmvamamvyrenrpgonschorgonschleopnoerpnregrikranre
zaprsiranrkivneupaschlgschongorgrenrnnrknnaepkapvaryipai
spmveknrschaorenrpnpkepveauksmapimrptiotrgoegnrnapke
pvakeaspaimpiarimschschporaorenrpnrkepvepuaeakepanrkn
ranpegopgongorschogkoakrenpregschporaorenrknrvepunrkg
ongorschogeopiregovraprspiarimrtpotirtpozporaorenrpgokn
ranreschounranrkpespvamspmarimrtpotischongopgoerschoa
rperpanpkepsmvpmspmartmrtgyorykranryakepanklogpoeria
psialoartmrtpgirenpoegoprvnrkeapknpsmvamspiartmotpotig
rennranrepzorrpoegopgoarpknpaschleschopgyuvcuvykauaev
asyvsasvpsmapiknpaechrlnorschonzrdltroiotprianrukavschdg
schloschongrpnrenpaekpvakuasmvgrongoschlarenrpnpkepva
arilriotprtaankrnrnkpeaaarpoenrpnraaaschongopgrenrnaaan
renrpgoegprenraaagongorschonschortoaaaritprimlrtorscho
ngoaaarimpispmaaanrenrpgonschroaaaaontirtsyvaukriap

tirtprtmriaaariprtertpraaaaschopreoprenraatirtprtaaaarptirt
praschoropgrnerpnaaaaprvpsmvpmsaaavpmspmvsueaaaaau
kvpenrpgongorggpoenrpgoenraaaaanrpnrenrpschongongraa
aaaaaanrpnregrpnraaaaaaaschrongopgrenrinrpaaaaaaaaaaaa
epvepknrenrpgraaaaaaaanprenrpnregpoenrpgoenrppmsaaaa
aaaaaaaaaaanarknpevpepuaaaaaaaaaaaaakrnrnrvnrknrvaaaaa
aaaaaaaaaaaaaaaaaaaanrknrvnrunpveaaaaaaaaaaaagovgoka
aaaaaaaaaaaaaaaaaaaaaaaaaaaaaaaaaaaaaaaaaaaaa
aaukuaaaaaaaaaaaaayvloaaaaaaaaaaaaaaaaaaaaaaaaaaa
aaaaaaaaaaaaaaaaaaaaaaaaaaaaaaaaaaaaaaaaaaaaa
aaaaaaaaaaaaaaaaaaaaaaaaaaaaaaaaaaaaaaaaaaaaa
aaaaaaaaaaaaaaaaaaaaaaaaaaaaaaaaaaaaaaaaaaa

raprvpiepimrienrknpvepuepaschkongorgongoprenpevpaimpi
aotschprtischpoerornaprkpvepugonschlrschlgschtoltldoblbtlr
ongopaispikepschlarknrpaepkmsamvamtschouasvasukatschs
yasukakypanermnreimpirenrenrstrongopgoermnranieimpiari
enrpgoegoschlgschlostlgstlostltoroiongorgarknrapkepsmvam
tschasyasvkaueaveikranrkpemppaispivmapmpsmvamkroarkp
repesppvmkpmaepukaveptschavkauschongopranrakrermiapi
mpriansagpoesranrknrapveppkpsmmapiukaveptschavkausch
ongopranrakrermiapimriapsagpoeranrknrappvepknsmmapi
mipriprimotoitpotsriapmspmariopotpotranrknrprrenrvoons
chlgschdschschlrschlngregreschollpraorknranrenrsiapisnarkn
rvppkepapmsmatmotrotvgongoprenraepknyongorschlnschla
oegopgschpooegopnrenrapkspamnvpsmapmipritroitrongoge
oprenarknarknpvenappknrvpkepaepsaaaprimptpotirtpraaaaa
rpimpiariaiaaaaartprtinerpkraaaaaaaavpmspmapimpriprima
aaaaaaepkepaapaaaaaaaaaaaaaaanarknrapvaaaaaaaaaaatschs
vastschmypmaaaaaaaaaaaaauepvepkepaaaaaaaaaaaaaaaaavaaa
aaaaatschsstschmspmvpreaaaaaaaaaavpmspmaaaaaaaaaaaaaaa
aamtschpmyaaaaaaaaaaaaaaaaaaaaaaaaayvstschvsyvstschaaaaa
aaaaaaaaaaaaaaaaaaaaaaaaaaaaaaaaaaaayvsyvsaaaaaaaaaaaaaaaaa
aaaaaaaaaaaaaaaaaaaaaaaaaaaaaaaaaaaaaaaaaaaaaaaaaaaaaaaaaaa
aaaaaaaaaaaaaaaaaaaaaaaaaaaaaaaaaaaaaaaaaaaaaaaaaaaaaaaaaaa
aaaaaaaaaa

aaaaaaaaaaaaaaaaaaaaaaaaaaaaaaaaaaaaaaaaaaaaaaaaaaaaaaaaaaa
aaaaaaaaaaaaaaaaaaaaaaaaaaaaaaaaaaaaaaaaaaaaaaaaaaaaaaaaaaa
aaaaaaaaaaaaaaaaaaaaaaaaaaaaaaaaaaaaaaaaaaaaaaaaaaaaaaaaaaa
aaaaaaaaaaaaaaaaaaaaaaaaaaaaaaaaaaaaaaaaaaaaaaaaaaaaaaaaaaa
aaaaaaaaaaaaaaaaaaaaaaaaaaaaaaaaaaaaaaaaa

rapvmpsiapaaaaarpimpipritnrmnreoaaaaaaaaaaaaaripirkiriaa
atpimtpiaaaaaaaaaaaaaukpvkpuaaaaaaaaaaaaakupvkaaaaaa
aaaaaaanvrkepvepuaaaaaaaaaaaaaaauvukuvuaaaaaaaaaaaukuv
aaaaaaaaaaaaanvruaaaaaaaaaaaaaaaaaaaaaaaaaaaaaukuvaaaaa
aaaaaaaaaaaaaaaaaaaaaaaaaaaaaaaaaaaaaaaaaaaaaaaaaaaaaaaaaaa
aaaaaaaaaaaaaaaaaaaaaaaaaaaaaaaaaaaaaaaaaaaaaaaaaaaaaaaaaaa
aaaaaaaaaaaaaaaaaaaaaaaaaaaaaaaaaaaaaaaaaaaaaaaaaaaaaaaaaaa
aaaaaaaaaaaaaaaaaaaaaaaaaaaaaaaaaaaaaaaaaaaaaaaaaaaaaaaaaaa
aaaaaaaaaaaaaaaaaaaaaaaaaaaaaaaaaaaaaaaaaaaaaaaaaaaaaaaaaaa
aaaaaaaaaaaaaaaaaaaaaaaaaaaaaaaaaaaaaaaaaaaaaaaaaaaaaaaaaaa
aaaaaaaaaaaaaaaaaaaaaaaaaaaaaaaaaaaaaaaaaaaaaaaaaaaaaaaaaaa
aaaaaaaaaaaaaaaaaaaaaaaaaaaaaaaaaaaaaaaaaaaaaaaaaaaaaaaaaaa
aaaaaaaaaaaaaaaaaaaaaaaaaaaaaaaaaaaaaaaaaaaaaaaaaaaaaaaaaaa
aaaaaaaaaaaaaaaaaaaaaaaaaaaaaaaaaaaaaaaaaaaaaaaaaaaaaaaaaaa
aaaaaaaaaaaaaaaaaaaaaaaaaaaaaaaaaaaaaaaaaaaaaaaaaaaaaaaaaaa
aaaaaaaaaaaaaaaaaaaaaaaaaaaaaaaaaaaaaaaaaaaaaaaaaaaaaaaaaaa
aaaaaaaaaaaaaaaaaaaaaaaaaaaaaaaaaaaaaaaaaaaaaaaaaaaaaaaaaaa
aaaaaaaaaaaaaaaaaaaaaaaaaaaaaaaaaaaaaaaaaaaaaaaaaaaaaaaaaaa
aaaaaaaaaaaaaaaaaaaaaaaaaaaaaaaaaaaaaaaaaaaaaaaaaaaaaaaaaaa
aaaaaaaaaaaaaaaaaaaaaaaaaaaaaaaaaaaaaaaaaaaaaaaaaaaaaaaaaaa
aaaaaaaaaaaaaaaaaaaaaaaaaaaaaaaaaaaaaaaaaaaaaaaaaaaaaaaaaaa
aaaaaaaaaaaaaaaaaaaaaaaaaaaaaaaaaaaaaa

aaaaaaaaaaaaaaaaaaaaaaaaaaaaaaaaaaaaaaaaaaaaaaaaaaaaaaaaaaa
aaaaaaaaaaaaaaaaaaaaaaaaaaaaaaaaaaaaaaaaaaaaaaaaaaaaaaaaaaa
aaaaaaaaaaaaaaaaaaaaaaaaaaaaaaaaaaaaaaaaaaaaaaaaaaaaaaaaaaa
aaaaaaaaaaaaaaaaaaaaaaaaaaaaaaaaaaaaaaaaaaaaaaaaaaaaaaaaaaa
aaaaaaaaaaaaaaaaaaaaaaaaaaaaaaaaaaaaaaaaaaaaaaaaaaaaaaaaaaa
aaaaaaaaaaaaaaaaaaaaaaaaaaaaaaaaaaaaaaaaaaaaaaaaaaaaaaaaaaa
aaaaaaaaaaaaaaaaaaaaaaaaaaaaaaaaaaaaaaaaaaaaaaaaaaaaaaaaaaa

aaaaaaaaaaaaaaaaaaaaaaaaaaaaaaaaaaaaaaaaaaaaaaaaaaaaaaaaa
aaaaaaaaaaaaaaaaaaaaaaaaaaaaaaaaaaaaaaaaaaaaaaaaaaaaaaaaa
aaaaaaaaaaaaaaaaaaaaaaaaaaaaaaaaaaaaaaaaaaaaaaaaaaaaaaaaa
aaaaaaaaaaaaaaaaaaaaaaaaaaaaaaaaaaaaaaaaaaaaaaaaaaaaaaaaa
aaaaaa

aaaaaaaaaaaaaaaaaaaaaaaaaaaaaaaaaaaaaaaaaaaaaaaaaaaaaaaaa
aaaaaaaaaaaaaaaaaaaaaaaaaaaaaaaaaaaaaaaaaaaaaaaaaaaaaaaaa
aaaaaaaaaaaaaaaaaaaaaaaaaaaaaaaaaaaaaaaaaaaaaaaaaaaaaaaaa
aaaaaaaaaaaaaaaaaaaaaaaaaaaaaaaaaaaaaaaaaaaaaaaaaaaaaaaaa
aaaaaaaaaaaaaaaaaaaaaaaaaaaaaaaaaaaaaaaaaaaaaaaaaaaaaaaaa
aaaaaaaaaaaaaaaaaaaaaaaaaaaaaaaaaaaaaaaaaaaaaaaaaaaaaaaaa
aaaaaaaaaaaaaaaaaaaaaaaaaaaaaaaaaaaaaaaaaaaaaaaaaaaaaaaaa
aaaaaaaaaaaaaaaaaaaaaaaaaaaaaaaaaaaaaaaaaaaaaaaaaaaaaaaaa
aaaaaaaaaaaaaaaaaaaaaaaaaaaaaaaaaaaaaaaaaaaaaaaaaaaaaaaaa
aaaaaaaaaaaaaaaaaaaaaaaaaaaaaaaaaaaaaaaaaaaaaaaaaaaaaaaaa
aaaaaaaaaaaaaaaaaaaaaaaaaaaaaaaaaaaaaaaaaaaaaaaaaaaaaaaaa
aaaaaaaaaaaaaaaaaaaaaaaaaaaaaaaaaaaaaaaaaaaaaaaaaaaaaaaaa
aaaaaaaaaaaaaaaaaaaaaaaaaaaaaaaaaaaaaaaaaaaaaaaaaaaaaaaaa
aaaaaaaaaaaaaaaaaaaaaaaaaaaaaaaaaaaaaaaaaaaaaaaaaaaaaaaaa
aaaaaaaaaaaaaaaaaaaaaaaaaaaaaaaaaaaaaaaaaaaaaaaaaaaaaaaaa
aaaaaaaaaaaaaaaaaaaaaaaaaaaaaaaaaaaaaaaaaaaaaaaaaaaaaaaaa
aaaaaaaaaaaaaaaaaaaaaaaaaaaaaaaaaaaaaaaaaaaaaaaaaaaaaaaaa
aaaaaaaaaaaaaaaaaaaaaaaaaaaaaaaaaaaaaaaaaaaa

aaaaaaaaaaaaaaaaaaaaaaaaaaaaaaaaaaaaaaaaaaaaaaaaaaaaaaaaa
aaaaaaaaaaaaaaaaaaaaaaaaaaaaaaaaaaaaaaaaaaaaaaaaaaaaaaaaa
aaaaaaaaaaaaaaaaaaaaaaaaaaaaaaaaaaaaaaaaaaaaaaaaaaaaaaaaa
aaaaaaaaaaaaaaaaaaaaaaaaaaaaaaaa

aaaaaaaaaaaaaaaaaaaaaaaaaaaaaaaaaaaaaaaaaaaaaaaaaaaaa
aaaaaaaaaaaaaaaaaaaaaaaaaaaaaaaaaaaaaaaaaaaaaaaaaaaaa
aaaaaaaaaaaaaaaaaaaaaaaaaaaaaaaaaaaaaaaaaaaaaaaaaaaaa
aaaaaaaaaaaaaaaaaaaaaaaaaaaaaaaaaaaaaaaaaaaaaaaaaaaaa
aaaaaaaaaaaaaaaaaaaaaaaaaaaaaaaaaaaaaaaaaaaaaaaaaaaaa
aaaaaaaaaaaaaaaaaaaaaaaaaaaaaaaaaaaaaaaaaaaaaaaaaaaaa
aaaaaaaaaaaaaaaaaaaaaaaaaaaaaaaaaaaaaaaaaaaaaaaaaaaaa
aaaaaaaaaaaaaaaaaaaaaaaaaaaaaaaaaaaaaaaaaaaaaaaaaaaaa
aaaaaaaaaaaaaaaaaaaaaaaaaaaaaaaaaaaaaaaaaaaaaaaaaaaaa
aaaaaaaaaaaaaaaaaaaaaaaaaaaaaaaaaaaaaaaaaaaaaaaaaaaaa
aaaaaaaaaaaaaaaaaaaaaaaaaaaaaaaaaaaaaaaaaaaaaaaaaaaaa
aaaaaaaaaaaaaaaaaaaaaaaaaaaaaaaaaaaaaaaaaaaaaaaaaaaaa
aaaaaaaaaaaaaaaaaaaaaaaaaaaaaaaaaaaaaaaaaaaaaaaaaaaaa
aaaaaaaaaaaaaaaaaaaaaaaaaaaaaaaaaaaaaaaaaaaaaaaaaaaaa
aaaaaaaaaaaaaaaaaaaaaaaaaaaaaaaaaaaaaaaaaaaaaaaaaaaaa
aaaaaaaaaaaaaaaaaaaaaaaaaaaaaaaaaaaaaaaaaaaaaaaaaaaaa
aaaaaaaaaaaaaaaaaaaaaaaaaaaaaaaaaaaaaaaaaaaaaaaaaaaaa
aaaaaaaaaaaaaaaaaaaaaaaaaaaaaaaaaaaaaaaaaaaaaaaaaaaaa
aaaaaaaaaaaaaaaaaaaaaaaaaaaaaaaaaaaaaaaaaaaaaaaaaaaaa
aaaaaaaaaaaaaaaaaaaaaaaaaaaaaaaaaaaaaaaaaaaaaaaaaaaaa
aaaaaaaaaaaaaaaaaaaaaaaaaaaaaaaaaaaaaaaaaaaaaaaaaaaaa
aaaaaaaaaaaaaaaaaaaaaaaaaaaaaaaaaaaaaaaaaaaaaaaaaaaaa
aaaaaaaaaaaaaaaaaaaaaaaaaaaaaaaaaaaaaaaaaaaaaaaaaaaaa
aaaaaaaaaaaa

aaaaaaaaaaaaaaaaaaaaaaaaaaaaaaaaaaaaaaaaaaaaaaaaaaaaa
aaaaaaaaaaaaaaaaaaaaaaaaaaaaaaaaaaaaaaaaaaaaaaaaaaaaa
aaaaaaaaaaaaaaaaaaaaaaaaaaaaaaaaaaaaaaaaaaaaaaaaaaaaa
aaaaaaaaaaaaaaaaaaaaaaaaaaaaaaaaaaaaaaaaaaaaaaaaaaaaa
aaaaaaaaaaaaaaaaaaaaaaaaaaaaaaaaaaaaaaaaaaaaaaaaaaaaa

aaaaaaaaaaaaaaaaaaaaaaaaaaaaaaaaaaaaaaaaaaaaaaaaaaaaaaaaa aaaaaaaaaaaaaaaaaaaaaaaaaaaaaaaaaaaaaaaaaaaaaaaaaaaaaaaaa aaaaaaaaaaaaaaaaaaaaaaaaaaaaaaaaaaaaaaaaaaaaaaaaaaaaaaaaa aaaaaaaaaaaaaaaaaaaaaaaaaaaaaaaaaaaaaaaaaaaaaaaaaaaaaaaaa aaaaaaaaaaaaaaaaaaaaaaaaaaaaaaaaaaaaaaaaaaaaaaaaaaaaaaaaa aaaaaaaaaaaaaaaaaaaaaaaaaaaaaaaaaaaaaaaaaaaaaaaaaaaaaaaaa aaaaaaaaaaaaaaaaaaaaaaaaaaaaaaaaaaaaaaaaaaaaaaaaaaaaaaaaa aaaaaaaaaaaaaaaaaaaaaaaaaa

aaaaaaaaaaaaaaaaaaaaaaaaaaaaaaaaaaaaaaaaaaaaaaaaaaaaaaaaa aaaaaaaaaaaaaaaaaaaaaaaaaaaaaaaaaaaaaaaaaaaaaaaaaaaaaaaaa aaaaaaaaaaaaaaaaaaaaaaaaaaaaaaaaaaaaaaaaaaaaaaaaaaaaaaaaa aaaaaaaaaaaaaaaaaaaaaaaaaaaaaaaaaaaaaaaaaaaaaaaaaaaaaaaaa aaaaaaaaaaaaaaaaaaaaaaaaaaaaaaaaaaaaaaaaaaaaaaaaaaaaaaaaa aaaaaaaaaaaaaaaaaaaaaaaaaaaaaaaaaaaaaaaaaaaaaaaaaaaaaaaaa aaaaaaaaaaaaaaaaaaaaaaaaaaaaaaaaaaaaaaaaaaaaaaaaaaaaaaaaa aaaaaaaaaaaaaaaaaaaaaaaaaaaaaaaaaaaaaaaaaaaaaaaaaaaaaaaaa aaaaaaaaaaaaaaaaaaaaaaaaaaaaaaaaaaaaaaaaaaaaaaaaaaaaaaaaa aaaaaaaaaaaaaaaaaaaaaaaaaaaaaaaaaaaaaaaaaaaaaaaaaaaaaaaaa aaaaaaaaaaaaaaaaaaaaaaaaaaaaaaaaaaaaaaaaaaaaaaaaaaaaaaaaa aaaaaaaaaaaaaaaaaaaaaaaaaaaaaaaaaaaaaaaaaaaaaaaaaaaaaaaaa aaaaaaaaaaaaaaaaaaaaaaaaaaaaaaaaaaaaaaaaaaaaaaaaaaaaaaaaa aaaaaaaaaaaaaaaaaaaaaaaaaaaaaaaaaaaaaaaaaaaaaaaaaaaaaaaaa aaaaaaaaaaaaaaaaaaaaaaaaaaaaaaaaaaaaaaaaaaaa

aaaaaaaaaaaaaaaaaaaaaaaaaaaaaaaaaaaaaaaaaaaaaaaaaaaaaaaaa aaaaaaaaaaaaaaaaaaaaaaaaaaaaaaaaaaaaaaaaaaaaaaaaaaaaaaaaa aaaaaaaaaaaaaaaaaaaaaaaaaaaaaaaaaaaaaaaaaaaaaaaaaaaaaaaaa aaaaaaaaaaaaaaaaaaaaaaaaaaaaaaaaaaaaaaaaaaaaaaaaaaaaaaaaa aaaaaaaaaaaaaaaaaaaaaaaaaaaaaaaaaaaaaaaaaaaaaaaaaaaaaaaaa

aaaaaaaaaaaaaaaaaaaaaaaaaaaaaaaaaaaaaaaaaaaaaaaaaaaaaa
aaaaaaaaaaaaaaaaaaaaaaaaaaaaaaaaaaaaaaaaaaaaaaaaaaaaaa
aaaaaaaaaaaaaaaaaaaaaaaaaaaaaaaaaaaaaa

aaaaaaaaaaaaaaaaaaaaaaaaaaaaaaaaaaaaaaaaaaaaaaaaaaaaaa
aaaaaaaaaaaaaaaaaaaaaaaaaaaaaaaaaaaaaaaaaaaaaaaaaaaaaa
aaaaaaaaaaaaaaaaaaaaaaaaaaaaaaaaaaaaaaaaaaaaaaaaaaaaaa
aaaaaaaaaaaaaaaaaaaaaaaaaaaaaaaaaaaaaaaaaaaaaaaaaaaaaa
aaaaaaaaaaaaaaaaaaaaaaaaaaaaaaaaaaaaaaaaaaaaaaaaaaaaaa
aaaaaaaaaaaaaaaaaaaaaaaaaaaaaaaaaaaaaaaaaaaaaaaaaaaaaa
aaaaaaaaaaaaaaaaaaaaaaaaaaaaaaaaaaaaaaaaaaaaaaaaaaaaaa
aaaaaaaaaaaaaaaaaaaaaaaaaaaaaaaaaaaaaaaaaaaaaaaaaaaaaa
aaaaaaaaaaaaaaaaaaaaaaaaaaaaaaaaaaaaaaaaaaaaaaaaaaaaaa
aaaaaaaaaaaaaaaaaaaaaaaaaaaaaaaaaaaaaaaaaaaaaaaaaaaaaa
aaaaaaaaaaaaaaaaaaaaaaaaaaaaaaaaaaaaaaaaaaaaaaaaaaaaaa
aaaaaaaaaaaaaaaaaaaaaaaaaaaaaaaaaaaaaaaaaaaaaaaaaaaaaa
aaaaaaaaaaaaaaaaaaaaaaaaaaaaaaaaaaaaaaaaaaaaaaaaaaaaaa
aaaaaaaaaaaaaaaaaaaaaaaaaaaaaaaaaaaaaaaaaaaaaaaaaaaaaa
aaaaaaaaaaaaaaaaaaaaaaaaaaaaaaaaaaaaaaaaaaaaaaaaaaaaaa
aaaaaaaaaaaaaaaaaaaaaaaaaaaaaaaaaaaaaaaaaaaaaaaaaaaaaa
aaaaaaaaaaaaaaaaaaaaaaaaaaaaaaaaaaaaaaaaaaaaaaaaaaaaaa
aaaaaaaaaaaaaaaaaaaaaaaaaaaaaaaaaaaaaaaaaaaaaaaaaaaaaa
aaaaaaaaaaaaaaaaaaaaaaaaaaaaaaaaaaaaaaaaaaaaaaaaaaaaaa
aaaaaaaaaaaaaaaaaaaaaaaaaaaaaaaaaaaaaaaaaaaaaaaaaaaaaa
aaaaaaaaaaaaaaaaaaaaaaaaaaaaaaaaaaaaaaaaaaaaaaaaaaaaaa
aaaaaaaaaaaaaaaaaaaaaaaaaaaaaaaaaaaaaaaaaaaaaaaaaaaaaa
aaaaaaaaaaaaaaaaaaaaaaaaaaaaaaaaaaaaaaaaaaaaaaaaaaaaaa
aaaaaaaaaaaaa

aaaaaaaaaaaaaaaaaaaaaaaaaaaaaaaaaaaaaaaaaaaaaaaaaaaaaa

aaaaaaaaaaaaaaaaaaaaaaaaaaaaaaaaaaaaaaaaaaaaaaaaaaaaaaaaa
aaaaaaaaaaaaaaaaaaaaaaaaaaaaaaaaaaaaaaaaaaaaaaaaaaaaaaaaa
aaaaaaaaaaaaaaaaaaaaaaaaaaaaaaaaaaaaaaaaaaaaaaaaaaaaaaaaa
aaaaaaaaaaaaaaaaaaaaaaaaaaaaaaaaaaaaaaaaaaaaaaaaaaaaaaaaa
aaaaaaaaaaaaaaaaaaaaaaaaaaaaaaaaaaaaaaaaaaaaaaaaaaaaaaaaa
aaaaaaaaaaaaaaaaaaaaaaaaaaaaaaaaaaaaaaaaaaaaaaaaaaaaaaaaa
aaaaaaaaaaaaaaaaaaaaaaaaaaaaaaaaaaaaaaaaaaaaaaaaaaaaaaaaa
aaaaaaaaaaaaaaaaaaaaaaaaaaaaaaaaaaaaaaaaaaaaaaaaaaaaaaaaa
aa

Der Junge legte das letzte Blatt des Manuskripts zur Seite, stand auf und verließ das Büro. Im Vorzimmer saßen die beiden Sekretärinnen und Kotelnikov. Der Junge blickte ihm ihn die Augen. Kotelnikov stand auf. Der Junge hob die linke Hand und zeigte vier Finger.

»Lena, sag Mylnikov, daß er ihn begleiten soll«, brummte Kotelnikov und ging in sein Büro. Ohne sich an den Schreibtisch zu setzen wählte er eine Nummer.

»Gribovskij«, antwortete eine männliche Stimme.

»Sergej Ivanyč, hier ist Kotelnikov.«

»Na und?«

»Vier, Sergej Ivanyč.«

»Ein Erstlingswerk!« grinste die Stimme gehässig.

»Aber ... Sergej Ivanyč, das war doch Elagins Initiative.«

»Was geht mich denn das an! Du bist reingefallen, und Elagin soll Schuld sein?«

»Jetzt warten Sie doch, Sergej Ivanyč ...«

»Warten wirst du an einem anderen Ort.« Gribovskij legte den Hörer auf.

Kotelnikov fuhr mit der Zunge über seine trockenen Lippen und schaute aus dem Fenster.

Literatur bei DuMont

ULRICH J. BEIL
AUFGELASSENE ARCHIVE.
Gedichte. 1998, 120 Seiten

JOHN VON DÜFFEL
VOM WASSER.
Roman. 1998, 288 Seiten

GERHARD FALKNER
ALTE HELDEN.
Schauspiel und deklamatorische Farce.
1998, 60 Seiten
DER QUÄLMEISTER.
Nachbürgerliches Trauerspiel.
1998, 90 Seiten

GUSTAVO MARTÍN GARZO
DER KLEINE ERBE.
Roman. Aus dem Spanischen von
Stefanie Gerhold. 1999, 410 Seiten

ALAIN GLUCKSTEIN
UNSERE GROSSEN MÄNNER.
Roman. Aus dem Französischen von
Lis Künzli.

GOETHE FÜR ANFÄNGER.
Herausgegeben von Werner Keller,
Karina Gomez-Montero, Ingrid Reul.
1998, 192 Seiten

JEGOR GRAN
IPSO FACTO.
Roman. Aus dem Französischen
von Hinrich Schmidt-Henkel. 1998, 186 Seiten

LAVINIA GREENLAW
NACHTAUFNAHMEN.
Gedichte. Zweisprachig.
Aus dem Englischen von Gerhard Falkner
und Nora Matocza.
1998, 156 Seiten

OSKAR HEYM
KURKONZERT.
Roman. 1998, 246 Seiten

JORGI JATROMANOLAKIS
BERICHT VON EINEM VORBESTIMMTEN MORD.
Roman. Aus dem Neugriechischen von
Norbert Hauser. 1998, 268 Seiten

KÖLN, BLICKE.
Ein Lesebuch. Herausgegeben von
Jochen Schimmang. 1998, 372 Seiten

GREGOR LASCHEN (HG.)
SCHÖNES BABYLON.
Gedichte aus Europa in zwölf Sprachen.
1999, 280 Seiten

CARLO LUCARELLI
DER GRÜNE LEGUAN.
Roman. Aus dem Italienischen
von Peter Klöss. 1999, 208 Seiten

JAN LURVINK
WINDLADEN.
Roman. 1998, 190 Seiten

CHRISTIAN MÄHR
SIMON FLIEGT.
Roman. 1998, 266 Seiten

HARUKI MURAKAMI
MISTER AUFZIEHVOGEL.
Roman. Aus dem Englischen von
Giovanni Bandini und Ditte Bandini.
1998, 684 Seiten

GERT NEUMANN
ANSCHLAG.
Roman. 1999, 240 Seiten
ELF UHR.
Roman. 1999, 432 Seiten

SANTO PIAZZESE
DIE VERBRECHEN IN DER VIA MEDINA-SIDONIA.
Roman. Aus dem Italienischen
von Monika Lustig.
1998, 372 Seiten

GUNDEGA REPSE
UNSICHTBARE SCHATTEN.
Roman. Aus dem Lettischen von
Matthias Knoll. 1998, 212 Seiten

ARNE ROSS
FRAU ARLETTE.
Roman. 1999, 176 Seiten

ANDREAS RUMLER
GOETHES LEBENSWEG.
WANDERUNGEN DURCH LEBEN UND WERK.
1999, 400 Seiten

KURT SCHWITTERS
ANNA BLUME UND ANDERE LITERATUR UND GRAFIK.
Hg. von Joachim Schreck.
1998, 532 Seiten

DAS LITERARISCHE WERK:
LYRIK, PROSA, SCHAUSPIELE, MANIFESTE.
5 Bände in Kassette.
Hg. von Friedhelm Lach.
1998, 2.000 Seiten

CLAUDE SIMON
JARDIN DES PLANTES.
Roman. Aus dem Französischen
von Eva Moldenhauer. 1998, 368 Seiten

VLADIMIR SOROKIN
NORMA.
Roman. Aus dem Russischen
von Dorothea Trottenberg. 1999, 400 Seiten

JANETTE TURNER HOSPITAL
OYSTER.
Roman. Aus dem Englischen von
Maria Mill. 1999, 416 Seiten

FRANÇOIS WEYERGANS
FRANZ UND FRANÇOIS.
Roman. Aus dem Französischen von
Unda Hörner. 1999, 422 Seiten